中国现代文艺学大家文库

走向文化诗学

——童庆炳文艺学文选

童庆炳 著

山东文艺出版社

图书在版编目（CIP）数据

走向文化诗学：童庆炳文艺学文选／童庆炳著. —济南：山东文艺出版社，2020.12
　ISBN 978-7-5329-6045-3

Ⅰ.①走… Ⅱ.①童… Ⅲ.①文艺评论—中国—当代—文集 Ⅳ.①I206.7-53

中国版本图书馆 CIP 数据核字（2020）第000897号

责任编辑：陈研研
装帧设计：刘小军

走向文化诗学
——童庆炳文艺学文选
童庆炳　著

主管单位	山东出版传媒股份有限公司
出版发行	山东文艺出版社
社　　址	山东省济南市英雄山路189号
邮　　编	250002
网　　址	www.sdwypress.com
读者服务	0531-82098776（总编室）
	0531-82098775（市场营销部）
电子邮箱	sdwy@sdpress.com.cn
印　　刷	山东新华印务有限公司
开　　本	890毫米×1240毫米　1/32
印　　张	12
字　　数	289千
版　　次	2020年12月第1版
印　　次	2020年12月第1次印刷
书　　号	ISBN 978-7-5329-6045-3
定　　价	95.00元

版权专有，侵权必究。如有图书质量问题，请与出版社联系调换。

出版说明

"中国现代文艺学大家文库"精选徐中玉、钱谷融、王元化、钱中文、李衍柱、王元骧、陈伯海、陆贵山、孙绍振、童庆炳等十位著名文艺理论家的代表性著作,涵盖现代文论、西方文论、古代文论等多个领域,以期对近百年来中国文艺学的创造性成果进行总结,全面立体地展示中国现代文艺学研究的理论建树,为专业的文学研究者提供经典、权威的文艺学资料,从而推动新时代文艺学研究向纵深发展。

我们在编选过程中,除根据作者或授权编选者的意见对个别选文稍作修正外,尽量保持文章初次发表时的原貌。这是一套学术著作,我们本着严谨认真的态度进行编校,但难免会有疏漏,尚祈读者指正。

山东文艺出版社
2020 年 12 月

总序

中国文艺学发展百年回眸

为了总结文艺学诞生、发展的历史经验，推进当代具有中国特色的文艺学的建设，山东文艺出版社拟出版一套"中国现代文艺学大家文库"，选择近百年来在不同历史时期涌现出的文艺理论家的代表性成果集结的"自选集"或由学子、亲人协助选编的"文艺学文集"，公开出版发行，与国内外读者见面。这一设想是有创新性的，也是具有学术价值和现实意义的。

第一批被选入的学者有十位，最年长的是 2019 年 6 月 25 日去世、享年 105 岁的徐中玉先生。徐先生 1915 年 2 月 15 日出生于江苏江阴。这一年恰是陈独秀创办的《青年杂志》（1916 年改为《新青年》）问世。在五四精神的熏陶和培育下，在新文化运动的洪流中，徐先生刻苦学习、吸纳进步思想，在极端困难的环境中，积极为深爱的祖国贡献一份力量。在《忧患深深八十年——我与中国二十世纪》一文中，徐先生说："我们这一代人的发奋图强，誓雪国耻，要求进步,坚主改革,不论在什么环境、困难下总仍抱着忧患意识与对国家民族负有自己责任的态度,是同我们从小就受到的这种国耻教育极有关系的。'天下兴亡,匹夫有责',这不是说个人有了不起的力量,而是说每个人于国、族兴亡,都要负起自己应该并可能承当的责任。"作为一位文艺理论家,徐中玉先生继承和弘扬了中国知识分子所具有的"先天下之忧而忧,后天下之乐而乐"和"独立之人格,自由之思想"的优良传统,由于敢于直言,敢于讲真话,坚持正义,主持公平,徐先生多次被诬陷、遭攻击,被打成"右派",但他始终默默地搜集文献资料,思考和研究文艺理论问题。他认为:"具有忧患意识,有使命感和历史责任则是每一个爱国者应有、能有的。"徐先生在受迫害的艰难岁月里,"利用一切可以利用的时间,埋头积累专业研究资料。二十年间孤立监改扫地除草之余,新读七百多种书,积下数万张卡片,约计手写近一千万字。甘于寂寞,自求心安。只有自己觉得这种积累有用,即使这些卡片将始终只能塞在我的抽屉里,也有意义。也许这只是为了求得自己心理上的平衡,但到底并没有把这二十年光阴完全白过。"① 徐先生在逆境中所显示出的这种坚忍不拔、甘于寂寞、潜心研究的治学精神,堪称为学界的楷模。

对于近百年文艺理论的发展,徐中玉先生为《中国近代文学大系·第1集·第1卷·文学理论集1》作的导言中认

---

① 徐中玉:《忧患深深八十年——我与中国二十世纪》,载《徐中玉文存》,6页,上海人民出版社,2019年。

为,"近代文学理论在新旧交替、救亡图强的大变革世运中"①得到长足的发展,在这方面王国维和鲁迅作出了突出贡献。

今天我们所说的文艺理论或文艺学②,它的古老的名字称为"诗学"。最早提出"诗学"概念并把它作为独立学科进行研究的是古希腊"最伟大的思想家"亚里士多德(公元前384—前322)。在古希腊,诗是一个广义的概念,包括抒情诗、叙事诗、悲喜剧、史诗、音乐、舞蹈等。亚里士多德的《诗学》就是古希腊这些艺术种类实践经验的总结。因此,亚里士多德的《诗学》,就其研究的对象和论述的内容来讲,可谓是世界文论史上出现的第一部文艺理论或文艺学专著。

中国古代虽无"诗学""文艺学"的概念,但对诗乐理论的研究却源远流长、新见迭出,产生过多部影响深远的理论专著。从荀子的《乐论》到后来出现的《乐记》,从《文心雕龙》《诗品》《闲情偶寄》到《人间词话》,等等。三千多年前,在《尚书·虞书·舜典》中提出"诗言志"这一中国诗论"开山的纲领"以来,不断有新的理论观点问世,诸如:缘情说、形神说、风骨说、神韵说、意象说、性格说、境界说、意境说等,并对创作实践产生过程度不同的影响。诗论在中国古代,除《文心雕龙》《诗品》等专著中

---

① 徐中玉主编:《中国近代文学大系·第1集·第1卷·文学理论集1·导言》,上海书店,1994年。

② 据日本当代文艺理论家滨田正秀研究,文艺学(Literaturwissenschaft 或 science of literature)这一词据说最先是在19世纪40年代初的黑格尔学派里使用,初见于1843年麦登(Mundt,1808—1861)的《现代文学史》一书的绪论中。见[日]滨田正秀《文艺学概论》,陈秋峰、杨国华译,3页,中国戏剧出版社,1987年。

有所论述外，主要是以乐论、诗话、词话、曲话、批注、笔记等文体存在于历史典籍之中。

文学理论或文艺学作为一门独立的人文学科在中国出现，则是20世纪的事情。1902年，文学理论先是以"文学研究法"的名义跨入了"中国文学门"，正式被列入《钦定大学章程》。1912年，在北大馆藏的《民国元年学科设置及课程安排》中，首次将"文学概论"列为人文学科开设的课程。1916年蔡元培任北大校长，聘任陈独秀为文科学长。1917年在北京大学重新修订的《文科大学现行科目修正案》中，进而明确将"文学概论"定为必修课。由此开始，一百多年来"文学概论"一直是全国各大学中文专业开设的必修课。[①]上世纪开始的一二十年，多是借用国外学者撰写的关于文学艺术理论的著作为教材。上世纪50年代，中国各高校文科，普遍用的是苏联的文艺学教材。改革开放新时期，中国恢复学位制度后，文艺学正式作为一个独立学科在全国各高校与科研单位设立博士点、硕士点，并开始招收培养专门从事文艺学教学与研究的人才。文艺学在国家教育体制上被确立，同时也被学界接受认同。

回顾文艺学在中国发展的历史，20世纪初，在中国古代诗学理论向中国现代诗学理论的转换过程中，王国维（1877—1927）作出了重大贡献。生活、学习和成长在中西文化交流和碰撞时代大潮中的王国维，在"文学理论"概念的出现和"文学概论"成为中国大学人文学科的必修课

[①] 参见程正民、程凯主编：《中国现代文学理论知识体系的建构——文学理论教材与教学的历史沿革》，北京大学出版社，2005年。

的同时,1904年发表《〈红楼梦〉评论》;1904—1906年开始撰写《人间词话》甲稿、乙稿,并于1908年分三期连载于《国粹学报》;1909年,写出《唐宋大曲考》《戏曲考源》,刊于《国粹学报》;1912年,《宋元戏曲考》成书。王国维运用康德、叔本华的美学观,结合中国文学和文论的实际,具体分析和评论了《红楼梦》、宋元戏曲和古代诗词,以境界为核心范畴,构建起一个具有中国民族特色的文学艺术理论新体系。王国维创建的文论新体系,在总结中国文艺创作实践的基础上,创造性地继承、创新性地发展了中国古代诗论的优秀传统,汲取融合了西方诗学中的合理成分。其研究和论述的方面,涵盖和扩大了亚里士多德《诗学》的内容,更加符合中国文艺的实际。他写的《〈红楼梦〉评论》,为中国现代文艺理论批评开了先河,投下了第一块基石。文中振聋发聩地提出:"《红楼梦》者,可谓悲剧中之悲剧也。"① 这一理论观点,显然比胡适提出的"自传说"和蔡元培的《〈石头记〉索引》,有更高的审美价值。叶嘉莹说:"此文在中国文学批评的历史中,实在可以说是一部开山创始之作。"② 这一评价,是公正而又符合实际的。王国维的《宋元戏曲考》或《宋元戏曲史》,是中国第一部戏曲史。王国维的《人间词话》,以中国古代诗话、词话的形式,表达出现代美学和文艺理论的丰富内容。王国维以境界范畴作为他的现代诗学体系的逻辑起点,系统总结了中国古

---

① 王国维:《〈红楼梦〉评论》,载《中国近代文论选》下,754—755页,人民文学出版社,1962年。
② 叶嘉莹:《王国维及其文学批评》,176页,广东人民出版社,1982年。

代诗话、词话所蕴含的诗学理论,结合优秀古典诗词的分析,对文艺的本体论、创作论、构成论、鉴赏论、作家论提出了自己的见解,并且原创地论说了优美、壮美、古雅、情与景、写实与理想、隔与不隔、有我之境与无我之境等属于他自己独有的新的诗学范畴。他吸取了19世纪以来西方兴起的"写实派"与"理想派",即现实主义与浪漫主义理论观点,认为在艺术意境的创构过程中,现实和理想相互渗透,融为一体,二者颇难区别,"写实家亦理想家","理想家亦写实家"。

对于王国维在中国学术史上的贡献,陈寅恪指出:

> 自昔大师巨子,其关系于民族盛衰学术兴废者,不仅在能承续先哲将坠之业,为其托命之人,而尤在能开拓学术之区宇,补前修所未逮。故其著作可以转移一时之风气,而示来者以轨则也。先生之学博矣,精矣,几若无涯岸之可望,辙迹之可寻。然详绎遗书,其学术内容及治学方法,殆可举三目以概括之者。一曰取地下之实物与纸上之遗文互相释证。凡属于考古学及上古史之作,如《殷卜辞中所见先公先王考》及《鬼方昆夷玁狁考》等是也。二曰取异族之故书与吾国之旧籍互相补正。凡属于辽金元史事及边疆地理之作,如《萌古考》及《元朝秘史之主因亦儿坚考》等是也。三曰取外来之观念,与固有之材料互相参证。凡属于文艺批评及小说戏曲之作,如《红楼梦评论》及《宋元戏曲考》《唐宋大曲考》等是也。①

---

① 陈寅恪:《王静安先生遗书序》,载《陈寅恪史学论文选集》,501页,上海古籍出版社,1992年。

陈寅恪先生总结出的王国维学术研究的三条基本经验和方法影响深远,对中国现代美学、诗学、史学的研究与发展,具有重大的学术价值和现实意义。在中国文学艺术领域,王国维既是中国古代诗话、词话的最后一位诗论家,同时又是中国现代诗学在新世纪伊始出现的最初的一位文艺理论家。中国古代诗话、词话的终结和中国现代诗学理论的开端,是以王国维创建的中国现代诗学理论(即文艺理论)为标志的。

王国维对中国现代诗学理论虽然作出了重大贡献,但也有明显的局限和缺失。徐中玉先生明确指出:王国维的理论虽有"精微处、透辟处,也有自相矛盾、未能自圆其说处,违反历史事实、时代要求、大众愿望处。国家民族仍在贫弱交困、急待救亡疗治的时刻,他这些理论大体只可供思考,起到免于走向极端功利而尽失文学特性的作用……王氏精微有余,正视现实生活不足,理想成分多"。徐先生认为,"王国维说:'主观之诗人不必多阅世,阅世愈浅,则性情愈真,李后主是也',都不切合事实。李后主身受亡国之辱,阅世还浅?他的最好词作,难道不是这种阅历促成的?阅世深了,一定会使性情失真?如果真只是'赤子',大眼界、深意境能从哪里来?说李后主'俨有释伽、基督担荷人类罪恶之意',简直把一己之所爱,拔高到天上去了。王氏有很高的艺术鉴赏力,也有把自己的学术见解大胆提出来的理论勇气。但他的不少著名观点至少仍是大可商榷的。"徐先生对王国维的批评是十分中肯的。

在徐先生看来,对于建设中国现代文艺学(或文艺理论)的贡献,与王国维相比,鲁迅的贡献更大、更具有现代性。徐先生对鲁迅写于 1907 年的《摩罗诗力说》给予很高的评价。

> （《摩罗诗力说》）是这一历史时期文学理论的总结，又是这一时期文学理论发展的最贵结晶，明显地起着承前启后的作用。鲁迅在此文中不废怀古之功，但更要求审己、知人："欲扬宗邦之真大，首在审己，亦必知人，比较既周，爱生自觉，每响必中于人心，清晰昭明，不同凡响。"这就是指出：一味自我欣赏而不审视自己的阙失，前途必无光明，有了改进的自觉，才有希望。为此，他坚决主张"别求新声于异邦"。异邦有诸如"立意在反抗，指归在动作"，"争天拒俗"，争取"独立、自由、人道"，"说真理"等类新声，都还是我们自己非常缺少却极需要的。对异邦行而有效的东西，认为虽应学习，"亦非吾邦民可活剥"，应学其"内质"，即真精神才是。
>
> 鲁迅分析了过去闭关的恶果，孤立自是，精神沦亡，以致维新了二十年仍无甚成效。他呼吁文学界有志之士都要做"精神界之战士"，为国族尽最大努力。"家国荒矣，而赋最末哀歌，以诉天下贻后人之耶利米，且未之有也！"
>
> 鲁迅凭其热爱国族的赤忱和高瞻远瞩的目光，其认识达到了当时思想界文学理论界的最高峰。[①]

---

① 徐中玉主编：《中国近代文学大系·第 1 集·第 1 卷·文学理论集 1·导言》，上海书店，1994 年。

鲁迅（1881—1936）是一位伟大的文学家、思想家、革命家。他不仅是中国现代文学的奠基人，为中国20世纪文学竖起了第一座巍峨的文学高峰，而且是建设具有中国民族特色的文艺理论或文艺学的披荆斩棘的勇敢开拓者。鲁迅积极投入和倡导白话文运动，1918年5月发表的《狂人日记》是中国文学史上出现的第一篇白话文小说。在中国文艺理论史上，鲁迅又是第一个将西方现实主义理论的核心范畴——"典型""典型人物"引入中国文坛的。他在1921年4月5日写的《译了〈工人绥惠略夫〉之后》一文中，称阿尔志跋绥夫在1905年之前，"已经写出了一个以性欲为第一义的典型人物来①。"在《阿Q正传》的论争中，典型逐渐成了批评家批评作品成败得失的重要审美尺度。鲁迅系统全面地研究了中国小说，撰写的《中国小说史略》《中国小说的历史的变迁》，开创性地为中国文学史研究打下了一个坚实的基础，并为中国文艺学的理论研究提供了丰厚的历史文献资源。鲁迅亲自将普列汉诺夫运用唯物史观写出的《没有地址的信》，翻译给中国读者。他对文学发生学的研究，既批判地吸取和借鉴了"游戏说""巫术说""劳动说"中的有价值成分，又紧密结合中国文艺发生的实际，提出了富有中国特色的文艺活动发生论的新观点。他的理论主张可概括为："劳动—巫术—休闲"说。② 徐中玉先生在《中国近代文艺理论的发展》中提出的中国文论史上长期争论不休的一个关

---

① 《鲁迅全集》第10卷，167页，人民文学出版社，1981年。
② 李衍柱：《文学理想与文学活动》，302—308页，人民出版社，2013年。

于文艺与政治的关系问题,鲁迅总结中国文学史的经验,生动而又辩证地作出回答。他在《文艺与政治的歧途》《魏晋风骨及文章与药及酒之关系》等论文中指出:世界上没有超政治、超时代的文学,鼓吹所谓文学超政治、超时代,实质是为了逃避现实,然而这又是不可能的,"这是和说自己用手提着耳朵,就可以离开地球者一样地欺人"①。

人的意识的觉醒与人的价值和尊严的被肯定,人的主体性的确立和人的独立思考能力的恢复和增强,这是一百多年来在中国学术界、思想界、文学艺术界发生的一个重大变化。如同陈伯海先生所说:"现代意义上的'人'的自觉和'文'的自觉,构成'五四'文学革命对20世纪中国文学发展的主要贡献。"②人学与文艺学同属人文科学。而人学又是文艺学的重要理论基础。人学既是打开文学殿堂大门的钥匙,也是打开中国古代文论、书论、画论、乐论宝库的金钥匙。文学是"人学"的理论主张,不仅对于我们研究中国古代文论传统、开展中西文论比较,有指导意义,而且对研究中国现代文艺理论,总结五四以来文学艺术领域的经验教训和存在的问题,都有现实的意义。从1918年12月15日刊行的《新青年》第5卷第6号上发表周作人的《人的文学》,到1957年第5期《文艺月报》发表钱谷融的《论"文学是人学"》,再到1980年第3期《文艺研究》发表钱谷融的《〈论"文学是人学"〉一文的自我批判提纲》(即

---

① 《鲁迅全集》第7卷,113—114页,人民文学出版社,1981年。
② 陈伯海主编:《近四百年中国文学思潮史》,22页,东方出版中心,1997年。

《我怎样写〈论"文学是人学"〉》),时间经过了六十余年,围绕着文学与人的问题,人性、国民性与阶级性问题,人道主义与人文精神问题,展开了多次的论争,尽管一些作家、理论家因此而落难,受到批判或斗争,但是真理是批不倒、骂不掉、打不死的,相反它会在反复敲打中闪烁出它的灿烂的光辉。[①] 选入"中国现代文艺学大家文库"的学者,几乎每一位都在自己所选论文中从不同视角论说到"人"的自觉与"文"的自觉问题。徐中玉在《忧患深深八十年——我与中国二十世纪》一文中说:"文学既是人学,更是人心民心之学。"钱中文先生指出:"'文学是人学'是针对教条主义把人当作描写的工具而说的,文学应该描写活生生的人,张扬了文学的人道主义,这一很有针对性的观点,开了解放文学思想风气之先,扩大了人们对文学的认识,使文学与真实的人结合起来,有力地批判了高大全、假大空这类虚假的文学主张,功莫大焉。"[②] 钱先生还专门撰写了《论人性共同形态描写及其评价问题》,结合中外的理论研究与创作实际进行了评说。在新世纪伊始,钱先生提出和倡导的"新理性精神",进一步拓展和丰富了文学人学论的内涵。王元骧先生在论说马克思对德国古典美学的继承与革新的同时,撰写出《审美自由与人的解放》。陆贵山在重读经典文本的基础上,深入研究"马克思主义的人论与文学"课题,

---

① 李衍柱:《时代变革与范式转换》,201—203页,人民出版社,2013年。

② 钱中文:《三十年间》,载《理论的时空》,144页,复旦大学出版社,2016年。

并出版了专著。"主体性文学论是人性、人道主义讨论的必然继续与具体表述,与'文学是人学'也是相互呼应的。文学主体论认为过去主体在反映论中完全是消极被动因素,所以那是客体文学,是没有主体的文学,现在要重建具有首创精神的创作主体,建立新的主体文学。纠正过去创作中创作主体的缺失,强调创作主体的创造地位与巨大功能,这是文学理论的一大进步。有的作家有感于此,后来阅读了阐释文学主体论的文章,真有一种解放之感;同时这一观念对于促进文学理论框架的反思,影响很大,这都是应该肯定的"①。

"时运交移,质文代变,古今情理。"② 中国文艺学的发展变化与时代的变革相向而行。革命是推动历史前进的火车头,解放思想则是激励亿万人民从事社会变革的不竭动力。一百多年来,中国社会发生了三次伟大的革命,经历了三次伟大的思想解放运动。历史的巨变,催生和推进了中国现代文艺学的发展。

20世纪出现的第一次大革命是以孙中山领导的辛亥革命为标志。在这次大革命孕育爆发的过程中,中国社会急剧地由一个封建专制社会逐渐沦为一个半殖民地半封建社会。十月社会主义革命,给中国送来了马克思列宁主义。孙中山播下的民主革命种子,催生和发展成了新民主主义革命,爆

---

① 钱中文:《三十年间》,载《理论的时空》,144—145 页,复旦大学出版社,2016 年。
② 刘勰著,范文澜注:《文心雕龙注》下,671 页,人民文学出版社,1961 年。

发了五四新文化运动，出现了第一次思想大解放运动。中西文化的大碰撞、大交流、大融合，在中国文学艺术领域则呈现出可喜的百花齐放、学派林立、百家争鸣的繁荣局面。

第二次大革命和社会转型是以中华人民共和国建立和社会主义制度基本确立为标志，以打破苏联的教条主义为中心的延安整风，开启了第二次思想解放运动。从时间上说，可以从1927年井冈山建立第一块革命根据地算起，一直到1956年我国社会主义改造基本完成。这次大革命，使中国人民真正站起来了，获得了新民主主义革命的胜利，并且开始走上了社会主义的道路，取得了社会主义建设的伟大胜利。在这个将近三十年的过程中，中国社会形态发生了根本性的变化，由一个半殖民地半封建的社会转变成为一个新民主主义国家，然后又逐步确立了社会主义制度。在哲学社会科学领域，最大的成果，就是确立了马克思列宁主义普遍真理与中国革命实际相结合的毛泽东思想。在中国文艺学发展的历程中，则形成了马克思主义文艺理论与中国文艺实际相结合的毛泽东文艺思想，在革命与战争年代竖立起了一座马克思主义文艺理论中国化时代化大众化的里程碑。

第三次社会大革命和思想解放运动是以党的十一届三中全会为标志。以社会主义现代化建设为中心的改革开放，是中国大地上持续发展的又一次更为深刻和广泛的革命。四十多年的改革开放，中国人民已由站起来走向富起来，由富起来走向强起来。四十多年的伟大实践，我们已经成功地走出了一条中国特色社会主义道路。

从上世纪70年代末期开始的这次思想解放运动，使古老的中华大地重新焕发了青春，注入了无限的生机与活力。这次伟大的思想解放运动，使中国社会的各个领域，都发生了根本性的变化，文化、科学、艺术，迎来了自己发展的春天。中国现代文艺学同其他社会科学一样，挣脱了种种精神枷锁，走出了误区，打破了禁阀，回到了自己的家园。作家、艺术家、文艺理论家重新焕发出自己的艺术青春、学术青春。

今年正值五四运动发生一百年、中华人民共和国成立七十年和改革开放刚过去四十年，本文库第一批入选的学者中徐中玉先生是全程经历和参与的元老，其余诸位都是出生于上个世纪30—40年代。这些学者亲历和见证建国七十年中国社会发生的巨变，沐浴着改革开放的春风，全身心地投入到自己关注的文艺研究之中。他们的研究论著，从不同的侧面和层面，推进了现代中国文艺学的建设，为社会主义文艺事业的发展和繁荣作出了应有的贡献。从其所选文集的内容看，主要的标志性的理论贡献有以下几点：

第一，文学观念的更新和突破。十年动乱期间的闭关锁国，使中国文艺理论界中断了与世界的交流与对话。解放思想，改革开放，有力地推动了文学观念的更新和突破。改革开放四十多年，欧美和俄罗斯近代以来出现的各种哲学、美学、文学理论的代表性著作和文艺作品，相继被翻译、介绍到我国。《柏拉图全集》《亚里士多德全集》等西方古代、近代、现代的许多大家的全集相继被翻译到中国。世界各国不同的文学理论派别的倡导者的哲学观、历史观、价值观、美学观、文学观是大相径庭的。但他们的文学理论主张能够在不同民族国家出现，自有其实践的依据和现实存在的学理性。他们以不同的视角和方法,从不同的层面和方面,对文学艺术的审美特征和艺术规律的探索,他们的发现,他们的见解,甚至他们的"片面的深刻"或"深刻的片面",都可作为中国文艺学研究的借鉴和参照系。中国学者在思考、探索如何继承古代文论、借鉴外国文论,在马克思主义世界观和方法论指导下,建设有中国特色的文艺学的历史过程中,先后出现了认识论文学观,以蔡仪主编的《文学概论》和以群主编的《文学基本原理》为代表;主体论文学观,以刘再复的《论文学的主体性》为代表;象征性文学观,以林兴宅的《文艺象征论》为代表;生产论文学观,以何国瑞的《艺术生产原理》为代表;审美意识形态文学观,以钱中文、童庆炳、王元骧为代表。1982年,钱中文先生最早提出这一理论观点;1987年,钱先生又补充说:"文学作为审美的意识形态,以感情为中心,但它是感情和思想认识的结合;它是一种虚构,但又具有特殊形态的真实性;它是有目的,但又具有不以实利为目的的无目的性;它具有阶级性,但又是一种具有广泛的社会性以及全人类性的审美意识的形态。"① 比较集中体现审美意识形态文学观的则是童庆炳主编的《文学理论教程》和他的学术专著《文学活动的美学阐释》,王元骧的《审美反映与艺术创造》《文学原理》。文学艺术是一种审美意识形态,当下已逐渐为中国文艺理论界所接受,并成为我国文学理论教材建设的一个最基本的出发点。这一观点超越和突破了苏联文艺学教科书和我

---

① 钱中文:《论文学观念的系统性特征》,载《文艺研究》1987年第6期。

国文艺理论家蔡仪、叶以群主编的全国通用教材中所坚持的认识论文学观。

第二，研究方法的变革。"工欲善其事，必先利其器。"观念的更新与方法的变革相伴而行。20世纪50年代以来，系统论、控制论、信息论的提出和电子计算机的发明与应用，使自然科学有了重大的突破和发展，人们对宇宙的认识也有了新的进展。在社会科学方面，20世纪以来世界各国出现了各种各样的思潮和学派，他们从不同视角和层面，提出了新的方法论问题。马克思指出："历史本身是自然史的即自然界成为人这一过程的一个现实部分。自然科学往后将包括关于人的科学，正像关于人的科学包括自然科学一样，这将是一门科学。"[①] 文艺学研究与自然科学结合，融合自然科学的方法和手段，这是文艺学在未来发展中的一个重要趋势。1985年，中国学界出现了"方法论"热。大家普遍注意研究如何将系统论等自然科学研究方法与传统的社会科学研究方法结合起来，如何在马克思主义世界观和方法论指导下，综合各种古今中外行之有效的研究方法，推进文艺学研究的创新。

面对着以研究浩若烟海的中外文学艺术为主要对象的文艺学，应当采取什么方法，古今中外文艺理论家作过种种探索和尝试，出现过社会历史的方法，哲学美学的方法，心理学、现象学、符号学、结构主义的方法，人类文化学的方法等。从表现形态上讲，有宏观与微观，纵向与横向，归纳综合与分析演绎，个案研究与整体把握等。选入本文库的学者

[①] 《马克思恩格斯全集》第42卷，128页，人民出版社，1979年。

中，陆贵山先生就主张"走向宏观的文艺学"。他说观察文艺世界需要两面镜子：显微镜和望远镜。既要提倡微观研究，也要提倡宏观研究。像绘画一样，一幅画既需要有宏伟的构图，也需要有精美的细部。只有宏伟的构图没有精美的细部可能造成空泛，只有精美的细部没有宏观的构图会痴迷于一点。建国七十年来，文学理论获得了前所未有的思想活力和学术发展的空间，运用不同的方法，以不同视角，从不同侧面、不同层次、不同方面研究文学艺术，百虑一致，殊途同归，建设有中国特色的文学理论，已成为我国文学理论界的共识。"有中国特色的当代文学理论新形态，是一种以马克思主义为指导，以现代性的追求为动力，在全球化的语境中充分立足于本土，在现代文论传统的基础上，不断地自我反思与批判，广采博取中外古今思想资料中的有用成分，鉴别创新，形成了一种具有科学的和人文精神的、开放的、动态的、形式复合多样的形态。"①

在上个世纪60年代王元化先生就开始酝酿和关注文艺学研究的方法论问题，先后撰写了《论诠释》《综合研究法》《由抽象上升到具体》《知性分析方法》等论文。对于王元化先生在古代文论研究方法上的贡献，牟世金先生在《"龙学"七十年概观》中说：王元化先生的《文心雕龙创作论》，"创造了一整套行之有效的综合研究法：第一是宏观研究和微观研究相结合，第二是文史哲研究相结合，第三

---

① 钱中文：《文学理论30年：成就、格局与问题》，载《华中师范大学学报》2007年第5期。

是古今中外的比较、联系相结合。"① 这种"综合研究法",是将"古与今和中与外结合起来,进行比较对照,分辨同异,以便找寻出在文学发展上带有规律性的东西"②。它的特征是古今结合、中外结合、文史哲结合。

在改革开放新时期,文艺学研究特别是马克思文学理论的中国化,取得了重大的成绩,七卷本"20世纪马克思主义文艺理论国别研究"丛书的出版就是实绩之一。而文学基础理论也得到了前所未有的发展。就学科性的著作而言,在文学文体学、文学叙事学、文学语言学、文学修辞学、文学符号学、文学心理学、文学社会学方面,出现了许多很有分量的专著,研讨问题的范围有所拓宽。2000年到2002年间出版的钱中文、童庆炳主编的"新时期文艺学建设丛书",收录的36位学者的论著,就是一些带有标志性的成果。2016年由复旦大学出版社推出的由朱立元、曾繁仁主编的"当代中国文艺学研究文库",已出版的第一批12位学者的论著,进一步显示出当代文艺学研究在千禧之年到来之际出现的新的特点和趋向。

第三,面向实践,在创作与批评互动中推进文学理论的创新。

创作与批评是驱使文学发展的不可或缺的两个轮子。世界文学史的实践表明,凡是文学艺术在大发展的历史时期,几乎都是创作与批评两个轮子同步飞转,文学巨匠与批评大师都同时留下了他们的足迹。文学理论只有同文学创作实践

---

① 王元化:《文心雕龙讲疏》,381页,广西师范大学出版社,2004年。
② 同上书,352页。

与文学鉴赏批评实践紧密相连,同步互动,才能不断找到自己的新的生长点。孙绍振先生在撰写《文学创作论》和创立文学解读学过程中深有体会地说:"文学理论的生命来自创作和阅读实践,文学理论谱系不过是把这种运动升华为理性话语的阶梯,此阶梯永无终点。脱离了创作和阅读实践,文学理论谱系必定是残缺和封闭的。问题的关键在于,文学理论对事实(实践过程)的普遍概括,其内涵不能穷尽实践的全部属性。与实践过程相比,文学理论是贫乏、不完全的,因而理论并不能自我证明,实践才是检验真理的准则。"孙绍振在对《红楼梦》和鲁迅小说的文本解读中,具体分析的《红楼梦》的八个美女之死和鲁迅所写的八种死亡,使人耳目一新,给予读者以美的享受。徐中玉先生于1946年写的《批评的伦理》中说:"20世纪是一个批评的时代。所谓'批评的',它的真实解释就是改造的——或者索性就说革命的。因为一切的改造或革命都要从批评开始,而真正的批评也不能不以改造或革命作为它的目标和结局。"① 在20世纪40年代,徐先生对巴金创作的《家》《春》《秋》的解读和评论,充分肯定巴金的"激流三部曲"的审美价值和社会历史意义。童庆炳先生作为诺贝尔文学奖得主莫言的指导教师,联系莫言的生活道路和小说创作实践,写出的《作家的童年经验及其对创作的影响》《莫言的硕士论文与高密东北乡文学王国》,从批评与创作实践紧密结合上,丰富和拓展了当代文艺学的内容。本人撰写的《第十个文艺女

---

① 徐中玉:《批评的伦理》,载《徐中玉文存》,277页,上海人民出版社,2019年。

神的再生——关于文学批评的主体性思考》与《〈大秦帝国〉论稿——走向新世纪文艺复兴的绿色信号》,在阐明文学批评主体性的同时,显示出批评实践与创作实践、批评家与作家互动的必要性和可操作性。

第四,继承与创新,弘扬中华优秀诗学传统。

建设当代中国的文艺学,它的根,它的母体,它的基因,是中华优秀诗学传统。对于文艺学的建设与发展来说,传统和继承是它的出发点,而更新、创造则是它的目标和主导。文艺学的发展就是由多个创新的环节构成的;文艺学发展的历史,实际上就是继承传统又不断突破传统、不断创新的历史。没有突破与创新,文学也就失去了生命。"传统是一个动态的、开放的、不断发展的系统。它在时空的四维向度上不断地延伸、转化和发展。它作为社会心理、思维方式、价值观念、幻想、风俗、习惯、不同的人生观和世界观,对社会的发展产生巨大的推动作用。它肇始于过去,积淀于现在,影响着未来。一定的文化传统一旦形成,就具有相对的稳定性和惰性。优秀的文化传统,是一个民族的宝贵的精神财富,它具有强大的凝聚力、亲和力与融化力。"① 改革开放以来,中国古代文论和中华诗学传统的研究取得了空前的进展,先后出版的论著有:王运熙、顾易生编的7卷8册《中国文学批评通史》,罗宗强的多卷本《文学思想史》,黄保真、成复旺与蔡钟翔等人的《中国文学理论史》,袁行霈的《中国诗学通论》,陈良运的《中国诗学批评史》,

---

① 参见李衍柱:《时代变革与范式转换》,122—123页,人民出版社,2013年。

张少康的《中国文学理论批评发展史》和入选本文库的学者徐中玉的《古代文艺创作论集》，童庆炳的《文心雕龙》研究，陈伯海主编的《近四百年中国文学思潮史》等。这些论著，采用不同的视角和方法，在吸收已有研究成果的基础上，以通史或断代史的方式，又以专题研究或个案研究为切入点，比较系统深入地探讨了中国古代文艺理论和中国古代诗学的创作与批评的历史发展的特点、规律、范畴，弘扬了中华诗学的优良传统，将中国现代诗学研究推进到一个崭新阶段，并为中国当代文艺学研究提供了丰厚的中国古代诗学资源和坚实的发展基础。

第五，网络思维、网络文学与信息时代文艺学建设。

思维方式的变化和网络文学艺术的兴起，是信息时代中国文学艺术领域变化最大、发展最快的一道风景线。改革开放四十多年，文学观念的更新与研究方法的变革，都与在人的头脑中发生的革命，即与人的思维方式的革命紧密相连。而人的思维方式的变化又与科学技术的革命息息相关。人类历史告诉我们，科学的重大发现和进步，总是直接影响着人的思维精神和思维方式的变化。

网络思维不仅突破了线性的思维方式，超越了一维、二维、三维的视野，它以爱因斯坦的"四维空间"理论，全方位地、立体地、动态地去研究文学活动的特点和规律；同时，又以对话思维超越了"二元对立"和"零和博弈"的思维方式。对话是两个以上主体之间进行平等自由的语言交际。它是沟通与联结我与你、学派与学派、民族与民族、国家与国家之间的桥梁。这是一座来自远古、立足现代、通往未来而又联结东西、今古,贯穿于过去、现在和未来语境中的桥梁。"对话思维不同于'是—是''否—否'二元对立的思维方式。对话的过程是一个异中求同、同中求异的双向运动过程。"①"'对话'是'把灵魂向对方敞开,使之在裸露之下加以凝视'的行为。"② 对话应当是真诚的、坦率的、自由的。对话的双方各自具有独立性,有自己的个性、尊严和价值。在中国现代美学和现代诗学研究过程中,钱中文先生积极倡导对话思维并亲自主持翻译了《巴赫金全集》在中国的出版,得到中国思想界、学术界、文艺界的赞誉,有力地推动了中外文化交流和中国当代文艺学的建设。

网络文学艺术是网络思维孕育出的奇葩。它的诞生标志着文学艺术真正迎来了一个前所未有的大普及、大发展的春天。据《文艺报》统计:截至2017年底,国内45家重点文学网站的原创作品总量高达1646.7万种,其中签约作品达132.7万种,年新增原创作品233.6万种,年新增签约作品22万种。出版纸质图书6942部,改编电影1195部,改编电视剧1232部,改编游戏605部,改编动漫712部。网络文学对外翻译影响日渐扩大,足迹已遍布亚洲主要国家以及英、美、法、俄等20多个国家和地区,成为中国文学"走出去"新的增长点。③ 理论来自实践。对网络思维与网络文

---

① 李衍柱:《巴赫金对话理论的现代意义》,载《文史哲》2001年第2期。

② [日]池田大作:《我的人学》,铭九、潘金生、庞春兰译,155页,北京大学出版社,1992年。

③ 参见李晓晨:《进一步激发新文学群体创作活力》,载《文艺报》2018年9月17日。

学的研究，已引起文艺理论界的关注和研究。欧阳友权的专著《网络文学论纲》和由他主编的《网络文学新视野丛书》的出版问世，就是很好的佐证。

随着时代的推移和文学所使用的工具与手段的变换，文学的物化载体和传播媒体的变换，自然要引起文学自身的变异和发展。一些文学类型消亡了，一些文学类型出现了，批判继承，推陈出新，这是中外文学发展的一条重要规律。与文学的变化、发展相适应，文学理论研究也应以新的观念和方法向深广度发展。面对信息时代的到来，网络媒介的迅猛发展，电信技术王国的出现，解构主义大师雅克·德里达惊呼："整个的所谓文学的时代（即使不是全部）将不复存在。"必然导致文学的"终结"。作为德里达的信奉者、美国文艺理论家J.希利斯·米勒直言不讳地宣称他是赞成德里达的"文学终结论"的。并且进一步发挥了德里达的思想，说："那么，文学研究又会怎样呢？它还会继续存在吗？文学研究的时代已经过去了，再也不会出现这样一个时代——为了文学自身的目的，撇开理论的或者政治方面的思考而单纯去研究文学。那样做不合时宜。"[①] 对于德里达、米勒公开宣扬的"文学终结论""文学研究过时论"，中国文艺理论界对此大不以为然，公开发文从理论上予以批评。本人与钱中文、童庆炳先生都先后发文联系中外文艺发展的实际，批评这种广为流行的"文学终结论""文学研究过时论"出现的必然性及其悲观论的实质。文学艺术作为人类诗

[①] J.希利斯·米勒：《全球化时代文学研究还会继续存在吗?》，载《文学评论》2001年第1期。

意的存在的载体,永远是时代的花朵,它总会不断地给人以美的享受。

建设中国特色的文艺学是一个需要一代又一代的学者不懈地进行研究的系统工程。伴随着中华民族伟大复兴,中国和世界文艺实践的丰富和发展,在未来的岁月,文艺学研究也必然会不断提出一些新的问题,出现一些新的形态和新的特点,并在不同的领域和方面,有所突破,有所创新。钱中文、童庆炳二位先生,在《新时期文艺建设丛书·总序》中说:一个理论创新的新世纪已经来临。不过任何一种新型的理论形态的建立与发展,都要以前人提供的"思想资料"为基础的。新时期的文论,作为一个良好的开端,它们无疑可以成为有中国特色的文学理论的前期成果;而作为丰富的思想资料,它们无疑将汇入新世纪的新的理论创造之中。山东文艺出版社推出的"中国现代文艺学大家文库"中的第一批学者的自选集,无疑是这些学者在建设中国特色文艺学的大道上留下的足迹;这些学者研究的成果,也必然会在今后的文艺创作实践和鉴赏批评实践中受到检验或弃取;他们提出的问题和对未来的期待,深信后继者在中华民族伟大复兴的历史征程中,一定会继续深入系统全方位地研究下去,并在实践中不断推进文艺理论的创新,进而融入新世纪世界文艺学研究的洪流,努力攀登学术的高峰。

李衍柱

2019 年 8 月 12 日于山东师范大学寓所

目录

代　序 / 001

第一辑　审美诗学

关于文学特征问题的思考 / 003
"审美意识形态"论作为文艺学的第一原理 / 023
新时期文学审美特征论及其意义 / 042

第二辑　心理美学

自我情感与人类情感的相互征服
　　——论文学艺术中审美情感的深层特征 / 073
作家的童年经验及其对创作的影响 / 097

第三辑　文体诗学

中国古代文体论述要 / 121

论美在于内容与形式的交涉部 / 157

论文艺作品内容与形式的辩证矛盾 / 175

第四辑　比较诗学

《文心雕龙》"道心神理"说新探 / 197

"童心"说与"第二次天真"说的比较研究 / 220

中西文学观念差异论 / 237

第五辑　文化诗学

文化诗学是可能的 / 273

植根于现实土壤的"文化诗学" / 290

文化诗学结构：中心、基本点、呼吁 / 302

附录　童庆炳著作年谱简编 / 321

代序

我的新时期文学理论研究之旅

1936年12月，我出生于福建省连城县莒溪村。1952年毕业于连城一中初中部。1955年毕业于福建龙岩师范学校。1958年提前一年毕业于北京师范大学中文系本科，留校任教。现为北京师范大学资深教授，文学院教授委员会主席，文艺学博士生导师，国家级重点学科北师大文艺学学科点学术带头人，教育部文科基地北师大文艺学研究中心学术顾问。

自1958年大学毕业留校任教，即分配到北京师范大学中文系文艺理论教研室，师从黄药眠教授。经黄药眠先生精心指导，逐渐形成自己的文学理论研究路数。1963年纪念曹雪芹逝世200周年，我在《北京师范大学学报》发表的长篇论文《论高鹗续〈红楼梦〉的功过》，是我发表的第一篇正式的论文。这篇受到好评并被收入《红学三十年论文选编》等多种集子的论文，激发了我的学术研究的自信心，但同时也令我列入"走白专道路"的名单中，而遭受到政治整肃。1963—1965 年在越南河内师范大学中文系任教期间，我讲授过中国古代文学发展史及作品选读、古代汉语、写作等课程。我在每周讲授二十四节课的情况下，利用一切时间，编写了《中国古代文学发展简史》，在炮火连天的河内油印出版，还注释了几十万字的中国古代文学作品。1967—1970 年在阿尔巴尼亚地拉那任教期间，除讲授"中国文学"课程外，我用大量的闲暇时间研读"十三经"、"二十四史"、《资治通鉴》和中外名家的大量作品。仅巴尔扎克的长篇小说我就阅读了二十多部。这为我日后的研究打下了比较坚实的基础。我是幸运的。当我的同事下乡"四清"之时，我在炎热的河内静静地读书备课；当我的同事不得不为"文化大革命""文攻武卫"浪费时间之际，我则在地拉那宁静的城市里研读中外各类书籍。从 1958—1976 年，这可以说是我学术研究的一个准备时期。

  出于对长期以来的文论的政治化和哲学化的不满，我开始了"审美诗学"的建构。"审美"文学的特征，这是我新时期最初的理论观点，许多文学理论问题都要在"审美"的视野下加以具体的解释。

1978 年进入新时期以后，整个国家处在一种社会转型中，如何建立中国自己的新的形态的文艺学的课题被现实生活鲜明地提出来了。我的文艺学的教学和研究也随之开始新的阶段。我和文艺学界的同行们此时面对的主要问题是如何清理统治中国长达几十年的苏联教条主义文艺理论的僵化模式,以及在苏联模式基础上发展起来的更为教条化机械化的东西。从新中国成立初直到"文化大革命"结束的二十多年的时间里,中国的文艺学始终受到苏联20世纪50年代极"左"的文艺学的深刻影响。苏联50年代的文论基本上是20年代拉普派的庸俗社会学和机械论文论的翻版。把一切文学问题政治化和哲学化是其突出的特点。苏联文论的核心是"社会主义现实主义创作方法",这个理论一半是政治,另一半才是文学,而"创作方法"则是少数人拼凑出来的概念,并非创作实践的总结。在苏共十九大上,苏共中央书记马林科夫竟然荒谬地在政治报告中大谈特谈文学典型问题,认为典型问题是"党性在现实主义艺术中表现的基本范围""典型问题任何时候都是政治问题"。50年代初、中期,正是中国文艺学的起步时期,但在"全面学习苏联"口号的指导下,我们在苏联文艺学面前完全失去起码的创造精神,亦步亦趋地跟在苏联文论后面。更为严重的是,在60年代初和"文化大革命"时期,中国变本加厉地把一切文学问题政治化,把"写真实论""题材广阔论""中间人物论""人道主义论"等,都当作"修正主义"加以批判,连文艺学的一般常识也被完全堵塞。由此可知,新时期开始,文艺学学术研究的起步是十分艰难的。

在这种历史语境中,我清醒地认识到在文学问题上僵硬的政治化和大而化之的哲学化,是阻碍中国文艺学发展的最重要的问题,而如何突破此前的反映论的单一的视角,寻找到文学自身的特征是当务之急。这一时期我的研究主要就围绕这个问题展开。我加入了有关文学创作的形象思维的讨论，发表了《略论形象思维的基本特征》《再论形象思维的基本特征》和《评当前文学批评中的"席勒化"倾向》三篇论文，力图摆脱文学研究中的政治化、哲学化模式，揭示文学自身的特征。但是在此期间我最重要的研究成果是向俄国大批评家别林斯基发起"挑战"，发表了受到当时文论界广泛重视的《关于文学特征问题的思考》一文（发表于《北京师范大学学报》1981年第6期，1982年中国社科院编写的《中国文学研究年鉴》详细介绍，并选入《中国新文艺大系·1976—1982·理论一集》）。这篇论文怀疑苏联和我国50年代到80年代流行的"文学形象特征论"的正确性。这种理论认为：文学与科学的不同不在内容，而在形式。科学家用逻辑说话，文学家则用形象和图画说话，可它们说的是同一件事，所以文学的根本特征就是用形象来反映生活。我的文章认为区别事物之间的不同特征首先要追寻它们的不同内容，然后才是形式。文章写道："形式，这是事物的外部联系、外部标志，它不可能从根本上确定事物的特征；内容，这是事物的内部联系、内部规律性，只有它才能从根本上确定事物的特征。""我丝毫没有否定'文学用形象的形式反映生活'这一命题的意思。问题在于'文学用形象的形式反映生活'这一特点难道不是由文学的独特对象、内容派生出来的吗？"由此，我认为上述文学特征定义是有问题的。我由这篇文章追根溯源，进而发现这一说法最早是由俄国大批评家别林斯基提出来的。别林斯基曾强调指出："人们只看到，艺术和科学不是同一件东西，却不知道它们之间的差别根本不在内容，而在处理一定内容时所用的方法。哲学家用三段论法。诗人则用图画和形象说话,然而他们所说的是同一件事。"我认为别林斯基的观点是受黑格尔的"美是理念的感性显现"的影响所致。在黑格尔的哲学体系里,"理念"是万事万物的根本,是它派生出一切事物,因此只能从不同的形式来区分此一事物与彼一事物的不同特征。别林斯基的文学特征论显然是黑格尔理念论在文学问题上的翻版。把这样一个黑格尔式的文学特征论长期奉为圭臬,不但是错误的,而且会使中国的文学理论裹足不前。在清理了别林斯基的文学特征论后,我在文章中提出了关于文学特征的理论假设:文学特征问题应分层次、分主次地进行探讨:甲,文学的独特内容——整体的、审美的、个性化的生活;乙,作家的独特的思维方式——以形象思维为主,以逻辑思维为辅;丙,文学的独特的反映形式——艺术形象和艺术形象体系;丁,文学的独特功能——艺术感染力,以情动人。我认为文学和科学的具体的对象与内容是不同的。文学反映的生活是人的整体的生活,即现象与本质、个别与一般具体地、有机地融合为整个生活。整体不是指包罗万象,而是"从一粒沙里看一个世界""一首短诗可能只抒发诗人瞬间的一点感受,一篇小说可能只写两三个人之间一点纠葛,但都是活生生的一个完整的世界,那里面闪烁着生活的全部色彩"。进一步,这种整体的生活能不能进入文学作品中,还要看这种生活是否与审美发生联系。"文学是美的领域。文学的对象和内容必须具有审美价值,或是描写之后具有审美意义。"更进一步,还要看这种生活是否经过作家的思想感情的灌注,留下作家精神个性的印记。可以说,我的这篇文章是新时期国内最早揭示"文学形象特征论"的缺陷,并提出"文学审美特征论"的文章之一。此后我又吸收马克思主义关于对事物的"艺术掌握"以及"诗意的裁判"的观念,认真学习了马克思的《1844年经济学—哲学手稿》中涉及美学的论述。此外,苏联80年代文论界的审美学派的理论资源,也进一步丰富、完善了我的理论。我将上述理论最早吸收进高校的《文学概论》教材中,特别是我自著的由红旗出版社出版的教材《文学概论》(上下册),以"文学审美特征论"贯穿全书,使教材面貌焕然一新。由于全国各地高校纷纷采用此教材,发行量达到了27万册。从而使我的"文学审美特征论"产生了广泛的影响。"文学审美特征论"摆脱了文学理论依附政治的状况,改变了文学理论简单套用政治理论的模式,推动了中国现代文论的发展,具有重要的学术价值。

另外我还把"文学审美特征论"运用于文学理论的重要问题——文学典型——的研究中,于1984年发表了论文《特征原则与作家的发现》,提出了与以前的哲学化的典型定义——典型是个性与共性的统一,或典型是偶然性与必然性的统一——完全不同的典型定义。文章认为,过去的典型理论缺少"中介",因此只是把典型的塑造过程看成是对生活的"综合"或"拼凑"。文章借用德国古典艺术鉴赏家希尔特的"特征"理论,把典型创造理解为对特征的生发、强化,把典型理解为经过特征化的、能够唤起人们美感的形象。我的文章认为:"就外延而言,'特征'可以是一句话、一个细节、一个场景、一个事件、一个人物、一种人物关系等；就内涵而言，'特征'具有两种属性，其一，它的外在形象是极其具体的、生动的、独特的；其二，它通过外在形象所表现的内在本质又是极其深刻丰富的。'特征'是生活的一个凝聚点，现象和本质在这里相连，个别和一般在这里重合，形与神在这里聚首，情与理在这里交融。特征化就是指作家对他所抓取的生活凝聚点的加强、扩大和生发的过程。"所以典型创造是否成功，不在积累的生活材料的量的多少，而在于质的高低。我的关于典型问题的"特征"说，是国内典型理论的一种新说。这一理论由于它深入到文学的审美层次，具有一定的启发性，也被学术界不断地引用。我还发表文章试图用"审美"的观点来解释艺术真实性问题，文学结构问题，以及文学的内容与形式的关系等问题。

我的文学审美特性论研究，获得了文学理论界的理解与支持。随后，我的"审美"论就进入各类教材。中国社会科学院文学研究所的《中国文学研究年鉴》转载了我的论文；许觉民先生主编的《中国新文艺大系·1976—1982·理论一集》收录了我的论文；多年后，王蒙和王元化主编的另一套《中国新文学大系·1976—2000》的"理论卷"也收入了我的论文。值得一提的是越南重要的期刊《文学》，专门翻译了我的评论苏联文论的文章。我自编的以审美为核心观念的教材《文学概论》，1984年第一版印刷了27万册之多，它在大江南北、黄河两岸学习文学理论课程的师生手中流传。1982年我还是讲师，1986年，我成了教授，我还是1984年北京市的劳动模范。我自己把新时期这一时段的文学审美特征论研究，称为"审美诗学"研究时期。

80年代中期文学理论界提出的文学主体性是一个重要问题，为深化文学主体性研究，"心理诗学"的探索耗费了我多年的时间。"体验"成为我们阐释的核心观念，而把"矛盾上升为原理"则是我的一种研究思路。

20世纪80年代中期，文艺学拨乱反正的任务基本完成后，"实现文学观念的转变，以适应变化了的文学现实"的问题被鲜明地提了出来。1985年刘再复发表了《论文学的主体性》的重要论文，引起了学界的轩然大波，立刻引起了激烈的论争。一些人完全否定这篇论文，甚至给扣上"反党反社会主义"的罪名。但我是赞成刘再复的观点的，我认为应该延伸他的研究。刘再复的"文学主体性"研究，我觉得仍然囿于哲学的范畴，难于在文艺学范围内进行深入的探讨。我意识到"文学主体性"问题的重要意义，同时感到"文学主体性"问题可以转到"文艺心理学"领域加以研究。1986年我申请到了"七五"国家社科重点项目——文艺心理学（心理学美学）研究。从1985年起到1992年，经过七年的时光，我和我指导的研究生终于获得了令人欣慰的成果，出版了"心理美学丛书"（十五种），论文集《艺术与人类心理》；以及由我任主编的，达56万字之多的学术专著《现代心理美学》。我自己的学术专著《艺术创作与审美心理》一书也列在丛书中。我和我的学生的"心理学美学"研究与一般的"文艺心理学"有些不同，我们不把"心理学美学"看成是心理学的一个分支，因此不同意用普通心理学的概念生硬地宰割文学艺术的事实。相反，我们主张从文学艺术的事实出发，来寻求心理学视角的解释，因此"心理学美学"完全是属于美学、文艺学的一个分支。

在我所撰写的《艺术创作与审美心理》这部著作时，我所选择的研究范畴并不是新鲜的，仍然是审美知觉、审美情感、审美想象等。但是我在前人研究的基础上，运用辩证思维的方法，使我的研究获得了新的成果。我的研究方法完全是朴实的、富于启发性的，我说过："我在研究艺术家的创作心理机制的运动、变化和相互作用时，发现了一个普遍的现象，即艺术家诸种创作心理活动往往是矛盾的、相互冲突的：审美知觉既是无关功利的，又是有关功利的，既是对现实的超越，又要受现实的制约；艺术情感既是艺术家自我的情感，又是人类的情感，既是内容的情感，又是与之相对的形式的情感；审美想象既具有主观的意向性，又具有客观的逻辑性……这一对对的矛盾、冲突，起初使我困惑。"在困惑中，海森堡的"将矛盾提升为原理"给了我以极大的启发，为我的创作心理研究开辟了一个崭新的路数。如对审美知觉的研究，在前人那里，或是认为审美知觉是超越功利的，或是认为审美知觉是功利的。这种分歧成为美学理论的一个"死结"。我正是在这个"死结"起步，否定了那种静态的调和功利说与非功利说的尝试，即把审美知觉分成知觉效果与心理状态两个方面，认为从知觉效果上讲，审美知觉是无关功利的，而从心理状态上讲，审美知觉是有关功利的。我认为这种理论离解开"死结"还很远，因为"审美知觉是一种流动的并充满心理冲突的过程"。"最能体现审美知觉深层特征"的，恰好是它"从日常实际态度向审美态度的转变"。而这种过渡与转变能否实现，关键在于两种心理力——功利的、实用的心理力，与超功利的、审美的心理力——反复较量的结果。"换句话说，在这过渡与转变的瞬间，知觉主体处于一个被争夺的临界点上。一方面，审美对象的特质所构成的审美世界召唤他，使他对经验世界处于一种'假遗忘'状态；可另一方面，他所熟悉的由强大的功利、欲望所构成的经验世界，又挽留他，像一个情人那样拽抱着他，尽量不使他超越临界点，阻止他顺利进入审美世界。"两种心理力的斗争决定着审美知觉能否实现。我的研究的独到之处在于：把"斗争""较量"的概念引入知觉过程的研究，从而获得同行的好评。我探索的最后的结论是："审美知觉作为一个动态过程，不能简单地说成是'无关欲望''无关功利'的，只能说它从欲望、功利的束缚中解放出来，达到无关功利欲望的境界。有欲是无欲的对立面，但是有欲是无欲的超越条件，甚至可以说，欲望、功利的拖累越是沉重，对此欲望、功利的超越后审美愉悦也越是痛快淋漓。"关于"审美知觉"研究我所提出的新说可以叫作"解放"说。这是我把书本知识、创作经验和生活体验三者关联贯通起来所获得的成果。

我对审美情感的研究也采取融通的态度。我认为"自我表现"论和"人类情感表现"论，都有片面性，都不能完全揭示审美情感的本质。我认为审美情感应该是"自我情感"和"人类情感"的交合、重合和结合。但是这种结合是如何实现的呢？我又一次引进"冲突""搏斗""征服"等概念。我认为，艺术家的自我情感与对象所体现的人类情感之间的冲突是通过相互征服而实现双向流通，从而达到"神秘的统一"。艺术家必须有伟大的人格，超常的智慧，巨大的搏击力量，以及主观战斗精神，把对象所体现的人类情感吸纳、同化到自己心中，成为自我情感的有机组成部分，这样方能克服自我情感与人类情感之间的紧张，方能"在搏击之后结为一体"。我的这一观点在审美情感的研究中被同行专家认为是深刻而独到的。

我用同样的方法研究审美想象，认为审美想象是认识性与意向性两个因素相互征服、相互渗透的结果。

我的"心理学美学"研究力图揭示艺术创作心理机制的复杂性、辩证矛盾性，把"矛盾上升为原理"，学界同好认为这一研究思路颇具独特性。另外一点，也许是更重要的一点，我们朴素地认为作为文学创作的主体，"体验"是最为重要的，我把"体验"与一般的"经验"区别开来，成为我们集体研究的最重要的成果。在由我任主编、我的朋友程正民任副主编的56万字的《现代心理美学》一书中，我们用了最多的篇幅来研究"艺术与体验"，我们罗列了"童年体验""缺失性体验""丰富性体验""崇高体验""愧疚体验""孤独体验""神秘体验""皈依体验"等来阐明艺术主体问题。我们的研究成果不但深化了文学主体性问题的研究，而且把朱光潜30年代的古典的文艺心理学研究提到现代的水平。我们的作品获得了教育部的奖励，还被列为国庆五十周年的献礼著作。对我而言，我与我的学生——丁宁、陶东风、李春青、蒋原伦、黄卓越、李珺平、陶水平、唐晓敏、周帆、曹凤、陈向红、金依俚、黄子兴等——的激烈的学术争论，使我们收获了弥足珍贵的友谊。

当作家苦苦摸索"怎么写"的时候，我知道文学理论界应该干什么。我选择了"文体诗学"研究，提出了"文体非文类"说，"文体是一个系统"说，为新时期的文体研究探了探路。

90年代初期，我的研究方向又一次转换。此时我已经清楚地意识到，作家们遇到的问题不仅仅是写什么的问题，还有一个更重要的怎么写的问题，他们正苦苦摸索这个问题。对于文学理论来说，这就是文体问题了。文学是语言的艺术，语言是文学的第一要素，如果不把研究沉落到语言层面，那么怎么写的问题，以及文学的特征和相关的一系列文学问题，还是不可能解决的。经过三年的努力，我的研究又一次获得了成果。1994年我主编了一套"文体学丛书"，我自己撰写的专著《文体与文体的创造》也正式出版。"文体学"的研究在中国文艺学界几乎是一个新开辟的领域，因为我并非把"文体"单纯理解为过去人们所说的"文类"或"文学体裁"。在系统而详尽地梳理了中国和西方关于文体理论的基础上，我提出了对文体的新见解："文体是指一定的话语秩序所形成的文本体式，它折射出作家、批评家独特的精神结构、体验方式、思维方式和其他社会历史、文化精神。"这一"文体"定义实际上可分为两层，从表层看，文体是作品的语言秩序、语言体式;从里层看,文体负载着社会的文化精神和作家、批评家的个体的人格内涵。进一步我把文体作为一个"系统",认为从呈现层面看可以分为相互联系的三层:体裁——语体——风格。我认为一定的体裁要求一定的语体,一定的语体经作家个性的过滤,达到稳定和成熟的极致,就形成风格。文体是体裁、语体和风格的结合体。这部书最富创造性的部分是它提出的文体创造问题的新发现。我在评述了"美在内容""美在形式"和"美在内容形式的统一"的观点的局限之后,提出了"美在于内容与形式的交涉部"和"内容与形式的相互征服"的新观点。长期以来,内容与形式一直是文艺学中一个最重要的二项对立模式。但这二项对立模式中的内部关系并不是平等的。在"内容决定形式,形式反作用于内容"的理论表述中,内容决定形式,几乎就等于"文艺为政治服务"。所以我想拆解这个二项对立模式,但又认为照搬20世纪在西方流行的完全排斥内容的各种形式主义的模式是不可取的。

经过研究,我把文学的内容与形式的关系理解为辩证矛盾运动,并在内容与形式之间找到了一个中介概念,这就是"题材"。我认为文学作品的内容是无法意释的,但题材则是可以意释的。把题材从艺术内容中剥离出来,其目的是强调从题材(材料)向内容的转化过程中,形式所起的关键作用。我提出:"作品的内容是经过深度艺术加工的独特方式,以语言体式为中心的形式则是对题材进行艺术加工的独特方式,一定的题材经过某种独特方式的深度的艺术加工就转化为艺术作品的内容。"值得一提的是,我在提升艺术形式的作用时，与各种形式主义的美学，其中包括西方的所谓"语言论转向"，仍保持着一条清晰的界限。这不但表现在我仍然使用被形式主义文论弃置不用的"内容"这个概念，更重要的是表现在对内容形式关系的含有辩证矛盾思想的处理。我强调的是，作品的形式无论如何总是一定内容的形式，一定的形式只有在题材的吁求下才会出现。如果题材不发出吁求，形式是不会出现的。而且我进一步指出，题材吁求形式，其中就包含形式的创造要受到题材的生活逻辑和情感逻辑的制约，形式必须这样或那样与题材相匹配。但又强调，这种"制约"不是"决定"。在内容决定形式的理论中，内容是"主人"，形式是"仆人"，"仆人"永远是被动的。在我所理解的题材吁求形式的关系中，题材与形式是"主人"与"客人"的平等关系。把"客人"请到"家"，"客人"就往往"造起反"来，"客人"征服"主人"，重新组合，建立一个新的"家"。所以我认为，题材与形式是相互征服的关系，一方面是题材吁求形式，征服形式；另一方面则是形式改造题材、征服题材。我在书中写道："我们的基本观点是，创造最终达到内容与形式的和谐统一，不是形式消极地适应题材的结果，恰恰相反，是形式与题材的对立、冲突，最终形式征服（也可以说克服）题材的结果。"我举了俄国作家布宁的短篇小说《轻轻的呼吸》为例，认为其是形式征服题材的典范。就这篇小说的题材而言，其意义指向是沉重的、哀伤的、令人叹惜的。小说描写了年轻漂亮的女中学生奥丽雅，她先与一个哥萨克士兵谈恋爱，后又与一个老地主乱搞，最终奥丽雅被哥萨克士兵在火车站站台上开枪打死。这样一个故事就其本事而言是"生活的溃疡""生活的腐败"。但是作家在结构这个故事的时候,把"开枪打死"这四个字,隐含在对乱糟糟的站台和来往人群的描写的长句子中,如果你不认真读,就可能被忽略过去。小说的艺术描写的重点被转到奥丽雅和羡慕她的女生的一次关于女性美的谈话上面。奥丽雅家的藏书中有一本《古代笑林》,其中的一个故事把"轻轻的呼吸"列为女性美的标准要点之一。奥丽雅绘声绘色地对女友们说:"轻轻的呼吸!我就这样的——你听到我怎样喘气——真是这样吧?"此外,奥丽雅的班主任——一个老处女——对奥丽雅的美貌和风度的羡慕,也得到了大肆的渲染。艺术形式的诗情画意使题材的意义指向发生逆转,整部小说流露出一种乍暖犹寒的春的气息。形式征服了题材,转化出一种新的内容。我的书中通过大量的资料分析证明,这种形式对题材的征服,乃是文体创造的基本规律。作家之所以喜爱描写苦难、伤痛、哀愁、苦闷、死亡,甚至丑恶、病态等,就是因为形式可以征服题材,使题材的意义指向发生逆转,并创造出新的艺术世界来。我在内容与形式关系上的理论突破,被认为使文体学研究进入文艺学研究的前沿,是值得重视的。王蒙给我们的丛书写了序言。值得庆幸的是,我们的书再版时,季羡林先生也称赞这套丛书,给丛书写了三段评语。其中第一段说:"'文体学丛书'是一套质量高、选题新、创见多、富有开拓性、前沿性的好书。以前我们对文体问题、对中国古代文论中的有关文体的思想遗产研究、总结得很不够,因而这套丛书的出版对文艺学的学科建设具有填补空白的意义。"季先生的评价让我受宠若惊。而我的学生莫言在听了我的"创作美学"课程后,所记住的就是那个用来说明文体创造的《轻轻的呼吸》的故事,这也让我感到些微的安慰。

文学理论作为学科建设,我一直觉得应在中、西、古、今四个主体间进行平等的对话,互通有无,互相补充,互构互动,互相发明,既借鉴西方的有益的观点,又不失中国民族之地位。当文学理论能利用历史留给我们的全部资源的时候,文学理论的学科建设就可以获得成功。这就是我在"比较诗学"上下了较大功夫的原因。

新时期三十余年来,我一直把文艺学当成一个学科来建设。就整个文艺学的学科建设而言,我认为要走古今对话、中西对话的路。我深深体会到文艺学的真理不在一家一派手里,而在各家各派手里。因此古今对话、中西对话,是关系到开发文艺学建设的资源问题。我把"古""今""中""西"理解为四个"对话"的主体,通过这种对话,我们才能把包括古今中外一切含有真理性的东西吸收过来,才可能进行综合,并建立起具有新质的中国的现代的文学理论。20世纪90年代我提出了古代文论研究的学术策略是:第一,历史原则。把古代文论的资料置放到产生它的历史文化语境中考察,尽可能恢复其本来面貌。只有这样才可能激活历史资料的生命。尽管这不可能完全做到,但一定要尽力去做。脱离开原有的历史文化语境的研究是不可取的。第二,对话原则。把"古""今""中""西"理解为四个平等的"对话"的主体。通过古今对话和中西对话,互相补充,互相发明,互相贯通。把古今中外一切具有生命力的观点和方法置于我们的视野之内。对话不是相互简单的比附。第三,自洽原则。对话的目的是把古今中外的真理性的成分交融在一起,这种交融不是机械相加,要能自圆其说,而且在对话中寻找新质,创造出属于中国现代的文论形态来。我和黄药眠先生主编了《中西比较诗学体系》(上下册)一书,1991年出版,内容包括中西文论的背景比较、范畴比较和影响研究,至今仍是国内最完整的一部比较诗学的著作。我于80年代末90年代初发表在《文史知识》杂志上的两组文章,或是以西释中,或是以中释西,受到读者的欢迎,尔后中华书局结集出版,台湾的万卷楼图书有限公司也出版了这部题为《中国古代心理诗学与美学》的书。2000年,我完成了"九五"国家社科规划项目"中国古代文论的现代意义",成果由北京师范大学出版社出版。2000年,我在新加坡南洋理工大学中华语言文化研究中心担任研究员,完成了《现代学术视野中的中华古代文论》的书稿,此书后由北京出版社出版。我自1994年起给博士生上的"《文心雕龙》研究"的课程讲稿,即将汇集成《〈文心雕龙〉三十说》一书出版。我的"比较诗学"的研究得到国内研究古文论的朋友的鼓励,我的研讨《文心雕龙》论文的观点,被收入张少康等人编著的《文心雕龙研究史》中。已故资深古代文论研究专家陈良运在评价我的《中国古代文论的现代意义》一书时,认为这部书是"找到打开中国古代文论的一把钥匙"。他说:"值得我们这些长期研究古代文论的学人特别感兴趣的是,他将现代心理科学知识引进了古代文论研究领域,从人的心理层次观照并诠释某些观念范畴的生成、扩散、延伸与发展,往往令人耳目一新。"他特别称赞我把李贽的"童心"说与马斯洛的"第二次天真"说的比较研究,说"听到他以美国人本主义心理学家马斯洛的'第二次天真'说诠释明代李贽的'童心'说,感到十分新鲜且心胸豁然开朗,一缕古代文论现代阐释的新曙光,启开了笔者原来比较狭窄的视界"。对于我对孔子的"乐而不淫,哀而不伤"的新解,对刘勰的"蓄愤""郁陶"说的新解等,也赞赏有加。我觉得我找到了知音。

自韦勒克的《文学理论》一书被翻译过来之后,文论界对他提出的所谓"内部研究"和"外部研究"的划分趋之若鹜。90年代"文化研究"被引入后,文学理论的"文化转向"又变为"日常生活审美化"的话题。"文学理论往何处去"又成为一个问题。这个时候,我提出了把"内部研究"与"外部研究"综合起来的"文化诗学"的新思路。

我于1998年扬州会议上提出建立"文化诗学"的初步构想。1999年我又发表了两篇论文《文化诗学是可能的》《文化诗学的学术空间》。2001年再次发表了论文《文化诗学刍议》,并于当年11月7日到中央电视台《百家讲坛》作了题为《走向文化诗学》的讲演。不幸的是我的这个讲题被美国学者斯蒂芬·格林布拉特于 1986 年在西澳大利亚大学讲过。这样,就有人认为我的理论是从格林布拉特那里搬来的。的确,此前我读过格氏有关"新历史主义"批评的论文,他那种把文学文本解读放回到原有的历史语境中去的方法对我有启发。但我当时不认为这是什么新鲜的东西,因为孟子的"知人论世"的方法早就倡导这样做了。我在 90 年代末提出"文化诗学"是基于这样三点:第一,文学理论界过分的"内部研究",特别是一些琐碎的文本语言研究,忽视了文学的内容,即所谓文学"外部"的东西,我觉得过分的"内部研究"是片面的,文学理论应该追求全面性,那就是把"内部研究"和"外部研究"综合起来,既要关注文学文本的言语技巧、抒情技巧、叙事技巧,也要关注文学文本的文化、社会和政治内容,进行跨学科的研究。第二,90 年代后期,随着西方的"文化研究"被引进,一时间又成为文论界追逐的目标。我认为从英国威廉斯等人那里引进的"文化研究"基本上不属于文学理论,它是文化社会学,甚至就是政治社会学。虽然,它有时也举某些文学作品为例来说明某个问题,但它并不看重文学文本的诗情画意,不看重文学文本的审美品质,甚至提出"反诗意"。如果我们搞文学理论的人,都钻进这个"文化研究"中去,那么就必然会脱离文学和文学理论本身,这不利于文艺学这个学科的建设。后来主张引进文化研究的学者又转而提倡什么"日常生活的审美化"研究,实际上常常与商业主义"同流合污",这就更引起我的反感,我觉得他们这样走下去,必然要撇开我所钟爱的文学。而我所提出的"文化诗学",就是要坚守文学理论的阵地,与搞文化研究的人保持距离。第三,面对诸种社会问题,我们研究文学理论的学者不能置身局外,要通过文学批评发出我们的制衡的声音。这样文学理论中缺乏文化的元素和视野显然是不行的。我觉得"文化诗学"恰好能使我们研究文学理论的人"介入"现实,与现实保持紧密的、生动的联系。我发表一系列的文章来界说我提出的"文化诗学"。最终,我用"一个中心,两个基本点"来说明我的"文化诗学"的结构。一个中心,就是要以审美为中心,文学与审美不可分离,审美不是小事,是关系到人的自由的大事。两个基本点,文学研究既要伸向微观的文学文本的细部,文本的分析不可或缺;又要伸向宏观的文化历史的观照,把文学文本或问题置放回原有的历史语境中去把握,揭示文学文本中的文化意涵。但是,我认为重要的不是"文化诗学"这个提法本身,重要的是要在文学理论和文学批评中进行实践。我先后主编了两套丛书,一套是北京师范大学出版社出版的"文化与诗学丛书"(十本),一套是由湖南人民出版社出版的"文化诗学文丛"(五本),这些著作研究的问题是不同的,但方法则是"文化诗学"的。我为这两套丛书都写了序言,申明我的"文化诗学"的主张。我主持完成的教育部重大攻关课题"历史题材文学创作中的重大问题研究",最终形成71万字的专著,和一套五本的丛书,也可看成是对"文化诗学"实践的作品。

新时期过去了三十余年,转瞬之间,我已从中年迈入晚年。我从审美诗学起步,经过了心理诗学、文体诗学和比较诗学的跋涉，最后一站来到文化诗学。这就是我的新时期的文学理论之旅。回顾所走过的路，总觉得所做的太少，留下的遗憾太多，论文和著作的质量不能令人满意。我清楚知道，我离我的学术研究目标还有很大的距离，未能像某些大家那样达到那种令人神往的境界。但生命的火焰即将暗淡，我可能再做不了什么来补救了。遗憾将陪伴上天留给我的日子。我只能告诫我的学生：努力吧，勤奋地、不倦地在文学理论这块园地里耕耘。要读万卷书，行万里路，永远和现实生活保持密切的、生动的联系，把书本知识、创作实践和生命体验贯通起来，也许你们能在这块园地获得丰收。我从来不嫉妒学生。我希望你们成家立派。当你们像我这样年老的时候，回首往事，觉得自己的生命没有虚度，你们已经成功，达到了你们的老师没有达到的境界。那对我来说，就是最好的安慰了。

童庆炳

2012 年 5 月 10 日，时年 76 岁

第一辑

审美诗学

关于文学特征问题的思考

并非是一个不容争辩的结论

什么是文学的根本特征呢？中国当代许多文学论著都这样回答说：用形象反映生活是文学的根本特征。人们认为：文学和科学的不同，不在内容，而在形式。文学用形象的形式反映生活；科学则用理论的形式反映生活。这些说法几乎成了文学理论中一个不容怀疑的定律。建国以来产生过较大影响的几本文学概论著作，毫无例外地坚守这一定律。例如：巴人的《文学论稿》（1954年）说：

> 我们所谓文学艺术的形象性也就是文学艺术不同于别的学术文字的一个特征：学者是由一定的观点，解释事实，表现自己对事实的态度。但在文学艺术中，情感表现得更为广泛的，是借了更生动的形象的形式而描写的……文学艺术与思想科学不同的仅是表现方法，而其内容则是相同的，即同样在发现真理……①

---

① 巴人：《文学论稿》上册，320页，上海，上海文艺出版社，1954。

以群主编的《文学的基本原理》(1964年出版,1979年修订后再版)说:

> 文学艺术的基本特点,在于它用形象反映社会生活。……作为一种反映现实的特殊形式,文学、艺术与哲学、社会科学又各有不同的特点。哲学、社会科学以抽象的概念的形式反映客观世界;文学、艺术则以具体的、生动感人的形象的形式反映客观世界。①

作者以孙中山先生的《中国国民党第一次全国代表大会宣言》关于辛亥革命失败的根源的论述,和鲁迅先生的《阿Q正传》中"革命""不准革命"两章作对比,说明同样的内容用了不同的表现形式,证明文学和科学的区别不在内容而在形式。

蔡仪主编的《文学概论》(1979年)说:

> 文学艺术和科学的重要区别,首先就是它们反映社会生活的方式不同……通过形象反映社会生活是文学的基本特征。②

十四院校编写的《文学理论基础》(1981年)说:

> ……总起来说,文学和社会科学的不同在于:文学是作家

---

① 以群主编:《文学的基本原理》上册,34—35页,上海,上海文艺出版社,1979。

② 蔡仪主编:《文学概论》,17—18页,北京,人民文学出版社,1979。

运用形象思维，通过具体的生动的形象构成一幅完整的生活图画来反映社会现实生活。而社会科学则是运用抽象思维，通过概念、判断、推理的逻辑方式，反映总结社会现象某一门类或某一方面的规律，作出科学的结论。所以，我们说文学的根本特征就是用形象来反映生活。①

对于"文学的根本特征就是用形象来反映生活"这一类说法，我一直怀疑它的正确性。我是这样想的：按辩证法的观点，事物的内容和形式是相对的，并不是固定不变的。一切都以我们在哪个范畴内来考察内容和形式为转移。就具体作品这个较小范畴来看，形象这一概念既包含了作品的形式，也包含了作品的内容，是内容和形式的统一。但就文学和社会生活的关系这一较大范畴来看，形象这一概念则专指文学反映社会生活的形式。人们在谈论作为意识形态的一个部门的文学的基本特征时，很明显是在后面一个较大的范畴里来使用"形象"这一概念的。因此，在"文学的根本特征是用形象来反映生活的"这类提法中，"形象"毫无疑问是专指形式（文学反映生活的形式）而言的。如果这一点可以肯定的话，那么这里就产生了一个辩证法常识范围里的问题。大家知道，在内容和形式这一辩证法的基本范畴中，内容和形式是相互联系相互作用的，但内容起主导作用，内容决定形式，形式服从内容。根据这一原理，我们确定一个事物的根本特征，首先要看这一事物的内容，然后再看这一事物的形式。形式，这是事物的外部联系、外部标志，它不可能从根本上确定事物的特征；内容，这是事物的内部联系，内部

---

① 十四院校《文学理论》编写组编：《文学理论基础》，4页，上海，上海文艺出版社，1981。

规律性，只有它才能从根本上确定事物的特征。当然，形式不是消极的，它是表现内容的，但"不论怎样形式都还是以本质为转移的"①。所以，"不能由于形式方面的理由而忘记事物的内容、事情的本质"②。令人不解的是，人们在规定文学的根本特征时，恰恰不从内容——文学所反映的社会生活和作家的思想感情——着眼，而只从形式——形象——着眼。如果说只重形式、不重内容是形式主义的话，那么只从形式着眼来规定文学的根本特征不也是一种形式主义吗?!

毋庸置疑，形象性是文学的基本特点之一。我丝毫没有否定"文学用形象的形式反映生活"这一命题的意思。问题在于："文学用形象的形式反映生活"这一特点，难道不是由文学的独特的对象、内容派生出来的吗？在我看来，我们要研究文学的特征，首先要看它的独特的对象、内容，看它反映什么；再看它的独特形式，看它怎样反映。"反映什么"是第一位的问题，"怎样反映"是第二位的问题。第一位的问题是根本，它决定第二位的问题，所以，"反映什么"决定"怎样反映"。文学的特征不仅表现在文学的特殊形式上，而首先是表现在文学的特殊的对象、内容上。不把文学的对象、内容的特征弄清楚，要论证文学的形式的特征就没有依据。"文学用形象反映生活"这一类提法，只说明了文学的形式的特征，没有说明文学的内容的特征，所以仅仅用它来说明文学的根本特征，不能不说是一个重大的理论缺陷。

---

① 列宁:《黑格尔〈逻辑学〉一书摘要》，载《列宁全集》第38卷，151页，北京，人民出版社，1984。
② 斯大林:《关于英俄委员会》，载《斯大林全集》第8卷，176页，北京，人民出版社，1954。

关键的一段话

不能说上述几种论著的作者没有意识到这个问题。不，他们是意识到了的。例如蔡仪主编的《文学概论》曾这样说：

> 文学的这个特征（指用形象反映生活——引者），是和文学反映社会生活的特殊要求以及它所反映的具体内容相适应的……科学主要是通过社会生活的现象、个别性以把握它的本质、规律、普遍性，而文学则同时也要把握它的现象、个别性，是要描绘社会生活从现象到本质、从个别性到普遍性的具体情景。而且某种科学往往是反映社会生活的某一方面的规律，如政治经济学所反映的是经济生活方面——物质生活资料的生产和分配等方面的规律，政治学所反映的是政治生活方面——阶级对阶级的关系、特别是阶级斗争的规律。文学要反映的既是具体的情景，也就要有完整的面貌，主要是描写作为社会主体的人和人的具体生活情景。①

毫无疑问，这些话都是正确的，也可以说是从对象、内容方面接触到了文学和科学的根本区别。如果据此来规定文学的根本特征，那就顺理成章了。但是他们并没有这样做，他们把笔一转，作出了"文学艺术和科学的重要区别，首先就是它们反映社会生活方式的不同"的结论。十四院校编著的《文学理论基础》也存在类似的情况。书中说：

---

① 蔡仪主编：《文学概论》，18—19页，北京，人民文学出版社，1979。

……科学是把社会生活分门别类地加以研究，而文学反映的社会生活则是以完整的、不可分割的面貌呈现出来的。但社会科学与文学的最根本的不同，还是在于思维方式和表达方式。①

这里共有两句话，本来前一句话已为后一句话准备好了推论的基础。可是作者没有根据前一句顺当地推论下去，却用一个"但"字，把结论引到另一个方向去了。多么奇怪的逻辑！一方面，承认文学和科学在对象、内容上有某些根本区别，可另一方面却认为文学和科学的根本特征不在内容方面，而首先在形式方面。这种明显的矛盾究竟是怎样产生的呢？原来问题的根子在别林斯基的著名的一段话中。为了说明问题，还是把这段话引出：

　　……人们看到，艺术和科学不是同一件东西，却不知道它们之间的差别根本不在内容，而在处理特定内容时所用的方法。哲学家用三段论法，诗人则用形象和图画说话，然而他们所说的都是同一件事。政治经济学家被统计材料武装着，诉诸读者或听众的理智，证明社会中某一阶级的状况，由于某一种原因，业已大为改善，或大为恶化。诗人被生动而鲜明的现实描绘武装着，诉诸读者的想象，在真实的图画里显示社会中某一阶级的状况，由于某一种原因，业已大为改善，或大为恶化。一个是证明，另一个是显示，可是他们都是说服，所不同的只是一

---

① 十四院校《文学理论》编写组：《文学理论基础》，4页，上海，上海文艺出版社，1981。

个用逻辑结论，另一个用图画而已。①

值得一提的是，上述四种论著都在论述文学的特征时在显要的位置上引用了别林斯基这段话。不过除巴人的《文学论稿》全文引用外，其他三种论著都删节了艺术和科学的差别根本不在内容而在处理内容时所用的方法这句重要的话。众所周知，别林斯基这段话是非常著名的，凡是谈到文学艺术的特征问题，就总要引用它。我觉得那些只从形式方面来论证文学的特征的同志，都几乎是以这段话为依据的。现在的问题是，别林斯基这位著名文艺理论家的这一著名论断是不是就不容怀疑呢？

事实上，早就有人对它产生了怀疑。苏联文艺理论界关于艺术的特征问题的讨论，从50年代初期开始，一直延续到现在，在讨论中对别林斯基这段话就有不同意见。有的认为"别林斯基关于艺术、哲学和科学的内容同一的原理是不正确的"，有的则认为别林斯基的论点是不容争辩的，"必须恪守别林斯基的遗教"（可参看《苏联文学艺术论文集》中阿·布罗夫《论艺术内容和形式的特征》一文；还可参看《外国理论家作家论形象思维》一书的"苏联当代理论家、批评家和作家"部分）。在我国，一般都正面引用别林斯基这段话，对它评价很高，认为它科学地规定了文学艺术和科学的区别，准确地说明了文学艺术的根本特征。但也不是没有批评意见。朱光潜先生在《西方美学史》中评述别林斯基的艺术思想时，指出了别林斯基这一论点的偏颇，他说："诗和哲学的分别不在内容而只在形式，完全相同的内容可以表现为完全不同的形式，内容和形式就可以割

---

① 别林斯基：《一八四七年俄国文学一瞥》，载《别林斯基选集》第2卷，满涛译，429页，上海，时代出版社，1953。

裂开来了。"① 又说："诗和哲学就在内容上也不能看成同一的。他之所以把它们看成同一，是因为他随着黑格尔相信艺术是从理念到形象的。"② 朱光潜先生的意见我以为是对的，一针见血地指出了别林斯基错误的根源。不过人们要问，别林斯基的思想有一个发展过程，提出艺术和科学的区别不在内容只在形式这一论点的那篇《一八四七年俄国文学一瞥》，是在他死前一年（1847年）写的，他的思想早就转到唯物主义方面，那段话不但没有把现实看作"理念"，而且还清楚地提出"社会中某一阶级的状况"改善或恶化的实实在在的现实问题，怎么能说别林斯基论点的根子是在黑格尔的理念说上面呢？为了回答这一疑问，我们不能不看一看别林斯基关于艺术和科学的区别不在内容只在形式的论点的来龙去脉。

别林斯基前后三次提出艺术和科学同一内容、不同形式的论点。第一次是在1840年所著《智慧的痛苦》一文中提出来的：

> 诗歌是直观形式中的真实；它的创造物是肉身化了的观念，看得见的、可通过直观来体会的观念。因此，诗歌就是同样的哲学，同样的思维，因为它具有同样的内容——绝对真理，不过不是表现在观念从自身出发的辩证法的发展形式中，而是在观念直接体现为形象的形式中。诗人用形象来思考；他不证明真理，却显示真理。③

第二次是在1843年所著《杰尔查文作品集》中提出来的：

---

① 朱光潜：《西方美学史》下卷，550页，北京，人民文学出版社，1979。
② 同上，551页。
③ 别林斯基：《智慧的痛苦》，载《别林斯基选集》第2卷，满涛译，96页，上海，上海译文出版社，1979。

真理同样也构成诗歌的内容，正像构成哲学的内容一样；就内容而言，诗情作品是跟哲学论文一样的东西；在这方面，诗歌和思维之间没有任何不同之处。然而，诗歌和思维远远不是同一个东西：它们因其形式之不同而显著地互相有所区别，而形式正是构成它们各自极为重要的属性。……诗歌也进行议论和思考，这是不错的，因为它的内容，正像思维的内容一样，也是真理；可是，诗歌是用形象和画面，而不是用三段论法和两端论法来进行议论和思考的。……诗歌的本质正就在这一点上：给予无实体的概念以生动的、感性的、美丽的形象。①

从1840年到1843年中间只隔三年，可从别林斯基的思想发展过程看，已经历了前后不同时期。1840年属于别林斯基所谓"跟现实妥协"时期，1843年则属于别林斯基的思想成熟时期。不过，他前后两次提出艺术和哲学、科学的区别的论点，则完全一样，并没有发展。从上面所引的这两段话看，他受黑格尔唯心主义思想的影响是很深的。别林斯基所说的"观念""真理""绝对真理"，就是黑格尔所说的"理念""绝对理念"。黑格尔认为艺术是"理念的感性显现"，别林斯基接受了这个说法，也说诗歌是"观念直接体现为形象。"别林斯基之所以认为艺术和哲学在内容上没有区别，就是因为在他看来，艺术和哲学都同样以理念为内容，而理念是抽象的，不可捉摸的，或拿别林斯基自己的话来说，理念是"无实体的概念"，这自然无法区别。这样，别林斯基就认为，不能从内容上去谈论艺

---

① 别林斯基：《杰尔查文作品集》，第一篇论文（1843），载《外国理论家作家论形象思维》，67—69页，北京，中国社会科学出版社，1979。

术和哲学的区别，只能从形式上寻找它们的区别。由此可见，别林斯基关于艺术和哲学同一内容不同形式的论点直接来源于黑格尔的唯心主义的理念说。

1847年，别林斯基在《一八四七年俄国文学一瞥》这篇著名的论文中第三次提出了关于艺术和科学的区别不在内容只在形式的论点，这就是本节开头所引的那段最为人们所注意的话。不能不看到，在这时，别林斯基的确抛弃了黑格尔的"理念"的概念，他所理解的现实不再是那不可捉摸的东西，而是"社会中某一阶级的状况"等实在的生活。他的脚已踏在唯物主义的土地上。但是，他的转变是不是那么彻底呢？不是。理论的惯性使他把艺术和科学的区别不在内容只在形式的旧观点，带到了他的最成熟的著作里。这样就使他的著作里出现了唯心主义和唯物主义并呈交错的复杂情况。正如前面已分析过，所谓艺术和科学同一内容是黑格尔的"理念"说所结的果实。在彻底的唯物主义看来，艺术和科学所反映的不是什么"理念"，而是具体的现实。因此，就具体对象和内容而言，不但艺术和科学不同，而且此一科学和彼一科学也不同，此一艺术与彼一艺术也不同，此一作品与彼一作品也不同，怎么能说艺术和科学在内容上没有区别呢？可能有人会为别林斯基这一论点辩护说：就艺术和科学反映的总的对象看，艺术和科学所反映的难道不同是客观现实吗？当然，就最广泛的意义说，艺术和科学的对象是一样的。但是这只能说明艺术和科学的相同点，而别林斯基提出的命题是艺术和科学的区别。既然研究的是两者的区别，怎么能只看两者在形式上的区别，而不首先看两者在内容上的区别呢？

由于别林斯基关于艺术和科学的区别不在内容只在形式的论点带有黑格尔唯心主义的因素，因此他的这一论点就不能不跟他论著中其他唯物的或辩证的观点产生深刻的矛盾。

例如，别林斯基十分强调内容和形式的有机统一，他认为：

> 这样的东西是"具体的"，如果它的思想贯穿在形式里，而形式也表现了思想；取消它的思想就取消了形式，取消它的形式也取消了思想。换句话说，"具体性"就是思想和形式的隐秘的、不可分的、必要的融合，这种融合成为一切的生命，没有它，任何东西都没有生命了。①

他还认为"无内容的形式和无形式的内容都不可能存在"。他指出：形式对内容来说"并不是外在的，而是它自己所特有的那种内容的发展"②。显然，别林斯基的这些思想是充满辩证法的。在他看来，内容与形式的关系是有机融合的关系，一定的内容只能与一定的形式相联系，形式对内容来说不是外在的、可以游离的。据此，我们可以作出这样的推论：科学的内容与科学的形式是有机统一的，科学的特有形式是科学的特有内容的发展，科学的特有内容不可能发展为艺术的形式。同样，艺术的内容与艺术的形式是有机统一的，艺术的特有形式是艺术的特有内容的发展，艺术的特有内容不可能发展为科学的形式。可是按别林斯基的艺术和科学同一内容不同形式的观点，同一内容既可发展为科学的形式，也可发展为艺术的形式。这岂不是说一定的内容不一定与一定的形式相联系，形式对内容来说是外在的，内容和形式可以割裂开吗？一会儿说内容和形式是有机统一的，一会儿又认为内容和形式是可以割裂的。瞧，别林

---

① 别林斯基：《别林斯基论文学》，梁真译，2页，页下注③，上海，新文艺出版社，1958。
② 转引自朱光潜：《西方美学史》下卷，550页，北京，人民文学出版社，1979。

斯基自己跟自己打起架来了。

实际上，如果不首先从艺术和科学的各自的独特内容着眼，去研究它们之间的区别以及各自的特征，就不可能从根本上把问题弄清楚。譬如说，艺术以形象的形式反映生活，这的确是艺术的特征之一。这一点人们并不怀疑。但人们绝不会满足于这一点。人们可能要追根究底地问：艺术以形象的形式反映生活这一特征又是怎么确定的呢？这一特征是原生的呢，还是由根本的东西派生的？在这些问题面前，文学的基本特征是以形象反映生活的论点，就暴露了它的缺陷。因为它无法回答这些问题。要回答这些问题，就不能不涉及对艺术和科学的内容的不同特点的研究。要知道，艺术和科学形式的特征是由艺术和科学的对象、内容的特征派生出来的。艺术和科学的内容的特征是更根本的东西。我们研究问题，绝不能舍本逐末，只能"由本及末"。

一点意见

那么，应该怎样认识文学的基本特征呢？我认为要科学地、完整地认识这个问题，应分层次分主次地进行探讨：甲，文学的独特内容——整体的美的个性化的生活；乙，作家的独特的思维方式——以形象思维为主，以逻辑思维为辅；丙，文学的独特的反映形式——艺术形象和艺术形象体系；丁，文学的独特性能——艺术感染力，以情动人。

这四个层次不是平列的，而是分主次的。文学的独特内容是规定文学基本特征的最根本的最主要的东西。作家的思维方式、文学反映的形式、文学性能的特点，都是由文学内容方面的特征派生出来的。换句话说，文学的其他特征都是由文学的内容的特征所规定的。这里仅就目前还较少涉及的文学的对象、内容的特征,粗略地谈一点不成熟的意见,供讨论参考。

文学和科学的区别,首先是对象、内容的区别。文学与科学虽然都以客观世界作为总的对象,但具体的对象、内容是很不相同的。

一谈到文学的具体的对象、内容,人们就会说,文学是"人学",文学反映的是人的生活。然而历史学、政治学、法学、伦理学、心理学、教育学、人体解剖学等也研究人,也反映人的生活。所以"反映人的生活"的论点并不能说明文学和科学的内容的区别,并不能说明文学的内容的特征。我们必须弄清楚文学反映的是怎样的生活,才能把文学和科学的内容区别开来,才能揭示文学的内容的特征。

首先,文学反映的是人的整体的生活。这里所说的整体的生活,是指现象和本质具体的有机地融合为一个整体的那种生活。就是对这种整体生活作综合的反映。从文学的创作过程来看,作家始终不抛弃个别的生活现象。不但不抛弃,而且还紧紧地抓住个别生活现象,并按它本身具有的具体感性的形态写入作品。对文学作品来说,个别的具体感性的生活现象是它的皮肤、血肉、骨骼和内脏。当然,真正的文学作品也揭示生活的本质和规律。但生活的本质和规律是寓含在生活现象的整体中的,而不是作为实体成为作品的构成部分。所以,文学以活生生的、具体感性的、寓含着本质规律的、不可肢解的生活的整体为其对象和内容。这一点与科学是很不相同的。科学的对象和内容不是人的生活的整体。它们把生活的整体切割成许多方面,每门科学只是撷取其中的一个方面进行研究。例如心理学,它不是以人的包罗万象的整个的生活为对象和内容,它只是研究人的心理过程这样一个特定的方面。人体解剖学的研究对象也不是人的生活的整体,它只是研究人体的生理构造这样一个特定的方面。

当然，这些科学为了深入说明某一问题，也可能涉及人的生活的其他领域，不过那只是一种次要的补充，并不改变它们各自的特定对象和内容。还有，从科学研究过程看，科学着眼于一般本质和规律的揭示，它虽然也从现象入手，但却不断地排除、抛弃个别的现象，以便把一般本质和规律抽取出来。所以对于科学著作来说，关于事物本质的揭示、规律的证明就是它的主体建筑。当然，在科学著作中，也可能涉及个别的现象，但那只是作为实例、证明材料被引用。并且例子和论点之间也不是一种高度的有机的融合。只要能说明本质和规律，用这个例子可以，换那个例子也可以。而在文学作品中，内容本身就是一个高度有机的流动着生命的生活整体，其内部是不能随意调换的。如果说科学以一般性（本质、规律）作为主体的话，那么文学就以个别性（现象与本质的结合体）作为主体。画家从不画水果，他只画这个或那个苹果、梨、桃、柑子等等；文学家不描写一般性的人，他只描写张三、李四、王五。他们是通过这些具体的水果、人的描写来反映水果、人的一般本质。心理学家恰好相反，他以一般人的心理过程为研究对象，而不以张三、李四、王五的心理过程为研究对象。他研究过程中也可能涉及张三、李四、王五的心理特征，但那只是为了找材料说明一般人的心理过程，文学虽以个别的东西为其对象，但这个别的东西是以完备性（或者说整体性）为其特征的。这就是所谓"麻雀虽小，五脏俱全"，或者是说"从一粒沙里看一个世界"。一首短诗可能只抒发诗人瞬间的一点感受，一篇小说可能只写两三个人之间的一点纠葛，但都是一个活生生的完整的世界，在那里面闪烁着生活的全部色彩。因为个体总是这样那样反映着整体，个人总是这样那样反映着世界。黑格尔曾说："世界与个体仿佛是两间内容重复的画廊，其中的一间是另外一间的映象；一间里陈设的纯粹是外在现实情况自身的规定性及其轮廓，另一间里则是这同一些东西在有意识的个体里的翻译;前者是球面,后者是焦点,焦点自身映现着球面。"① 黑格尔这个比喻深刻地说明了个体的人与整体的世界的关系。所以,只要作家深刻地、典型地把握住了个别,就可以反映出整体生活来。由于优秀作家深刻地体会到文学描写人的整体生活的特点,因此他们笔下的一颦一笑、一举一动,无不与人的整体生活相联系。

其次,文学反映的生活是人的美的生活。人的整体的生活能不能成为文学的对象、内容,还得看这种种生活是否跟美发生任何联系。如果这种生活不能跟美发生任何联系,那么它还不能成为文学的对象。文学,是美的领域。文学的对象必须具有审美的意义,或是在描写之后具有审美的意义。美并不单纯是客观事物的属性,它跟审美主体的主观作用有密切关系。什么是美的生活,什么是不美的生活,什么生活可以进入作品,什么生活不能进入作品,是一个极其复杂的问题。但文学创造的是艺术美,艺术美来源于生活美,因此只有美的生活才能成为文学的对象的道理,却是容易理解的。诗人们歌咏太阳、月亮、星星,因为太阳、月亮、星星能跟人们的诗意感情建立联系,具有美的价值;没有听说哪一首诗歌吟咏原子内部的构造,因为原子内部的构造暂时还不能跟人们的诗意感情建立联系,还不具有美的价值。诗人吟咏鸟语花香、草绿鱼肥,因为诗人从这些对象中发现了美;没有听说哪个诗人吟咏粪便、毛毛虫、土鳖、跳蚤,因为这些对象不美。英国艺术史家洛斯金说过一句很深刻的话:"一个少女可以歌唱她所失去的爱情,但一个守财奴却不能歌唱他所失去的钱财。"② 道理很简单,少女因失恋所产生的感情

---

① 黑格尔:《精神现象学》上卷,贺麟译,203 页,北京,商务印书馆,1979。
② 转引自普列汉诺夫:《没有地址的信 艺术与社会生活》,曹葆华等译,225 页,北京,人民文学出版社,1962。

可能是美的,而守财奴因丢失钱财所产生的懊恼则肯定是不美的。当然,你一定要吟咏守财奴丢失钱财也可以,但在我们的心目中,那不是真正的诗。也许有人要问:文学作品描写美的对象,也可描写丑的对象,高俅、王熙凤、严监生、黄世仁等等不都是丑恶的人物吗?怎么说文学反映的生活只是美的生活呢?不错,文学作品也写丑恶的东西,但是真正的文学作品并不是展览丑(展览丑的作品也有,如那些下流的诲淫诲盗的黄色作品,这些作品理所当然应放在坏作品之列),作家是在一定的美学理想的光辉照耀下,去写丑的崩溃、丑的灭亡、丑的被揭露、丑的被嘲笑,而目的是肯定美、赞扬美。果戈里的喜剧《钦差大臣》上演后,有些"正人君子"叫嚷这个戏要不得,说里面尽是丑,连个正面人物都没有。果戈里说:他的作品里并不是没有正面人物,那正面人物就是"笑"。果戈里不是展览丑,而是嘲笑丑。而嘲笑丑就是宣扬美。因此,文学写丑的崩溃、丑的灭亡、丑的被揭露、丑的被嘲笑、丑的被克服,实际上正是写了美的生活。展览丑是丑的,而揭露丑、嘲笑丑则是美的。王熙凤这个人是丑的,可作为一个艺术形象,是曹雪芹的一个创造,也可以说是一个美的艺术形象,它有长久的审美价值。喜剧、讽刺作品主要以丑的人物、事物为描写对象,但它和其他作品一样是艺术美,一样为读者所欣赏。这并不是说读者欣赏丑本身,读者欣赏的是丑的被揭露、丑的被嘲讽,欣赏丑的崩溃、丑的灭亡,因而仍然是美的欣赏。所以说到底,文学的对象必须是而且只能是美的生活。在这一点上,科学比文学要宽容得多,它不挑挑拣拣,只要是对人类有益的,不论美的丑的,都是它的研究对象。它不像文学那样非要以美的生活为对象不可。文学家不写粪便、毛毛虫、土鳖、跳蚤等,但农学家、昆虫学家、蚤类学家在他们的研究对象中,从不会把它们划掉。

再次,文学反映的生活是个性化的生活。文学所反映的生活是经过作家的思想、感情的灌注、留下了作家的精神个性的印记的生活，这是文学的内容的又一重要特征。文学创作反映生活，但不是临摹生活。作家写进作品中去的生活，是经过他千百次拥抱的生活，那里面留下了他的感情、愿望、理想和思考。这正如歌德所说的，作家笔下的自然不是第一自然，而是"第二自然""一种感觉过的，思考过的，按人的方式使其达到完美的自然"①。莎士比亚的作品以描写生活的客观性著称，但正如别林斯基所说："看起来他好像对他所描写的世界漠不关心"，实际上，"莎士比亚的人格照彻在他的作品中"②。《红楼梦》也以描写生活的客观性取胜，可"字字看来皆是血"。所谓"字字是血"不仅是指作者"十年辛苦不寻常"，也可以说作品所反映的生活，一字字，一句句，都蘸满了作者感情的汁液。黑格尔说："艺术作品所处的地位是介乎直接的感性事物与观念性的思想之间的。……在艺术里，感性的东西是经过心灵化了，而心灵的东西也借感性化而显现出来了。"③ 果戈里和托尔斯泰都说过，任何文学作品都"是从作者心灵里面唱出来的"④。文学的内容富于个性的这一特征，是科学所没有的。当然，科学家面对着自己长期研究的对象，也可能产生种种复杂的强烈的感情（如失败时的沮丧、成功时的喜悦等等）。但这种主观的感情不会影响到他对事物本质的揭示、规律的证明，更不会把他的主观感情融注到他的判断、推理中去，成为科学著作内容的有机构成部分。数学家陈景润在"文化大革命"

---

① 转引自朱光潜：《西方美学史》下卷，426页，北京，人民文学出版社，1979。
② 别林斯基：《一八四七年俄国文学一瞥》，载《别林斯基选集》第2卷，满涛译，418页，上海，时代出版社，1953。
③ 黑格尔：《美学》第1卷，朱光潜译，48—49页，北京，商务印书馆，1979。
④ 参见贝奇柯夫：《托尔斯泰评传》，吴均燮译，160页，北京，人民文学出版社，1959。

期间受到了精神摧残,他不委屈吗?不愤慨吗?但他绝不会把他的主观感情融进他的关于哥德巴赫猜想的数学论文中。马克思的《资本论》从总体看表现出他对资本主义制度的憎恶和对工人阶级的同情,但全书以大量的翔实的材料,客观的理智的分析,构成了严格的科学体系。马克思没有用个人的激情代替科学的论证。文学家的情况就不同,他创作的内容不能不受他个人的精神状态、主观的激情的深刻影响。茅盾在《创作生涯的开始》一文中谈到这样一个情况:

> 《追求》从四月份(指1928年)开始写,到六月份写完。《追求》原来是想写一群青年知识分子,在经历了大革命失败的幻灭和动摇后,现在又重新点燃希望的火炬,去追求光明了。这也是我写《创造》时的心情。可是,在写作的过程中,我却又一次深深地陷入了悲观失望之中。我从德沚以及几个旧友那里听到了愈来愈多的外面的迟到的消息,这些消息都是使人悲痛,使人苦闷,使人失望的。这就是在革命不断高涨的口号下推行的"左"倾盲动主义所造成的各种可悲的损失。一些熟识的朋友,莫名其妙地被捕了,牺牲了……到了四五月间,我却完全被这些不幸的消息压倒了,以至我写的《追求》完全离开了原来的计划,书中的人物个个都在追求,然而都失败了。同年七月十六日我在《从牯岭到东京》中写有一段话,很清楚地道出我当时的情绪:"我那时发生精神上的苦闷,我的思想在片刻之间会有好几次往复的冲突,我的情绪忽而高亢灼热,忽而跌下去,冰一般冷……使我的作品缠绵幽怨和激昂奋发的调子同时并在。《追求》就是这么一件狂乱的混合物。"①

---

① 茅盾:《创作生涯的开始》,载《人民日报》1981年4月3日。

这个例子很典型，充分说明作家的精神状态发生变化，创作的内容也跟着发生变化，充分说明文学的内容是经过作家独特的精神观照并改造过的生活，富有鲜明的个性特征。

综上所述，文学的具体的对象、内容跟科学的具体的对象、内容有很大不同，文学所反映的生活是整体的、美的、个性化的生活。这就是文学的内容的基本特征。抓住了文学的内容的基本特征就抓住了文学的基本特征这一问题的关键。一定的内容决定一定的形式。文学之所以采用艺术形象这一形式来反映生活，就是因为艺术形象本身具有的特点能够适应并满足文学的内容的要求。

也许有人会说，文学的基本特征问题是一个纯理论问题，与创作实践关系不大，不必花那么大的力气去研究它。其实不然。由于文学的基本特征问题是文学理论中一个根本问题，它对创作实践的影响是一点也不能忽视的。

建国三十多年来，我们的文学创作取得了很大成就，但始终存在着一个突出的问题，就是公式化、图解化的问题。产生这一问题的原因很多，但我认为与我们长期以来只从形式方面而不从内容方面去规定文学的基本特征也有相当密切的关系。既然认为文学的基本特征是形象性，那么作家在有了这种认识以后，首先关心的是自己的作品"怎么样反映"的问题，例如形象不形象？生动不生动？而不是首先关心自己的作品"反映什么"的问题，例如所写的生活是不是整体的？是不是美的？是不是个性化的？这样，加上连绵不断的政治运动的影响，不少文学创作就走上了公式化、图解化的道路，即歌德所说的"为一般找特殊"的道路，马克思、恩格斯所说的"席勒化"的道路。这条道路的特点是：作家心目中先有一个现成的亟待表现的概念（往往是政治结论、政策条文），然后再找个别的具体的形象作为例证。像这类公式化、图解化的作品，你不能说它们没有生活，它们多多少少有点生活，但不是活生生的整体生活，而是经过作家生硬分割过的、支离破碎的用来说明政治概念、政策条文的"生活"；你不能说它们没有形象，连那些写"走资派"的作品也有生动的形象。于是这类作品就这样符合了"文学以形象反映生活"的特征；于是这类作品就这样大模大样地走进我们的文学园地里面来。试想，如果我们不是首先从形象的形式而首先从内容、对象上来认识文学的基本特征，那么作家就不能不首先关心自己的作品"反映什么"的问题，就不能不从活生生的整体的美的生活出发，就可能引导作家走歌德所说的"在特殊中显出一般"的道路，走马克思、恩格斯所提倡的"莎士比亚化"的道路。应该看到，文学理论和创作实践绝不是毫不相干的。理论（不论正确与否）总是这样那样地指导着实践。文学的基本特征这样一个重大理论问题的讨论，不可能不对文学创作产生深刻的影响。这一点是可以肯定的。

（原载《北京师范大学学报》1981年第6期）

"审美意识形态"论作为文艺学的第一原理

一、问题的提出

当新时期开始之际,对于文艺学界来说,所面对的是"文革"时期留下的"文艺是阶级斗争的工具"一套僵硬的理论和口号。文学理论的泛政治化、泛哲学化是当时最为严重的问题。诚然文学理论是有政治性的,是必须以一定的哲学为基础的,但单一政治的或哲学的对文学问题的解决,把文学仅仅说成是政治斗争的晴雨表,是社会生活的形象反映,并不能解决文学自身的种种复杂问题,尤其不能揭示文学固有的特征问题。文学理论是做政治的附庸,还是要寻找自己的学理的园地,成为当时在这一领域工作的人们必须作出的选择。我认为新时期的文艺学建设就是从这种选择开始的。

我国新时期以来,文学理论研究的重要收获之一,就是由一部分学者率先提出的关于文学的"审美反映"论、"审美意识形态"论和"审美价值"论,摆脱了对"文学政治工具"论的单一的、僵化的思想的束缚。这一理论的重新被唤起,几乎为全体理论界所接受,认为这是合乎艺术规律的。对此我们必须给予充分的公正的估价。

最近出现了一些总结新时期二十年文学理论的文章，都不约而同地提到这一点。这种总结无疑是有意义的，必须予以肯定。但是在这类总结中又往往把当时提出的"审美反映"论、"审美意识形态"论，仅仅看成是对"政治工具"论的"冲击"而已，似乎只是一种"权宜之计"，时过境迁，现在已经失效，并不是什么理论建树。更有甚者，有的人把"文学反映"论、"审美意识形态"论说成是"审美"加"反映"、"审美"加"意识形态"的简单拼凑，说成是过时的"纯审美主义"等等。我并不认为他们这些说法是公正的，或者说他们并没有真正了解"审美反映"论、"审美意识形态"论的真谛。

还有，最近一段时间，由于国际外部环境的一些变化，有少数学者重新谈论"文学为政治服务"的问题，认为不能放弃"文学为政治服务"的口号，它仍然是正确的。似乎又要走回老路上去。在这种情况下，我认为有必要就这个问题申述我的一些看法，因为我也是当时较早提出"审美反映"论、"审美意识形态"论的人之一，而且至今仍然坚持这一观点，甚至认为"审美反映"论、"审美意识形态"论是文艺学的第一原理。

二、"审美意识形态"论的整一性

我们说文学是人类的一种社会的审美意识形态。并非把文学看成是"审美"与"意识形态"的简单相加。当我们提出文学是一种"审美意识形态"的时候，就明确把"审美意识形态"自身当作一个相对独立的整一的系统。这里我想首先说明"审美意识形态"的整一性和独立性问题。

毫无疑义，在马克思的关于社会结构的理论中，社会经济基础制约上层建筑。上层建筑分成两类，一类是社会政治制度等，一类是社会意识形态。社会意识形态归根到底要寻找社会经济基础的解释。但是由于社会经济基础对意识形态的制约要经过多种"中介"，有时候这种制约作用并不是看得很清楚的。意识形态都具有相对的独立性，特别是哲学、宗教和文学艺术等作为"更高悬浮于空中的思想领域"（恩格斯语），其相对独立性就更加明显。有时候我们很难找到最"上层"的艺术与最"下层"的经济的联系。马克思在其著名的《〈政治经济学批判〉序言、导言》中所揭示的"物质生产的发展对于艺术生产的发展的不平衡的关系"，至今仍值得我们深思。盛唐时期无论如何"昌盛"，其物质生产无论如何也没有办法与我们今天高科技时代的物质生产相比拟，但是却生产了魅力无穷的、无与伦比的盛唐诗歌。诗歌的生产不是直接与经济的发展程度相联系的。物质生产存在着一条不断进步的规律，而文学艺术的发展却不存在这种"进步"规律。诗歌作为一种审美意识形态诚然是那个社会的产物，有产生它的独特的多种的社会条件，但一味把艺术的发展直接与社会的经济基础联系，是没有意义的。文学艺术作为审美意识形态自身有很强的独立性。这一些都是大家都熟悉的，我在这里旧话重谈，只是为了强调我们的讨论还未离开马克思思考的视野。

这里还有一个重要的观念，即所谓的"意识形态"是对各种社会意识形态的抽象，并不存在一种称为"意识形态"的实体。苏联著名"审美学派"的主将阿·布罗夫曾说过：

"纯"意识形态原则上是不存在的。意识形态只有在各种具体的表现中——作为哲学的意识形态、政治意识形态、法的意识形态、道德意识形态、审美意识形态——才会现实地存在。①

这种对"意识形态"的理解不但是正确的,而且是极有意义的。可惜布罗夫对这个问题未展开来论述。不过如果我们细细体会的话,这里有两点值得我们注意:第一,意识形态都是具体的,而非抽象的。通常我们所说的"意识形态"只是对具体的意识形态的抽象和概括。请给我们指出那种所谓的无所不在的一般的"意识形态"来,这是不存在的。意识形态只存在于它的具体的形态中,如上面所说的哲学意识形态、政治意识形态、法意识形态、道德意识形态、审美意识形态,就是这些具体的形态。没有一种超越于这些具体形态的所谓一般的意识形态。第二,这是更重要的一点,所有这些具体形态的意识形态——哲学意识形态、政治意识形态、法意识形态、道德意识形态、审美意识形态——都是一个完整的独立的系统。哲学意识形态不是"哲学"与"意识形态"的简单相加,政治意识形态也不是"政治"与"意识形态"的机械拼凑……不是这样。当然所有这些形态的意识形态有它们的共性,即它们都是社会生活的反映;但不同的意识形态反映的对象是不同的,反映的方式也是各异的。哲学意识形态是对社会生活的总的根本性的反映,着重回答思维与存在、精神与物质的关系何者为根基的问题。政治意识形态一般而言是反映社会生活中不同集团之间的利益的冲突与妥协问题。法意识形态则是对于社会生活中统治集团按其意志,并由国家强制力保证执行的行为规则所反映出来的思想领域……审美意识形态一般而言是对于社会中人的情感生活领域的反映。意识形态的不同形

---

① 阿·布罗夫:《美学:问题和争论》,凌继尧译,41页,上海,上海译文出版社,1987。

态的对象的差异，也导致它们的形式上的差异。这样，不同形态的意识形态有自己独特的内容与形式，并形成了各自独立的完整的思想领域。自然，各个形态的意识形态是互相联系、互相作用、互相影响、互相渗透的，但又互相独立。这些不同的意识形态领域，对于社会的经济基础来说，的确有靠得近与远的区别，但它们并无"高低贵贱"之分。它们之间并不存在谁为谁服务的问题。它们之间的相互作用是不可避免的。但这里没有"老子"控制"儿子"的那种关系。例如审美意识形态与政治意识形态的关系，并不总是顺从的关系，相反审美意识形态对政治意识形态的"规劝""监督""训斥"等，也是十分正常和合理的。例如，西方19世纪初的浪漫主义和19世纪中后期的批判现实主义，总的说就是对于资本主义的政治秩序表示不满，对于在资本主义政治意识形态主导下的人性的丧失、人的异化、人的悲惨的生存状况以及非人的生活环境等，进行"诗意的裁判"。在这种情况下，审美意识形态自身形成一个独特的思想系统，它的整体性也就充分显现出来。如果我们上面所说的能够站得住的话，那么我们可以说，文学艺术作为审美意识形态是意识形态中一个具体的种类，它与哲学意识形态、政治意识形态、法意识形态、道德意识形态是有联系的，可它们的地位是平等的。在这里不存在简单的为谁服务的问题。像过去那样把文学等同于政治、把文学问题等同于政治问题的观念是不符合马克思的理论精神的。80年代初期，学术界提出文学的"审美意识形态"论、文学的"审美反映"论等，也就不是简单地把"审美"和"意识形态"嫁接起来，更不是什么权宜之计，是根植于马克思主义理论的完整的理论建树。

三、文学审美意识形态性的内涵

文学的意识形态性,是文学与其他形态的意识形态的共性。文学的审美意识形态性则是文学区别于其他意识形态的特性。文学的审美意识形态性作为独特的思想系统,并非现在某些人所说的"纯审美主义"或"审美中心主义"。文学的审美意识形态性是有丰富的完整的内涵的,并且是一种复合结构。这大致可以从下面几点加以说明:

第一,文学的审美意识形态性,从性质上看,既有集团倾向性又有人类共通性。文学作为审美意识形态,的确表现出集团的、群体的倾向性,这是无须讳言的。这里所说的集团、群体,包括了阶级但又不止是阶级。例如,工人、农民、商人、官吏、知识分子等,都是社会的不同集团与群体。不同集团、群体的作家由于所处的地位不同,代表着不同的利益,这样他们必然会把他们的不同集团、群体的意识渗透到文学的审美描写中,从而表现出不同集团、群体的意识和思想感情的倾向性。鲁迅曾经说过:

> 文学不借人,也无以表示"性",一用人,而且还在阶级社会里,即断不能免掉所属的阶级性,无需加以"束缚",实乃出于必然。①

---

① 鲁迅:《"硬译"与"文学的阶级性"》,载《鲁迅全集》第 4 卷,164 页,北京,人民文学出版社,1957。

鲁迅所说是正确的。例如，《诗经》里的《伐檀》《硕鼠》等篇描写奴隶与奴隶主的关系，作者显然是站在奴隶的立场上对奴隶主表示愤恨和抗议。作品的阶级性是十分明显的。又如一个商业社会，老板与雇工的地位不同，他们之间也各有自己的利益，作家若是描写他们的生活和关系，那么作家的意识自然也会有一个倾向于谁的问题，如果在文学描写中表现出来，自然也就会有集团或群体的倾向性。

但是，无论属于哪个集团和群体的作家，其思想感情也不会总是被束缚在集团或群体的倾向上面。作家也是人，必然也会有人与人之间相通的人性，必然会有人人都有的生命意识，必然会关注人类共同的生存问题。如果体现在文学的审美描写中，那就必然会表现出人类普遍的共通的情感和愿望，从而超越一定的集团或群体的倾向性。例如描写男女之情、父子之情、母子之情、兄弟姐妹之情、朋友之情、思乡之情、爱国之情的作品，往往表现出人类普遍的感情。大量的描写山水花鸟的作品也往往表现出人类对大自然的热爱的普遍之情。

这里特别要指出的是，在一部作品的审美描写中，往往既含有某个集团和群体的意识，同时又渗透了人类共通的意识。就是说，某个集团或群体的意识与人类的共通的意识并不总是不相容的。特别是下层人民的意识，常常是与人类的普遍的意识相通的。下层人民的善良、美好的情感常常是人类共同的情感的表现。例如下面这首《菩萨蛮》：

枕前发尽千般愿，要休且待青山烂，水面秤锤浮，直待黄河彻底枯。白日参辰现，北斗回南面。休即未能休，且待三更见日头。

这是下层人民的歌谣，但那种表达恋人对感情的忠贞这种感情，则不但属于下层的百姓，而且是全人类的共同的美好感情。正是从这个意义上，我们说集团倾向性和人类共通性的统一，是文学审美意识形态性的重要表现。

第二，文学的审美意识形态性，从主体的特征看，它既是认识又是情感。文学是社会生活的反映，无疑包含了对社会的认识。这就决定了文学有认识的因素。即使是那些自称是"反理性"的作品，也包含了对现实的认识，只是其认识可能是虚幻的、谬误的而已。当然有的作品，其认识表现为对现实的批评解析，如西方批判现实主义作品，就表现为对资本主义世界的种种不合道义的弊端的评价与认识；有的作品则表现为对现实发展的预测和期待的认识，许多浪漫主义的作品都是如此。有的作品看似十分客观、冷静、精确，似乎作者完全不表达对现实的看法，其实不然。这些作品不过是"冷眼深情"，或者用鲁迅的话说"热到发冷的热情"，不包含对现实的认识是不可能的。但是，我们说文学的反映包含了认识，却又不能等同于哲学认识论上或科学上的认识。文学的认识总是以情感评价的方式表现出来的。文学的认识与作家情感态度完全交融在一起。例如，我们说法国作家巴尔扎克的作品有很高的认识价值，它深刻揭示了他所生活的时代的法国社会发展的规律，但我们必须注意到，他的这种规律性的揭示，不是在发议论，不是在写论文，他是通过对法国社会的形形色色的人物及其命运的描写，通过各种社会场景和生活细节的描写，通过环境氛围的烘托，暗中透露出来的。或者说，作者把自己对社会现实的情感评价渗透在具体的艺术描写中，从而表达出自己对生活的看法和理解。在这里，认识与情感是完全结合在一起的。

那么，这样的认识与情感结合的形态，究竟是什么呢？黑格尔把它称为Pathos，朱光潜先生译为"情致"。黑格尔说：

> 情致是艺术的真正中心和适当领域，对于作品和对于观众来说，情致的表现都是效果的主要来源。情致所打动的是一根在每个人心里都回响着的弦子，每个人都知道一种真正的情致所含的意蕴的价值和理性，而且容易把它认识出来。情致能感动人，因为它自在自为地是人类生存中的强大的力量。①

黑格尔的意思是，情致是两个方面的互相渗透，一方面是个体的心情，是具体感性的，是会感动人的；可另一方面是价值和理性，可以视为认识。但这两个方面完全结合在一起，不可分离。因此，对那些情致特别微妙深邃的作品，它的情致往往是无法简单地用语言传达出来的。俄国的批评家别林斯基在发挥黑格尔的"情致"说时也说：

> 艺术并不容纳抽象的哲学思想，更不要容纳理性的思想：它只容纳诗的思想，而这诗的思想——不是三段论法，不是教条，不是格言，而是活的激情，是热情……因此，在抽象思想和诗的思想之间，区别是很明显的：前者是理性的果实，后者是作为热情的爱情的果实。②

---

① 黑格尔：《美学》第1卷，朱光潜译，296页，北京，商务印书馆，1979。
② 别林斯基：《别林斯基论文学》，梁真译，52—53页，上海，新文艺出版社，1958。

这应该是别林斯基在他的文学批评活动中把握到的真理性的东西。事实的确如此,文学的审美意识作为认识与情感的结合,它的形态是"诗的思想"。因此文学史上一些优秀作品的审美意识,就往往是难于说明的。例如《红楼梦》的意识是什么,常常是只可意会不可言传。至今关于《红楼梦》的主题思想仍没有满意的"解味人"(曹雪芹:"都云作者痴,谁解其中味?")。这是因为《红楼梦》的审美意识形态是十分丰富的,人们可以逐渐领会它,但无法用抽象的言辞来限定它。有人问歌德,他的《浮士德》的主题思想是什么,歌德不予回答,他认为人们不能将《浮士德》所写的复杂、丰富、灿烂的生活缩小起来,用一根细小的思想导线来加以说明。这些都说明文学作品的审美意识由于是情致,是认识与情感的交融,认识就像盐那样溶解于情感之水,无痕有味,所以是很难用抽象的词语来说明的。

第三,文学的审美意识形态性,从目的功能上看,是无功利性又有功利性。文学是审美的,那么在一定意义上它就是游戏,就是娱乐,就是消闲,似乎没有什么实用目的,仔细一想,它似乎又有功利性,而且有深刻的社会功利性。就是说它是无功利的(disinterested),但又是有功利的(interested),是这两者的交织。

在文学活动中,无论创作还是欣赏,无论作者还是读者,在创作和欣赏的瞬间一般都没有直接的功利目的性。如果一个作家正在描写一处美景,却在想入非非地动心思要"占有"这处美景,那么他的创作就会因这种"走神"而不能艺术地描写,使创作归于失败。一个正在剧场欣赏《奥赛罗》的男子,若因剧情的刺激而想起自己的妻子有外遇的苦恼,那么他就会因这一考虑而愤然离开剧场。在创作和欣赏的时刻,必须排除功利得失的考虑,才能进入文学的世界。法国启蒙时代的思想家狄德罗(Diderot,1713—1784)说:

你是否在你的朋友或情人刚死的时候就作诗哀悼呢？不会的。谁在这个当儿去发挥诗才，谁就会倒霉！只有当剧烈的痛苦已经过去，感受的极端灵敏程度有所下降，灾祸已经远离，只有到这个时候当事人才能够回想起他失去的幸福，才能够估量他蒙受的损失，记忆才和想象结合起来，去回味和放大过去的甜蜜的时光。也只有到这个时候才能控制自己，才能作出好文章。他说他伤心痛哭……其实当他用心安排他的诗句的声韵的时候，他顾不上流泪。如果眼睛还在流泪，笔就会从手里落下，当事人就会受感情驱遣，写不下去了。①

狄德罗的意思是，当朋友或情人刚死的时候，满心是得失利害的考虑，同时还要处理实际的丧事等，这个时候功利性最强，是不可能进行写作的。只有在与朋友或情人的死拉开了一段距离之后，功利得失的考虑大大减弱，这时候才能唤起记忆，才能发挥想象力，创作才有可能。这个说法是完全符合创作实际的。的确，只有在无功利的审美活动中，才会发现事物的美，才会发现诗情画意，从而进入文学的世界。丹麦文学史家勃兰戴斯（G. Brandes，1842—1927）举过一个很能说明问题的例子：

> 我们观察一切事物，有三种方式——实际的、理论的和审美的。一个人若从实际的观点来看一座森林，他就问这森林是否有益于这地区的健康，或是森林主人怎样计算薪材的价值；

---

① 狄德罗：《演员奇谈》，载《狄德罗美学论文选》，张冠尧等译，305—306 页，北京，人民文学出版社，1984。

一个植物学者从理论的观点来看，便要进行有关植物生命的科学研究；一个人若是除了森林的外观没有别的思想，从唯美的或艺术的观点来看，就要问它作为风景的一部分其效果如何。①

商人关心的是金钱，所以他要算木材的价值；植物学家关心的是科学，所以他关心植物的生命；唯有艺术家是无功利的，这样他关心的是风景的美。正如康德所说那样："那规定鉴赏判断的快感是没有任何利害关系的""一个关于美的判断，只要夹杂着极少的利害感在里面，就会有偏爱而不是纯粹的欣赏判断了"②。康德的理论可能有片面性，但是就审美意识形态在直接性上是无功利的角度而言，他是对的。其实中国古代文论讲究文学创作和欣赏时的"虚静"说，也是审美无功利的理论。刘勰继承老子庄子的悟道的"虚静"说，在《文心雕龙·神思》篇提出文学创作中的"虚静"说：

是以陶钧文思，贵在虚静，疏瀹五藏，澡雪精神。

意思是说：在酝酿文思的时候，可贵的是虚心和宁静，清除心里的成见，使精神处于纯净状态。"虚静"就是使人的精神进入一种无欲无得失无功利的极端平静的状态，这样事物的一切美和丰富性就会展现在眼前。所以"虚静"可以理解为审美活动时的心理状态。

但是，我们说文学审美意识在直接性上是无功利的，并不是说就绝对无功利了。实际上，无论是作家的创作还是读者的欣赏在无

---

① 勃兰戴斯：《十九世纪文学主潮》第 1 卷，161 页，北京，人民文学出版社，1958。
② 康德：《判断力批判》上卷，宗白华译，40—41 页，北京，商务印书馆，1964。

功利的背后都潜伏着功利性。在间接上看，创作是为人生的，为社会的，就是所谓的"无功利"实际上也是对人生、对社会的一种态度，更不必说，文学创作往往有很强的现实性的一面，或批判社会，或揭示人生的意义，或表达人民的愿望，或展望人类的理想等等，其功利性是很明显的。就是那些社会性比较淡的作品，也能陶冶人的性情，"陶冶性情"也是一种功利。所以鲁迅说，文学"给人的愉快和休息是休养，是劳作和战斗前的准备"①。鲁迅还说过，文学是"无用之用"。这意思就是说，文学意识的直接的无功利性正是为了实现间接的有功利性。

第四，文学的审美意识形态性，从掌握生活的方式上看，是假定性但又是真实性。文学作为审美意识与科学意识是不同的。虽然艺术和科学都是人类所钟爱的两姐妹，都是创造，都是对真理的追求，但他们创造的成果是不同的。科学所承认的意识，是不允许虚构的，科学结论是实实在在的对客观规律的揭示。文学意识是审美意识，它虽然也追求真实，但它是在艺术假定性中所显露的真实。这里，科学与文学分道扬镳了。

文学虽然有不同的对现实的把握方式，有的作品运用了神话、传奇、荒诞、幻想等（如《西游记》）来反映生活，有的作品则"按照生活本来的面目"（如《红楼梦》）来再现生活，但不论把握方式有何不同，文学按其本性是假定性的。所谓假定性就是指文学的虚拟的性质。所以文学的真实是在假定性中透露出来的。可以说是"假中求真"。一方面，它是假定的，它不是生活本身，纯粹是子虚乌有；可另一方面，它又来自生活，它会使人联想起生活，使人

---

① 鲁迅：《小品文的危机》，载《鲁迅全集》第4卷，443页，人民文学出版社，1959。

感到比真的还真。文学作品所显示的审美意识就是这种假定与真实的统一体。

文学作为审美意识形态,可以说是与读者达成的一种默契。读者允许作者去假定去虚拟,他们却津津有味地去看作品中的故事,并为它欢喜或落泪,可并不认为它是实有其事。作者却也"宽宏大量",允许读者不把他的作品中的故事当作事实看待,允许读者把他的作品当作"谎话"(或者如巴尔扎克所说的"庄严的谎话")。正是在这种默契中,文学放心大胆走到了艺术假定的这一极。文学之所以不是生活本身的实录,不是科学论文,不是通讯报告,不是外交协议,不是电脑说明,不是私人日记……就在于它的假定虚拟性质。或者说文学作为审美意识的前提,就是它不是事实的记录,是假定的虚构。如果谁违反了文学的假定性的前提,把文学变成事实经过的流水账,那么文学就要变成非文学。俄国著名戏剧导演曾说明戏剧的假定性:

> 在生活中光线从太阳上边射来,在剧场里却是相反,是从下边射来的。在大自然中不存在均匀工整的线条,在剧场里却设置了各个景次,树木被排成笔直的间隔相同的行列。在生活中一个人无法把手伸到巨大石屋的二层楼,在舞台上却是可能的。在生活中房屋、石柱、墙壁等始终屹立不动,在剧场里却由于最轻微的风吹而抖动起来。在舞台上房间的设置始终不像生活中那样,整个房屋的建筑也完全不同。例如,我在生活中从来没有见到过几乎在所有剧本中作者们都这样指示的房间:在前景上左边和右边都有门;后墙中间又有门;在后景上左右两边都有窗户。你就试来建筑这样的房间看看……在生活中这简直是不可能的,然而为了艺术的、假定性的真实,这个问题

并不重要，可以自由地加以解决。①

斯坦尼斯拉夫斯基在这里谈的是剧场的假定性问题，其实这个问题对所有的艺术都是相同的。著名画家毕加索也说过：

> 艺术是一种使我们达到真实的假想。但是真实永远不会在画布上实现，因为它所实现的是作品和现实之间发生的联系而已。②

毕加索是从艺术本性的角度来谈艺术的假定性的，实际上把生活转移到书本上去，这本身就意味着一种假定。这两位艺术家的论点同样也适用于文学。文学的假定性不但表现在那些描神画鬼、神奇幻想的作品上面，就是在那些以反映生活本来面貌的完全写实的作品里假定性也是不可或缺的。没有艺术的假定性，也就没有文学。

文学的审美意识是假定的，但也是真实的。就是说，这假定是具有真实性的。鲁迅说：

> 艺术的真实非即历史上的真实，我们是听到过的，因为后者须有其事，而创作则可以缀合，抒写，只要逼真，不必实有其事也。然而他所据以缀合，抒写者，何一非社会上的存在，从这些目前的人，的事，加以推断，使之发展下去，这便好像

---

① 《斯坦尼斯拉夫斯基创作札记》，雷楠译，载《世界艺术与美学》第 2 辑，239 页，北京，文化艺术出版社，1983。

② 杨身源主编：《西方画论辑要》，613 页，南京，江苏美术出版社，1990。

预言，因为后来此人，此事，确也正如所写。①

鲁迅这里所说的创作可以"缀合，抒写，只要逼真，不必实有其事也"，意思就是文学是假定的，但这假定如果"加以推断"，那么就像预言一样准确，这就是艺术的真实了。这就说明假定性如果不同真实性结合，那就成为虚假的谎言，那就没有价值了。艺术真实性是文学意识的一个基本要求。那么什么是艺术真实性呢？

艺术真实性是作家创造出来的。作家在创造艺术真实时有认识又不止是认识。作家在创造艺术真实过程中，投入了全部的心理动作——感知、情感、想象、回忆、联想、理解等。因此艺术真实既是客观的，又是主观的，既有理，又有情。简括地说，艺术真实性是指文学作品的艺术形象的合情合理的性质。

所谓"合理"，是指艺术形象应符合生活发展的逻辑，有了这种合理的逻辑，也就可以被读者理解，大家也就会觉得它真实。作家完全可以虚构，虚构是作家的权力，这是不容怀疑的。因此作家可以不写真人真事，关键是要写得合理，写得合乎逻辑。换句话说，一件生活中没有发生过的事情，由于作家揭示了它在假定情境中的内部发展逻辑，内在的联系，内在的规律性，也完全可以是真实的。对于艺术真实性来说，不在所写的人、事、景、物是否真实存在过，而在于所写的人、事、景、物是否展现了整体的必然的联系。例如，《红楼梦》中贾宝玉对真实性的看法，就很有意味。大家知道，稻香村是大观园的一景，若孤立起来看，那茅舍，那青篱，那土井，那菜园，都与真农舍十分相似，甚至可以说逼真极了。贾政看了此处

---

① 鲁迅：《给徐懋庸》，载《鲁迅全集》第10卷，198页，北京，人民文学出版社，1959。

后，说："倒是此处有些道理。"但贾宝玉则不以为然。他说："此处置一田庄，分明见得是人力穿凿扭捏而成。远无邻村，近不负郭，背山山无脉，临水水无源，高无隐寺之塔，下无通市之桥，峭然孤立，似非大观。争似先处有自然之理，得自然之气，虽种竹引泉，亦不伤穿凿。古人云：'天然图画'四字，正畏非其地而强为地，非其山而强为山，虽百般精巧而终不相宜。"贾宝玉的这段话是很有见地的。在他看来，"天然"不"天然"（即真实不真实），不在事物布局的逼真，而在符合不符合事物的内在联系。稻香村作为一个农舍，放在大观园中，与那些雕梁画栋、楼台亭榭连在一起是不自然的，因而是不合理的。倒是"怡红院""潇湘馆"等与大观园的景观有一种内在的整体的联系，所以有"自然之理，得自然之气"。贾宝玉的话给我们这样的启发，对于文学，当然是可以假定和虚构的，但在假定和虚构的情境中，则不可人为地编造，不可"非其地而强为地，非其山而强为山"，要充分注意到事物之间的整体的天然的联系，即要"合理"，这样才能创造出艺术真实来。

"合理"是艺术真实性的客观方面，艺术真实性还有主观方面，因此除了"合理"之外，还有"合情"。按文学的审美要求，"合情"是更重要的。因为文学审美意识不是直接用道理说出，而是主要以情感作为中介，所以"合理"必须与"合情"结合在一起，才能达到艺术真实性。所谓"合情"就是指作品必须表现人们的真切的感受、真挚的感情和真诚的意向。真切的感受、真挚的感情和真诚的意向可以把假定的虚构升华为真实。

真切的感受是很重要的，它可以把看起来不真实的描写提升为艺术的真实。例如李白的诗句"黄河之水天上来"，如果按事实来考察，这个诗句所描写的是不真实的。因为黄河之水不是从天上掉下来的，天上只下雨，而不下"河"。但是大家都觉得李白这句诗很真实。原来李白在这里写的是自己的真切的感受：黄河之水从高原奔腾而来，水流湍急，巨浪滔天，一泻千里，使人觉得这河水从天而降。黄河的雄伟气魄被这诗句淋漓尽致描写出来了。一个并不符合事实的描写，由于写出了作者的真切的感受而变得真实了。在文学审美描写中，真挚的感情更为重要。真挚的感情可以把虚幻的提升为真实的。汤显祖的《牡丹亭》中的杜丽娘因痴情，生而死，死而复生，这在生活中是完全不可能的；但由于作者在描写中灌注了浓浓的感情，虚幻之笔竟然也成为可以接受的艺术真实。在文学审美描写中，作者的真诚的意向，也十分重要。一旦这个真诚的意向成为作品的艺术逻辑，成为作者与读者之间达成的默契，那么十分怪诞之笔，也可以令人信服。如鲁迅的小说《药》，在革命者夏瑜的坟上，凭空添了一个花环，若隐若现。表面看是不可理解的，不真实的；但是由于作家的真诚的意向（同情革命者），得到了读者的认同，于是怪诞的描写也成为真实的描写了。

通过以上说明，文学的审美意识形态性具有艺术真实的品格。艺术真实性是客观的真理和主观的感情的统一，也就是艺术描写的合情合理性质。当然，在文学中，经常遇到的是情与理不一致，甚至发生矛盾，那么文学作为一种审美意识，应该牵情就理呢，还是应该牵理就情？一般来说，由于文学的意识的审美特性，十分重视感情的评价，如果遇到上面所说的情与理矛盾的情况，就应该牵理就情。上面所举的《牡丹亭》和《药》的例子就说明了这一点。

总而言之，文学审美意识形态理论既着眼于文学的对象的审美特性，也重视把握对象的审美方式，既重内容，也重形式。文学审美意识形态论不是所谓的"纯审美"论。

我之所以特别"钟情"于文学"审美意识形态"论或文学"审美反映"论，根源在于我对文学特性的思考。人们可以从不同层面和不同的角度来界说文学，如文学是一种文化现象，文学是一种人的活动，文学是一种语言艺术，文学是对生活的反映和认识，文学是人的情感的表现，文学是一种信息，文学是一种语言组织等等，所有这些回答都有道理。问题在于当我们要把文学与非文学从根本上区别开来的时候，从社会结构这个层面，从上层建筑和社会意识形态这个层面去把握文学的特性，把文学界定为是一种社会的审美意识形态，我认为还是最为恰当的，这样我至今认为文学的"审美意识形态"论，是文艺学的第一原理。

（原载《文学前沿》1999年第1期）

新时期文学审美特征论及其意义

20世纪70年代末80年代初中国迎来了"文革"后的一个新时期。"反思"成为当时最为流行的一个词。各个领域的"反思"潮流相联系,文学艺术界对长期以来的"文艺为政治服务""文学从属于政治"的理论进行反思,并提出了文学的"形象思维"论、"人物性格多重组合"论、"文学主体性"论,以及"文学向内转"论等等。在今天看来,最重要的是提出了文学审美特征论。

一、文学"审美"特征论产生的历史文化背景

我们不能不先追溯一下"审美"特征论产生的社会文化语境。如果我们不知道这一社会文化语境,那么我们似乎可以把文学说成是任何一种事物。因为文学和文学活动涉及的范围很宽,怎么来理解文学都可以。文学是模仿,文学是复制,文学是再现,文学是反映,文学是表现,文学是情感的表现,文学是有意味的形式,文学是义理,文学是道,文学是抒情言志,文学是语言,文学是社会意识形态,文学是更高悬浮于上层的意识形态,文学是特殊的意识形态,文学是原型,文学是格式塔,文学是教育,文学是真善美的统

一……我们还可以这样一路说下去。所以早就有学者认为,与其问文学是什么,还不如问文学不是什么。任何一种文学界说,都有它产生的社会历史背景,都有它针对和批判的对象。

那么,20世纪80年代初,在文学的界定上面,我们遭遇到什么问题呢?1966年2月林彪委托江青在部队召开文艺座谈会,会议有个"纪要"。在这个"纪要"里,江青说:"文艺界在建国以来,却基本上没有执行(毛主席思想路线),被一条与毛主席思想相对立的反党反社会主义的黑线专了我们的政,这条黑线就是资产阶级的文艺思想、现代修正主义的文艺思想和所谓30年代文艺的结合。'写真实'论、'现实主义广阔的道路'论、'现实主义的深化'论、反'题材决定'论、'中间人物'论、反'火药味论'、'时代精神汇合'论,等等,就是他们的代表性论点,而这些论点,大抵都是毛主席《在延安文艺座谈会上的讲话》中早已批判过的。电影界还有人提出所谓'离经叛道'论,就是离马克思列宁主义、毛泽东思想之经,叛人民革命战争之道。"应该说,建国以后的文艺工作由于过分强调"文艺为政治服务",到了1957年以后已经有"左"的倾向,公式化概念化的作品到处可见。可是,江青认为还不够"左",不够"革命",甚至认为建国后的文艺路线是"反党反社会主义的黑线专政",全盘否定了建国后的文艺工作,根本不顾基本事实的存在。

"文革"开始后,江青把"极左"的东西推到了极端。那时"八亿中国人只有八个样板戏",过去的一切作品,除少数的作品外,差不多都被批判为"封资修"大"黑货"。那时"政治"就是一切,"阶级斗争"就是一切,"无产阶级专政"就是一切。那么文学是什么?"文革"前开始流行的"文艺是阶级斗争的工具",被接过来加以延伸,形成了所谓的"三突出""从路线出发"和"主题先行"

等唯心主义理论。1974年,原上海市委写作班插手编写的《文学基础知识讲话》,第一讲副标题就是"文艺是阶级斗争的工具"。1975年张春桥论"全面专政"的文章,又把这一口号推进一步,提出"文艺是对资产阶级实行全面专政的工具"。"文艺工具"论甚嚣尘上,到了"文革"后期,连毛泽东自己也不满了,1975年初他在与邓小平谈话中说:"样板戏太少,而且稍微有点差错就挨批。百花齐放都没有了。别人不能提意见,不好。"邓小平说:"现在文艺并不活跃。"毛泽东又说:"怕写文章,怕写戏。没有小说,没有诗歌。"① 20世纪70年代末与80年代初,我们遭遇的就是"文革"留下的这种僵死的对于文学的解说和混乱的文学情况。

提出新说取代旧说,是那时一代文艺理论工作者遇到的棘手问题,也是重要的历史使命。当时遭遇的困难是:一方面,那些极"左"的僵硬的旧说不行了,可仍然有部分人对旧说"感情太深",一时难以摆脱,变着花样维护旧说。例如1979年《上海文学》第4期以评论员的名义发表了《为文艺正名——驳"文艺是阶级斗争的工具"说》,文中说:"造成文艺作品公式化概念化的原因是多方面的,其中一个主要的原因,就是创作者忽略了文学艺术自身的特征,而仅仅把文艺作为阶级斗争的一个简单工具。"文章认为:"马克思主义认为,文艺同理论思维一样,是人类掌握世界的一种方式。人类所以在理论之外还需要通过文艺来认识世界,就因为文艺具有理论不可替代的特点和作用。文学艺术的基本特点,就在于它用具有审美意义的艺术形象来反映社会生活。"② 这样一

---

① 逄先知、金冲及主编:《毛泽东传(1949—1976)》下册,1742页,北京,中央文献出版社,2003。
② 《为文艺正名——驳"文艺是阶级斗争的工具"说》,载《新时期文艺论争辑要》下册,陆梅林、盛同主编,1145、1146页,重庆,重庆出版社,1991。

篇拨乱反正的平和的文章，在当时就引起了强烈反响；有赞成的，也有反对的，而且反对的声音很响亮。一篇题为《坚持无产阶级的党的文学原则——"文艺是阶级斗争的工具"不容否定》的文章指出："在存在着阶级矛盾和阶级斗争的社会里，一切文学艺术都是阶级斗争的工具，这是一条不以人们的意志为转移的客观规律，是不容否定的马克思主义文艺理论、毛泽东文艺思想的基本原理。否定文艺是阶级斗争的工具，就是否定文艺事业应当成为无产阶级总的事业的一部分，成为整个革命机器中的'齿轮和螺丝钉'，因而就是否定无产阶级的党的文学原则。一切革命者必须坚持这一根本原则，因为它是无产阶级文艺的生命线。"① 实际上，无论是马克思，还是毛泽东，都没有说过"文艺是阶级斗争的工具"，只有江青自己说过。这类带有"左"的情绪的文章在当时触目可见。这说明当时要进行理论上的拨乱反正仍十分艰难。另一方面，我们又不能把西方流行的关于文学的各种解说照搬过来，如说文学是形式，文学是原型，文学是语言，文学是自我表现等等。西方的社会情境与我们毕竟不同，文学的具体情况也有很大区别，更何况我们是要以"马克思列宁主义毛泽东思想"为指导，即使我们是在谈最富情感特征的文学的时候，我们也没有任何理由脱离马克思主义。

正是在这困难的时刻，1979年召开了"中国文学艺术工作者第四次代表大会"，邓小平同志在会上发表"祝辞"，其中说：

围绕着实现四个现代化的共同目标，文艺的路子要越走越

---

① 张居华，《坚持无产阶级的党的文学原则——"文艺是阶级斗争的工具"不容否定》，载《上海文学》1979年第7期。

宽,在正确的创作思想的指导下,文艺题材和表现手法要日益丰富多彩,敢于创新。要防止和克服单调刻板、机械划一的公式化概念化倾向。①

党对文艺工作的领导,不是发号施令,不是要求文学艺术从属于临时的、具体的、直接的政治任务,而是根据文学艺术的特征和发展规律,帮助文艺工作者获得条件来不断繁荣文学艺术事业……②

我国历史悠久,地域辽阔,人口众多,不同民族、不同职业、不同年龄、不同经历和不同教育程度的人们,有多样的生活习俗、文化传统和艺术爱好。雄伟和细腻,严肃和诙谐,抒情和哲理,只要能够使人们得到教育和启发,得到娱乐和美的享受,都应当在我们的文艺园地里占有自己的位置。③

这些祝辞如同春雷,振奋了文艺界人们的心。不久,邓小平在《目前的形势与任务》一文更明确指出:"不继续提文艺从属于政治的这样口号,因为这个口号容易成为对文艺横加干涉的理论根据,长期的实践证明它对文艺的发展利少害多。但是,这当然不是说文艺可以脱离政治。文艺是不可能脱离政治的。任何进步的、革命的文艺工作者都不能不考虑作品的社会影响,不能不考虑人民的利益、国家的利益、党的利益。"文学理论工作者受邓小平祝辞和关于今后不继续提文艺从属于政治思想的鼓舞,开始解放思想,力创新说。于是,当时的文学理论界不约而同地从"审美"

---

① 邓小平:《在中国文学艺术工作者第四次代表大会的祝辞》,载《邓小平论文艺》,3页,北京,人民文学出版社,1989。
② 同上9页。
③ 同上6页。

或"情感"这个角度切入,来研究"文学是什么"这个千百年来反复研究过的问题。在整个80年代,蒋孔阳、李泽厚、钱中文、王向峰、孙子威、胡经之、王元骧、童庆炳、杜书瀛、陈传才、畅广元、王先霈等文学理论界的学者都力图从"审美"这一视角立论,力图给文学一个新的界说。当然,这个建立新说的过程是充满艰难的,考虑到20世纪80年代的"反精神污染"和"反自由化",他们每走一步都不能不左顾右盼,不能不谨慎从事。并不像现在的年轻学者想象的那样,以为提出文学审美特性不过是举手之劳。

二、文学审美特征论的形成

在不再提"文艺从属于政治"和"文艺为政治服务"的情况下,如何来解释文学艺术呢?当时的学界是将文学艺术与美联系起来思考。近代以来,首先把艺术与审美联系起来的是康德。康德把人的心理结构分为知、情、意三种。知就是认识,它的对象是自然,其产物就是合规律性的科学;情就是愉快不愉快的情感,它是一种判断力,它的产物就是合目的性的艺术;意就是欲求,它是一种理性,它的产物是既合规律性又合目的性的道德。但是在建国以后的十几年时间里,哪有胆量去承认康德呢?康德是唯心主义的大师,避之唯恐不及,哪敢讲什么康德呢?所以新时期把文学艺术与审美联系起来思考仍然是新鲜的、可贵的,它既有现实的针对性,也有理论的深刻性。

(一)美是艺术的基本属性

新时期文学审美特征论最初的思考是把文学艺术与美联系起来

思考，认定美是文学艺术的基本属性。著名美学家蒋孔阳先生于1980年发表了《美和美的创造》一文，提出：

> 艺术的本质和美的本质，基本上是一致的。美具有形象性、感染性、社会性以及能够实现人的本质力量的特点，艺术也都具有这些特点，正因为这样，所以我们说，美是艺术的基本属性。不美的"艺术"不能成为真正的艺术。从事艺术工作的人，不管他办不办得到，但从本质上说，他都应当是创造美的人。创造美和创造艺术，在基本的规律上是一致的。①

他还补充说：

> 艺术美不美，并不在它所反映的是美的东西，而在于它是怎样反映的，在于艺术家是不是塑造了美的艺术形象。生活中美的东西，固然可以塑造为美的艺术形象，就是生活中不美的甚至丑的东西，也同样可以塑造为美的艺术形象。②

很显然，蒋孔阳先生对于文学艺术的本质思考，已经转移到"美"这个十分关键的概念上面。他把文学艺术的性质归结为美，而不是此前所认为的是形象化的认识或政治，这是很重要的。更重要的是他认为文学艺术的美的问题不仅是反映对象问题，更是怎么写的问题，丑的事物，经过艺术加工也可以塑造为美的形象。写什么并不具有决定作用，更重要的是怎样写。这种理解是很有意义的。

---

① 蒋孔阳：《美和美的创造》，52页，南京，江苏人民出版社，1981。
② 同上。

当然，这种看法并不是蒋孔阳先生最早提出的。蔡仪在1942年撰写的《现实主义艺术论》就说过："自然美固然可以成为艺术美，即自然丑也可以成为艺术美。米罗斯（Melos）的维纳斯表现着艺术美，罗丹的老妓女也表现着艺术美。"① 蔡仪先生的论点可能来自罗丹的《艺术论》，其中说："一位伟大的艺术家，或作家，取得了这个'丑'或那个'丑'，能当时使它变形，……只要用魔杖触一下，'丑'便化为美了。——因为这是点金术，这是仙法！"② 前人的这些说法，并不能湮没蒋孔阳先生论点的光芒。因为经过了长达十年的"文革"后，在一个新纪元的开始，"说真话"仍然困难，普通的知识的提出也会有种种风险。特别是蒋孔阳的论点有特殊的针对性，那就是江青、姚文元的"题材决定"论。长期以来，主流的说法一直主张写英雄人物和表现崇高的事物，谁要是写"小人物""中间人物"都是罪恶。现在提出艺术加工可以化丑为美，这实际上是为"反题材决定论"平反，在题材问题上"正本清源"。所以蒋孔阳先生关于美是文学艺术的基本属性和生活丑可以化为艺术美的理解，在当时是很有意义的。

（二）文学的特征是情感性

美学家李泽厚也谈到了对文学艺术的理解。早在1979年，在讨论"形象思维"的演说中，李泽厚就强调文学艺术不仅仅是"认识""把艺术简单看作是认识，是我们现在很多公式化概念化作品的

---

① 蔡仪：《现实主义艺术论》，166页，北京，作家出版社，1958。
② 《罗丹艺术论》，24页，人民美术出版社，1978。这是新时期开始最早翻译的美学著作之一。但解放前，罗丹此书曾以《美术论》翻译出版。值得注意的是，1978年人民美术出版社出版此书时仍加上一个"出版说明"，认为罗丹是"资产阶级艺术家"，论点中有不少是"唯心主义"的。

根本原因"。① 他同时又认为,文学艺术的特征也不是形象性,仅有形象性的东西也不是艺术。他强调指出:

> 艺术包含有认识的成分,认识的作用。但是把它归结为或等同于认识,我是不同意的。我觉得这一点恰恰抹杀了艺术的特点和它应该起的特殊作用。艺术是通过情感来感染它的欣赏者的,它让你慢慢地、潜移默化地、不知不觉地受到它的影响,不像读本理论书,明确地认识到什么。②
>
> 我认为要说文学的特征,还不如说是情感性。韩愈《原道》这篇文章之所以写得好,能够作为文学作品来读,是因为这篇文章有一股气势,句子是排比的,音调非常有气魄,读起来感觉有股力量,有股气势。所以以前有的人说韩愈的文章有一种"阳刚之美"或者叫壮美。③

李泽厚在这里批评了流行了多年的文学艺术是认识、文学艺术的特征是形象的观点,应该说是很深刻的。"认识"这是所有的科学和哲学社会科学都有的功能,它不足以说明文学艺术的特点。文学形象特征说流行了多年,其实有形象的不一定是文学,动植物挂图都有形象,但不是文学。像韩愈的文章没有形象,倒是文学。把文学仅仅看成是通过形象表现认识,的确为公式化、概念化开了方便之门。由此他认为文学的特征是情感性,也就是审美。后来他又在《形象思维再续谈》(1980)中直接说文学是"一种强大的审美感染

---

① 李泽厚:《谈谈形象思维问题》,载《李泽厚哲学美学文选》,340页,长沙,湖南人民出版社,1985。
② 同上,341—342页。
③ 同上,344页。

力量。审美包含认识——理解成分或因素,但绝不能归结于等同于认识"①。李泽厚上述理解连同蒋孔阳的论述不能不说是新时期文学观念转向文学审美特征论的先声。

(三) 文学反映具有审美价值的生活

笔者于1981年发表了《关于文学特征问题的思考》一文,明确提出了文学的情感特征,1983年又撰写了《文学与审美》一文,阐述了文学审美特征论。笔者认为:

> 文学反映的生活是人的美的生活。人的整体的生活能不能成为文学的对象、内容,还得看这种生活是否跟美发生联系。如果这种生活不能跟美发生任何联系,那么它还不能成为文学的对象。文学,是美的领域。文学的对象和内容必须具有审美价值,或是在描写之后具有审美价值。美并不单纯是客观事物的属性,它跟审美主体的主观作用有密切关系。什么是美的生活,什么是不美的生活,什么生活可以进入作品,什么生活不能进入作品,是一个极其复杂的问题。但文学创造的是艺术美,艺术美来源于生活美,因此只有美的生活才能成为文学的对象的道理,却是容易理解的。诗人歌咏太阳、月亮、星星,因为太阳、月亮、星星能跟人们的诗意感情建立联系,具有美的价值;没有听说哪一首诗歌吟咏原子内部的构造,因为原子内部的构造暂时还不能跟人们的诗意感情建立联系,还不具有美的价值。诗人吟咏鸟语花香、草绿鱼肥,因为诗人从这些对象中

---

① 李泽厚:《谈谈形象思维问题》,载《李泽厚哲学美学文选》,559页,长沙,湖南人民出版社,1985。

发现了美；暂时还没有听说哪个诗人吟咏粪便、毛毛虫、土鳖，因为这些对象不美或者说诗人们暂时还没有发现它们与美的某种联系。①

笔者的论述显然从苏联文论界的"审美学派"吸收了"审美"和"审美价值"这两个概念。苏联在50年代的"解冻时期"，就对文学艺术的本质和特征展开了如何克服教条化的讨论。但是当时由于中国自身的情况所限，并没有认真从那次讨论中吸收营养。如，布罗夫在1956年就提出："艺术是审美意识的最高的、最集中的表现。"② 他说"美学的方法论不是一般哲学的方法论。""把典型看成是通过具体的和单一的事物来表现'一定现象的实质'，这个定义早已不能令人满意了。从一般哲学意义上来看，这个定义仍然是对的，但从美学上来看，则丝毫不能说明什么。这里指的是什么样的'实质'呢？大家知道，任何一种意识形态都力求揭示'一定现象的实质'。但有各种各样的实质。雷雨的真正实质在于：这是一种大气中的电的现象。是否可以说，诗人在描写雷雨的时候给自己提出的任务是揭示这种物理实质呢？显然，不能这样说，因为诗人在描写雷雨的时候所揭示的实质是另一样东西。"③ 如果说，以前的文学理论总是从哲学的社会学的来看待文学艺术的本质特征的话，那么布罗夫的论述真正从美学的角度接触了文学艺术问题，因此他得出的关于文学艺术的审美特性的结论，对于苦苦想摆脱"文艺从属于政治"

---

① 童庆炳：《关于文学特征问题的思考》，载《中国新文艺大系1976—1982·理论一集》，658—659页，北京，中国文联出版公司，1988。
② 阿·布罗夫：《美学应该是美学》，载《美学与文艺问题论文集》，39页，北京，学习杂志社，1957。
③ 同上，39—40页。

羁绊的新时期的中国学者来说，显然具有很大的启示意义。笔者由此受到启发，提出了"文学的对象和内容必须具有审美价值，或是在描写之后具有审美价值"。在这个表述中至少有三点是值得注意的：第一，提出了审美价值的观念。价值就是对人所具有的意义。审美价值就是对人所具有的诗意的意义。从这样一个观点来考察文学，显然更接近文学自身。第二，提出了文学的特征在于文学的对象和形式中。过去的理论受别林斯基论述的影响，认为文学与科学的区别仅仅在于反映方式的不同，文学和科学都揭示真理，科学用三段论法的理论方式揭示真理，文学则用形象的方式揭示真理。笔者不同意别林斯基的论点，认为文学与科学的区别首先是反映的对象的不同。第三，文学反映的对象可以有两个层面，一是本身就具有审美价值的生活，如优美、壮美、崇高等；一是经过描写后会具有审美价值的生活，如悲、喜、丑、卑下等。这样笔者就从文学反映的客体和反映主体两个维度揭示了文学的审美特征。

（四）文学审美反映论

在当时学界多数人都认同文学的审美特性的情况下，进一步要做的工作，就是提出严谨的关于文学审美特征的学说。这时已经到了80年代的中期，所谓"方法"年、"观念"年的出现，使文学审美特征论者获得了更好的研究环境和更宽阔的视野。

文学"审美反映"论的构建，是基于对"认识反映"论的不满。笔者在1984年出版的《文学概论》（上下册）第一章第二节标题是"文学是社会生活的审美反映"，认为"社会生活是文学的唯一源泉，文学是社会生活的反映。其实，包括文学在内的全部意识形态（政治、法律、道德、哲学、艺术、宗教等）和一切社会科学，都是客观的社会生活的反映，都以客观的社会生活为源泉，所以，文学是社会生活的反映的论断只是阐明了文学和其他社会意识形态以及一切社会科学的共同本质，只是回答了'什么是文学'的第一个层次的问题。然而，我们仅仅认识文学和其他社会意识形态以及一切社会科学的共同本质是不够的。……我们……还必须阐明文学区别于其他社会意识形态以及社会科学的特征，弄清楚文学本身自身特殊的本质，即回答第二层次的问题。那么，文学反映生活的特殊性是什么呢？我们认为文学对社会生活的反映，是审美的反映。审美是文学的特质。……文学之所以是文学就在于它是对社会生活的审美反映，文学的崇高目的是要按照一定的社会审美理想来改造人的生活，使人的生活变得加更美好。"① 笔者随后按照审美反映的"独特的对象、内容和形式"展开了对文学"审美反映"论的论证。1986年钱中文也提出文学"审美反映"论，他说："文学的反映是一种特殊的反映——审美反映，由于其自身的特殊性，较之反映论原理的内涵，丰富得不可比拟。反映论所说的反映，是一种二重的、曲折的反映……是一种有关主体能动性原则的说明。审美反映则涉及具体的人的精神心理的各个方面，他的潜在的动力，隐伏意识的种种形态，能动的主体在这里复杂多样，而且充满种种创造活力，这是一个无所不在的精灵。"② 钱中文的论文不但从根本上区别了一般的反映论与文学"审美反映"论，而且还从"心理层面""感性认识层面"和"语言、符号、形式的体现"层面说明了文学"审美反映"论的特征，这是十分有意义的。王元骧也就文学审美论进行了研究，对文学的"审美反映"作了非常具体深入的解说。他在

---

① 童庆炳：《文学概论》上册，46—48页，北京，红旗出版社，1984。
② 钱中文：《新理性精神文学论》，157—158页，武汉，华中师范大学出版社，2000。

1988年发表的论文《艺术的认识性和审美性》中，论证了"文学审美反映"的各个层面。首先，从反映的对象看，与认识对象不同，"从审美的眼光看来，它们的地位和价值就大不一样。这就是因为审美情感作为审美主体面对审美对象所生的一种态度和体验，总是以对象能否契合和满足主体自身的审美需要为转移的：凡是契合和满足主体审美需要的，哪怕是在别人看来微不足道的东西，也会成为爱慕倾倒、心醉神迷的对象；否则，不论事物本身的客观意义多么重大，人们也照样无动于衷，漠然置之"①。其次，就审美的目的看，与认识目的以知识为依归不同，"由于审美的对象是事物的价值属性，是现实生活中的美的正负价值（即事物的美或丑的性质），而美是对人而存在的，是以对象能否满足主体的审美需要为转移的；凡是由审美所生的愉快，无不由主体的审美需要从对象中获得某种满足而引起。所以，从审美愉快中所反映出来的总是主体对于对象的一种直接或间接的（即通过对丑的否定来肯定美）肯定的态度，亦即'应如何'的问题。这决定了审美反映不可能以陈述判断而只能是以评价判断来加以表达"②。第三；一般认识的反映形式是逻辑的，而审美反映是"以崇敬、赞美、爱悦、同情、哀怜、忧愤、鄙薄等情感体验的形式来反映对象的"③。王元骧的文学"审美反映"论从反映的对象、反映的目的和反映的形式等三个方面来阐述"审美反映"论的要点，很完整也很深刻，大大深化了对文学"审美反映"论的理解。

---

① 王元骧：《审美反映与艺术创造》，52页，杭州，杭州大学出版社，1992。
② 同上，53页。
③ 同上，54页。

（五）文学审美意识形态论

与文学审美反映论相映成趣的是，钱中文于1984年发表了《文学艺术中的"意识形态本性论"》，提出了文学"审美意识形态"论："文学艺术固然是一种意识形态；但我以为是一种审美的意识形态，文学艺术不仅是认识，而且也表现人的情感和思想；审美的本性才是文学的根本特性，缺乏这种审美的本性，也就不足以言文学艺术。看来文学艺术是双重性的。"① 很显然，这是运用马克思主义的社会结构学说，即社会基础与上层建筑理论对于文学艺术观念问题的一次解决。1987年钱中文又发表了题为《文学是审美意识形态》的论文，正式确认"文学是审美意识形态"，并展开了论证，其结论是："文学作为审美的意识形态，以感情为中心，但它是感情和思想的认识的结合；它是一种自由想象的虚构，但又具有特殊形态的多样的真实性；它是有目的的，但又具有不以实利为目的的无目的性；它具有社会性，但又具有广泛的全人类的审美意识的形态。"② 钱中文提出的"文学审美意识形态论"具有广阔的阐释空间，从哲学的观点看，文学确是一种意识形式，与哲学、伦理等具有意识形态的共同特性，但是文学之所以是文学，是因为文学是一种具体的意识形式，即审美意识形态：它将审美的方法和哲学的方法融合一起；它以感情为中心，但又是感情与思想的结合；它是一种虚构，但又是特殊形态的真实性；它具有阶级性，但又是一种具有广泛社会性以及全人类性的审美意识形态。迄今为止，"审美反映"论与

---

① 钱中文：《文学理论：走向交往与对话的时代》，87页，北京，北京大学出版社，1999。
② 钱中文：《新理性精神文学论》，136页，武汉，华中师范大学出版社，2000。

"审美意识形态"论这两个观点并存甚至相互为用。应该说文学"审美反映"论、文学"审美意识形态"论，是一个时代的学人根据时代要求提出的集体理论创新，它是对于"文革"的"文学政治工具"论的反拨和批判。它超越了长期统治文论界的给文艺创作和文学批评带来公式主义的"文艺为政治服务"的口号，但它的立场仍然牢牢地站立在马克思主义上面。新说终于取代了旧说。"审美反映""审美意识形态"进入了目前国内最重要的 20 多部《文学概论》教材，便是有力的说明。"审美反映"论与"审美意识形态"论的提出，其意义是深远的。

三、"文学审美反映"论和"文学审美意识形态"论的理论特点

文学是审美反映，文学是审美意识形态，这个学说的基本内涵是什么呢？它们在理论上具有什么特点呢？根据笔者的理解，有这样几点：

（一）"文学审美反映"和"审美意识形态"的整一性

"文学审美反映"和"审美意识形态"是一个完整的概念，不是"审美"加"反映"，不是"审美"加"意识形态"，它们是一个具有单独的词的性质的词组，不是审美与反映、审美与意识形态的简单相加。它们本身是一个有机的理论形态，是一个整体的命题，不应该把它切割为"审美"与"反映"，"审美"与"意识形态"两部分。"审美"不是纯粹的形式，是有诗意内容的；"反映""意识形态"也不是单纯的思想，它是具体的、有形式的。正如布罗夫所说，不存在抽象的"意识形态"的实体，他说：

  "纯"意识形态原则上是不存在的。意识形态只有在各种具体的表现中——作为哲学的意识形态、政治意识形态、法的意识形态、道德意识形态、审美意识形态——才会现实地存在。①

  这种对"意识形态"的理解不但是正确的,而且是极有意义的。可惜布罗夫对这个问题未能展开论述。不过我们如果细细体会的话,其中有两点值得我们注意:第一,意识形态都是具体的,而非抽象的。通常我们所说的"意识形态"只是对具体的意识形态的抽象和概括,那种无所不在的一般的"意识形态"是不存在的。意识形态只存在于它的具体的形态中,如上面所说的哲学意识形态、政治意识形态、法意识形态、道德意识形态、审美意识形态,就是这些具体的形态。没有一种超越于这些具体形态的所谓一般的意识形态。第二,更重要的是,所有这些具体形态的意识形态——哲学意识形态、政治意识形态、法意识形态、道德意识形态、审美意识形态——都是一个完整的独立的系统。哲学意识形态不是"哲学"与"意识形态"的简单相加,政治意识形态也不是"政治"与"意识形态"的机械拼凑……当然,所有这些形态的意识形态有它们的共性,即它们都是社会生活的反映,但不同的意识形态反映的对象是不同的。哲学意识形态是对社会生活的总体的根本性的反映,着重回答思维与存在、精神与物质的关系何者为根基的问题。政治意识形态一般而言是反映社会生活中不同集团之间的利益的冲突与妥协问题。法意识形态则是对于社会生活中统治集团按其意志,并由国家强制力保证执行的行为规则所反映出来的思想领域……审美意识

---

① 阿·布罗夫:《美学:问题和争论》,凌继尧译,41页,上海,上海译文出版社,1987。

形态一般而言是对于社会中人的情感生活领域的审美反映。意识形态的不同形态的对象的差异,也导致它们的形式上的差异。这样不同形态的意识形态有自己独特的内容与形式,并形成了各自独立的完整的思想领域。自然,各个形态的意识形态是相互联系、相互作用、相互影响、相互渗透的,但又相互独立。这些不同的意识形态领域,对于社会的经济基础来说,的确有靠得近与远的区别,但它们并无"高低贵贱"之分。它们之间并不存在谁为谁服务的问题。它们之间的相互作用是不可避免的,但不存在谁控制谁的关系。例如,审美意识形态与政治意识形态的关系,并不总是顺从的关系,相反,审美意识形态对政治意识形态的"规劝""监督""训斥"等,却是十分正常和合理的。如,西方的浪漫主义和批判现实主义,总的说来是对于资本主义政治秩序的不满,是对资本主义政治意识形态主导下人性的丧失、人的异化、人的悲惨生存状况以及非人生活环境等,进行"诗意的裁判"。在这种情况下,审美意识形态自身形成一个独特的思想系统,它的整体性也就充分显现出来。因此,文学艺术作为审美意识形态,是意识形态中一个具体的种类,它与哲学意识形态、政治意识形态、法意识形态、道德意识形态有联系,但它们的地位是平等的,不存在简单的谁为谁服务的问题。像过去那样把文学等同于政治、把文学问题等同于政治问题是不符合马克思主义的理论精神的。80年代学术界提出"文学审美意识形态"论、"审美反映"论等,也就不是简单地把"审美"和"意识形态"嫁接起来,更不是什么权宜之计,而是根植于马克思主义基础上的理论建树。当然,我们强调各种意识形态之间的独立性和平等性,不是绝对的。在某个特殊时刻,如在中国人民的抗日战争时期,毛泽东《在延安文艺座谈会上的讲话》提出文艺"武器"论、"军队"论、"文艺为政治服务"论,这是非常时期特殊的理论要求,是有其合理性的。但是，在常态时期，各种意识形态应该是相对独立的。"文学审美反映"论也应作如上的理解。

（二）"文学审美反映"论和"文学审美意识形态"论的复合结构

当我们说明"文学审美反映"和"审美意识形态"概念的整一性的同时，并不否认这两种理论核心内容上的复合结构。

从性质上看，这两种理论是集团性与全人类共通性的统一。文学作为审美反映，作为审美意识形态，的确表现出集团的、群体的倾向性，这是无须讳言的。但是，无论属于哪个集团和群体的作家，其思想感情也不会总是被束缚在集团或群体的倾向上面。作家也是人，必然会有人与人之间相通的人性，必然会有人人都有的生命意识，必然会关注人类共同的生存问题。

从功能上看，这两种理论既强调认识又强调情感。文学是社会生活的反映，无疑包含了对社会的认识。这就决定了文学有认识的因素，不包含对现实的认识是不可能的。但是，我们说文学的反映包含了认识，却又不能等同于哲学认识论上或科学上的认识。文学的认识总是以情感评价的方式表现出来。文学的认识与作家情感评价态度完全交融在一起的。

从功能上看，这两种理论既强调无功利性又强调有功利性。文学是审美的，那么在一定意义上它就是游戏，就是娱乐，就是消闲，似乎没有什么实用目的，仔细一想，它似乎又有功利性，而且有深刻的社会功利性。文学是非功利与功利的交织。

从方式上看，这两种理论既肯定假定性又强调真实性。文学作为审美意识与科学意识是不同的。虽然艺术和科学都是人类所钟爱的两姊妹，都是对真理的追求，但它们创造的成果是不同的。科学所承认的意识,是不允许虚构的,科学结论是对客观规律的揭示。文学意识是审美意识,它虽然也追求真实,但它是在艺术假定性中所显露的真实。这里,科学与文学分道扬镳了。"文学审美反映"论与"文学审美意识形态"论,既超越政治工具论,又超越形式主义论,它们在文学的内部与外部找到了一个结合点和平衡点,以包容文学的多样性、复杂性、辽阔性和微妙性。

总之,"文学审美反映"论和"文学审美意识形态"论,与一般抽象的认识或意识形态不同,它们力图说明文学作为人类的审美活动,它在审美中就包含了那种独特的认识或意识形态,在这里审美与认识、审美与意识形态,如同盐溶于水,体匿性存,无痕有味。根本看不到哪是"审美""意识形态",它们作为复合结构已经达到了合而为一的境界。

文学的复杂性不是我们强加给文学的,文学本身就是一个复杂的事物,有时候文学复杂到我们很难理解它,很难接受它,很难解释它。我们的论说不过是还其真面目而已。《红楼梦》简单吗?那里什么都有,社会的、非社会的、功利的、非功利的、真实的、虚构的、情感的、思想的、阶级的、非阶级的、民族的、人类的、感性的、理性的、游戏的、非游戏的、诗意的、非诗意的……就是这些的复合、结合与统一,构成了《红楼梦》。一部作品况且如此复杂,更何况文学活动呢。至于方法论问题,恩格斯在《自然辩证法》一书早就提出了"亦此亦彼"的论点。恩格斯认为事物不是单一的,我们的判断也不应该是单一的。"对立统一"是辩证唯物主义的基本方法论之一。

四、文学审美特征论的价值观

在文学理论经过了90年代的"语言论的转向"和当前的"文化研究"的洗礼之后,"文学审美反映"论和"文学审美意识形态"论是否失效或过时呢?实际上,"审美反映"论和"审美意识形态"论从一开始就没有忽视文学的语言问题。例如,钱中文在1986年发表的论文《最具体的和最主观的是最丰富的——审美反映的创造性本质》中,明确指出:"审美反映是通过语言、符号、形式的体现而得以实现的。一般谈论审美,很少涉及这一方面。但是没有这些因素,就很难使上述几个层面相互交织,往返渗透而形成动态的审美结构。"[①] 笔者主编的《文学理论教程》也指明文学是一种语言艺术,而且进一步说明文学的"语言蕴含"问题。文学审美反映或文学审美意识形态不是指一种像哲学那样的思想体系,它虽然包含人的认识,但更重要的是情感的体验和评价,它不能离开文学语言这个"家"。"文学审美反映""文学审美意识形态"与语言的关系是十分密切的。所谓的"语言论转向"没有"摧垮""文学审美反映"论和"文学审美意识形态"论,而是使两者结合起来,更准确地界说了文学。

特别需要指出的是,20世纪90年代以来,文化研究在中国的出现,是一种社会思潮的兴起。它关注的往往不是文学内部的问题,它也不屑于给文学的性质作一个界说。发展到今天,某些专门搞"文化研究"的人更无视文学的存在,终日迷恋所谓的"阶级""种族""性别""地域"等概念,它们实际上是社会学和政治学的话

---

① 钱中文:《新理性精神文学论》,160页,武汉,华中师范大学出版社,2000。

题,与文学并无多少关系。近来,又有人从外国贩卖来了所谓的"日常生活审美化",去解读什么广告、时尚杂志、美女图像、街心花园、模特走步、居室装修等。他们怎么搞法是他们的事情。只要他们不要把他们研究的一套取代文艺学学科固有的对象,我们不想干预也无权干预。但是这些在各个学科之间行走的人,突然一再要"反思"文艺学和美学,其论点之一就是认为始于70—80年代的文学审美特征论是一种根本不顾及文学外部文化蕴含的"审美主义",提出要走出"审美城"。这些本来也赞成"文学审美反映"论或"文学审美意识形态"论的人突然变了脸,有意无意地把"文学审美反映"或"文学审美意识形态"说成是没有文化价值取向的"审美主义",从而加以反对。他们这样说是否符合事实呢?"文学审美反映"论和"文学审美意识形态"论是否真的完全不顾及文学外部文化蕴含的纯粹的"审美主义"呢?我们不妨考察一下王元骧、钱中文和笔者三人的相关论点。

笔者在提出"文学审美反映"论时,曾着重强调审美与非审美价值的关系。早在1983年的论文《文学与审美》中就说过:"当然,这里我们要特别强调这样一点:当我们说文学艺术的独特对象是客观现实的审美价值的时候,不要把现实的审美价值当成是独立的存在。现实的审美价值永远和现实的自然属性以及其他价值内在地联系在一起。文学艺术对客观现实的反映,的确是在撷取其审美的价值,但这撷取并不是也不可能是孤立地撷取。审美价值与其他价值是矛盾的统一,一方面,审美价值不同于其他价值;另一方面,审美价值又和其他价值互相渗透。现实的审美价值和现实的其他价值并不是相互隔绝的,它们之间不存在鸿沟。应该看到,现实的审美价值具有一种溶解和综合的特性,它就像有溶解力的水一样,可以把认识价值、道德价值、政治价值、宗教价值等都溶解于其中,综合于其中。因此,文学艺术撷取现实的审美因素,不但不排斥非审美因素,相反,总是把非审美因素的认识因素、道德因素、政治因素、甚至自然属性交融到审美因素中去。这样,文学艺术所撷取的审美因素总是以其独特的方式凝聚政治、道德、认识等各种因素。"①在这里,笔者认为审美价值是具有溶解力的,它可以把作为非审美因素的政治的、道德的、宗教的、历史的等一切价值溶解于其中,当然这种溶解是真正的溶解。这些非审美因素的价值,如政治、道德、宗教和历史等,不就是后来"文化研究"中的文化价值吗?可见,文学审美特征论并不是什么单一的"审美主义",它早就思考并阐述了文学中审美与文化的关系。

王元骧发表于1988年的《艺术的认识性和审美性》一文,专门讨论了文学艺术审美性与认识性两者的统一关系。他在充分肯定了"把艺术的性质界定为审美的这应该是确定无疑的"前提下指出,"当我们在判定了艺术不属于一般认识,它是以审美情感为中介来反映现实生活的时候,如何防止把情感与认识分割开来、甚至对立起来,进而以情感来否定认识的情况。这是科学地阐明艺术的审美特性所要解决的一个关键的问题"。② 那么他是如何来解决这个问题的呢?他说:"艺术家的审美反映,都是在认识基础上产生的,并由认识分化而来的,因而必然要依赖于认识而存在,所以'应如何'与'是什么',价值原则与认识原则,在根本上毫无疑问应该是统一的。……只不过这些认识内容不是直接以认识成果(概念、判断、推理)的形式进入作品,而是通过作者的审美感受和审美体验间接地流露出来。作家和艺术家的思想认识,哪怕最深刻、最有价值的思想认识,要是

---

① 童庆炳:《文学审美特征论》,29页,武汉,华中师范大学出版社,2000。
② 王元骧:《审美反映与艺术创造》,56页,杭州,杭州大学出版社,1992。

不能转化为自己的审美态度和评价，那就必然会失去审美的价值，自然也不能在作品中获得表现了。由此可见，审美尽管有它的特殊性，但是在审美情感的形成过程中却始终离不开认识因素的参与和作用。"① 不难看出，王元骧的"审美反映"论，始终是文学艺术中审美与认识的统一。他所理解的"认识"，我们从他对《阿Q正传》的分析中，就可看出是指艺术的真、善，主要是指向社会文化的。

钱中文主张文学"审美意识形态"论，他一再强调文学的审美特性与意识形态特性之间的和谐联系。他说："审美文化同样具有某些非审美文化的精神文化的特性。更重要的是，审美文化中的感情与思想认识，是互为表里的。当然，两者在文学中的关系，并不是机械的、一半对一半的平分秋色的结构。思想在文学创作中不能自我完成，它必须通过感情的传达而得以体现。……在审美意识中，感情联结着种种心理因素，如感知、想象、无意识活动，但同时也表现着理性的认识。"② 他这里所说的"非审美文化""理性认识"，当然包含政治、道德、历史、宗教、法律等文化的价值，他也从未把文化排除在文学艺术之外，这是很清楚的。

王元骧、钱中文和笔者三人的论述几乎是不约而同地回答了文学中审美与非审美两者的关系问题，而且深刻地说明了审美与非审美是内在地关联在一起的。指斥"文学审美反映"论、"文学审美意识形态"论为"审美主义"是完全没有事实根据的。有些人不过是不再喜欢文学，不再喜欢审美的文学，而有意无意把文学审美特征论扭曲为一种纯审美的东西。

此外，"文学审美反映"论和"文学审美意识形态"论还有一

---

① 王元骧：《审美反映与艺术创造》，58页，杭州，杭州大学出版社，1992。
② 钱中文：《新理性精神文学论》，131页，武汉，华中师范大学出版社，2000。

个重要的特点，即把真、善、美内在地联系在一起，文学审美中内在地包含了真和善，这既超越了先前的"文学从属于政治"的提法，也超越了苏联的"社会主义现实主义"理论。苏联的"社会主义现实主义"流行了几十年，在毛泽东的1942年《在延安文艺座谈会上的讲话》后直到1962年的"反修"前，几乎成为"文艺宪法"。它规定："社会主义现实主义，作为苏联文学和苏联批评的基本方法，要求艺术家从现实的革命发展中真实地、历史地和具体地去描写现实。同时艺术描写的真实性和历史具体性必须与用社会主义精神从思想上改造和教育劳动人民的任务结合起来。"这个定义在苏联"解冻时期"曾遭到西蒙洛夫等人的质疑，认为后一句话是多余的，是附加上去，似乎真实性和历史具体性可以结合思想教育任务，也可以不结合。1956年秦兆阳发表的《现实主义——广阔的道路》一文，也是对此提出质疑。可见社会主义现实主义的定义的确把真实性、历史具体性和思想教育任务割裂开来，是很不确切的。"文学审美反映"论和"文学审美意识形态"论显然看清了"文学从属于政治"和"社会主义现实主义"的弊病，而强调真实性、教育性就内在地蕴含在审美之中。

如，王元骧强调指出："认识内容不是直接以认识成果（概念、判断、推理）的形式进入作品，而是通过作者的审美感受和审美体验间接地流露出来。作家和艺术家的思想认识、哪怕最深刻、最有价值的思想认识，要是不能转化为自己的审美态度和评价，那就必然会失去审美的价值，自然也不能在作品中获得表现了。"① 如果说王元骧强调的是审美感受和审美体验的话，那么钱中文所强调的是审美传达："审美文化中的感情与思想认识，是互为表里的。当然，

---

① 王元骧：《审美反映与艺术创造》，58页，杭州，杭州大学出版社，1992。

两者在文学中的关系，并不是机械的、一半对一半的平分秋色的结构。思想在文学创作中不能自我完成，它必须通过感情的传达而得以体现。"① 没有感情的传达，就没有文学所包蕴的文化，文学的真和善是不能从外面贴上去的。笔者则从审美价值与非审美价值互相渗透来解决这个问题："审美价值与其他价值是矛盾的统一，一方面，审美价值不同于其他价值，另一方面，审美价值又和其他价值互相渗透。现实的审美价值和现实的其他价值并不是相互隔绝的，它们之间不存在鸿沟。应该看到，现实的审美价值具有一种溶解和综合的特性，它就像有溶解力的水一样，可以把认识价值、道德价值、政治价值、宗教价值等都溶解于其中，综合于其中。"② 现实的审美价值与其他价值的关系是相互渗透的，文学中的审美价值和真、善价值也是互相渗透的。文学的真是审美的真，是艺术的真，是诗意的真，是情感的真，不是科学的真；文学的善也是审美的善，是一种理想的烛照，是心灵的启示，是人文的关怀，而不是现实中实际的伦理道德说教。这样，真、善、美融于一体，从而科学地阐明了文学的价值观。

应该看到，此前的文学理论在价值观问题上始终没有解决好。就以文学的真实性问题来说，建国以来经过了多次讨论，但很少有人把真实性提到审美的领域来思考。新时期以来又一次开展了对文学真实性问题的讨论。但这些讨论往往停留在哲学的、社会学的层次，而没有进入独特的审美层次。笔者早在1985年发表了《文学真实性漫议》一文，批评了"本质"论的艺术真实观，并把文学艺术真实性问题提到了审美的层次加以论证。笔者提出了"合情合理"

---

① 钱中文：《新理性精神文学论》，131页，武汉，华中师范大学出版社，2000。
② 童庆炳：《文学审美特征论》，29页，武汉，华中师范大学出版社，2000。

四个字来说明文学艺术的真实性。所谓"合情",就是指作品的艺术形象要反映人们真切的感受、真挚的感情和真诚的意向;所谓"合理"就是指符合艺术假定中的生活逻辑,指它可以被人理解的性。①这种对文学艺术真实性的理解是一种审美领域的理解,它具有巨大的阐释力,任何作品的真实性都可从这个说法中得到合理解释。因为这种艺术真实性理论不是从现成的哲学范畴那里搬来的,而是从文学艺术的审美特性实际出发所作出的论述。

以上所论表明,"文学审美反映"论和"文学审美意识形态"论,绝不是如某些人所说的是纯审美,是什么"审美主义",因为它充分考虑了真与善的文化维度。顺便说一句,目前有些中年学者对"审美"不屑一顾,有的人提出"欲望的满足"才是现实的主题。这是我们不能苟同的。欲望是人与兽都有的,人之所以成为人,就是他能控制欲望,而达到了具有精神超越性的"审美"境界。今天提倡"欲望的满足"莫非要使人重新退回为"兽"?这是笔者感到十分困惑的。

结　语

新时期以来,在文学理论方面,我们对外国文论引进很多,但属于自己的理论创新并不太多。那么,"文学审美反映"论和"文学审美意识形态"论是不是中国人自己提出来的呢?是不是属于中国学术界的理论创新呢?

蔡仪在1942年所著的《现实主义艺术论》一书中提出过文学的

---

① 可参阅童庆炳:《文学审美特征论》,79—81页,武汉,华中师范大学出版社,2000。

"美感教育"观点,他说:"就现实主义的观点来说,艺术要真实地描写现实,创造艺术典型,创造艺术的美,它的社会教育的意义不是一般的,而是美感教育的潜移默化以陶情淑性,它的思想宣传的意义,不是别的,而是艺术魅力的悦目赏心而移风易俗,这样的现实主义艺术,它的艺术效用和艺术特性是统一的。"① 蔡仪的观点是不错的。特别是他强调艺术效用与艺术特性统一的观点尤其可贵。但是,他提到"美感教育""潜移默化"只是说明艺术的效用,而不是阐明艺术的特性本身。苏联"审美学派"的主将之一的布罗夫在1956年的苏联《文学报》上发表了《美学应该是美学》的文章,他对文学的见解明显地与此前流行的文学认识论完全不同,他批判了文学是生活的反映,是用形象来反映的观点。布罗夫的确接触了文学所以是文学的艺术特性问题,但他没有提出"审美反映"论。在近20年后,布罗夫在《美学:问题和争论》(1975)一书中提出了"审美意识形态"这个词,这就是前面我们引用的话:"……'纯'意识形态原则上是不存在的。意识形态只有在各种具体的表现中——作为哲学意识形态、政治意识形态、法意识形态、道德意识形态、审美意识形态。"布罗夫的意思是说意识形态没有抽象的,只有具体的。但是很难说他完整地提出"文学审美意识形态"这个论题并加以论证。

英国学者特里·伊格尔顿的《审美意识形态》一书出版于1990年,且是一本对英国经验主义和欧洲启蒙主义美学问世以来的美学观点的评述,与我们所提出的"文学审美意识形态"论关系不大。因此,"文学审美反映"论和"文学审美意识形态"论的确是当代中国学者从马克思主义的社会结构理论出发,在总结了中国现代文

---

① 蔡仪:《现实主义艺术论》,169页,北京,作家出版社,1958。

学理论发展正反两方面经验之后,根据文学艺术的实际,用自己的心血所作出的一次理论创新。它的理论及其意义将接受时间的检验。

现在有些人喜欢夸大当前文学理论的危机。我们不否认有"危机",这主要是文学理论对创作实际的脱离,对文学理论教学实际的脱离。至于说到20世纪中国文学理论的发展,总的看来是不断前进的。我们不能不说,前20年因为我们有王国维、鲁迅(早期)等是辉煌的,而后20年因为新时期有相对宽松的学术环境和自由讨论的风气,也有不少理论创造,值得我们去总结它、珍惜它。

(原载《文学评论》2006第1期)

第二辑

心理美学

自我情感与人类情感的相互征服

——论文学艺术中审美情感的深层特征

文学艺术创作中审美情感的特征，是一个极其复杂的问题。尽管有许多理论家、艺术家就这个问题发表过各种各样的意见，但是全面的、深刻的、具有说服力的解答仍不易找到。然而这个问题是如此重要，以至于某一种意见就是一种艺术流派的纲领、一种理论派别的根据。所以在这里重新把文学艺术创作中审美情感的特征问题提出来讨论，仍然是十分必要的。

一、自我表现论与人类情感表现论

文学艺术创作要表现情感，这已为多数人所接受。但是，文学艺术创作中所表现的情感究竟是什么情感呢？人们对这个问题的理解就很不一样。最常见的看法有如下两种：

第一种看法，认为文学艺术创作是艺术家情感的"自我表现"。自西方艺术中的浪漫主义思潮产生之后，这个看法就为许多艺术家所坚持。就诗歌创作领域而言，从英国浪漫派华兹华斯到中国的浪漫诗人郭沫若都持这种看法。华兹华斯在其著名的《〈抒情歌谣集序言》中两次强调说"诗是强烈情感的自然流露",并以此为基础建立起他整个的诗歌理论。华兹华斯所说的"情感的自然流露",当然是指诗人自己的情感的自然倾吐,所以华兹华斯实际上是西方较早的"自我表现"论者。郭沫若则说:"我想我们的诗只要是我们心中的诗意诗境之纯真的表现,生命源泉中流出来的 Strain,心琴上弹出来的 Melody,生之颤动,灵的喊叫,那便是真诗,好诗,便是我们人类欢乐的源泉,陶醉的美酿,慰安的天国。"① 当然,所谓"生之颤动,灵的喊叫",即"自我表现",也并非在诗里终日喊"我爱""我恨""我愤怒""我恐惧",这种喊叫,并不是表现情感,仅仅是情感。自我表现论者深知此点,所以他们并不拒绝写景状物,甚至不拒绝写故事情节,但他们强调唯有诗人、艺术家自己的激情才是诗的、艺术的灵魂,华兹华斯就明白地说"是情感给予动作和情节以重要性,而不是动作和情节给予情感以重要性"。这就是说,诗和艺术中虽也写景状物说故事,但这景、物、故事只不过是诗人、艺术家自己情感的客观对应物而已。用王国维话来说:"一切景语皆情语。"

艺术中的情感既然是艺术家情感的自我表现,那么这种自我情感能否与读者的情感相通,引起读者的共鸣呢?在这个问题上,自我表现者又可分为两派。一派认为,艺术就是自己情感的表现,你心中充满了激情,你将它溢流出来了,你得了情感释放的愉快,这就够了,至于有没有读者,或能不能引起读者的共鸣,艺术家可以不予考虑。例如济慈就公开宣称:"我从未带着公共思想的些微影子写下一行诗句。"对此说得最绝对的是英国评论家约翰·斯图尔特·

---

① 郭沫若:《论诗三札》,载《郭沫若谈创作》,彭放编,5页,哈尔滨,黑龙江人民出版社,1982。

米尔。他认为,"诗歌是情感,是在孤独的时刻自己表白自己""所有的诗歌都具有自言自语的性质"。① 如果说诗歌有读者的话,那就是诗人自己。在这一派人眼里,艺术属于自己,读者无足轻重,因此不是读者的反应决定艺术的价值,自我情感宣泄的充分与否才是艺术价值的所在。另一派自我表现论者则强调,艺术只有表现艺术家自己的情感,那么艺术作品中所流露出来的情感才可能是真实和真诚的,虚假和虚伪的情感是不能打动人的,唯有真实和真诚的情感才能打动人、感染人,引起人们的共鸣。著名音乐家勋伯格是主张"自我表现"的,他说艺术家所努力追求的只有一个最大的目标,就是表现自己。但他之所以强调表现自己,是因为他认为"一件艺术品,只有当它把作者内心中激荡的感情传达给听众的时候,它才能产生最大的效果,才能由此引起听众内心情感的激荡"②。这就是说,读者、听众是重要的,正是因为读者、听众,艺术才需要情感自我表现。尽管自我表现论者这两派人在重视不重视听众、读者问题上有如上分歧,但他们的基本观念是一致的,那就是认为艺术创作中的情感只能是自我的情感,而且他们这一观念的确立也有他们的理由:就艺术地把握世界而言,艺术家只有通过自己情感的燃烧,才能照亮眼前的现实,才能有所发现。正如胡风所说:"尽管题材怎样好,怎样实有其事,……但如果它……没有在作者的情绪里面溶解,凝晶,那你就既不能把握它,也不能表现它的。因为,在现实生活中,对于客观事物的理解和发现需要主观精神的突击,在诗的创造过程中,客观事物只有通过主观精神的燃烧才能使杂质成灰,

---

① 转引自 M·H. 艾布拉姆斯:《批评理论的趋向》,载《文艺理论研究》1986年第6期。

② 彼得·斯·汉森:《二十世纪音乐概论》上册,孟宪福译,64页,北京,人民音乐出版社,1981。

使精英更亮,而凝成浑然的艺术生命。"①

第二种看法,认为艺术创作不是情感的"自我表现",而是人类情感的表现。托·斯·艾略特曾提出艺术创作中"非个人化"问题,他说"诗不是放纵感情,而是逃避感情;诗不是表现个性,而是逃避个性"。他认为艺术家的创作过程是"不断地牺牲自己,不断地消灭自己的个性"的过程②。"自我表现"论的主要反对者是美学家苏珊·朗格。她在《哲学新解》一书中强调指出:"发泄情感的规律是自身的规律""纯粹的自我表现不需要艺术的形式"。当然,也就不可能形成审美情感。她举例说:"以私刑为乐事的黑手党徒绕着绞架狂吼乱叫;母亲面对重病的孩子不知所措;刚把情人从危难中营救出来的痴情者浑身颤抖,大汗淋漓或哭笑无常,这些人都在发泄着强烈的情感,然而这些并非音乐需要的东西,尤其不为创作所需要。"她在《艺术问题》一书中肯定地说"一个号啕大哭的儿童释放出来的情感要比一个音乐家释放出来的情感多得多",然而人们绝不要听这哭声,"因为人们不需要自我表现"。苏珊·朗格得出了这样的结论,"艺术家表现的绝不是他自己的真实的情感,而是他认识到的人类情感"③。

那么,苏珊·朗格所说的"人类的情感"究竟是什么呢?为什么艺术表现的是人类的情感呢?艺术又是如何来表现这种情感?苏珊·朗格在谈到舞蹈所表现的情感时说,"这种情感并不是那种属于某个演员个人的情感,而是属于舞蹈本身的情感"。又说:"一个舞

---

① 胡风:《胡风评论集》中,362页,北京,人民文学出版社,1984。
② 参见伍蠡甫主编:《现代西方文论选》,275页,上海,上海译文出版社,1983。
③ 苏珊·朗格:《艺术问题》,滕守尧、朱疆源译,23—25页,北京,中国社会科学出版社,1983。

蹈并不是舞蹈演员本人情感的征兆，而是它的创造者对各种人类情感认识的一种表现。"① 这两句话可以帮助我们理解所谓"人类的情感"的含义。在苏珊·朗格看来，艺术中的人类的情感不是个人的现场情感的流露，如大哭或大笑等征兆性信号性的东西，而是经过加工的一种情感概念（Conception），"是标示感情和其他主观经验的产生和消失过程的概念，是标示主观感情产生和发展的概念，是再现我们内心生活的统一性、个别性和复杂性的概念"②。而这种情感概念是属于人类的，我们无法时时与它相遇（譬如，不能在欢乐时遇到痛苦，或不能在痛苦时遇到欢乐），但我们可以从概念上去认识它、反映它、想象它（譬如我们可以在心情平静时去想象欢乐或痛苦）。动物也有情感，但只有个体的征兆性的情绪（譬如饥饿时的焦急的呼喊），它们没有情感概念。情感概念只有人类才有。因此，艺术表现的对象不是像动物身上那种只带有信号特征的征兆的情感，而是人类普通的情感概念。艺术只有表现这种情感概念，才有可能在人与人之间的心灵上搭起桥梁。艺术表现人类的情感概念，不是用描写、暴露的方式，而是以客观对应物来呈现。苏珊·朗格在谈到艺术如何表现人类情感概念时说："是以一种客观的符号将一个主观的事件或活动表现出来。任何一件艺术品都是这样一种形象，不管它是一场舞蹈，还是一种雕塑品，或者是一幅绘画、一部乐曲、一首诗，本质上都是内在生活的外部显现，都是主观现实的客观显现。这种形象之所以能够标示内心生活中所发生的事情，乃是因为这一形象与内心生活中所发生的事情含有相同的关系和成分的缘故。

---

① 苏珊·朗格：《艺术问题》，滕守尧、朱疆源译，6—8页，北京，中国社会科学出版社，1983。

② 同上。

这种形象不同于物质结构，一种舞蹈的物质材料结构与情感生活的结构是不相同的，只有创造的形象才具有情感生活所具有的成分和结构式样。"[①] 显然，苏珊·朗格在这里所借用的是格式塔学派的"异质同构"理论。苏珊·朗格反对艺术创作中的自我表现，主张艺术表现人类的情感也有她的相当充分的理由。因为艺术所表现的情感的确不是艺术家即时的自我情感，而是经过再度体验的具有典型性、普遍性的情感，正是这种情感使艺术成为沟通人类心灵的精神力量。

二、自我表现论和人类情感表现论的弱点

这样看来，自我表现论和人类情感表现论的确是对立的，但又各有各的理由。艺术究竟是表现什么情感呢？是艺术家的自我情感还是人类的情感概念，这是至今仍令人困惑的艺术理论上的"哥德巴哈猜想"。还是让我们把自我表现论和人类情感表现论的理论弱点评说一番，然后再试图提出我的一些想法。

认为艺术是艺术家的情感的"自我表现"理论，当它跟机械的再现论作战时，的确显示了它的力量，因此这一理论至今仍有众多的拥护者。但它的理论弱点也是致命的。为了把"自我表现"论的弱点说透，让我们从表演艺术说起。因为表演艺术有两度创造，即作者的创造和表演者的创造。而表演者的艺术创造最易于暴露"自我表现"论的弊病。就以戏剧表演而论，演员要传达的是剧本中规定的情感。也就是说，感情的性质、逻辑、流程、强度及其变化都

[①] 苏珊·朗格：《艺术问题》，滕守尧、朱疆源译，8—9页，北京，中国社会科学出版社，1983。

是由剧本规定的，演员要忠实地把它传达出来，过与不及都会损害演出，凭着自己的即时的心情自我表现便会歪曲剧中的情境，并使动作变形，这是绝对不行的。著名演员于是之说："我认为，表演只讲'从自我出发'是片面的。例如，让你演阿巴贡丢钱，你光从自我出发就演不出来。因为法兰西你不了解，莫里哀你不了解，莫里哀的那个时代你也不了解，一切都不具备，就假设我丢了钱，假设了半天，还是你自己。我们要你演的是莫里哀写的那个阿巴贡丢钱，你不能篡改，你只按作者写的演。……如果你老是想着自我，'假如我碰见这事怎么办'，你老不想那个'他'，你想创作出性格来是很不容易的。"① 把这个问题说得特别透彻的是启蒙时代伟大的思想家狄德罗，他撰写过一篇题为《演员奇谈》的对话体论文，通篇都批判演员在演出时情感的"自我表现"。他认为在舞台上演员凭自己的情感即兴式的表演既做不到，也要不得。为什么说做不到呢？因为一个演员要在舞台上扮演各种各样的角色，既要善于演领袖、英雄、勇士、真正的人、善良的人，也要善于演"吝啬鬼，赌徒，马屁精，怨天尤人者，打出来的医生——这是迄今为止诗人想象出来的最不动感情、最鲜廉寡耻的人物，贵人迷，无病呻吟者，无缘无故怀疑自己戴绿帽的丈夫，……以及其他许多悲剧或喜剧性格"②。每一种角色都有独特的情绪基调，作为一个演员，哪怕他（她）是一个伟大的演员也不可能亲历过这许多角色的生活，熟悉这许多角色的情感基调及情绪的细微变化。作为有自己的独特的性格特征和情感基调的演员，如果只是想着"自我表现"，那么他永远不可能进入各种

---

① 于是之：《表演漫谈》，载《于是之论表演艺术》，102—103 页，北京，中国戏剧出版社，1987。

② 狄德罗：《演员奇谈》，载《狄德罗美学论文选》，张冠尧等译，313 页，北京，人民文学出版社，1984。

各样的角色,他演的永远只是他自己,他把众多的角色演成一种人、一种色调。由此可见,演员在他扮演的每一角色中都"自我表现",这是做不到的。那么为什么说演员在舞台上自我表现是要不得的呢?狄德罗举例说:"有位男演员正在热恋一位女演员。一个偶然的机会使他们同演一场戏,由男演员表演吃醋的情人。如果他是个平庸的演员,这场戏因此增光。如果他是高明的演员,这场戏却要失色,因为那时候伟大的演员又变成他自己,不再是他揣摩出来的满怀醋意的情人的理想、高妙的范本。有一点足以证明那时候这位男演员和这位女演员都降低到日常生活的水准上去,那就是,如果他们还保留演戏的架势,他们定会忍不住相对大笑。他们会觉得表演夸张的、悲剧式的嫉妒心等于炫耀他们切身感受的嫉妒心。"① 这就是说,当表演变成了演员在生活中的情感、情绪自然流露,即自我倾吐、自我表现时,艺术就还原为生活本身,演员所表演的也不过是某一个人的精确的动作、心态,这种表演是不可能具有艺术的普遍性的。这是一种完全失败的表演。真正伟大的演员总是能排除自我的情感,而按剧情所规定的情境来进行表演。这样,狄德罗就认为,演员在表演时不能感情冲动,尤其不能自我表现。他指出,"假如演员易动感情,他怎么可能真心诚意地连续两次以同样的热情扮演同一个角色并且取得同样的成功呢?如果他在第一场演出中异常热情冲动,到第二场演出他将筋疲力尽,变得和大理石一样冰凉。……凭感情去表演的演员总是好坏无常。你不能指望从他们的表演里看到什么一致性;他们的表演忽强忽弱,忽冷忽热,忽而平庸,忽而卓越,今天演得好的地方明天再演就会失败,昨天失败的地方今天再演却

---

① 狄德罗:《演员奇谈》,载《狄德罗美学论文选》,308—309 页,北京,人民文学出版社,1984。

又很成功。"① 这种演员的表演之所以不稳定，主要在于他们过于相信自我表现。当角色情感与自我的情感一致时，角色与我合为一体，他们就演得好，当不一致时，他们就无法进入角色，角色是角色，我是我，两种情感无法合流，在这种情况下就必然会以自我的情感去歪曲角色规定的情感，从而使表演归于失败。

从狄德罗的具有说服力的分析中，我们不难看到，对戏剧表演来说，自我表现是不适宜的，因为自我表现必然要有情感激动（或情感征兆），而情感冲动或情感征兆使演员的情感只能滞留在自我的悲欢之中，而不能进入角色所规定的情境里，从而使表演的动作变形或失常。

也许有人要问，戏剧表演是再度艺术创造，其中情感的性质、形态、逻辑、变化等都是由剧本来规定好的，因此，演员表演时不宜凭自己的情感自我表演，但对一度创造的诗歌、小说、剧本、雕塑、绘画、音乐等艺术创作而言，自我表现就是可行的了。其实不然。我们认为，艺术家一旦进入构思过程，那么他笔下的人物、景物等一切对象，就获得了独立的、确定的情感性质、形态、逻辑以及变化的轨迹，它实际上已形成了一种客观的力量，左右着艺术家的选择，甚至领着艺术家向前走。在这种情况下，艺术家尽管是一个创造者，但他的权力已很小，他已不能根据自我的情感需要随意支配他笔下的人物、景物及附着其上的情感性质、情感逻辑和情感变化的轨迹。如果硬要自我表现，即以自我即时的情感去对笔下的人物、景物着色，那么势必破坏人物、景物已形成的情感性质和逻辑，改变情感运动的轨道，结果毁坏整个艺术构思。

---

① 狄德罗：《演员奇谈》，载《狄德罗美学论文选》，281 页，北京，人民文学出版社，1984。

狄德罗、华兹华斯、莫扎特、哥格兰、鲁迅等许多艺术家都讲情感冲动，当情绪波动时，虽然最宜于自我表现，但不宜于作诗写小说、不宜于作曲写剧本。因为在情感正烈之时，在眼睛还在流泪之时，难以把握对象的情感逻辑，所以写不出好作品来。我们可以肯定地说，世界上一切最好的诗、最好的悲剧与喜剧、最好的乐曲和绘画，都是在艺术家心境平静时创造出来的。在创作过程中，艺术家可能激动过，为笔下的人物命运流泪，为笔下的情感异变激动。但其动笔之时，心境却是异乎寻常的平静。情感冲动，诚然便于自我发泄，便于自我表现，但情感冲动会大大地降低人的智力，甚至会使人变得愚蠢，而愚蠢是艺术创作的敌人。

我们把艺术创作中情感的自我表现论，作了这么多的批评，那么是不是说人类情感表现论就毫无缺点呢？就比自我情感表现论要强得多呢？情况并非如此。人类情感表现论所遇到的问题是：艺术家所表现的人类情感，是怎样来到艺术家的心中和笔下的呢？难道艺术家认识并表现人类的情感概念，不需要艺术家的亲身的情感体验吗？可以肯定地说，艺术家要表现人类的情感，就首先必须对人类的情感有深刻的体验。而这里所说的体验，是艺术家本人的体验，因此是"我"的体验。这就是说，尽管艺术家表现的是人类的情感，但必须找到自我的情感与人类的情感的交切点、重合点、结合点，使人类的情感和个人的情感融为一体。否则即或表现了人类的情感概念，也不会真切动人。于是之对此有深切体会，他在《演员创造中的"我"和"他"》一文中，在说明"演员心中必须有'他'（指角色——引者）"的同时，又强调说：

> 演员在排练中，最幸福的时刻莫过于感到自己与角色的心理状况一致起来。——我们平素常说的"我已经感觉到了他"

或者"我觉得就是他了",所指的便是这种境界。这时候,我不必再用语言向人分析他的痛苦和欢愉,我也不必费力气地去表演他们了,而是我感到了那痛苦,我享受到了那欢乐。"我"和"他"是统一起来了的。①

然而"我"和"他"是怎样统一起来的呢?于是之说:

> 我想,一切艺术创作,无论是美术家运笔作画,提琴家拉琴,或是小说家写他的作品,在创作的当时,大体上总是要用自己的情感去体验那要表现的对象的,并且这种情感便成为一种支配的力量,驾驭着其他纯熟的技巧,驰骋纵横,最后写出、画出、奏出他精彩的作品来的。②

于是之的意思是必须把对象所蕴含的人类的情感通过自己的体验,化为"我"的情感,这样才能真实、深刻地表演对象所蕴含的人类的情感。这就是说通过"有我",达到"无我",达到对于人类情感的客观呈现。很明显,于是之的理论是受到斯坦尼斯拉夫斯基的体验派表演理论的启发的。斯坦尼斯拉夫斯基曾说过:"要表达角色的情感,就必须了解角色的情感,要了解角色的情感,就必须亲身有过类似的体验。"③ 由此看来,笼笼统统地说艺术要表现人类的情感概念,完全忽视自我的情感体验和表现,是不符合艺术创作实践的。不表现"自我"情感的,完全客观地呈现人类的情感概念的

---

① 于是之:《于是之论表演艺术》,30页,北京,中国戏剧出版社,1987。
② 同上,29页。
③ 斯坦尼斯拉夫斯基:《演员自我修养》第一部,林陵、史敏徒译,41页,北京,中国电影出版社,1986。

作品是没有的。要知道，即便艺术家在作品中着意要表现客观的人类的情感概念，他或她仍然不自觉地、下意识地在作品中按下了"自我"心灵的印痕。

力主文学艺术表现人类情感概念的苏珊·朗格自己似乎也意识到她的理论的空泛的缺陷。她在《哲学新解》中提出一个"借用"的概念。她认为个人的情感在一定条件下可以成为人类普遍情感的媒介。即艺术创作中的某些人类的情感与艺术家自我情感，如果在主题上一致时，就"可以从各种表情征兆的领域之中借用"。把自我体验、领悟到的而又与特定的人类情感相一致的情感移置到艺术创作中去。以"自我"这个别来表现"人类情感"的一般。

然而，上述"体验""借用"的说法是否就把人类情感表现说的漏洞堵住了呢？没有，对真正的艺术家来说，情感的海洋无比宽阔，他们体验到的情感也许不过是一条小溪，一个湖泊，一个深潭，相对于海洋来说总是很有限的，他们不可能去体验世界上各种各样人的情感。他没有当过小偷，如何去体验小偷的心理呢！他没有当过嫖客，又如何去体验嫖客的欲望呢？他没有吸过大麻，又如何去体验吸毒者过瘾时的快乐？某个艺术家明明是豪爽大方之士，又如何去体验吝啬鬼的小气？某个艺术家的爱情异常幸福，又如何去体验少女失恋时的痛苦呢？……既然这一切都难以体验，又如何能在艺术中"借用"呢？由此看来，艺术既要表现人类的情感概念，又要表现"自我"，但这两种对立的情感在艺术创作中如何统一起来的呢？至今并没有令人满意的答案。

三、自我情感与人类情感的相互冲突、搏斗、征服和突进

当福楼拜说"包法利夫人就是我"，郭沫若说"蔡文姬就是我"

的时候,我们应不应该相信他们的话呢?他们这样说是故作惊人之语以哗众取宠呢?还是想把发自肺腑之言真实地告诉读者?我相信他们。他们这样说是真诚的。尽管福楼拜和郭沫若是男性,而包法利夫人和蔡文姬是女性,而且蔡文姬还生活在遥远的古代,但我相信,在一定意义上包法利夫人的情感历程必定与福楼拜的情感历程是相同或相似的,蔡文姬的情感愿望必定与郭沫若的情感愿望是相同或相似的。艺术创作的审美情感既是附着于对象(人物、景物)上的人类的情感概念(如附着于高老头身上的父爱,附着于老葛朗台身上的吝啬,附着于贾宝玉身上的反叛,附着于林黛玉身上的多愁善感,附着于薛宝钗身上的世故圆滑等等),又是艺术家的自我情感,是对象情感与自我情感的神秘统一。当福楼拜和郭沫若骄傲地那样说的时候,就意味着在他们的某个艺术品中实现了上述神秘的结合。

然而,对象情感和自我情感的神秘结合是如何实现的呢?我认为这是通过两种情感的相互冲突、相互搏斗、相互征服、相互突进而实现的。

首先,在艺术创作中,艺术家的自我情感与对象所体现的人类情感是完全不同的,法国著名作家弗朗索瓦·莫里亚克说:"我们主人公的感受和我们自己的感受的规模是毫不相符的。在明显的时候,我们偶尔能在我们心里找到我们笔下的某个人物迸发的感情的萌芽,两者的力量是不能相比的,在小说家的感受和他主人公心灵中所发生的情况之间几乎毫无共同之处。"[①] 因为艺术家本人和笔下的对象,都是作为主体而存在着的,他和它各有各的情感世界,即使这两个

[①] 莫里亚克:《小说家及其笔下的人物》,载《法国作家论文学》,王忠琪等译,188页,北京,生活·读书·新知三联书店,1984。

主体的情感世界偶或相通,但性质与程度都是完全不同的。莫里亚克曾举例说明这两个情感世界的不同。假定说,作家作为一家之主,在劳动了一天之后,和妻儿坐下来共进晚餐,孩子们说笑着,抢着说这一天在学校里发生的有趣的事,却没有一个人关心自己的父亲这一天写作进展如何,这样,在一瞬间,作家心里就会感到谁也不需要他,他好像被遗弃了,他的情绪可能立刻变坏了。但是随着晚餐的结束,随着疲劳的消失,他的情绪又正常了,他又高兴起来。这就是作家作为一个主体在生活中的一种情绪体验。然而到了写小说的时候,作家就会"从一瞬间的恶劣情绪中提炼出狂暴激情",莫里亚克就是把这类不足挂齿的瞬间的坏情绪加以放大,从而写出小说《蝮蛇结》中一家之主的父亲那样的狂怒。而实际上,生活中作家偶尔的坏情绪,与小说主人公的那种狂怒,无论从性质上还是程度上都是完全不一样的。据此,莫里亚克说:作家"分离出并强调出在我们心中为其他相反的感情所掩盖、压制和冲淡的这些类似的感情。这又一次说明,我们作品的人物不但不表现我们,反而背叛我们"①。应该说作家的瞬间的坏情绪与作品主人公的狂怒,虽然不一样,但毕竟在情感的流向上还是多少有相同之处。实际上,艺术创作中艺术家自我情感与对象情感的对立比这要严重得多,艺术家本人很大方,却要面对主人公的无比吝啬,艺术家本人很勇敢,却要面对主人公的无比怯懦,艺术家本人很善良,却要面对主人公的无比狠毒……艺术家与对象的情感流向完全相反,在这种情况下,人物对艺术家来说就更是"背叛"了。由于艺术家的自我情感与对象所体现的某种人类情感概念有上述不同,这样艺术家的自我情感

---

① 莫里亚克:《小说家及其笔下人物》,载《法国作家论文学》,王忠琪等译,188页,北京,生活·读书·新知三联书店,1984。

与对象的情感就不能不产生相互碰撞、冲突。

其次,在上述碰撞、冲突的情况下,就必然产生了相互搏斗中谁征服谁的问题。而相互征服是实现艺术家自我情感与对象情感神秘统一的关键所在。不言而喻,我们这里所说的"搏斗""征服",并非艺术家与一个外在于他的力量的搏斗,实际上是艺术家心灵自身的搏斗,对象情感作为搏斗的一方也处于艺术家的艺术构思之中,它同艺术家的自我情感一样,也属于艺术家,但这毕竟是存在于艺术家心灵中的两股对立的情感力量。它们之间的搏斗和征服是艺术创作得以进展的原因。然而艺术家自我情感与对象情感之间的相互搏斗和征服是极其复杂和微妙的过程。艺术创作是艺术家以自己的情感去把握对象及附着其上的情感,这一点是显而易见的。然而两种情感的搏斗和征服就在这"把握"过程中发生了。当艺术家以自己的情感去把握对象之时,对象及附着其上的情感是绝不会轻易顺从的,如果某个对象及其情感轻易地顺从艺术家的自我情感,"成了我们的传声筒,则这是一个相当糟糕的标志。如若他顺从地做了我们期待他做的一切,这多半是证明他丧失了自己的生命,这不过是受我们支配的一个没有灵魂的躯壳而已"[①]。实际上,在真正的艺术家那里,对象一旦进入构思过程,它就获得了活的生命,它有一颗活蹦乱跳的心,它的感知,它的情感,它的愿望,它的幻想,它的情欲,它的行动的逻辑,它的思想的走向,它的必然选择,它的偶然的行动,它的心态的微妙变化,等等,就跟你的某些朋友或邻居一样复杂、曲折、微妙,一样不可捉摸。正如理论家胡风所说,尽管艺术家为了把握它,像"猎人似的追索",像"爱人似的热恋",

---

[①] 莫里亚克:《小说家及其笔下的人物》,载《法国作家论文学》,王忠琪等译,192页,北京,生活·读书·新知三联书店,1984。

但作为有生的颤动、有灵的喊叫的对象也会"精明老练地""逃匿""东躲西逃",或者如莫里亚克所说"这些人物一般能自己保护自己,顽强地进行自卫",而且"人物的生命力越强,那么他们就越不顺从我们"。因为作为对象的人物(也包括景物),既有它的生物学的意志,又有它的历史、社会、时代所赋予的伦理生命,因此它的情感不能不"取着千变万化的形态和曲折复杂的路径",艺术创作就意味着把这样活的对象接到自己的家里来,并朝夕与它相处,进而征服它;这不能不说是灵魂的冒险。艺术家本人必须有伟大的人格、超常的智慧和巨大的搏击力量以及"主观战斗精神",这样才有可能与对象进行殊死的搏斗,迫使对象打开自己的心扉,进而征服它。当然,这种征服是相互的征服,不是单方面的征服。这一点正如胡风所指出的:"作家的主观一定要主动地表现出或迎合或选择或抵抗的作用,而对象也要主动地用它的真实性来促进、修改、甚至推翻作家的或迎合或选择或抵抗的作用,这就引起了深刻的自我斗争。"①当然在这种相互搏斗中,艺术家自己的思想情感和他创作前的全部准备是起主导作用的,因此他对这场搏斗的胜利具有决定的意义。

然而这种胜利不会轻易取得。就是在一些强而有力的艺术家或艺术大师那里,有时也免不了在这两个情感世界的斗争中失败或暂时失败。例如,列夫·托尔斯泰作为一代艺术大师也有过失败的记录。他的长篇小说《复活》的写作前后拖了十年,其间几经曲折,多次出现创作危机,甚至想就此洗手不干。在经过五年之后,他拿出了第一稿。"第一次草稿的结尾写的是聂赫留朵夫和卡秋莎在监狱教堂里结婚和他们迁居到西伯利亚去。对于聂赫留朵夫如何著书立

---

① 胡风:《置身在为民主的斗争里面》,载《希望》第一集第一期,1945年1月。

说，反对土地占有制度（原先曾以单独一章来写聂赫留朵夫把自己的土地送给农民），只是潦草地、可以说三言两语地叙述了一下。聂赫留朵夫有被流放的危险，于是他和卡秋莎逃到外国去了。他们在伦敦住下来，聂赫留朵夫在那里继续进行他的宣传。"① 正如苏联评论家多宾所说："第一次草稿软弱的一环（软弱到了惊人的程度）便是它的结尾。尖锐的生活悲剧被人为地装上了一个幸福的尾巴。从现实生活'撤退'——迁居到外国去——显得很牵强。卡秋莎跟那个毁了她的一生的人和解，也显得没有内在的理由，甚至是虚伪的。"② 问题是托尔斯泰的开始的失误是怎么造成的呢？按对象的情感流向来说，卡秋莎不会同意跟造成她的不幸的聂赫留朵夫结婚，而聂赫留朵失也不会远离现实生活而逃到伦敦去，但在托尔斯泰与这两颗灵魂的搏斗中，卡秋莎和聂赫留朵夫都把自己的情感隐蔽起来了，并骗过了托尔斯泰，他和她对艺术家的抵抗成功了。反过来说也是一样，托尔斯泰的主体突击力量还不够强大，没有突进到人物的情感世界，他把人物对他的"欺骗"误认为是顺从，结果他在和这两个跟他生活了五年的人物的血肉搏斗中失败了。又经过了五年，在他写完最后一稿时，他才追踪到卡秋莎，卡秋莎打开了自己的情感世界，她流放走了，并跟另一个世界的人们建立起亲密的关系，她选择了一个革命者做她的丈夫。而托尔斯泰这次征服了自己的人物，并按已被征服的人物固有的情感逻辑去安排人物的行动。而聂赫留朵夫，对托尔斯泰五年的追踪、搏击，则半是屈服半是躲闪，他屈服了，他告诉托尔斯泰，他无法与卡秋莎结婚，也不想出

---

① 多宾：《论情节的典型化与提炼》，黄大峰译，36页，北京，作家出版社，1956。

② 同上。

国；但他不完全屈服，他不能完完全全地把心灵坦露出来，譬如他最后要做什么想什么，他不告诉托尔斯泰，而托尔斯泰在这种控制与反控制的斗争中，已筋疲力尽，他无法完全地捉住聂赫留朵夫，在小说结尾他只好强迫聂赫留朵夫去读《马太福音》第十八章，并强迫他这样想：

> 要克服使人们饱受苦难的、骇人听闻的罪恶，唯一可靠的办法，就是在上帝面前承认自己总是有罪的，因此既不该惩罚别人，也无法纠正别人。……

聂赫留朵夫顺从地这样做这样想了，可这完全是道德家托尔斯泰自己的做法和想法，聂赫留朵夫不过是像一个死的木偶那样做了托尔斯泰的传声筒而已。这种"顺从"意味着作家创作的失败，因为他在与活的对象搏斗中，并没有突进人物的心坎。这就如同一个教师在没有说服学生的情况下，采用了压服的方法。而结果是压而不服。聂赫留朵夫至今不服，因此有许多批评家替他说话，指责托尔斯泰把自己的思想强加于他的人物。而这种指责是完全合理的。

其三，艺术家的自我情感与对象的人类情感相互搏斗、征服的结果，是艺术家自我与对象的相互突进。一方面是艺术家的灵魂突进对象，从而体验到对象的活跃的情感激流，把客观对象变成自己的东西表现出来。另一方面是对象的灵魂突进艺术家的情感世界，从而在艺术家的主体里，扩大了与对象相适应的情感因素，克服与对象不适应的情感因素，使艺术家的情感世界重新分解与再度建构，填补艺术家原有情感建构的缺陷。这样，在无形中使艺术家的情感在艺术实践中得到了新的提升。当然上述两个逆向的突进过程其力量不是一半对一半。在这一些艺术家那里，主体自我情感向对象突进得更多更深一些，于是对象就完全处在主体情感的火焰的包围中，对象在实在方面可能被燃烧而变了形，这样就有了艺术的浪漫主义和现代主义。在这种情况下，月亮可以变成绿色的，太阳可以变成黑色的，西红柿可以变成蓝色的，人会燃烧、会爆炸，人可上九天揽月，下五洋捉鳖，但人也可以变成甲壳虫，变成几何图形的组合，生者可以死，死者也可生……在另一些艺术家那里，对象的情感向艺术家的心灵突进得更多更深一些，于是艺术家自我的情感被客体对象所控制，变得深藏不露，这样我们就有了艺术上的现实主义，月亮还是白色的，太阳还是红色的，西红柿不会变成蓝色，人们劳动、恋爱、结婚、生儿育女、吵架、为柴米油盐发愁，生者就是生者，死者也不会复生，一切就像我们在生活中看到的那样。由此看来，艺术家自我情感与对象情感的相互冲突、搏斗、征服和突进，不但是使两种情感实现统一并使艺术创作获得成功的关键，而且两个情感世界谁征服了谁，谁控制了谁，还是形成不同艺术潮流或不同审美方式的重要原因。

四、艺术家与其对象的交涉和搏斗在无意识中进行

艺术创作中艺术家自己的情感世界和对象的情感世界的相互冲突、搏斗、征服和突进，在任何一种真正艺术创作中都是存在的，但只有极少数的理论家和艺术家（如胡风、莫里亚克）等认识到，多数艺术家在讲自己的创作时，不是讲如何模仿、再现生活，就是讲如何自我表现，有的艺术家也讲模仿、再现生活和自我表现的统一，但从不把这种统一过程归结为两个情感世界的搏斗，似乎对艺术家心灵里面的斗争毫无觉察，这又是怎么回事呢？

是的，艺术家在艺术创作过程中出现的两个情感世界的搏斗看

起来是有点神秘。这种搏斗之所以给人以神秘之感，是因为它主要是在艺术家的无意识的幽深隐蔽之处进行的。我们过去只承认艺术家的世界观决定、指定艺术创作。这在原则上也没有错。因为归根到底艺术家对世界的观点对艺术创作的面貌总是要产生这样那样的影响的。但只承认这一条是远远不够的。因为艺术家的世界观作为他对世界的总观点是理性的层次，而艺术家在艺术创作中所处理的则是感性的有生命的活的对象，借用理性去宰割感性的对象是不行的。第一，理性与感性之间缺乏中介，无法相通；第二，硬要用理性去宰割感性的对象，只能把感性的对象变成理性的奴隶或工具，而感性对象的生命力、活力因此完全丧失。所有艺术创作的公式主义、图解主义都由此产生。这就是说，艺术家的世界观是重要的，但只有把世界观下压到感性的层次，其中又有相当一部分下压到无意识的层次，才能与对象的情感世界相通，即在平等的基础上使上述两个情感世界进行搏斗，并通过搏斗达到统一。

莫里亚克说："小说家从不停止工作，甚至当你看到他在休息的时候。"许多艺术家都有这样的体验，艺术创作不是艺术家坐在桌子旁拿起笔时才开始的，一旦创作的种子，落到了他们的心田上，那么不管你在干什么，种子都在萌动。这就是说，艺术家和他的对象的两个情感世界的交涉、搏斗、征服、突进不论艺术家本人是意识到还是没有意识到，也不论艺术家是处在清醒状态，还是处在睡梦状态，都从未停止过。甚至你身患疾病，连你的疾病也不知不觉被卷入到你的创作中去。福楼拜有病，他的创作就自然而然地同疾病结合起来，陀思妥耶夫斯基有癫痫病，那么，他笔下的人物性格就神不知鬼不觉地具有一种特殊的神秘性。另外，艺术家面对创作中遇到的问题，可能好几年解决不了，可在某个特殊时刻，会突然获得灵感，在几秒钟内就解决了好几年解决不了的问题。这一切都说明艺术家心灵里的血肉搏斗是在无意识中进行的,同时也说明许多艺术家为什么对自己心灵里的搏斗毫无觉察。

人的无意识是一个广阔的天地。就像德国作家约翰·瑞希特所说:"无意识是我们心灵中的一块最大的区域,是我们内心的非洲大陆(指神秘的、未知的),它那未被认识的边界伸到了无限远的地方。"人在意识领域里充满斗争,这是我们每个人都深有体会的。其实,在无意识领域更是充满斗争,只是它在意识之外,所以不易为我们所觉察罢了。我们说艺术家创作中自己的情感与对象的情感的搏斗主要在无意识中进行,这是可以找到根据的。最典型的实例是巴尔扎克和曹雪芹。正如大家所熟知的,恩格斯曾说过:"巴尔扎克在政治上是一个正统派,他的伟大的作品是对上流社会必然崩溃的一曲无尽的挽歌;他的全部同情都在注定要灭亡的那个阶级方面。但是,尽管如此,当他让他所深切同情的那些贵族男女行动的时候,他的嘲笑是空前尖刻的,他的讽刺是空前辛辣的。而他经常毫不掩饰地加以赞赏的人物,却正是他政治上的死对头,圣玛丽修道院共和党英雄们,这些人在那时(1830—1836年)的确是代表人民群众的。这样,巴尔扎克就不得不违反自己的阶级同情和政治偏见;他看到了他心爱的贵族的灭亡的必然性,从而把他们描写成不配有更好命运的人;他在当时唯一找到未来的真正的人的地方看到了这样的人——这一切我认为是现实主义的最伟大胜利之一,是老巴尔扎克最重大的特点之一。"① 这一段话一直使人困惑不解。长期以来,人们作出了各种各样的解释,但都不能令人满意。如果我们用上述观点来解释,问题就迎刃而解了。试想一下,作为艺术家的巴尔扎

---

① 恩格斯:《致玛·哈克奈斯》,载《马克思恩格斯全集》第4卷,463页,北京,人民出版社,1972。

克在创作之时，如果自己的情感与对象的情感的交涉和搏斗是在意识领域里进行，那么他必然会以他早已形成的立场、观点和清醒的理智，去同情他心爱的贵族们，去嘲笑他的死对头——圣玛丽修道院共和党英雄们，他一定会坚持他的偏见。但所幸的是巴尔扎克与其对象的情感交涉、搏斗是在无意识中进行的，这样他构思中的人物就会顽强地坚持自己情感的运动轨迹，按自己的意志行动，他们甚至起来抵抗、推翻艺术家对他们的调遣。也就是说，在无意识的这场殊死的斗争中，人物突进到巴尔扎克的灵魂里，既修正了他的构思，也改变了他的偏见。这就是在艺术家巴尔扎克身上发生的事。同样，曹雪芹在《红楼梦》中所写的那些人物，包括贾母、贾赦、贾政、王夫人、王熙凤等等，都是他生活中的至亲的人，他应该是同情他们的，对宝、黛的反叛拆台行为未必那么赞赏，但由于在创作中他与其对象的情感交涉、搏斗在无意识中进行（这是长达十年的持久战），所以他在不知不觉中就嘲笑、批判了他的至亲，而对不肖子贾宝玉倒寄予了深切的同情。卢卡奇在《巴尔扎克和法国现实主义》一书中曾这样说："一个能够控制其内在形象形成的艺术家，不能成为一个真正的现实主义者和一个真正的作家。……内在形象的形成，是一个与有意识的目的、目标和世界观无关的过程。""创作者对现实关系的把握，不是有意识的把握，而是自动地本能地把握。……剥夺创造中的无意识活动就等于完全取消创造……当形成的内在形象与作家的偏见或神圣的信条发生冲突时，他们就毫不犹豫地把这些偏见和信条抛弃，而去描写他真实看到的东西。"这是卢卡奇在其理论活动中所把握到的真理性的东西，他的话清楚地说明了艺术家与其对象的情感交涉、搏斗，的确是隐蔽地在无意识中进行的。

当然，我们不否认世界观对创作的指导作用，但世界观作为显意识只能触及对象其情感的表面，必须通过无意识领域的活动作为中介，意识才能或多或少发生作用。斯坦尼斯拉夫斯基曾说过："创作工作只是部分地在意识控制之下及其直接影响之下进行的。它有很大一部分是下意识的、不随意的。这种工作只有最高明的、最有天才的、最精细的、不可企及的、神通广大的艺术家——我们的有机天性才能做到。任何最精湛的演员技术都不能和天性相比。在这方面它是权威！"他还说，艺术的任务"在于有意识地间接地唤起并诱导下意识去创作。所以作为我们体验艺术的主要基础之一的原则是'通过演员的有意识的心理技术达到天性的下意识的创作'（通过意识达到下意识，通过随意的达到不随意的）。我们把一切下意识的东西都交给天性这魔法师，我们自己就去采取我们所能达到的途径——有意识去进行创作和采用有意识的心理技术手法好了。这些手法首先教导我们，当下意识开始工作的时候，我们就不要去妨碍它。"① 斯坦尼斯拉夫斯基把艺术创造中意识与无意识的关系讲得很辩证，但他强调的是无意识和不随意活动。实际上，许多艺术难题，特别是艺术家与对象的情感交涉、搏斗只有在无意识中才能得到完美的解决。著名诗人谢灵运的最有名的诗句是《登池上楼》中的"池塘生春草，园柳变鸣禽"。可这个名句是怎样产生的呢？据钟嵘《诗品》中记载：

《谢氏家录》云：康乐每对惠连（谢灵运的弟弟——引者），辄得佳语。后在永嘉西堂，思诗竟日不就，寤寐间，忽见惠连，即成"池塘生春草"。故尝云："此语有神助，非我

---

① 斯坦尼斯拉夫斯基：《演员自我修养》第一部，林陵、史敏徒译，27页，北京，中国电影出版社，1986。

语也。"

此类梦中得佳句,偶然通文思,不经意间获得创作突破的例子甚多,我们统称之为灵感爆发。灵感作为最佳创作心态与人的无意识活动有密切的关系。灵感之所以往往出现在人们精神极度放松之际,是因为此时意识的作用相对缩小,而人的第二信号系统对情感、想象活动的控制也就放松了,这样无意识就大显神通,艺术家与对象的情感交涉、搏斗加紧进行,并带领着艺术家寻找新的思路,新的意象,所以有人说"灵感是潜意识的工作在意识中的收获"(朱光潜)。当然,我们不能否定这样一点:在真正的艺术家那里,灵感之所以会光顾他,无意识在无人监督的条件下之所以会全力工作,有赖于他人格力量的伟大,创作个性的优越,艺术功底的深厚以及平时苦心的思索和追求。这一切都在不知不觉中诱发着无意识,激发着灵感。没有这些前提条件,无意识、灵感对他都是无缘的。然而无意识对艺术创作而言,对艺术家与其对象的情感交涉、搏斗而言,毕竟是十分重要的。

(原载《文艺理论研究》1989年第5期)

作家的童年经验及其对创作的影响

几乎每一个伟大的作家都把自己的童年经验看成是巨大而珍贵的馈赠,看成是取之不尽、用之不竭的创作的源泉。一般而言,童年经验是指从儿童时期(现代心理学一般把从出生到成熟这一时期称为"儿童期")的生活经历中所获得的体验。每一个人都有一个童年,有生养他(她)的父母,有养育他(她)的故乡,有属于他(她)的独特的心理事件和喜怒哀乐等等。这一切构成了他(她)的最初的生活环境和人生遭际,形成了他(她)的短短的却是重要的经历。然而,完整的童年经验并不仅仅是指原本的童年生活的记录,它还包括活动主体对自身童年生活经历的心理感受和印象,带有很强的主观色彩。可以这样说,童年经验基本上是一种心理效应,它随人的年龄的增长和环境的变化而流动着、改变着,一个人在青年还是老年回顾自己的童年经历,其感受和印象可以是很不一样的,这也就是说,童年经验作为一种体验更倾向于主观的心理变异。童年经验的这种性质对作家至关重要,它意味着一个作家可以在他的一生的全部创作中不断地吸收他的童年经验的永不枯竭的资源。

一、童心和诗心结构的对应关系

真正的作家的心理结构和儿童的心理结构有许多相同、相通和相似之处,揭示这一点对创作应该追求什么样的品质有着重要的意义。

首先,儿童的"赤子之心"与作家的真诚之心是相同和相通的。儿童由于身心未发展成熟或未完全发展成熟,他们还未被世俗的灰尘所污染,他们以自己的赤裸裸的心灵去面对世界,因此世界在他们的眼中心中是一种本真的存在。世界是什么样的,就毫无顾忌地、直截了当地看出来和说出来;事物好不好也毫无顾忌地、直截了当地表示喜欢或不喜欢。儿童不知虚假矫饰为何物。也正是由于他们的心还未被世俗的种种利益所束缚,他们并不太关切事物的实用性和合目的性。这样拿他们不晓世事的眼光看事物,就会获得一种不被世俗偏见所侵染的观察力,从而把事物作为物自体来吸收。安徒生的童话《皇帝的新衣》最能说明儿童的这种"赤子之心",成人有种种顾忌,明知事情的真相而不敢说,小孩的嘴却没遮拦,一句话就把事情的真相戳穿。中国现代著名的画家和作家丰子恺说:儿童有"明慧的心眼,比大人们所见的完全得多。天地间最健全的心眼,只是孩子们的所有物,世间事物的真相,只有孩子们能最明确、最完全地见到"[1]。他还认为,大人比起儿童来,"真的心眼已被世智尘劳所蒙蔽,所斫丧,是一个可怜的残废者"[2]。

---

[1] 丰子恺:《儿女》,载《丰子恺随笔精编》,29页,杭州,浙江文艺出版社,1997。

[2] 同上。

真正的作家是最多地保有这种"赤子之心"的人。记得法国作家都德说过:"诗人就是还能用儿童的眼光去看的人。"这是至理名言。对作家来说,他们的"赤子之心"就是真诚之心。真诚地而非虚假地看待生活,真诚地而非作伪地对待自己和别人,具有这种真诚之心的作家,才能建筑起一个又一个的经得起时间的检验和历史的风吹雨打的真实动人的艺术世界,也才有可能在文学史上争得一席地位。最早把赤子之心与真诚之心联系起来的,可追溯到老庄那里。老子的《道德经》第28章提出"为天下谿,恒德不离,复归于婴儿",意思是说,甘愿做天下的溪谷,容纳那永恒的诚意和德行,而这就要有一颗婴儿的明澈的心。返璞才能归真,还童才能归诚。庄子则在《达生》篇讲完"梓庆削木为鐻"的故事之后,提出"以天合天"的思想。第一个"天"是指人的自然,即孩童般天真纯朴之心,第二个"天"是指物的自然,也就是生活的本真状态。以孩童般天真纯朴之心去契合生活的本真状态,才能获得鬼斧神工般的艺术力量,达到最高的真。明代思想家李贽提出了著名的"童心"说,就是主张作家要有"真心"或"赤子之心"。他说:"夫童心者,绝假纯真,最初一念之本心也。"① 他反对完全按儒家经典说话、行事,要是说话、行事处处不离经典,"童心"也就丧失了,人就成了"假人",言就成了"假言",事就成了"假事",文就成了"假文"。② 在西方,与这种"童心说"相类似的说法也是有的,如法国著名画家亨利·马蒂斯曾深有体会地说:"'看'在自身是一种创造性的事业,要求着努力。我们日常生活里所看见的,是被我们的世俗或多或少地歪曲着。"而要摆脱世俗的侵染"需要某种勇气,对于

---

① 李贽:《焚书》卷三《童心说》。
② 同上。

一位眼看一切好像是第一次看见的那样,这种勇气是必不可少的。人们必须毕生能够像孩子那样看见世界,因为丧失这种视觉能力就意味着同时丧失每一个独创性的表现。例如,我相信,对于艺术家没有比画一朵玫瑰更困难,因为他必须忘掉在他以前所画的一切玫瑰才能创造"①。的确,艺术家要摆脱世俗的困扰、蒙蔽,保持素朴的"童心",画出或写出生活的本真,需要有艺术家的勇气。饶有意思的是马蒂斯的"第一次看见"和李贽的"最初一念"竟是那样相像,可谓英雄所见略同。实际上,古今成大家者都是靠这种"最初一念"或"第一次看见"的精神获得成功的。曹雪芹和鲁迅是我最佩服的两个大作家,他们创作的原则是相同的,即以真诚之心,毫无讳饰地写事物之本真。他们的共同原则是反对讳饰和虚伪,要求直面人生,要求"童心"般的真。

不难看出,作家和儿童在心理结构上是相同和相通的,诗心和童心在"真实"这一点上交汇在一起。然而,诗心和童心又有所不同,"童心"作为儿童的"赤子之心"是其天性的自然流露,是无须作出特别的努力就可自然而然达到的。但已进入了社会并已扮演了社会角色的作家,他们的真诚之心,则是被世俗的尘土污染,经过困难的洗刷后,向自然天性的回归。一个是出发,一个是返回。从世俗的泥淖中抽身返回的路途必然是荆棘丛生、险阻重重的。因此诗心是童心的更高层次的展现。它的"最初一念之本心"是冲出世俗重围后的自然与潇洒。

其次,儿童的"我向思维"与作家的移情作用是相通或相似的。儿童早期的思维方式与原始人的思维方式十分相似,被称为"我向思维"。"我向思维"的主要特点是以"我"为中心,一切都等同于

---

① 参见《宗白华美学文学译文选》,239页,北京,北京大学出版社,1982。

有生命的"我",不能区分有生命的现象和无生命的现象,而把整个世界(无论是物还是人)都作为有生命的和有情感的对象来加以对待。在儿童那里,把周围的世界一律加以生命化的现象,是众所周知的。在他们稚气的眼里,月亮是人的脸,或者是星星的保卫者,而星星则眨着眼睛,向所有的人问好……儿童的"我向思维"使他们分不清物理世界和心理世界,分不清知觉到和想象到的,分不清梦见的和现实的,分不清昨天和今天。在这天真的混沌中,世界上所有的东西无不充满生命的活力。儿童的这种"万物泛灵论",与原始人的思维模式很接近。因此,18世纪意大利著名学者维柯在《新科学》中对原始诗性思维的分析,同样也适用于儿童,"最初的诗人们就用这种隐喻,让一些物体成为具有生命实质的真事真物",是"人凭不了解一切事物而变成了一切事物。……因为人在理解时就展开他的心智,把事物吸收进来;而人在不理解时却凭自己来造出事物,而且通过把自己变形成事物,也就变成了那些事物"[①]。这种由于对事物不理解而把自己变成物,即把人的生命赋予无生命的物的现象,也可以用法国学者列维-布留尔在《原始思维》一书中的"互渗律"来解释。"互渗律"强调原始人思维中"人和物之间的'互渗'""在原始人的思维的集体表象中,客体、存在物、现象能够以我们不可思议的方式同时是它们自身,又是其他什么东西。它们也以差不多同样不可思议的方式发出和接受那些在它们之外被感觉的、继续留在它们里面的神秘的力量、能力、性质、作用"[②]。儿童的"我向思维"与原始人的"原始思维"的这种相似性,使儿童的心中物我交融,物我化一,使儿童的眼中万物都流动着生命的活

---

① 维柯:《新科学》,180—181页,朱光潜译,北京,人民文学出版社,1986。
② 列维-布留尔:《原始思维》,69—70页,北京,商务印书馆,1985。

力,颤动着生命的琴弦,展现为一个生机勃勃的诗意的世界。

在作家这里,特别是创作过程中,将无生命的事物生命化,是其诗意感受的一个重要来源,而且与儿童的"我向思维"极为相似。按德国的学者里普斯创立的"移情"说和英国学者冈布里奇提出的"投射"说,作家和艺术家在进行审美创造的时候,其对象不是与主体相对立的单纯的实体的存在,而是受到主体的生命灌注的活动而有力的、自我对象化的形象。真正的作家、艺术家都有一种伟大的同情感,他们会把"亲身经历的东西,我们的力量感觉,我们的努力,超意志,主动或被动的感觉,移置到外在于我们的事物里面去,移置到在这种事物身上发生的或和它一起发生的事件里去"[①]。或者如冈布里奇所说,艺术家在面对一个对象时,他的心中不是一张白纸,而是把一个早已形成的心理图式变成了一种期待,于是出现了"指导性投射",两座并立的山峰似乎成了"夫妻"崖或"姐妹"岭,一块稍稍向江边或湖边倾斜的岩背被称为"望夫"石,天上飘过的团团白云被看成是一群奔马,月亮上面的阴影被说成凄寞的嫦娥等等,"在能期待的地方,我们无须去听,在这种背景中投射将代替知觉"[②]。对此,我们的古人也早有说法,如刘勰说:"登山则情满于山,观海则意溢于海。"就是指作家心中充满情感,在观照自然之际,就会将自己的情感和幻想移置或投射到外在的无生命的事物上面,使无生命的事物生命化,达到物我沟通、物我同一、物我两忘的境界。李白:"绿水解人意,为余西北流。"杜甫:"感时花溅泪,恨别鸟惊心。"温庭筠:"溪水无情似有情,入山三日得同行。"

[①] 里普斯:《论移情作用》,载《古典文艺理论译丛》第8册,40页,北京,人民文学出版社,1964。

[②] 冈布里希:《艺术与幻觉——绘画再现的心理研究》,周彦译,192页,长沙,湖南人民出版社,1987。

苏轼："带酒邀青山，青山虽云远，亦似解公颜。"陆游："旧交只有青山在，壮志皆因白发休。"这类"移情"和"投射"的诗句比比皆是，不胜枚举。在这类文学描写中，作家似乎变成了儿童，他们与外部事物的关系，不是一般的认识和被认识的关系，他们凭借自己的开放的心灵去触摸对象，并把自己融化于对象中，人物化了，对象人化了，生命化了，诗意就从这人化和对象化中找到了泉源。

当然，作家和儿童的无生命事物的生命化是有区别的。在儿童，是由于对事物的不理解，而把自己转化到事物里面去，不自觉地把事物跟自己等同起来，这是人的天性的表现。在作家，是在对事物有了深刻的理解之后，着意把自己与外部事物沟通，使物融入我，我融入物，达到物我融合、物我同一的诗意的世界，这是自觉的是作家才能的表现。

再次，儿童的幻想和作家的创造性想象在性质上也是相似的。在儿童那里，由于对世界的确定性知之甚少，他们还较少因果观念和逻辑思维，世界在他们那里是开放的，他们可以超越世界的实在性而无拘无束地幻想。在他们的字典里，找不到"不可能"这个词。丰子恺曾这样来描写孩子的幻想："你又要把一杯水横转来藏在抽斗里，要皮球停在壁上，要拉住火车的尾巴，要月亮出来，要天停止下雨。"[①] 尽管儿童的幻想是稚气的，荒唐的，可笑的，散乱的，然而却是大胆的，奇特的，新鲜的，独特的，纯真的，因而具有自由的性质，即具有审美的特性。

作家的创造性想象与儿童的稚气的幻想在自由的性质上是相同的。在作家这里，世界同样是开放的，作家可以超越现实的一切束

---

① 丰子恺：《给我的孩子们》，载《丰子恺随笔精编》，13页，杭州，浙江文艺出版社，1997。

缚，飞腾到另一个完全是属于诗的想象的世界。这种超越性和儿童的幻想超越性是十分相似的。当然，作家的创造性想象有明确的目的性，它是定向的而不是散乱的，它受理性和逻辑的制约，而不能天马行空，随意瞎想。这样作家的想象比儿童的幻想要困难得多。儿童是在无知情况下毫无拘束地幻想，作家却要冲破现实、知识的确定性而想象。按瑞士著名的心理学家皮亚杰的说法："儿童的心理是在两架不同的织布机上编织出来的，而这两架织布机好像是上下层安放着的。儿童头几年最重要的工作是在下面一层完成的。这种工作是儿童自己做的，它在混乱状态中吸引着他，而且一切看来会满足他的需要的东西都聚结在这些需要的面前了。这就是主观性、欲望、游戏和幻想层。相反，上面一层一点一滴地在社会环境中构成的，儿童的年龄越大，这种社会的影响就越大。这就是客观性、言语、逻辑观念层，总之，现实层。一旦上层的负担过重，它就会弯曲、叽嘎作响乃至崩溃，于是构成上层的这些因素便落到下层而和原来在下层的因素混合起来了。"① 作家发挥想象的困难在于，他必须在上下层混杂的情况下，清理出一块基地，以便在新的条件下，重建上下层建筑。

童心和诗心的对应结构不止上述三点。如敏感、富于同情心、易受伤害等等，也是童心和诗心的相通相似之处。在此不再一一论列。

由于童心和诗心有许多相同、相通和相似之处，所以作家和艺术家都羡慕儿童。歌德说："小孩子是我们的模范，我们应得以他们为师。"② 法国画家柯罗说："我每天都要请求造物者，要他把我变

---

① 让·皮亚杰：《儿童的语言与思维》，4页，北京，文化教育出版社，1980。
② 转引自《沫若文集》第10卷，180页，北京，人民文学出版社，1959。

成一个孩童,就是说,要让我不带成见地去观察和表现大自然,像小孩一样。"① 郭沫若说:"小儿如何有可以尊崇之处?我们请随便就一个小朋友来观察吧,你看他终日之间无时无刻不是在倾倒全我以从事于创造、表现、享乐。小儿的行径正是天才生活的缩型,正是全我生活的规范!"② 歌德、柯罗、郭沫若如此说,无异于说,对作家和艺术家而言,天才不是别的,就是童年能够自由地重视和恢复。然而,一个作家或艺术家如何能变成小孩呢?这是不可能的。但作家作为成人,可以不失其童心,正如孟子所说:"大人者不失其赤子之心。"或者如马克思所说:"成人不能再成为儿童,否则就变得稚气了。但是,儿童的天真不使他感到愉快吗?他自己不该努力在一个更高阶梯上把自己的真实再现出来吗?"③ 实际上,真正的作家和艺术家就是永葆"赤子之心"的人,他们的创作是童心在更高阶段上的再现。

二、童年经验对文学创作的影响方式

既然童心与诗心的结构有上述这些对应关系,那么童年经验对作家而言必然是刻骨铭心的,必然要这样或那样影响他一生的创作。每一位成名的作家都意识到自己的童年经验在他前事业中占有极大的分量,而不能不向他的童年经验投以感激的一瞥,哪怕他的童年

---

① 盖多凯维契编:《柯罗——艺术家·人》,张荣生译,83页,北京,人民美术出版社,1983。
② 郭沫若:《少年维特之烦恼·序引》,载《沫若文集》第10卷,180页,北京,人民文学出版社,1959。
③ 马克思:《〈政治经济学批判〉导言》,载《马克思恩格斯选集》第2卷,114页,北京,人民出版社,1972。

经验中充满痛苦和不幸。曾有一位青年作者问海明威:"一个作家最好的早期训练是什么?"海明威回答说:"不愉快的童年。"海明威深知童年经验对创作的影响。

那么童年经验以何种方式影响作家的创作呢?

首先,在许多作家那里,童年经验以作品的生活原型和题材直接进入创作之中。列夫·托尔斯泰、高尔基的同名小说《童年》以及许多作家的自传体小说,都直接把自己完整的童年经验作为题材写进作品。曹雪芹、歌德等许多作家则以童年经验为生活原型进行创作,他们的《红楼梦》《少年维特之烦恼》等基本上是他们童年生活的结晶。至于利用童年的生活片段加工、改造而写成的作品就更多。在许多作家那里,几乎每一部作品都可以或多或少地寻找到童年经验的印记。譬如,如果我们有意识地查证的话,作家笔下的可亲的女人形象,都可以找到他的初恋少女和母亲的影子。换言之,初恋少女和母亲将永远陪伴作家的一生,并不断在他的作品中重视。

童年经验一般以回忆的机制与作家现时的生活经验接通,从而进入作家的创作视野。这里有两点须进一步加以论列:

第一,如本文开头所述,作家回忆中的童年经验已不是它的原本与自然态。在作家的成长和生活的变化中,童年经验已经过他的自组织和再创造。在主体的心理定向结构的作用下,记忆已不是单纯的储存,回忆也不是对原本经验的机械再现。人脑的一大功能就是它不断地对已有的经验进行组织的活动,而这种"组织"我们称之为"自组织",这是因为它是在无意识中自动进行的。譬如一个长期远离故乡的游子,由于经常的乡愁冲动得不到缓解,思乡之情郁积于心,形成一种眷恋故园的心理定向结构,这样他记忆和回忆中的故乡,已与他童年时的原本的故乡大不相同。他已可能给他的故乡罩上美丽的温馨的古雅的轻纱,故乡被他的记忆和回忆改造了、美化了、诗化了。在记忆和回忆的机制中,遗忘的规律也起作用。当你记住那些有意义、有价值的东西时,你也就将那些无意义的、无价值的东西忘掉了。遗忘在这里起到了一种筛选的作用,即把那些有意义、有价值的东西筛选出来。这也就是说,对作家和其他人而言,童年经验经过了成年经验的重塑。正如弗洛伊德所说:"在所谓的最早童年记忆中,我们所保留的并不是真正的记忆痕迹而是后来对它的修改。这种修改后来可能受到了各种心理力量的影响。因此,个人的'童年记忆'一般获得了'掩蔽性记忆'的意义,而且童年的这种记忆与一个民族保留它的传说和神话有着惊人的相似之处。"[①] 这就意味着,随着一个作家的经验的不断丰富和变化,他就可能不断地"修改"他的童年经验,从而变异出新的内容,发现它的新的意义。正是在这个意义上,我们说童年经验是作家的取之不尽、用之不竭的泉源。

第二,童年经验作为题材直接进入创作,必须有偶然机遇的触发,有相关的情感、心境作为中介。童年经验并非由于作家强硬的命令而进入创作,作家的自觉的回忆作用也微乎其微。童年经验进入创作视野往往是由于偶然机遇的触发。童年的原本的记忆在一般的情况下,作为档案静静地躺在那里,人们忙于俗务而懒于翻阅它。必须有适当的刺激,它才能激活。犹如一堆干柴,必须有火的引动,才会熊熊燃烧起来。马尔克斯创作《百年孤独》,用他自己的话说,是"给童年时期以某种方式触动我的一切经验以一种完整的文学归宿",因为他对自己的童年生活永远忘不了。他说:"我的童年是在一座凄凉的大房子里度过的,身边是一个吃土的妹妹,一个总是占

[①] 弗洛伊德:《日常生活的精神病理学》,载《弗洛伊德主义原著选辑》上卷,车文博主编,150页,沈阳,辽宁人民出版社,1988。

卜未来的祖母，还有许多同名的亲戚，他们对幸福和想入非非从来不太区分。"马尔克斯一直想写一部再现童年生活的长篇小说，为此他已"打了十五六年腹稿""可是一直没有遇到使我觉得真实可信的气氛"。有一天，他和他的妻子带着孩子们到一个海滨胜地去休假，半路上，他触景生情，突然想起小时候外祖父带他去看冰的情景，他的创作欲望被燃烧起来，他立刻折回寓所，写下了《百年孤独》的第一句话。① 另外，童年经验能否充分被利用还与作家创作时的心境密切相关。特定的心境和情感是沟通他现时经验与童年经验的桥梁。美国学者阿瑞提说："意象不是忠实的再现，而是不完全的复现。这种复现只满足到这样一种程度，那就是使这个人体验到一种他与所再现的原事物之间所存在的一种情感。"② 这也就是说，心境和情感愈跟童年储存的意象相吻合，所唤起的意象就愈鲜明，心境和情感制约着意象的再现以及再现的程度。特定情感之外的意象就不会再现出来。如巴金这样谈到他写《家》时的情形："我一个字一个字地写下去，我好像在挖开我的记忆的坟墓，我又看见了过去使我心灵激动的一切。在我还是一个孩子的时候，我就常常目睹一些可爱的年轻的生命横遭摧残，以至于得到悲惨的结局。那个时候，我的心由于爱怜而痛苦，而同时又充满诅咒。"③

其次，童年经验作为先在意向结构对创作产生多方面的影响。一般地说，作家面对生活时的感知方式、情感态度、想象能力、审

---

① 参见马尔克斯：《谈＜百年孤独＞的创作》，载《诺贝尔文学奖获奖作家谈创作》，王宁、顾明栋编，501、502、504 页，北京，北京大学出版社，1987。
② S·阿瑞提：《创造的秘密》，钱岗南译，61 页，沈阳，辽宁人民出版社，1987。
③ 巴金：《和读者谈谈＜家＞》，载《巴金论创作》，212 页，上海，上海文艺出版社，1983。

美倾向和艺术追求等,在很大程度上都受制于他的先在意向结构。对作家而言,所谓先在意向结构,就是他创作前的意向性准备,也可理解为他写作的心理定势。根据心理学的研究,人的先在意向结构从儿童时期就开始建立。整个童年的经验是其先在意向结构的奠基物。就作家而言,他的童年的种种遭遇,他自己无法选择的出生环境,包括他的家庭,他的父母,以及其后他的必然和偶然的不幸、痛苦、幸福、欢乐,他的缺失,他的丰溢,他的创伤,他的幸运,社会的、时代的、民族的、地域的、自然的条件对他的幼小生命的折射,这一切以整合的方式,在作家的心灵里,形成了最初的却又是最深刻的先在意向结构的核心。这个先在结构核心是如此顽强,可能对他的一生都起着这样和那样的引导、制约作用。我们甚至可以这样说,作家后来创作的成败,作品的基调、情趣、风格等,起源于他的先在结构的最初的因子。由童年经验所建筑的最初的先在意向结构具有最强的生命力。冰心说:"提到童年,总使人有些向往。不论童年生活是快乐,是悲哀,人们总觉得都是生命中最深刻的一段;有许多印象,许多习惯,深固的刻画在他的人格及气质上,而影响他的一生。"① 冰心的这些话具有普遍意义。

与童年经验相联系的作家的最初的先在意向结构对创作的影响是多方面的,这里无法一一展开来讲,仅就先在意向结构中的"母亲意象"和"父亲意象"对创作倾向的影响提出来讨论。

母亲和父亲是儿童身边最重要的两个人物,给予儿童的影响也最深刻。父母是塑造儿童先在意向结构的最重要的力量,但对某个儿童来说,是谁来充当父亲和母亲的角色,其情况可能是很复杂的。

---

① 冰心:《我的童年》,载《冰心代表作》,刘家鸣编,355页,郑州,黄河文艺出版社,1986。

有的父亲却不像父亲，倒更像母亲；有的母亲却不像母亲，倒更像父亲。有的孩子在幼年期就丧失父母，其父母的角色就由别的亲人来充当。因此仅从生养的意义上来讨论父母对建构儿童的先在意向结构就没有意义，鉴于此，我们提出"父亲意象"和"母亲意象"这两个概念。

"母亲意象"可以指生身母亲，也可以指其他代替母亲角色的给予母爱的人。母爱是世界上最无条件的爱。母亲给予孩子以无限的爱，而不求回报。母亲永远与爱、慈祥、温暖、感性、诗意、敏感、美丽、善良、纯洁、柔情、安全等字眼连在一起。正如埃·弗罗姆所说："母亲就是生养我们的家，她就是自然，她就是土地，她就是海洋。"① 母亲是爱与诗的象征。从文学要求感性、诗意和情感这个角度看，"母亲意象"对作家产生更直接的影响，因为母亲对塑造作家的丰富的活跃的内心世界，培养美好的情操和伟大的同情感，起奠基的作用。我们甚至可以说，一个作家的观看世界的艺术的眼睛是母亲给予的。中外许多作家都有不少体会。例知法国著名作家乔治·桑说："我的母亲完全出于本能地、自然而然地为我打开了一个美好的世界，它的万般奇景全都色彩纷呈地出现在我的面前。每当我们看见一片轻柔的浮云，一道艳丽的阳光，一溪清澈的流水，她总是让我停下来，一边对我说道：'瞧，多美呀，瞧瞧吧。'这些东西我本来也许并没有留意，可是突然间它们竟变得那么美丽奇妙，好像我的母亲手持一把钥匙，一下子打开我思想的门户，使我体味到了她所具有的那种粗犷而又深沉的感情。"② 母亲的爱和指点不知

---

① 埃·弗罗姆：《爱的艺术》，康革尔译，37页，北京，华夏出版社，1987。
② 乔治·桑：《乔治·桑自传》，王聿蔚译，26—27页，上海，上海译文出版社，1987年。

不觉中内化为乔治·桑的心理定势，使她在创作中能带着一种积极的、明丽的眼光来看世界，从而能更多地看到善良和美好，写出人们所希望、所理想的，令人感到温馨的东西。这也就是说，母亲的原则决定了她的创作倾向。

如果作家在幼年就失去母亲，连"母亲意象"也比较暗淡，没有得到应有的母爱，那么就会对作家的童年造成精神创伤，这种情况也会内化为心理定势，使他用另一种病态的眼光看世界，并从创作倾向上表现出来。例如，郁达夫幼年失去父母，得不到母亲的爱，"母亲意象"十分暗淡，幼年的悲哀建构了他的忧郁性的心理定势，再加上他青年时期婚姻不幸福，亲眼看见劳动人民的痛苦，于是他的忧郁自然而然流诸笔端，形成了郁达夫式忧郁的格调。这是"母亲意象"对创作的另一种影响。

"父亲意象"可以指生身父亲，也可以指其他代替父亲角色的负有监护责任的人。在儿童的心目中，父亲是威严的象征，他和理性、责任、能力、纪律、遵从、功利、刻苦、奋斗、冒险、秩序、权威等字眼连在一起。弗罗姆认为，父亲"代表人类生存的另一个不同的方面；那就是思想的世界、人造物的世界、治安的世界、戒律的世界、走东闯西与冒险的世界。父亲是儿女的教育者，是儿女走向世界的指路人。""父亲的爱是有条件的，它的原则是：'我爱你，因为你满足了我的要求；我爱你，因为你尽到了你的职责；我爱你，因为你像我。'"[①] 这也就是说，父亲的原则是要把孩子引上社会，适应社会的规范，成为社会的人。这样泯灭童心和诗心是符合父爱的原则的。

对作家而言，由父爱的内化而建立起来的先在意向性结构可能

---

① 埃·弗罗姆：《爱的艺术》，康革尔译，37页，北京，华夏出版社，1987。

对创作产生多种不同的影响。一种是儿女选择作家这种职业，遭到父亲的反对，从反面激发了作家的决心，他们更坚定地走上创作的道路；但不知不觉中又从父亲那里得到理性的启迪，使他能对社会、人生有独特的深刻的思考，其作品则表现出对现实的冷峻的透视与批判。像巴尔扎克、福楼拜、左拉、司汤达尔等都属这种情况。另一种是虽然违背了父亲的意愿和安排，走上了文学之路，却永远怀着负疚感而焦虑不安，无法摆脱父亲的威严的阴影，形成了一种自卑而又不甘屈服的变态心理。这后一种情况对作家的影响更为深刻。卡夫卡就是一个突出的例子。在众多的作家中，卡夫卡一生都生活在父亲的阴影中，他的父亲情结深深地影响他的几乎全部创作。他的父亲海尔曼是个犹太人，出身贫寒，饱尝艰辛，他凭着自我奋斗，从穷乡僻壤闯到布拉格，成为一名富商。这样一种经历使他在家里成为暴君，对卡夫卡的性格和创作的影响极大。海尔曼完全不顾卡夫卡个人的意愿，强迫他去读法律。对他的创作丝毫不感兴趣。而且经常打击他、辱骂他、惩罚他。特别是童年的一些经历，对他造成了精神创伤。他在《致父亲》中，曾谈到一件小事，有天夜里，小卡夫卡哭闹着要水喝，海尔曼不但不给，还要威胁他，卡夫卡继续哭闹，他父亲就将他从被窝里拉出来，拽到阳台上罚站。卡夫卡后来说："也许从那时起，我就变得听话了，好管教了，可是这件事在我的心灵里留下了一个创伤。"然而更为重要的还是卡夫卡对其父亲的互相矛盾的双重态度。一方面，他觉得父亲就是成功和权力的象征，他佩服父亲，甚至对父亲说"你是我心目中的万物的圭臬"，他深深地为自己不能成为父亲的接班人而感到内疚，感到渺小，感到自卑；另一方面他又觉得父亲是暴君，对父亲强加给他的一切罪名，连同父辈的文化，进行顽强的反抗，然而他又感到这种反抗是注定要失败的，因为父亲和父亲所代表的文化太强大了。卡夫卡从小就对父亲所形成的两面态度,内化为意向性的心理结构,不仅表现为他的作品常选择父子冲突的题材,更重要的是这种两面性的心理结构深入到他的一系列的作品的思想内核。审父意识和恋父意识像两条绳扭结在一起,难解难分。为什么在《变形记》中主人公在变成甲壳虫后,在遭到家人的厌弃后,仍然想和家人重归于好,要负起赡养父母的责任呢?为什么在《判决》中,主人公对父亲的两面态度处于胶着状态,难解难分呢?为什么他的长篇小说《城堡》中的主人公 K 在遭到城堡当局的长期的无情的拒绝后,他一方面恨透了城堡当局,可另一方面仍然不甘心,仍然想进城堡,甚至为弄到一张城堡边的村子的居留证而不惜耗费几乎全部精力呢?这一切都是卡夫卡从小形成的审父和恋父情结在作品中的投射,是其独特的父亲意象内化而成的先在意向结构在暗中作用的结果。

如果作家的童年生活比较正常的话,父亲意象和母亲意象在内化为先在意向结构中互相补充,合二为一。因为"心理健康和达到成熟的基础就在于,首先以依恋母亲为中心再发展到以依恋父亲为中心,最后把这两种依恋结合在一起"[1]。这类作家的心理历程是,他先得到爱、诗情、丰富的感性,然后再得到能力、智慧、深刻的理性,在其成熟阶段则把两者结合起来。这样他们的作品就会表现出诗情和智慧、感性和理性、直接性和规律性的完整的统一。

其三,童年经验作为创作的动力源。一般而言,童年经验按其类型可分为两种,一种是丰富性经验,一种是缺失性经验。所谓丰富性经验,即他的童年生活很幸福,物质、精神两方面都得到了最大限度的满足,生活充实而绚丽多彩。所谓缺失性经验,即他的童年生活很不幸,或是物质匮乏,或是精神遭受摧残、压抑,生活极

---

[1] 埃·弗罗姆:《爱的艺术》,康革尔译,39页,北京,华夏出版社,1987。

端抑郁、沉重。童年的丰富性经验，在作家那里成为丰富性创作动机，创作是他童年的绚丽多彩的生活的泛溢，就像那春溪的水流涨满，溢出河床，形成生动的景观。但与缺失性经验所形成的缺失性动机相比，丰富性动机的力量要小得多，甚至就不能成为动力。弗洛伊德说："幸福的人从来不会幻想，幻想只发生在愿望得不到满足的人身上。幻想的动力是未被满足的愿望。"① 弗洛伊德的话不无道理。因为丰富性经验与幸福相连，而幸福就是欲望的满足，满足更容易变成厌倦，满足的厌倦会使生命失去追求的动力。童年的缺失经验更易于转化为强大的创作动力。

童年的缺失性经验之所以能转化为强大的创作动力，是由于以下两个原因：

第一，童年的缺失要求成年时期得到补偿。补偿是心理分析学的概念。意思是说人有一种心理的力量，要以现时的成功的行为来消解先前的由于缺失、不幸、痛苦所引起的失败感。比如先天的或后天的残疾，使人丧失某一方面的能力而感到自卑，这样就会激起他的热情和力量，突出他发展方面的能力，并通过获得成功以求精神补偿。对作家来说，童年的缺失性经验是难以忘怀的、深入骨髓的，它推动着作家去追求成功，追求独特的创造，以便从艰苦的劳动中获得精神的慰藉和补偿。创造的成功可能使他的心获得一种超越一切的自由感，使他觉得自己和一切幸福的人一样，达到人生的至境。一般而言，一个人童年的缺失往往与作为一家之长的父亲的失败相关。著名的话剧《推销员之死》的作者阿瑟·米勒认为作家童年目睹父亲的失败会激发作家渴望成功，他认为福克纳、海明威、

---

① 弗洛伊德：《作家与白日梦》，载《弗洛伊德论美文选》，32页，北京，知识出版社，1987。

菲茨杰拉得、契诃夫和梅尔维尔等许多重要作家都有一个共同点：他们的父亲不是被他们看出将要失败，就是已经败下阵来或自杀身亡了……这样的环境是会在一个孩子或青年身上引起一系列的反应的。他相信自己能以一种复杂的心情再重建一个世界，一个已经逝去的世界。所谓一种复杂的心情，是指他想到自己失败的父亲不免有一种危险和痛苦的感觉。而他发现事业为自己大显身敞开大门又不禁雄心勃勃。不论他干什么，只要他有雄心大志，一个作家就会认为他是在创造新的东西。由此可见，作家童年的不幸，实际上是他的大幸，因为这是他的创作动力的泉源。

　　第二，童年的缺失性经验寓含更丰富更深刻的人生况味，从而更能激发作家的想象力，鼓舞作家的创作热情。幸福犹如软饮料，只能给人以瞬间的愉快，我们的心理器官就会在感觉不到其内部本质的情况下而过分顺利地移动；缺失、不幸、苦难则使人长久地沉思，沉思人的命运何以如此不公平，为什么有人那样幸运，而有人则如此坎坷。缺失、不幸、苦难的经验其外在的形态对人们的心理器官具有阻拒性，它不会给人们轻易带来快感，但却具有一种吸引力，促使人们从对象的外表中解脱出来而去关注与追寻对象内部真实而深刻的人生意味。而且在沉思中，人将变得更敏锐、更聪慧。现代心理学的研究表明，人处在"感觉剥夺"的缺失的状态中，将变得高度敏感，连极微小的刺激也会作出强烈的反应，并伴随认知的异常活跃，从而达到对事情的深刻理解。与此同时，缺失也刺激人的想象力，关于这一点，康德已注意到了，他说："由于想象力在观念上比感官更丰富多产，所以如果有情欲的加入，则缺乏对象比有一个对象还更能激发想象力。"① 所谓"缺乏对象"，就是人的感

---

① 康德：《实用人类学》，邓晓芒译，64页，重庆，重庆出版社，1987。

觉欲望不能满足,这种情况更能使人的想象力得到充分的发挥。一位童年时期挨过饿的作家,与从未挨过饿的作家,他们对世界的看法是不同的,他们的想象力也是不同的。由缺失所引起异常认知和想象力的活跃,都可能成为创作的动力源。

概而言之,童年的缺失性经验,从根本上说,是作家的沃土,作家在他的一生中永远可以从这里获得生命力的发动。人的身体需要在运动中保持活力。人的心灵也需要在活动中得到滋养。回忆早年的缺失、不幸、苦难诚然使人感到痛苦,但却能使人的生命能量畅然一泻,从而使人快乐地享受生命的自由与甜美。

三、社会化与保持童心

对作家来说,保持童心并充分利用童年经验是重要的。康·巴乌斯托夫斯基说:"对生活,对我们周围一切的诗意的理解,是童年时代给我们的最伟大的馈赠。如果一个人在悠长而严肃的岁月中,没有失去这个馈赠,那他就是诗人和作家。"① 那么一个作家怎样来接受这伟大而珍贵的馈赠,永葆童心不泯,童年经验常用常新呢?这基本上是一个实践问题,不完全是理论问题。

儿童或迟或早要进入社会。儿童的成长过程也就是社会化问题。对儿童而言,所谓社会化过程大体上是指儿童依照社会的需要、要求、意识形态、道德规范、法律契约相一致的行为融入社会的过程。社会化要求儿童逐渐去适应某种社会角色,扮演某种社会角色,遵从社会规范。从这个意义上来看,社会化是以求同为标志的,是人

---

① 康·巴乌斯托夫斯基:《金蔷薇》,李时译,22页,上海,上海译文出版社,1980。

的合群性的表现。无论在哪种社会中，在特定的文化思想环境中，一致性、相似性总是处于统治地位。一般来说，在特定的社会思想文化环境的制约下，几乎每个人都操同一种语言，有大体相同的价值观，有大体相同的道德规范，遵守着相同的法律契约，采用大体相同的行为方式，甚至有着相同的审美趣味和审美理想。从社会学的观点看，社会化是人对现实环境的适应性的必然现象，是一个人走向成熟的标志。对社会来说，人的社会化是维系一个社会稳定的必要条件；对个人来说，通过遵从社会规范，我们就能准确无误地表达自己的思想感情，避免令人难堪的误解或灾难性的打击。总之，无论对社会还是对个人，社会化都是必要的有益的。对作家来说，社会化也是重要的。作家应该是有高度社会责任感的人，他必须深入社会、了解社会、适应社会，才能以自己的创作行为改造社会。一个拒绝社会化的作家是难以被人理解的。

然而上面所述，只是问题的一面。问题还有另一面。社会化是以"遵从"原则为特征的，他或多或少迫使个人放弃自己的原初的独特的观察、体验、理解和发现，不得不以社会多数人的见解为见解。于是在这里作家遇到了一个"二律背反"：社会化对作家是重要的，是他的社会责任感的表现；社会化迫使作家遵从社会规范，放弃自己原初的独特的观察和体验，使其童心和诗心或多或少受到削弱。作家如何处理好这个"二律背反"就成为他能不能保持艺术力量的一个关键。某些作家身上存在一种现象，即思想越进步而艺术越后退，其原因是复杂的，其中之一可能与社会化过速过深有关。越是社会化，越是深入社会，越是了解社会，思想也越是进步，与他人就会有更多的共识，这当然是很好的；但社会化的过速过深意味着自己原有的某些独特感受生活的能力和独特的观察视角的丧失，而这就是有的作家想进步而艺术退步的原因。如果这些作家要想阻止艺术退步，那么就必须获得其中社会化阻滞，以保持童心和诗心。即在社会化的同时，自觉地顽强地保留自己的一块独特的艺术视野。对作家而言，不社会化是不可能的，但过分社会化也是不可取的，在这里作家在社会与艺术之间保持适当的平衡就显得十分重要了。

  一个社会化过深的人，遵从心理紧紧地束缚着他，不敢越雷池一步，童心丧尽，完全失去独立思考和感受生活的能力，是不宜当作家的。因为这种人，几乎在所有的社会情境中，对偏离的恐惧都是一个基本的因素。人们不想突出自己而与众不同，总想与别人差不多。一个面临着与群体意见不一致的是不愿偏离的。他想要群体喜欢他、优待他、接受他。他害怕如果他与群体意见不一致，群体会讨厌他、虐待他或驱逐他。为了避免这些后果，他总是趋于遵从。作家是所有人中最能发出自己独特的声音的人，一旦他在过分的社会化中，怀着偏离的恐惧，他也就失去了真正的艺术家的勇气，他写出来的不过是迎合群体和世俗的东西，那么他拿什么去面对读者的期望呢？所以作家在社会化的同时，又获得某些社会化阻滞，而不随波逐流，在某种程度上"孤立自己"，这样才能保持一片童心去面对世界，并怀着坚定的信心，敢写自己之所感，敢道自己之所见，敢发自己之声音，像儿童那样敢毫无畏惧地宣布自己对生活的独特发现。也许伟大的作家就在毫无畏惧地宣布自己对生活的独特的发现中诞生。

（原载《文学评论》1993 年第 4 期，后引文及注释作了修改）

第三辑

文体诗学

中国古代文体论述要

从文学传统上看，中国是一个十分讲究文体的国度。长期的文学活动，创造了数以百计的文学文体。西周到春秋中叶，仅《诗经》就有风、雅、颂不同体裁之分，就有赋、比、兴不同语体之分。春秋至战国末年，百家争鸣，诸子散文兴盛一时，史传文学也蓬勃发展。战国后期出现的楚辞，在诗歌文体上掀起了一次革命。汉代则出现了极盛一时的汉赋，诗体方面则有乐府。魏晋南北朝时期，文学进入自觉时代，达到成熟境界，后来的各种诗体也开始萌芽或得到确立，骈文的出现则标志着此时文体创新精神的高扬。降及唐代，近体诗成熟，各体皆备，诗歌创作达到高峰。传奇这种文体为后来小说的发展打下了基础。晚唐、五代及宋，词的兴起和极盛则标志着又一种新文体汇入众多的文体之流。其后，元曲、元杂剧、明清小说等又应时代的召唤而登上文坛，开出了灿烂的花朵。文随世移，体以代变，各个时代在文体上都有自己的创造和突破，诚如明代胡应麟在《诗薮》中所说：

曰风、曰雅、曰颂，三代之音也。曰歌、曰行、曰吟、曰操、曰辞、曰曲、曰谣、曰谚，两汉之音也。曰律、曰排、曰绝句，唐人之音也。诗至于唐而格备，至于绝而体穷。故宋人不得不变而之词，元人不得不变而之曲。词胜而诗亡矣，曲胜而词亦亡矣。明不致于工作，而致于述；不求多于专门，而求多于具体，所以度越元、宋，苞综汉、唐也。

与文学体裁的丰富和发展同时，历代作家在语体和风格上的创造，更是用力甚勤，杜甫"语不惊人死不休"的诗句，概括了历代作家文体追求的强烈愿望和创作壮志。在文体上的不断追求，不断创造，不断超越，成为中国古代文学活动的鲜明特征。

文体的大国必然也是文体论的大国。中国古代文论在文体问题上的新鲜、独到、深刻的论述，值得我们认真地加以总结和吸收，这里仅就文体概念的涵义和文体变异诸因素这两个问题作一粗略的探讨。

一、文体概念的涵义

"体""文体"是中国古文论中经常出现的概念。而多数论者仅仅把它归结为"体裁"。这种简单化的理解不符合中国古代文论的实际。在中国古代文论中，"体""文体"的涵义很丰富，起码可以分为三个层次：

（一）文体的第一层次——体裁的规范

"体""文体"首先是指作品的体裁、体制，不少论者主要就在这一层次上进行探讨。

中国古代文论关于体裁、体制的理论非常丰富，它主要集中在体裁的重要意义、体裁的明辨和体裁的分类三个问题上。

首先,古人对体裁、体制十分重视,提出了"文章以体制为先"①的思想。《尚书·毕命篇》将"辞尚体要"与"政贵有恒"并举。墨子也说过:"立辞而不明于其类,则必困矣。"《尚书》《墨子》所述,可能是我国文体论的起源。刘勰说:"夫才童学文,宜正体制,必以情志为神明,事义为骨髓,辞采为肌肤,宫商为声气。"②创作之前,"宜正体制",创作之后,要"不失体裁"。明朝徐师曾说:"夫文章之有体裁,犹宫室之有制度,器皿之有法式也。……苟舍制度法式,而率意为之,其不见笑于识者鲜矣,况文章乎!"③ 明代顾尔行也说:"尝谓陶者尚型,冶者尚范,方者尚矩,圆者尚规,文章之有体也,此陶冶之型范,而方圆之规矩也。"④ 创作必须合乎体制,写诗要像诗,写小说要像小说。古人强调:"凡文章体制,不解清浊规矩,造次不得制作,制作不依此法,纵令合理,所作千篇,不堪施用。"⑤ 当然也有人认识到,体裁的规范不是死板的、绝对的,应有一定的灵活性,"定体则无,大体则有",在遵守体裁规范的前提下,允许变形,允许创造,允许丰富,允许发展。

其次,既然体制如此重要,那么"辨体"——辨明各类文体之异同——就成为一项重要的理论课题。历代文体学家都在"辨体"上进行了反复探讨,在他们看来,"文各有体",若"以文为诗",或"以诗为文",就如同接错了榫,是万万不行的。

古人探讨得比较多的是诗与文的区别、诗与词的区别。

诗与文的区别,金代元好问说:"诗与文,特言语之别称耳,有

---

① 倪思语,转引自吴纳《文章辨体序说·诸儒总论作文法》。
② 刘勰:《文心雕龙·附会》。
③ 徐师曾:《文体明辨序》。
④ 顾尔行:《刻文体明辨序》。
⑤ 遍照金刚:《文镜秘府论·论文意》。

所记述之谓文，吟咏情性之谓诗，其言语则一也。"① 他说文主记述，诗主抒情，这是不错的；但说诗、文语言没有区别，就欠妥当。明代李东阳说："夫文者言之成章，而诗又其成声者也。章之为用，贵乎纪述铺叙，发挥而藻饰；操纵开阖，惟所欲为，而必有一定之准。若歌吟咏叹流通动荡之用，则存乎声，而高下长短之节，亦截乎不可乱。虽律之与度，未始不通；而其规则，则判而不合。"② 他比较具体地说明了诗与文在语言上的不同，弥补了元好问论点之不足。明代王文录认为："文显于目也，气为主；诗咏于口，声为主。文必体势之壮严，诗必音调之流转。是故文以载道，诗以陶性情，道在中矣。"③ 他强调文必须有气势，诗必须音调流转，这点区别也很重要，清代吴乔说："又问'诗与文之辨？'答曰：'二者意岂有异？唯是体制辞语不同耳。意喻之米，文喻之炊而为饭，诗喻之酿而为酒；饭不变米形，酒形质尽变；啖饭则饱可以养生，可以尽年，为人事之正道；饮酒则醉，忧者以乐，喜者以悲，有不知其所以然者……"④ 通过比喻把诗与文不同的审美特性作了生动有趣的揭示。综观诸论，说明了以下几点：一、文主叙事言道，诗主抒情言志；二、文讲究气势之贯注，诗讲究声韵之婉转；三、文主"醒"，要明确达意，诗主"醉"，要含蓄朦胧；四、文以载道，重实用，诗以冶情，重塑灵。

诗与词作为中国古代发展到极致的文体，同中有异，异中有同。古人对此多有辨析。认为词是"诗余"，就是指诗的变体，词起源于诗，与诗有许多通同之处。宋代朱熹说："古乐府只是诗，中间却添

---

① 元好问：《遗山先生文集》卷三十六。
② 李东阳：《怀麓堂集》文后卷三《春雨堂稿序》。
③ 王文录：《文脉》。
④ 吴乔：《答万季野诗问》。

许多泛声。后来人怕失了那泛声,逐一声添个实字,遂成长短句,今曲子便是。"① 词由诗演变而来,二者在抒写真性情、真景物上是基本相同的。清代田同之说得很清楚:"词与诗体格不同,其为摅写性情,标举景物,一也。若夫性情不露,景物不真,而徒然缀枯树以新花,被偶人以衮服,饰淫靡为周、柳,假豪放为苏、辛,号曰诗余,生趣尽矣。亦何异诗家之活剥工部,生吞义山也哉!"② 抒情写景的真切生动,诗与词是一致的。但古人又认为,诗与词又有很大差异。第一,词与诗在音律、用字和语调上很不相同。宋代沈义父说:"词之作难于诗。盖音律欲其协,不协则成长短之诗;下字欲其雅,不雅则近乎缠令之体;用字不可太露,露则直突而无深长之味;发意不可太高,高则狂怪而失柔婉之意。思此,则知其所以难。"③ 从音律、下字、用字和发意四个角度,正确地说明了词区别于诗的特点。第二,古人认为词与诗在意象的营构上也有区别。明代朱承爵说:"诗词虽同一机杼,而词家意象亦或与诗略有不同。句欲敏,字欲捷,长篇须曲折三致意,而气自流贯乃得。"④ 第三,从更深层次上说,古人认为词与诗在意味、格调上也有所不同。宋代张炎认为:"簸弄风月,陶写性情,词婉于诗;盖声出莺吭燕舌间,稍近乎情可也。"⑤ 又明代李开先说:"词与诗,意同而体异,诗宜悠远而有余味,词宜明白而不难知。以词为诗,诗斯劣矣;以诗为词,词斯乖矣。"⑥ 从不同的侧面说明了词婉约明白而诗悠远含蓄的

---

① 朱熹:《朱子语类》。
② 田同之:《西圃词说》。
③ 沈义父:《乐府指迷·论词四标准》。
④ 朱承爵:《存余堂诗话》。
⑤ 张炎:《词源·赋情》。
⑥ 李开先:《李开先集·闲居集·西野春游词序》。

不同意味和格调。

其三，在辨体的基础上进行文体分类，这一直是历代文体学家所做的一项重要工作。文体分类可以追溯到先秦时期，《诗经》是当时的诗歌总集，《尚书》是当时的散文集，这种将诗与文汇成不同集子的做法，就表明了当时的人们已具有分体分类意识了。《诗经》又分为风、雅、颂三类，《尚书》又分为典、谟、训、诰、誓、命六类，说明古人已能根据作品体制和用途进行较具体的分类工作。但真正的文体流别论殆发轫于魏晋以后。曹丕《典论·论文》正式提出文体分类问题，他把当时文体分为"奏议""书论""铭诔""诗赋"四科。晋初陆机《文赋》也具体谈到了文体的分类问题，他将作品分为诗、赋、碑、诔、铭、箴、颂、论、奏、说等十类，并简明扼要地说明了各类文体的特点。稍后于陆机的挚虞作的《文章流别志论》，论述各类文体的性质、起源和演变，真正是一部文体论专著。他还撰有《文章流别集》，是一部选辑各种作品的总集，按文体编排，可以见出各类文体的区别和源流。可惜这两部书均已亡佚，仅在《艺文类聚》《太平御览》中存有《志论》的片段佚文。从这片段佚文中，可以看见该书至少论列了颂、赋、诗、七、箴、铭、诔、哀辞、解嘲、碑、图谶等十一类文体。与挚虞的《文章流别论》同时，还有李充的《翰林论》，此书也是文体论专著，唐初时已亡佚，仅存残文。从残文看，论列到的文体有书、议、赞、表、驳、论、奏、檄等八类。

我国第一部按体区分、从类编排的著名文学总集是梁代萧统的《昭明文选》，全书收录了周代至六朝梁以前七八百年间一百三十多个作者的诗文七百余篇，其分类之具体细致，是空前的，并对后代文体分类影响巨大，特将文体分类细目抄录如下：

第一、赋类 1. 京都赋；2. 郊祭赋；3. 耕籍赋；4. 畋猎赋；5. 纪行赋；6. 游览赋；7. 宫殿赋；8. 江海赋；9. 物色赋；10. 鸟兽赋；11. 志赋；12. 哀伤赋；13. 论文赋；14. 音乐赋；15. 情赋。

第二、诗类：1. 补亡诗；2. 述德诗；3. 劝励诗；4. 献诗；5. 公宴诗；6. 祖饯诗；7. 咏史诗；8. 百一诗；9. 游仙诗；10. 招隐诗；11. 游览诗；12. 咏怀诗；13. 哀伤诗；14. 赠答诗；15. 行旅诗；16. 军戎诗；17. 郊庙诗；18. 乐府诗；19. 挽歌；20. 杂歌；21. 杂诗；22. 杂拟。

（以下各类不再有子目）

第三、骚类。第四、七类。第五、诏类。第六、册类。第七、令类。第八、教类。第九、策类。第十、表类。第十一、上书类。第十二、启类。第十三、弹事类。第十四、笺类。第十五、奏记类。第十六、书类。第十七、移书类。第十八、檄类。第十九、难类。第二十、对问类。第二十一、设论类。第二十二、辞类。第二十三、序类。第二十四、颂类。第二十五、赞类。第二十六、符命类。第二十七、史论类。第二十八、史述赞类。第二十九、论类。第三十、连珠类。第三十一、箴类。第三十二、铭类。第三十三、谏类。第三十四、哀文类。第三十五、碑文类。第三十六、墓志类。第三十七、行状类。第三十八、吊文类。第三十九、祭文类。

萧统对文体分类的贡献可以归结为如下两点：第一，他的《文选》首次在文论史上划清了文学与非文学的界线。在《文选》中，他专收具有文学性的诗、赋和骈文，而不收非文学性的先秦的经、史、子著作，并在《文选序》中指出诗、赋、散文这些"篇章"不同于经、史、子的特点在于它们"以能文为本"。"能文",是指"事出于沈思,义归乎翰藻",即通过艺术构思并用美丽的辞藻加以表现的文学品格。这一认识,不但使萧统能根据一定的标准编选出一部很有意义的诗文集,而且对于促进文学的自觉和独立产生了极其深远的影响。第二,他搜集了自先秦至梁代丰富、完整的材料,进行全面仔细考校,按类区分,类下系文,成功地完成了文体分类工作,这点与前此曹丕等人那种举例式的说明大不相同。

梁代,与《昭明文选》几乎同时出现的,还有刘勰的《文心雕龙》。这部体系最恢宏、结构最紧密的"体大而思精"(章学诚语)的文学理论专著,涉及了文体论、创作论、作品论、鉴赏论等丰富内容,而文体论则是其着重阐述的方面。全书十卷,分上、下编,共五十篇,从卷二"明诗"至卷五"书记"的二十篇,都是文体论,从其所占分量看,《文心雕龙》也可看作是文体论专著。二十篇篇名标出的文体有三十三类:诗、乐府、赋、颂、赞、祝、盟、铭、箴、诔、碑、哀、吊、杂文、谐、隐、史传、诸子、论、说、诏、策、檄移、封禅、章、表、奏、启、议、对、书记。总论中的"辨骚",实际上也是文体论。此外,在大类下还分细类,如"论说"篇又分传、注、评、序、引等,"书记"篇又分谱、籍、薄、录、方、术、占、式、律、令、法、制、符、契、券、疏、关、刺、解、牒、状、列、辞、谚等。《文心雕龙》对文体分类的贡献有以下三点:第一,它以当时流行的"文"与"笔"的区别为分类基础,但又不囿于文、笔之分。以文、笔来区分文章体裁开始于晋代,流行于齐、梁。所谓"文"是指韵文,所谓"笔"是指非韵文,刘勰说:"今之常言,有文有笔,以为无韵者笔也,有韵者文也。"① 《文心雕龙》

---

① 刘勰:《文心雕龙·总术》。

的文体分类,基本上按文笔两大类区分,刘师培《中古文学史》中写道:"《雕龙》篇次言之,由第六迄第十五,以明诗(按实际上应从《辨骚》算起)、乐府、诠赋、颂赞、祝盟、铭箴、诔碑、哀吊、杂文、谐隐诸篇相次,是均有韵之文也;由第十六迄于第二十五,以史传、诸子、论说、诏策、檄移、封禅、章表、奏启、议对、书记诸篇相次,是均无韵之笔也。此非《雕龙》隐区文笔二体之验乎?"这种分法有一定道理,如把有韵之诗、赋跟一般文章区别开来了。但显然也有不足,因为在魏晋之前,中国并未进入文学自觉时代,文史哲不分家,许多具有文学性的篇什就夹杂在诸子、史传中,严格地以"文""笔"来区分文学与非文学并不科学。鉴于此,刘勰在《文心雕龙》中,一方面以"文""笔"作为分类的基本依据,所谓"论文叙笔,则囿别区分";另一方面又扩大"笔"的范围,把诸子、史传也包括进来。这样做虽不免把文学与非文学的界线弄模糊了,但比较符合中国古代文学发展的独特情况。第二,《文心雕龙》对文体分类的贡献主要在于它开创了一个纵深地阐明文体特点的方法。刘勰在阐明各类文体特点时,都遵循"原始以表末,释名以章义,选文以定篇,敷理以举统"① 的步骤和原则。"原始以表末",是推求各体的来源,叙述它的流变;"释名以章义"是解释各体的名称,显示它的意义;"选文以定篇",是选取有代表性的作品以说明文体的特征;"敷理以举统",是阐明各类文体写作的理论依据和规格要求。《文心雕龙》二十篇文体论都按这样四个纵深层次论列,具有完整、周详而具体的特征。这在古代文体论中是空前绝后的。第三,《文心雕龙》在进行文体分类时,对相近的文体进行了必要的比较,使人对其同异有清楚了解,这是一件艰难而细致的工作,

---

① 刘勰:《文心雕龙·序志》。

刘勰在这方面也竭尽全力，达到了目的。但《文心雕龙》在文体分类上也有局限，刘勰标榜"五经"为"文之枢纽"，是众体之源，把经书抬到各体之上，就有失偏颇，这是因刘勰的征圣、宗经、原道的文学观点所致。

唐、宋以降，各代所编的文章总集不可计数，它们大多受《文选》的影响按体编排，依类收文，如宋人姚铉编《唐文粹》，规模也不小，就一味效法《文选》。在文体分类学上，守成有余，创新不足。只是宋代真德秀的《文章正宗》化繁为简，把文章分为辞命、议论、叙事、诗赋四大门，在门下系类，开了后世分门系类的先河，较富于新意。明代又出了两部文章总集是吴纳的《文章辨体》和徐师曾的《文体明辨》。此二书的"序说"部分，对各类文体从名称、性质、源流上都作了较详尽的说明，具有文体论性质，但在文体分类上除在文体上有所扩充之外，"分类碎杂"的弊病并未克服。清代桐城派古文家姚鼐编选《古文辞类纂》，以自己的眼光选录了自战国至清代的古文辞赋，将文体划为十三类，依次为论辨、序跋、奏议、书说、赠序、诏令、传状、碑志、杂记、箴铭、颂赞、辞赋、哀祭。书首有序目，论述各类文体的特点和源流演变，其中不乏新的识见。但在文体分类学上也还缺乏严格的科学归纳，姚鼐功不可没，然而他对前人的超越也很有限。直到清末，梁启超在《中学以上作文教学法》一文中的分类法才进了一步，他认为文章种类可从思想的路径区分：（一）以客观的吸收进来的事物为思想内容者，这是从五官所见所闻……吸收进来的；（二）以主观的发出来之意见为思想内容者，这是从心里而发出来的。第一种是记叙之文，第二种是论辩之文。他认为世间文章不外此两种。他既立大纲，又分项目，表如下：

第一类　记叙之文		第二类　论辩之文
记静态的	记动态的	
静中之静——如书籍提要、记画、记建筑等	动中之静——如做已死的人的传状	说喻——对个人，或某部分人，发表意见，劝其信从
		倡导——对全国人，或全世界人，标举主义，使其信从
静中之动——如记一刹那的风景等	动中之动——如记尚在进行中的战事	考证——或纯粹考证事理，或以为说喻倡导批评对辩之根据
		批评——批评他人的主张或著作
		对辩——或答复他人的批评，或自己假设问答

梁启超从文章内容主要是来自客观还是来自主观着眼，把文章分为记叙文和论辩文，这是有一定科学性的，带有现代思维的特点。但由于他只着眼于内容，没有把内容和形式统一起来考虑，视野不够开阔，方法不够细密而且连诗词歌赋也没有位置。

黄侃在谈到古代文体分类时曾说过："详夫文体多名，难可拘滞，有沿古以为号，有随宜以立称，有因旧名而质与古异，有创新号而实与古同，此唯推迹其本原，诊求其旨趣，然后不为名实玄纽所惑，而收以简驭繁之功。"[①] 他在这里谈了对古文论文体分类上的混乱、碎杂的不满。只有真正的科学方法才能进行科学的归纳、整理、分类，才能"收以简驭繁之功"。需要指出，中国古文论文体分类学还有一个致命的弱点，那就是受儒家封建传统思想的影响，在

---

① 黄侃：《文心雕龙札记》，周勋初导读，71页，上海，上海古籍出版社，2000。

分类时，始终只把诗文作为对象，而把戏曲、小说以及其他俗文学或排斥在外，或极少涉及。缺少戏曲、小说等的文体分类显然是不完整的。

（二）文体的第二层次——语体的创造

长期以来，我国古代文论中关于"体""文体"的研究，只涉及体裁和风格两个概念，认为"体""文体"或是指不同文类的体统、体制、规则，或是指作家创作个性在作品的内容和形式统一中所形成的总特色——风格，有的学者在研究中，也感觉到了"体""文体"的内涵一下子就从体裁跨到了风格，中间跨度太大，缺乏中介概念，难以把"体""文体"解说清楚，于是就提出了"文体风格"这个概念置于体裁和风格之间，作为一个从体裁过渡到风格的中介概念。这种思路无疑是对的，但按他们的理解，"文体风格"是指不同的文学体裁由于从不同的方面去概括生活，各有着与它自己相适应的特殊内容，因而带来了风格上的差异，因此体裁对风格有着制约作用，这种由于不同体裁所导致的不同风格，就叫"文体风格"。在这种概念的支配下，有些论者把曹丕、陆机、刘勰对不同文体的"文辞气力"的规定，都称为"文体风格"无可否认，由于不同体裁所要求的内容和表现形式不同，也会或多或少影响作品的面貌，一首二十字的五言绝句和长达数百万字的长篇小说给人的印象是很不相同的。然而认为体裁可以决定、制约风格，并提出"文体风格"这一概念，这未必是科学的。因为严格的风格定义必须包括作家的创作个性，无论中外，风格从根本上说是与作家的创作个性相关的东西，是作为成熟的创作个性在作品内容和形式相统一中按下的印记。风格是指"个别艺术家在表现方式和笔调曲折等方面完全见出他的人格的一些特点"，风格作为艺术独特性的标志，总是

"揭示出艺术家的最亲切的内心生活"①。离开作家的人格,创作个性和活跃的内心生活,根本就谈不到风格,某种体裁对作品内容和形式及其初步的表面的、一般的规定,至多只能影响到作品的状貌,根本决定不了作为艺术作品审美最高范畴的风格。从这个意义上说,"文体风格"这个概念是不科学的。

从古文论的实际出发,某些论者所讲的"文体风格",实际上是语言体式,或者可以简称之为语体、语势。语体、语势是古人对"体""文体"解说的更深层面,而且是十分重要的层面。一般认为,一定的体裁在语体、语势上有特定的要求。

最早把体裁和语体联系起来考虑的是《周礼·春官》:"太师教六诗:曰风、曰赋、曰比、曰兴、曰雅、曰颂。"《诗大序》把"六诗"改为"六义":"《诗》有六义焉:一曰风、二曰赋、三曰比、四曰兴、五曰雅、六曰颂。"风、雅、颂是《诗经》中三种不同体裁,赋、比、兴是什么,后人说法不一,至今仍是文论家们的一个热门话题。我的意见是赋、比、兴都是诗的表现方法,更具体地说是由不同的修辞手段所形成的不同语体。朱熹《楚辞集注》说:"赋则直陈其事,比则取物为比,兴则托物兴词。"他的解释最为简明扼要,也较接近《诗经》的实际。赋——直陈其事,相当于现在的叙述语体;比——取物为比,以彼物喻此物,是明喻语体;兴——托物兴词,"先言他物以引起所咏之词","先言他物"与后面"所咏之词"之间,没有像比那样明显的类比关系,但有一种若隐若现的对应关系,实际上是一种隐喻或象征,可以说是隐喻、象征语体。

语体、语势作为"体""文体"的中介概念,其自觉成熟期是魏晋南北朝。曹丕《典论·论文》已把不同体裁对语体的不同要求

---

① 黑格尔:《美学》第1卷,朱光潜译,373页,北京,商务印书馆,1979。

作了规定。"夫人善于自见,而文非一体,鲜能备善,是以所长,相轻所短。"这里的"体"显然是指体裁,意思是说文学体裁很多,对一个作家而言,他必然有所擅长,而不可能各种文学体裁都把握。又说:"夫文本同而末异,盖奏议宜雅,书论宜理,铭诔尚实,诗赋欲丽,此四科不同,故能之者偏也,唯通才能备其体。"这里的"体"已不是指体裁,因为这里的八种体裁——奏议、书论、铭诔、诗赋——被合称为"四科","唯通才能备其体"的"体"是指"四科"分别要求的雅、理、实、丽四种不同的语体。"雅"是指适宜于奏议体裁的雅正语体,"理"是指符合于书论的说理议论语体,"实"是指适应于铭诔体裁的简洁、纪实语体;"丽"则是指符合于诗赋的或美丽或秀丽或壮丽或艳丽的语体,"丽"是一个很泛的用语,一般不能用来说明具有专门特殊的风格。

陆机的《文赋》继承了曹丕的论述,他说:"体有万殊,物无一量,纷纭挥霍,形难为状……诗缘情而绮靡,赋体物而浏亮,碑披文以相质,诔缠绵而凄怆,铭博约而温润,箴顿挫而清壮,颂优游以彬蔚,论精微而朗畅,奏平彻以闲雅,说炜晔而谲诳。"又说:"其为物也多姿,其为体也屡迁。"陆机的中心意思是,客观事物多样而复杂,反映这种客观事物的体裁和与体裁相适应的语体,也应多种多样。他一口气举了诗、赋、碑、诔、铭、箴、颂、论、奏、说十种体裁,一一规定它们写什么和怎么样。所谓"诗缘情而绮靡,赋体物而浏亮",就是讲诗主要是表现、抒发感情(缘情),与表现、抒发感情相适应,就必须运用"绮靡"的语体写作,"绮靡"是指什么?过去有人把它理解为"浮艳""侈丽",从而批评陆机提倡奢华的文风,这种批评不符合陆机的原意。近人周汝昌指出,"绮"本义是一种素白色织纹的缯,《汉书》注:"即今之所谓细绫也"。《方言》说:"东齐言布帛之细曰'绫',秦晋曰'靡'。""绮靡"连用,是同义复词,本义为细好。这就是以布帛的细好来说明诗作为"缘情"的体裁必须以细微精妙的语体与之相匹配。"浏亮",即清明畅达,也是一种语体,这是由赋这种写景陈事(即"体物")所要求的。总之,我以为把"绮靡""浏亮"等理解为文体(体裁)所要求的语体规范,比理解为"文体风格"更符合陆机的原意。

曹丕、陆机之后,沈约《宋书·谢灵运传论》关于"文体三变"的提法特别值得重视:"自汉至魏四百余年,辞人才子文体三变,相如工为形似之言,二班长于情理之说,子建、仲宣以气质为体,并标能擅美,独映当时,是以一世之士,各相慕习。"沈约论述自汉至魏四百年间诗赋的发展,所说的"文体三变",显然不是指诗赋体裁的变化,也不是指风格三次变化,因为"形似""情理""气质"皆非风格用语。而是指语言体式的三次转变,即从司马相如铺张语体(擅长铺写事物形状的"形似之言")→班彪父子逻辑语体(擅长说理抒情的"情理之说")→曹植、王粲的质朴、含蓄语体(擅长揭示事物内蕴、富于风骨的"以气质为体")三次语体的变化,这与作家的创作个性相关,也与时代的演变相关。

曹丕、陆机等人把"体""文体"分为体裁和语体两个层次,并且又把两个层次联系起来,揭示体裁要跟语体相匹配的规律,这是中国古代文体学上的一个重大发展,功不可没。但他们的论述留下了一个很大的问题,即语体要与体裁相匹配的同时,作家还有没有自由创造的可能呢?这个问题刘勰的《文心雕龙》很好地解决了,从而使文体学上了一个新台阶。

刘勰《文心雕龙》涉及"体""文体"问题的篇章约占全书二分之一,其中《体性》《定势》《通变》《风骨》等篇文体理论更为精辟,各篇要相互参照,才能求得对刘勰的文体论的准确理解。我认为,刘勰文体论的总原则是在《风骨》篇和《通变》篇中提出来的：

> 若夫熔铸经典之范，翔集子史之术，洞晓情变，曲昭文体，然后能孚甲新意，雕画奇辞。昭体，故意新而不乱；晓变，故辞奇而不黩。①
>
> 夫设文之体有常，变文之数无方，何以明其然耶？凡诗赋书记，名理相因，此有常之体也；文辞气力，通变则久，此无方之数也。名理有常，体必资于故实；通变无方，数必酌于新声；故能骋无穷之路，饮不竭之源。②

这两段话可以相互参照。首先，刘勰提出了文体学的第一原则——"昭体"，就是"设文之体有常"，各种体裁都有固定的体制，有大体的规定，因为从《诗赋》到《书记》无论哪种体裁，都必然"名理相因""名理有常"，即不同体裁的名称和规则是世代相传的，历史形成的，固定了的。只有详悉和遵守不同体裁的体制、规则，才能"意新而不乱"。根据"昭体"的原则，刘勰在《定势》篇中规定了不同体裁有与之相匹配的语体、语势："是以括囊杂体，功在铨别，宫商朱紫，随势各配。章表奏议，则准的乎典雅；赋颂歌诗，则羽仪乎清丽；符檄书移，则楷式于明断；史论序注，则师范于核要；箴铭碑诔，则体制于宏深；连珠七辞，则从事于巧艳；此循体而成势，随变而立功者也。虽复契会相参，节文互杂，譬五色之锦，各以本采为地矣。"不同的体裁，要配以不同的语体、语势，如章表、奏议，要配以典雅语体，赋颂歌诗要配以清丽的语体，

---

① 刘勰：《文心雕龙·风骨》
② 刘勰：《文心雕龙·通变》

这叫"随势各配""循体而成势"。《定势》篇中就此打个比方,"圆者规体,其势也自转;方者矩形,其势也自安。文章体势,如斯而已"。"势"——语势——是由体裁的名理所规定的。将《定势》与《风骨》《通变》《体性》诸篇相互参照起来看,"势"即《通变》所指的"文辞气力"之势,这种"文辞气力"之势是"循体"而定的。体裁不同,文辞气力也随之不同,体裁要与文辞气力相匹配而"文辞气力"之势也就是语体、语势。《定势》说:"夫情因先辞,势实须泽。"情感先于文辞,文辞表达情感,根据情感来选择文辞,就要讲"势",即自然之势。"势实须泽",是指文辞形式方面的润饰。其次,刘勰又提出了文体学的第二原则,即"晓变"原则。所谓"晓变"就是在遵守不同体裁应配以不同语体、语势的前提下,作家要懂得对语体灵活创造,变化出新,这就是"变文之数无方""文辞气力,通变则久,此无方之数也"。值得特别注意,刘勰指出"有常"的是"体"(指体裁规则),而无方(无常规)的是"文辞气力"。"文辞气力"即作家可以自由创造的语言体式之类。"晓变"原则,才能"辞奇而不黩",才能"骋无穷之路,饮不竭之源"。刘勰认为有两种语体,一种是体裁所要求的语体,是作家们都应遵守的,如章表奏议必须选择与之匹配的典雅语体,赋颂歌诗必须选择清丽的语体,这由"昭体"原则所决定,是"定"的方面;另一种语体则是作家以自己独特的审美理想、审美趣味所选择的语体,是作家自由的创造,而文体的发展、丰富正有赖于作家对语体的充满灵性的自由创造,这由"晓变"原则所决定,是"不定"的方面,在文体问题上,刘勰高于曹丕、陆机之处,不在强调"昭体"原则的重要,而在"晓变"原则的提出。按刘勰的思想,"晓变"原则又有几条分原则:

第一,"晓变"要顺应自然,按"自然之趣""自然之势"去变化,"如机发矢直,涧曲湍回"①,完全按自然之势来变化。刘勰批评"近代辞人""率好诡巧",不能顺应自然之势,结果成了"讹势"(即伪体)。他认为:"新学之锐,则逐奇而失正;势流不反,则文体遂弊。"②违反"自然之势"文体创造必然失败。

第二,"晓变"要做到"奇正虽反,必兼解以俱通;刚柔虽殊,必随时而适用"③,即在语言体式上新奇和正规虽然相反,一定要加以融会贯通,刚健和柔婉虽然不同,也一定要在某种合宜的场合灵活运用,相克相生,相反相成;变化无穷,不可死守体裁的某些规则。

第三,"晓变"还必须遵守"契合相参"和"以本采为地"④的原理。"契"是两方面契合,"合"是各方面相通,就在作家写作中,各种语体可以参合起来运用。但又必须像织五色之锦,虽色彩斑斓,又还要有底色("以本采为地")做基础。对创作来说,作品既要有基本语调,但语调太平也不可取,要众声繁会,要仪态万千。

刘勰的"昭体""晓变"的文体学原则,既坚持了不同体裁的基本体制,又提出了作家在语体语势上可以有充分自由创造的空间,从而使作家笔下的语体千变万化,纷然杂陈。

刘勰之后,历代理论家、作家对语体有很多论述,或强调文体形成中语体创造的重要,如"为人性僻耽佳句,语不惊人死不休"(杜甫);或强调语言锤炼的功夫,如"二句三年得,一吟双泪流"(贾岛),"百炼成字,千炼成句"(皮日休);或强调语体中炼句的规律,如"我得茶山一转语,文章切忌参死句"(陆游),"须参活

---

① 刘勰:《文心雕龙·定势》。
② 同上。
③ 同上。
④ 同上。

句,勿参死句"(严羽);或强调语体中炼字的本领,如"诗以一字论工拙"(晁补之),"诗句以一字为工,自然颖异不凡,如灵丹一粒,点石成金也"(胡仔);或讲究语体的繁复与简洁、质朴与绮丽、自然与雕琢、平易与浅俗等等。其中有许多精辟之论。但总起来看,关于语体创造原则的论述,一般都未超出刘勰所论。

应该进一步说明的是,作为文体的一个层次的语体虽然还不是风格,但并非与风格无关,因为在作家的自由创造中,或多或少地活跃着作家亲切的内心生活,或多或少地体现了作家的创作个性,所以作为文体的中间层次的语体,已经向风格趋近,似乎可以说作家自由创造的语体是一种"准风格",它还不是真正的风格,但它向着风格延伸、成长。如果这一点可以肯定的话,那么语体就是一个作家的文体创造的突破点和生长点,其重要性是显而易见的了。

(三)文体的第三层次——风格的追求

语体若想完全成熟,就必然转化为对文体的最高和最后范畴——风格——的追求。古代文论对风格问题的论述也很多,归纳起来,主要有以下三点:

第一,把作家的创作个性与艺术风格联系起来,认为风格是作家独特的创作个性在作品内容与形式统一中的体现。关于作家与作品有密切关系的思想,发端于孟子,他在《万章》篇中说:"诵其诗,读其书,不知其人,可乎?"要真正弄明白作品,不了解作家本人的思想是不行的。显然,孟子是强调作品的思想与作家思想的内在联系,他并没有强调作家独特个性与风格的联系。但他把作品与作家相联系的方法,对后来文论产生了深远的影响。汉代司马迁的《史记·屈原列传》则把诗人的人品与作品风貌联系起来:"其文约,其辞微,其志洁,其行廉,其称文小而其指极大,举类迩,而见义远。其志洁,故其称物芳。其行廉,故死而不容自疏。濯淖污泥之中,蝉蜕于浊秽,以浮游尘埃之外,不获世之滋垢,皭然泥而不滓者也。"司马迁认为,屈原的作品风貌与其人品是对应的、一致的。这种人品与作品风貌的因果关系在东汉王逸的《离骚经序》中得到了进一步揭示:"《离骚》之文,依诗取兴,引类譬喻,故善鸟香草,以配忠贞;恶禽臭物,以比谗佞;灵修美人,比媲于君;宓妃佚女,以譬贤臣;虬龙鸾凤,以托君子;飘风云霓,以为小人,其词温而雅,其义皎而朗,凡百君子,莫不慕其清高,嘉其文采,哀其不遇,而愍其志焉。"王逸的说法,已从诗人的独特性格和命运来理解作品风貌,比司马迁又进了一步。魏晋南北朝时期,钳制人的儒家思想受到削弱,加之清议流行,品评人物的气度、襟怀、才能在社会上形成风尚,作家的情性与作品风格具有内在联系的文学思想趋于成熟,真正的风格论也正是在这一过程中产生。首先是曹丕的《典论·论文》,他强调作家的气质才性和作品的关系,漫论建安七子,指出其作品各有长短,这都与他们的气度情性密切相关。他特别强调"气"的作用,如说"徐干时有齐气""孔融体气高妙""公干有逸气",他所说的"气",就作家而论,是指作家的气质、气度、才性等。将这些"气"灌注到作品中,就成了作品的风格。其次,陆机的《文赋》更直接将作家的个性与作品的风格一一对应起来:"诗目者尚奢,惬心者贵当,言穷者无隘,论达者唯旷。"曹丕、陆机的论点对刘勰产生了直接的影响,刘勰《文心雕龙·体性》则标志了中国古文论中风格论的完全成熟。《体性》篇的"体",已不是指体裁,而是指体貌,即风格,"性"则是指情性、才性,即创作个性。刘勰在《文心雕龙·体性》一开头就写道:

夫情动而言形,理发而文见,盖沿隐以至显,因内而符外者也。然才有庸隽,气有刚柔,学有浅深,习有雅郑,并情性所铄,陶染所凝,是以笔区云谲,文苑波诡者矣。故辞理庸隽,莫能翻其才;风趣刚柔,宁或改其气;事义浅深,未闻乖其学;体式雅郑,鲜有反其习;各师成心,其异如面。

这段话的中心旨义是"各师成心,其异如面",意思是各人按照自己本性来写作,作品的风格就像各人的面貌一样彼此不同,"成心",来自《庄子·齐物论》:"夫随其成心而师之,谁独且无师乎。"郭象注释道:"夫心之足以制一身之用者,谓之成心。""成心"是作家内在的独特素质,也就是创作个性,作家都是凭借着自己的创作个性进行创作的,因此其作品的风格必然符合其创作个性,有多少创作个性,就会有多少艺术风格。创作个性是"隐"在,风格是"显"在,创作个性是"内"在,风格是"外"在,这就是"沿隐以至显,因内而符外",因此"吐纳英华,莫非情性",作品是否达到炉火纯青,完全取决于作家的情性,刘勰一口气举了十二位作家及其作品风格为例,证明他的"表里必符"的原则。自此以后,文品即人品,文如其人的思想在古代文论中扎下了根,历代多有论述。比较突出的如清人沈德潜,《说诗晬语》卷二写道:"性情面目,人人各具。读太白诗,如见其脱屣千乘;读少陵诗,如见其忧国伤时。其世不我容,爱才若渴者,昌黎之诗也;其嬉笑怒骂,风流儒雅者,东坡之诗也。即下而贾岛、李洞辈,拈其一章一句,无不有贾岛、李洞者存。倘词馈贫,工同肇悦,而性情面目,隐而不见,何以使尚友古人者,读其书,想见其为人乎?"沈德潜强调诗中必有诗人在,这同"吐纳英华,莫非情性"论点一脉相承。又如清人薛雪在《一瓢诗话》中写道:"郐快人诗必潇洒,敦厚人诗必庄重,倜傥人诗必飘逸,疏爽人诗必流丽,寒涩人诗必枯瘠……清修人诗必峻洁,谨勅人诗必严整,猥鄙人诗必委靡;此天之所赋,气之所禀,非学之所至也。"薛雪所强调则是人的性格与风格的必然联系,这与"表里必符"的思想也是一脉相承的。

第二,把形成风格内在依据的创作个性,分成先天与后天因素,并揭示二者的辩证关系。这一观点是刘勰提出来的。上面所引《体性》篇开头那段话中,刘勰把作家的创作个性分为两项四方面,就作家先天素质而言,包含了"才"与"气",刘勰说"才有庸儁,气有刚柔",认为作品的"辞理庸儁,莫能翻其才,风趣刚柔,宁或改其气";就作家后天修养而言,也包含了"学"与"习",刘勰说"学有浅深,习有雅郑",认为作品的"事义浅深,未闻乖其学,体式雅郑,鲜有反其习"[①]。刘勰认为才(才能)、气(气质)、学(学习)、习(习染)这四者构成了作家的创作个性,体现在作品的内容与形式的统一中,就转化为艺术风格。先天的才、气与后天的学、习在形成风格中哪个更重要呢?这两者又是什么关系呢?刘勰提出了"因性以练才"的原则,即要顺着性情和气质来锻炼才能。一方面,先天的才能、气质是基始性的东西,所谓"才力居中,肇自血气"[②],没有先天的基本条件,后天再勤奋,也不可能形成创作所需的个性和能力,就像一个歌唱家,若没有先天的嗓子条件,仅靠后天的锻炼是难以成材的,先天的条件绝不可忽视;另一方面,后天的学、习也是重要的,是形成创作个性和才能关键性的因素,所谓"陶染所凝""功以学成",所谓"习亦凝真,功沿渐靡",所强调的就是这一方面。这样看来,作家创作个性是先天的"才""气"与后天的"学""习"的统一,两者缺一不可,仅有先天之"性",而

[①] 刘勰:《文心雕龙·体性》。
[②] 同上。

无后天之"练"，先天的禀赋不能孕育成长，不能得到发挥；仅有后天之"练"，缺乏先天的"性"，就像那退化了的种子，再好的土壤、气候条件，施再多的肥，也不可能成长为茁壮的植株而开花结果。创作个性只能是在"因性以练才"中形成并成熟。

　　第三，把纷繁的风格加以归纳，分成若干基本类型。这方面的论述很多，举其要者有，刘勰的《文心雕龙·体性》把风格分成八类：典雅、远奥、精约、显附、繁缛、壮丽、新奇、轻靡；李峤《评诗格》将风格分为：形似、质气、情理、直置、雕藻、影带、宛转、飞动、情切、精华；王昌龄《诗格》将风格分为：高格、古雅、闲逸、幽深、神仙；皎然《诗式》将风格分为十九类：高、逸、贞、忠、节、志、气、情、思、德、诫、闲、达、悲、怨、意、力、静、远；司空图《诗品》将风格分为二十四种：雄浑、冲淡、纤秾、沉着、高古、典雅、洗炼、劲健、绮丽、自然、含蓄、豪放、精神、缜密、疏野、清奇、委曲、实境、悲慨、形容、超诣、亲逸、旷达、流动；严羽的《沧浪诗话》将风格分为九品：高、古、深、远、长、雄浑、飘逸、悲壮、凄婉；清人姚鼐将风格分成两大类：阳刚与阴柔；王国维以境界论词，在《人间词话》中将风格分为壮美与优美。在这些风格类型论述中，有的缜密，有的简略，各有其根据。我认为其中以刘勰和姚鼐的分类最有价值，应该得到更高的评价。刘勰在《文心雕龙·体性》中写道：

> 若总其归涂，则数穷八体……典雅者，熔式经诰，方轨儒门者也；远奥者，馥采典文，经理玄宗者也；精约者，核心省句，剖析毫厘者也；显附者，辞直义畅，切理厌心者也；繁缛者，博喻酿采，炜烨枝派者也；壮丽者，高论宏裁，卓烁异采者也；新奇者，摈古竞今，危侧趣诡者也；轻靡者，浮文弱植，

缥缈附俗者也。故雅与奇反，奥与显殊，繁与约舛，壮与轻乖，文辞根叶，苑囿其中矣。

与其他人所举的风格类型不同，刘勰不是随意列出八种风格类型。刘勰显然认为具体风格虽然多得不可胜数，但其分类是有规律可循的。他经过深入的精心的研究提出了两两相对的八种风格的基本类型，就像那照临大地的光线一样，可以有从烈日炎炎到日光惨淡千百种浓淡变化，若任取一缕光线加以分析，就会知道无论哪种情况下的光线都是由红、橙、黄、绿、青、蓝、紫七色光谱构成的。风格也是这样，尽管具体形态变化无穷，千差万别，但就其基本类型而言就是这八种，所谓"总其归涂，则数穷八体"，所谓"八体虽殊，会通合数，得其环中，则辐辏相成"①，这就把风格变化规律揭示了出来。还特别值得注意的是，刘勰将八种风格两两相对，构成对立的形态，如下图所示：

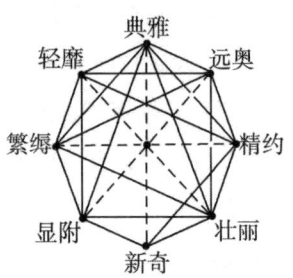

此图虚线两端是对立的，典雅与新奇对立，远奥与显附对立，精约与繁缛对立，壮丽与轻靡对立，实线相连的两端则是两种风格类型的结合所产生的其他风格，这样一来，则"八途包乎万变"。②

---

① 刘勰：《文心雕龙·体性》。
② 刘开：《孟涂骈体文》卷二《书文心雕龙后》。

刘勰关于风格类型及其变化的构思，显然受《易经》八卦图的影响。按八卦图所示，天地宇宙，包罗万象，变化万千，但产生这大千世界的基本元素只有八种：天、地、山、泽、水、火、风、雷。八卦就是这八种基本元素的符号。八卦相结合，变成六十四卦，再变三百八十四爻……八卦的变化无穷尽，宇宙万物也无穷尽。八卦也是两两相对，如天与地相对立，山与泽相对立，水与火相对立，风与雷相对立。宇宙就含蕴于这对立而又变化之中。这反映了古人的朴素唯物论和系统论思想。刘勰关于风格的类型对立及其变化的构想，可以说是将八卦及其变化的构思移植到作为意识领域的文学创作中来，因而也具有朴素辩证法和系统论思想，并且反映出风格类型划分的实际，是十分可贵的。刘勰对风格八种类型的划分是相当成功的，其不足是他一概排斥"新奇""轻靡"这两种风格类型，认为"新奇者，摈古竞新，危侧趣诡者也"，"轻靡者，浮文弱植，缥缈附俗者也"。这是缺乏具体分析的批评。当然一味趋奇走怪，一味轻飘奢靡是不好的，但新奇中也有独创之作，轻靡中也有清新之作，特别作为某种真正成熟的风格而出现时，就应该给予一席之地，而不能一概抹倒。也许刘勰对当时文风不正很反感，自有其理由在，但作为一种理论研究，就应该更客观，有更大的包容性，不能以自己的感情好恶作为标准。

姚鼐的风格分类学见于他的《惜抱轩文集》卷六《复鲁絜非书》：

> 文者，天地之精英，而阴阳刚柔之发也。……其得于阳与刚之美者，则其为文如霆，如电，如长风之出谷，如崇山峻崖，如决大川，如奔骐骥；其光也如杲日，如火，如金镠铁；其于人也，如凭高视远，如君而朝万众，如鼓万勇士而战之。其得

于阴与柔之美者，则其文如升初日，如清风，如云，如霞，如烟，如幽林曲涧，如沦，如漾，如珠玉之辉，如鸿鹄之鸣，而入寥廓；其于人也，漻乎其如叹，邈乎其如有思，暖乎其如喜，愀乎其如悲。观其文，讽其音，则为文者之性情形状举以殊焉。

司空图在《诗品》中把风格列为二十四种，姚鼐却仅把风格划为阳刚和阴柔两种，这种化繁为简的功夫首先就值得称赞。因为若想繁，不要说二十四种，就是二十四种的数倍也可以并不困难地列出来，但要精当地化繁为简，就不太容易，这需要有深入分析基础上的概括力。而更为重要的是，姚鼐的分类法，将人、人的心理状态、自然景观等混合起来分成阳刚和阴柔两大类，这与瑞典18世纪博物学家林奈的"林奈分类法"不谋而合，而且与格式塔心理学的"异质同构"论也十分相似，即认为人的心理与外界事物是不同质的，但它们的力的结构则可以相同，阳刚之人之心之物同是上升结构，阴柔之人之心之物同是下降结构。力的结构的不同，决定了风格的倾向。姚鼐的风格分类法已多少带点现代科学气息，这说明古文论的风格类型学到了清代已从感受式的论列上升到一种理性的认识。

上述古文论关于文体的三层面不是割裂的，而是相互联系的。体裁制约着一定的语体，语体发展到极致转化为风格。体裁、语体、风格不但相联系，而且也相融合，从而构成了一种整体性的气脉、神怀、韵致、境界、至味，而读者往往不是从文体的某一层面去感受、识辨文体，而是从作品的整体性的气脉、神怀、韵致、境界、至味中去感受、识辨文体。

二、文体变异诸因素

综观中国古代文学发展史，文体以代变。"诗文之所以代变，有不得不变者"①，那么这"不得不变"的原因是什么呢？中国古文论对这个问题作了深入的探讨，归纳起来，有以下三点：

（一）"文章体制，与时因革"——文体演变的外部因素

"天下无百年不变之文章，有作始自有末流，有末流还有作始。"② 任何一种文体都有它的产生、发展和消亡的变化过程。例如在汉代兴盛一时的汉大赋，随着时间的推移，就成为一种历史的陈迹。魏晋南北朝广泛流行的骈体文也早进了历史博物馆。就连唐代成熟的各种近体诗，虽至今还有少数人在作，但已很衰微，如强弩之末，终将走向灭寂。这是一种历史的趋势，任何人也无法改变它，还须说明的是，古文论中"文体"这一概念，不限于文学体裁，还包括语体、风格等。因此文体的演变是指体裁、语体、风格等变异而言，不单是某一文学体裁的兴衰荣枯。

那么，古人是怎样来解释文体演变的呢？首先着眼于时代，认为文体的演变根源于时代的作用，所谓"世道既变，文亦因之"（袁宏道语），所谓"文章应时而生，体各有当"（姚华语）。把文体变异的原因归于时代的变迁，首推梁代著名文论家刘勰。《文心雕龙·时序》提出了"时运交移，质文代变""文变染乎世情，兴废系乎时序"的原理，认为时代气运交替变化，重质与重文的文体也随时

---

① 顾炎武：《日知录》卷二十一。
② 袁中道：《珂雪斋文集·花云赋引》。

代交替而变化，文体的变异受时代情趣的制约，文体的荣枯受时代变迁的影响。刘勰指出，就文体的发展而言，十代九变，唐、虞、夏、商、周、汉、魏、晋、宋、齐十代，文体的风貌九次发生变化。这种种变化，与时代风气、世情变化密切相关。什么是时代的风气、世情呢？这种风气、世情又如何导致文体的变异呢？刘勰在谈到建安时代的文体时说："观其时文，雅好慷慨，良由世积乱离，风衰俗怨，并志深而笔长，故梗概而多气也。""世积乱离，风衰俗怨"，就是指战乱频繁、社会动荡、风气衰落、人心怨恨，这种世情、风气就必然激励一些关心世态的作者选择情志深刻、笔意悠长、激昂慷慨、气势旺盛的文体与风格。"三曹"与"七子"的作品就是这样文体与风格的代表，像曹操《龟虽寿》"老骥伏枥，志在千里，烈士暮年，壮心不已"的诗句，反映出那个动荡的时代，给人们带来了许多建功立业的机会，年暮之人也能积极进取，乐观奋进。这是时代所选择的"梗概而多气"的文体。刘勰在谈到西晋时代的文体时说："自中朝贵玄，江左弥盛，因谈余气，流成文体。是以世极迍邅（困难），而辞意夷泰；诗必柱下之旨归，赋乃漆园之义疏。故知文变染乎世情，兴废系乎时序，原始以要终，虽百世可知也。"西晋、东晋，政治局面不稳，社会极为不安定，人们惧怕政治，想逃避现实，不想有所作为，谈玄之风极盛，这种社会的世情、风气终于"流成文体"，诗、赋都以平淡怡静为美，这就说明了文体的变化系乎世情的变化，文体的兴衰系乎社会的变迁。对文体与时代关系，刘勰作了这样的结论："故知歌谣文理，与世推移，风动于上，而波震于下者也。"时代是风，文体是风所震动的波，波随风而动，时代是决定文体选择的重要因素。这一结论至今仍是科学的。刘勰之后，许多文论家都沿着刘勰所开辟的思路继续探讨，如明代李东阳在《怀麓堂诗话》中说："汉、魏、六朝、唐、宋、元诗，各自为体。

譬之方言，秦、晋、吴、越、闽、楚之类，分疆画地，音殊调别，彼此不相入，此可见天地间气机所动，发为音声，随时随地，无俟区别，而不相侵夺。然则，人囿于气化之中，而欲超乎时代土壤之外，不亦难乎。"明代汪道昆在《诗薮序》中也说："夫诗，心声也。无古今一也。顾体由代异，材以人殊，世有推迁，道有升降，说者以意逆志，乃为得之。"又姚华在《弗堂类稿》中的《曲海一勺》中说得更为透彻："夫文章体制，与时因革，时也既殊，物象既变，心随物转，新裁斯出……故事际一变，则文成一体，一治一乱，文运攸关，说似诡谲，理实寻常。"时代变化了，现实的面貌也就各异，作家的心理随之也发生了变化，而作家审美心理的变异直接导致笔下文体的变异。但总的看，后代文论家对文体与时代关系的论述，都未超出刘勰论述的范围与水平。

值得指出的是，刘勰和后代文论家，谈文体与时代关系时，更多看重各代统治者对文学的提倡，重视还是压抑、贬低，未能从经济基础与阶级斗争、民族斗争等基本方面来分析文体与时代的关系，这是一种局限。实际上，文体与时代的关系，应从经济发展状态、阶级矛盾状态等一些更深的层次去寻找。

（二）"因情立体，即体成势"——文体演变的因素

时代是形成文体的重要因素，但并非唯一因素。钱锺书说："余窃谓就诗论诗，正当本体裁以划时期，不必尽与朝政国家之治乱盛衰吻合。""唐诗、宋诗，亦非仅朝代之别，乃体格性分之殊。天下有两种人，斯分两种诗。唐诗多以丰神情韵擅长，宋诗多以筋骨思理见胜。""非曰唐诗必出唐人，宋诗必出宋人也。"又说："夫人禀性，各有偏至。发为声诗，高明者近唐，沈潜者近宋，有不期然而然者。""且又一集之内，一生之中，少年才气发扬，遂为唐体，晚

节思虑深沈，乃染宋调。若木之明，崦嵫之景，心光既异，心声亦以先后不侔。"① 钱锺书提出了诗的"体格性分"（即文体）与诗人的主观世界（禀性、气质、性情、精神状态等）的密切联系，不论哪个时代，都有"才气发扬""以丰神情韵擅长"的诗人，也有思虑深沉"以筋骨思理见胜"的诗人，所以在诗体上不论哪个时代都有诗人作唐体和宋体。就是同一个诗人，可能其青年时作唐体，其晚年时作宋体。这一论点十分深刻，而且与古文论家的观点一脉相承。

早在汉代，扬雄就提出了"言，心声也，书，心画也，声画形，君子小人见矣"② 的论点，这也就暗示出诗作为作家之言是其"心声"的抒泄，因此作家笔下的文体必然与其心灵世界密切相关，但真正把文体与作家的主观世界联系起来的还是刘勰。他说："夫情致异区，文变殊术，莫不因情立体，即体成势也。"③ 作家主观的情感方式不同，创作手法也各有不同的变化，但没有不是依照作家独特的情感方式来确定作品体制的，就着体制形成一种语体、文势。刘勰所说的"情致"，是指作家主观世界的特征，即作家独特的情感方式，或热烈，或深沉，或忧郁，或恬淡，或高扬，或沉潜，或外向，或内向，等等。情感方式的不同，使作家在创作中必然选择不同的作品体制，就是"因情立体"，作品体制又必然选择某种语体、文势，也就是"即体成势"。这里所讲和《体性》篇中的道理完全一致。

后来的文论家们沿着刘勰所开辟的思路前进，类似"文如其人"

---

① 钱锺书：《谈艺录》，1—5 页，北京，中华书局，1984。
② 扬雄：《法言·问神》。
③ 刘勰：《文心雕龙·定势》。

"诗品出于人品"的论述随处可见。值得重视的是清代学者叶燮关于才、胆、识、力的论述,他说"大凡人无才,则心思不出;无胆,则笔墨畏缩;无识,则不能取舍;无力,则不能自成一家""曰才,曰胆,曰识,曰力,此四言者所以穷尽此心之神明。凡形形色色,声音状貌,无不待于此而为之发宣昭著""大约才、胆、识、力,四者交相为济。苟一有所欠,则不可登作者之坛。四者无缓急,而要在先之以识"①。虽然叶燮主要谈的是作家创作应具备的主观条件,而没有直接谈到文体,但从其论述中也可体会到文体作为创作的一个重要方面,与作家主观条件才、胆、识、力息息相关,你有什么样的才、胆、识、力,你笔下的"形形色色,声音状貌"(包括了文体)就会是什么样的。概而言之,文体中寓含主体。主体性是文体产生的又一深隐原因。

值得注意的是,古人早已认识到,作家对其作品的内容可以伪装,明明是大奸贼,却可以在作品中忧国忧民,明明是无情者,却可以在作品中激情澎湃。这就是刘勰所批评的"为文而造情"。"故有志深轩冕,而泛咏皋壤,心缠几务,而虚述人外"②,热衷于高官厚禄,却空泛地歌唱田园隐居生活,一心牵挂着繁忙的政务,却空说遁世的情趣。元好问写道:"心画心声总失真,文章宁复见为人?高情千古《闲居赋》,争信安仁拜路尘!"③ 晋朝潘岳,趋炎附势,争名夺利,俗得不能再俗,据《晋书·潘岳传》记载:"岳性轻躁,趋世利,与石崇等谄事贾谧,每候其出,与崇辄望尘而拜。"但这样一个人却可以写出《闲居赋》《秋兴赋》等作品故作清高雅洁,这

---

① 叶燮:《原诗·内篇》。
② 刘勰:《文心雕龙·情采》。
③ 元好问:《论诗绝句三十首》。

就说明"文如其人",往往不表现在作家主观世界与其作品内容的符称上面,因为作品的内容是可以作伪的。但就文体而言,作家的心灵本色则必然要流露出来,他有怎样一种心胸,就必然会有怎样一种文体,就是想作伪也绝对做不到。唐顺之《答茅鹿门知县二》说:

> 今有两人,其一人心地超然,所谓具千古只眼人也,即使未尝操纸笔呻吟学为文章,但直据胸臆,信手写出,如写家书,虽或疏卤,然绝无烟火酸馅习气,便是宇宙间一样绝好文字。其一人犹然尘中人也,虽其颉颉学为文章,其于所谓绳墨布置,则尽是矣;然翻来覆去,不过是这几句婆子舌头语,索其所谓真精神与千古不可磨灭之见,绝无有也。则文虽工而不免为下格,此文章本色也。即如以诗为喻:陶彭泽未尝较声律,雕句文,但信手写出,便是宇宙间第一等好诗,何则?其本色高也。自有诗以来,其较声律,雕句文,用心最苦而立说最严者,无如沈约,苦却一生精力,使人读其诗,只见其捆缚龌龊,满卷累牍,竟不曾道出一两句好话。何则?其本色卑也。①

"本色"就是指作家的人品、胸襟、情感方式、思维方式等,必然要在文体上折射出来。陶潜本性超然绝俗,信手写出,也是高格文体;沈约本性狭小庸俗,即或较声律、雕文句,其文体终落"捆缚龌龊,满卷累牍"低格。任何作家在文体上都无法作假,他的心灵的一切都要在文体上曝光。记得美国著名诗人华尔脱·惠特曼也说过:"在你写的东西中,没有一个特征不是你自己身上的。如果你凶恶庸俗,那是逃不过任何人的眼睛的。如果你喜欢吃午饭的时候

---

① 唐顺之:《荆川文集》卷七,《答茅鹿门知县》。

背后站着一个仆人，那这也会表现在你作品里。如果你爱叨唠，好嫉妒，看女人的样子下贱，这些都会表现在你有意省略的地方，甚至将会表现在你尚未写出的东西里。"① 这意思是说，尽管你的作品中不会去写这些属于你的本性的东西，但在语气上、文势上、语体上、甚至你省略的地方，一句话，在你的文体上，你的心灵中的一切都是无法掩饰的，无论如何都要表现出来的。中国古代诗人中常有这一类趣闻，据说宋代"晏元献诗但说梨花院落、柳絮池塘，自有富贵气象；李庆孙等每言金玉锦绣，仍乞儿相"②。在这个问题上，钱锺书承继了古文论的思想，得出了比较清楚、明确的结论，他说："'心画心声'，本为成事之说，实少先见之明。然所言之物，可以饰伪：巨奸为忧国语，热中人作冰雪文，是也。其言之格调，则往往流露本相：狷急人之作风，不能尽变为澄澹，豪迈人之笔性，不能尽变谨严。文如其人，在此不在彼也。"③ 这里所说的"格调""作风""笔性"，实际上就是我们所说的文体。钱先生的意思是，作品的内容可以饰伪，所谓"巨奸为忧国语，热中人作冰雪文"，但其文体，则必然是"文如其人"，作家的主观世界——思想、性格、气质、情趣、情感方式、思维方式等等——是制约文体变异的重要因素。

（三）旧体难出新意，遁而作他体——文体演变的自身因素

文体的演变除了上述时代的客观原因和作家的主观原因之外，还有文体自身运动的原因。文体不但以代变，而且某种文体发展到

---

① 转引自魏列萨耶夫：《果戈里是怎样写作的》，蓝英年译，98—99页，天津，天津人民出版社，1980。
② 吴处厚：《青箱杂记》卷八。
③ 钱锺书：《谈艺录》，163页，北京，中华书局，1984。

一定程度，就开始走向衰落。古人所创造的那么多文体，至今仍流传的已不太多。清人沈偶僧、江丹崖《古今词话》中引俞彦的话说："词何以名诗余？诗亡然后词作，故曰余也。非诗亡，所以歌咏诗者亡也。周东迁，《三百篇》音节始废，至汉而乐府出。乐府不能以代民风而歌谣出。六朝至唐，乐府不胜诘曲而近体出。五代至宋，近体又不胜方板而诗余出。唐之诗，宋之词，甫脱颖而出，传编歌工之口，元世犹然，今则绝响。即诗余中有采入南剧引子，率皆小令，其曼词不知为何物。此诗余之亡，所以歌咏诗余者亡也。"俞彦大致上描述了古代诗体的兴亡更替。然而，各种诗体的兴亡更替仅仅是时代客体使然、作家主观使然吗？此问题主要是清代的一些学者提出来的，如黄宗羲说："诗降而为词，词降而为曲，非曲易于词，词易于诗也，其间各有本色，假借不得。"① 这里所说的"各有本色，假借不得"，只是指明文体各有特点，无法代替，并没有揭示出文体更替的自身原因。对这个问题作了比较认真回答的是顾炎武和王国维。顾炎武说：

　　诗文之所以代变，有不得不变者。一代之文，沿袭已久，不容人人皆道此语。今且千数百年矣，而犹取古人之陈言，一一而模仿之，是以为诗，可乎？故不似则失其所以为诗，似则失其所以为我。李杜之诗，所以独高于唐人者，以其未尝不似，而未尝似也。知此者可与言诗也已矣。②

　　某种诗文体制，若千古不变，就成了人人模仿的陈词滥调，所以

---

① 黄宗羲：《南雷杂著手稿·胡子藏院本序》。
② 顾炎武：《日知录·诗体代降》卷二十一。

高明的诗人在文体创造中,必须既似旧体,有所继承,又不似旧体,有所创造,这样才能使文体不断得到更新与发展,文体才不会僵化老化。李杜之诗体与旧体相比,在似与不似之间,所以他们的文体创造合乎了文体自身发展的规律。"弃我去者昨日之日不可留,乱我心者今日之日多烦忧。……抽刀断水水更流,举杯销愁愁更愁,人生在世不称意,明朝散发弄扁舟。"(《宣州谢朓楼饯别校书叔云》)李白充分利用了古体诗的某些自由,以错落有致的词语、一泻千里的气势,创造了属于自己的那种沉郁奔放的文体。他既大体上遵守了古体诗的规范,又不为其所囿,突破了某些成规,尽可能发挥自己的个性。在诗人的笔下,文体不是死的规则,而充满了活力,文体也就在推陈出新中得到了发展。"剑外忽传收蓟北,初闻涕泪满衣裳。却看妻子愁何在?漫卷诗书喜欲狂。白日放歌须纵酒,青春作伴好还乡。即从巴峡穿巫峡,便下襄阳向洛阳。"(《闻官军收河南河北》)此诗被称为杜甫的"生平第一快诗",就体裁上看,是一首严整的七律,其规范性显而易见,但语体上却有突出的创造,特别是最后一联的四个地名,用"即从""便下"加以粘连,音调、语势都迅急如闪电,与一般的七律相比,真是"未尝不似,而未尝似也"。他是根据文体自身的规律来运用文体的,所以在他笔下,文体同样充满活力。

王国维对文体自身运动的规律的看法则偏重于体裁兴衰的揭示,他说:

盖文体通行既久,染指遂多,自成习套,豪杰之士亦难于其中自出新意,故遁而作他体,以自解脱。一切文体所以始盛而终衰者,皆由于此。①

---

① 王国维:《人间词话》。

在王国维看来，文体同其他事物一样，处在永恒的运动中，旧体一旦成为陈套，就不能表达新的思想感情，就必然被淘汰，此时能够表达新的思想感情的新体就应运而生。文学发展史的事实证明，王国维的这一分析是有道理的。中国古代许多文体由于其功能已耗尽，成为文学发展的一种惰力，于是人们抛弃它而创新体，这是文体演变的自身因素。中国古文论所揭示的文体演变的这一因素同样不可忽视。

（原载《东方丛刊》1992年第4辑，后引文及注释作了修改）

论美在于内容与形式的交涉部

艺术作品区分为内容与形式两个要素。或者说，艺术作品是由内容与形式两个要素构成的。对此，哲学所提的问题是：是内容决定形式，还是形式决定内容？内容与形式之间什么是第一位，什么是第二位的？等等。美学提出的问题则是：在内容与形式两个因素中，美在何处？这种美又有何特征？等等。哲学与美学所提的问题不同，那么它们的回答也应该有所不同。美学无法代替哲学的回答，但哲学也不应代替美学的回答。这样，美学首先要提的问题是作为内容与形式的结合体的艺术作品，它的美在何处呢？美在内容还是在形式？或者是在内容与形式的统一中？对这个问题历来就存在着不同的、甚至对立的看法。

第一种观点：认为美在于内容

许多理论家都持这种看法。即认为艺术作品的根本是生活内容与思想内容，形式只是把内容呈现出来而已，因此美在艺术作品的内容中。车尔尼雪夫斯基的观点可以作为这种看法的一个典型代表。

在车尔尼雪夫斯基看来,"艺术作品任何时候都不及现实的美或伟大"①"客观现实中的美是彻底地美的"②,而作为艺术作品形式的形象则"只是现实的一种苍白的、而且几乎总是不成功的改作"③。这样他就认为,生活内容通过艺术形式的呈现与传达,不但不能增加生活的美,相反还要使生活的美受到损害。那么,人们为什么还需要艺术这种形式呢?他说:"现实的美是完全的美,但是可惜它并不总是显现在我们的眼前……海是美的,当我们眺望海的时候,并不觉得它在美学方面有什么不满人意的地方;但是并非每个人都住在海滨,许多人终生没有瞥见海的机会;但他们也想要欣赏欣赏海,于是就出现了描绘海的图画。自然,看海本身比看图画好得多,但是,当一个人得不到最好的东西的时候,就会以较差的为满足,得不到原物的时候,就以代替物为满足。"④ 车尔尼雪夫斯基的这些看法,包含了两层意思,第一,艺术作品仅仅是生活的蹩脚的替代品,艺术作品的美远远不及生活的美;第二,就艺术作品内部构成看,具有美学意义的是内容,因为这种生活内容,可以"使那些没有机会直接欣赏现实中的美的人也能略窥门径;提示那些亲身领略过现实中的美而又喜欢回忆它的人,唤起并且加强他们对这种美的回忆"⑤。而艺术形式则仅仅起一种"复制"作用,而且由于这种"复制"是"苍白的""不成功的"和"低劣的",它不具有美学意义,不能成为美感的一个来源。用他自己的话说:"艺术形式无法使一篇

---

① 车尔尼雪夫斯基:《艺术与现实的美学关系》,载《生活与美学》,周扬译,90—91页,北京,人民文学出版社,1957。
② 同上,108页。
③ 同上,108页。
④ 同上,90—91页。
⑤ 同上,91页。

作品免于轻蔑或怜笑，假如作品不能用它思想的重要性去回答'值得为这样的琐事呕心血吗'这个问题的话。"①

车尔尼雪夫斯基的这种重内容、轻形式的看法是不符合艺术实际的。在艺术作品中，内容诚然是重要的，但形式绝不是消极的仅仅起"复制"作用的因素，更不是什么损害生活美的破坏力量。艺术形式在艺术作品中起非常积极的、特殊的和独特的作用，具有非同寻常的美学意义，它是美感的一个重要来源。这是因为在艺术作品中，内容无法独立于形式之外，或者说艺术作品只有在既有的形式中才能存在并发挥它的心理影响。

从艺术与生活的关系看，艺术美高于生活美。艺术再现生活，但又超越生活。毛泽东说：艺术和生活"虽然两者都是美，但是文艺作品中所反映出来的生活可以而且应该比普通的实际生活更高，更强烈，更有集中性，更典型，更理想，因此就更带普遍性。"既然艺术与生活的关系是这样，那么严格地说艺术的起点乃在生活的终点，或者说艺术开始于生活"止步"而形式开始起步的地方。某种生活材料，如果说没有得到艺术的形式表现，仍然是生活材料本身，当然不是艺术；如果仅仅得到艺术形式的消极的"复制"，则只能是平庸的艺术；只有得到艺术形式积极的改造、独特的解释和艺术的安排，那才是真正的艺术。艺术形式绝非可有可无的细枝末节。非常重视内容的唐代文豪韩愈说："体不备，不可以为成人；辞不足，不可以为成文。"② 清代著名文论家姚鼐也说："文章之精妙不出字句声色之间，舍此便无可窥寻矣。"③ 历代都有许多"一字师"的佳

---

① 车尔尼雪夫斯基：《艺术与现实的美学关系》，载《生活与美学》，周扬译，94页，北京，人民文学出版社，1957。
② 韩愈：《答尉迟生书》。
③ 姚鼐：《与石甫侄孙》。

话,一字之改,往往就使所写的情景形神毕现,魅力无穷,其基本精神也在说明形式中最小的因素关系到作品的整个艺术生命。俄国文学巨匠列夫·托尔斯泰十分重视艺术形式的作用,他举例说:"俄罗斯画家勃留洛夫说过关于艺术的一句意义深长的箴言……勃留洛夫替一个学生修改习作的时候,只在几个地方稍微点了几笔,这幅拙劣而死板的习作立刻就变得生动活泼了。一个学生说:'看!只不过稍微点几笔,一切都改变了。'勃留洛夫说:'艺术就是从这'稍微'两个字开始的地方开始的。'他这句话正好说出了艺术的特征。"① 托尔斯泰认为,艺术形式中"所必须的无限小的因素",仍是"艺术开始的地方"。"所有的一切艺术都是一样,只要稍微明亮一点,稍微暗淡一点,稍微高一点,低一点,偏右一点,偏左一点(在绘画中);只要音调稍微减弱一点或加强一点,或稍微提早一点,稍微延迟一点(在戏剧艺术中);只要稍微说得不够一点,稍微说得过分一点,稍微夸大一点(在诗中);那就没有感染力了,只有当艺术家找到了构成艺术作品的无限小的因素时,他才能感染别人,而且感染的程度也要看在何种程度上找到这些因素而定。"② 很明显,托尔斯泰这里所说的"无限小的因素",实际上是艺术作品中各个组成部分的对比和构成关系,也即形式的因素。他所说艺术就从"稍微"两个字开始,也即是说艺术开始于形式开始发生作用的地方。

艺术形式的巨大的美学和心理学意义,是可以验证的。可以做一个实验,譬如我们用一般的语言形式来改写杜甫的《闻官军收河南河北》,尽可能地保留这首诗的全部的生活内容和优点,结果会怎

---

① 列夫·托尔斯泰:《艺术论》,丰陈宝译,123 页,北京,人民文学出版社,1958。

② 同上,124 页。

样呢？结果我们只能得到这样一个构架：叛乱已平，捷报传来，又惊又喜，纵酒放歌，返家路途已无阻隔，游子归家的愿望已不难实现。这样一个干巴巴的"构架"，与诗的原作是无法相比的。原诗"句句有喜跃意，一气流注，而曲折尽情，绝无妆点，愈朴愈真，他人决不能道"①。改写后则诗的意趣、生气、神韵全部丧失，当然诗的神髓和艺术感染力也不复存在。又如，《红楼梦》作为一出悲剧，要是换去它的富于表现力的文字，无懈可击的结构等一切表现形式，把这悲剧化为单纯的事实，用报道性的语言写出来，那么《红楼梦》悲剧的全部的美和人情味也就失去了，剩下的只是一些钩心斗角、争风吃醋的人类的愚蠢行为而已，它至多只能引起人们某种好奇心，但要人们受感动却是万万做不到的。有人建议列夫·托尔斯泰用扼要的文字把《安娜·卡列尼娜》的内容概括出来，对此，他断然拒绝，他说："如果我想用词句来说出我原想用一部长篇小说去表现的那一切思想，那么，我就应当从头去写我已经写完的那部小说。如果近视的批评家认为，我只是愿意描写我所喜爱的东西，如奥布朗斯基怎样吃饭。卡列尼娜有怎样的肩膀，那他们就错了。在我所写的全部作品，差不多是全部作品中，指导我的是：为了表现，必须将彼此联系的思想搜集起来，但是，每一个用词句表现出来的思想，如果单独地从它所在的联系中抽出来，那就失掉了它的意义，而大大的失色了。这联系本身（我认为）不是由思想组成，而是由一种什么别的东西组成的，所以，绝不可直接用词句来表现这联系的基础；只能间接地——以词句来描写形象，行动，情况。"② 不难看出，

---

① 王嗣奭评语，见仇兆鳌《杜少陵集详注》。
② 《托尔斯泰书信选译》，载《文艺理论译丛》第 1 期，231 页，北京，人民文学出版社，1957。

托尔斯泰这里所说的思想和文字的"贯穿",正是使作品获得艺术秩序的形式因素。文学作品之所以不可改写,就是因为作品的内容不是独立于形式而存在的,而是贯穿、溶解于特定的形式中,内容是表现在形式中的内容,形式是表现着内容的形式,两者不可分离。某个内容变换了或离开了特定的形式,作品的美感和艺术感染力也就立刻消失。从心理学角度看,任何艺术作品都引导读者的情绪向两个方面展开,一方面是由内容引起的情绪,一方面则是由形式引起的情绪。变换了形式的"作品",已不再是艺术作品,至多只是生活内容的简单复述,由形式所引起的情绪已消失殆尽。它所能引发的只是一种普通的非艺术的情感,这种情感也可能引起心灵的某一角落的激动,从而留下某种印象,就如同在生活中你跟人吵了一架一样地留下心理残迹,但要使人的整个心灵都发生震颤,并使精神进入一种自由的境界,是不可能的。因为导致人的精神进入此种境界的由内容情感与形式情感汇合而成的艺术情感已不复存在。由此可见,对艺术作品来说,艺术形式绝不是无足轻重的仅仅起呈现内容的因素,而是一种给内容以美学阐释,并使内容获得艺术秩序的力量,它的美学意义是完全不可忽视的。闻一多甚至说:"诗的所以能激发情感,完全在它的节奏;节奏便是格律。莎士比亚的诗剧里往往遇见情绪紧张到万分的时候,便用韵语来描写。歌德作《浮士德》也曾用同类的手段。"[①] 因此,不能说艺术美只在作品内容上,而与形式无关。

值得指出的是,车尔尼雪夫斯基的上述观点跟他的其他一些观点是自相矛盾的。当他强调艺术仅仅是复制现实,只能成为现实的

[①] 闻一多:《闻一多全集》第 3 卷,413 页,北京,生活、读书、新知三联书店,1982。

替代品时,他是忽视形式的,认为艺术之美与形式无关。可当他论证艺术又"说明生活""对生活现象下判断"时,则又不能不肯定形式的某种美学意义,如他说:"当事物被赋予活生生的形式的时候,我们就比看到事物的枯燥的记述时更易于认识它,更易于对它发生兴趣。""诗却永远必须用鲜明清晰的形象来表现事物的主要特征。""从这里就可以看出诗的描绘胜过现实的地方。"① 这就说明,连车尔尼雪夫斯基自己也未必相信艺术美与作品形式无关,而仅仅存在于作品内容之中。

第二种观点:认为美在于形式

持这种看法的人也相当多,他们认为艺术作品中的生活、历史、社会、心理内容,统统都是文学的"外界",唯有艺术形式才属于艺术作品的本体,因此艺术美自然就在于形式上面。俄国形式主义、英美新批评、法国结构主义等都是力主这个观点的突出代表。

俄国形式主义者认为,"艺术即手法"(什克洛夫斯基语),文学作品则仅仅是一种语言建构。当然,他们并不否认文学与生活的关系,不否认文学作品再现生活、表现情感,但他们认为生活、情感是宗教学、社会学、政治学、伦理学、心理学范畴的东西,它们处在文学的外部,它们不是文学作品的构成因素。因此,他们认为文学作为一种美是纯粹美,即不依存于内容的纯形式的美。雅各布森提出了一个"文学性"的观念。他说:"文学科学的对象不是文

---

① 车尔尼雪夫斯基:《艺术与现实的美学关系》,载《生活与美学》,101页,北京,人民文学出版社,1957。

学,而是'文学性',也就是说使一部作品成为文学作品的东西。"①那么什么是"文学性"呢?他们认为,"文学性"无法体现在题材上,因为任何一种题材都可以进入文学作品。"文学性"仅仅是文学作品的形式,尤其是语言形式,至于文学中的社会、历史、心理内容,那是社会学家、历史学家、心理学家的事,它们与文学无关,因为它们不能体现"文学性"。或者说,文学不是生活、情感而仅仅是由词语制造的。什克洛夫斯基说:"如果我们要给诗歌感觉甚至是艺术感觉下一个定义,那么这个定义就必然是这样的:艺术感觉是我们在其中感觉到形式(可能不仅是形式,但至少是形式)的一种感觉。"② 当然,文学之美也只能在形式上面,而与内容无关。俄国形式主义的这些论点对英美新批评、法国结构主义都产生了深远的影响。

在"新批评"内部,尽管对作品的内容与形式的关系存在着不同意见,但其基本思想是大体一致的,即认为形式是文学的自足本体,艺术美只能到形式中去寻找。

"新批评"的代表人物,美国现代著名文论家、诗人兰色姆在作品的内容与形式的关系上提出了"构架——肌质"说。他认为一首诗可分为构架(Structure)和肌质(texture)两部分。构架是指"诗可以意释而换成另一种说法"的部分,即可以用散文加以转述的东西,是使作品的意义得以贯通的逻辑线索(这相当于通常意义上的内容),肌质则是指作品中那些无法用散文转述的部分,它"并非内容,而是一种内容的秩序"(这相当于通常意义上的形式)。在兰色

---

① 罗·雅各布森:《现代俄国诗歌》,载《俄苏形式主义文论选》,托多罗夫编选,24页,北京,中国社会科学出版社,1989。
② 什克洛夫斯基:《词的复活》,载《俄苏形式主义文论选》,托多罗夫编选,29页,北京,中国社会科学出版社,1989。

姆看来诗的本质、精华，诗的美和魅力都在于肌质，而不是构架。"新批评"的另一重要代表人物、捷克出身的美国现代文论家韦勒克则提出"材料——结构"说。他说："如果把所有一切与美学没有什么关系的因素称为'材料'（material），而把一切需要美学效果的因素称为'结构'（structure），可能要好一些。这绝不是给旧的一对概念即内容与形式重新命名，而是恰当地沟通了它们之间的边界线。'材料'包括了原先认为是内容的部分，也包括了原先认为是形式的一些部分。'结构'这一概念也同样包括了原先的内容和形式中依审美目的组织起来的部分。"① 实际上，韦勒克所说的"材料—结构"与"内容—形式"大体相当。他看来，材料的意义是微乎其微的，"几乎没有什么艺术品的梗概不是可笑的或者无意义的"，因此，"一件艺术品的美学效果并非存在于它所谓的内容中"，只有结构才是"积极的美学因素"，才能产生"美学效果"。由于"新批评"派认为美在于形式，因此他们把形式看成是文学的本体，把对作品的形式的考察称为"内部研究"，把对作品所反映的生活的考察贬之为"外部研究"。

以罗兰·巴尔特为代表的法国结构主义，在作品的内容与形式关系问题上，与俄国形式主义、英美新批评一脉相承，所不同的仅仅是他们把形式强调到更绝对的地步。罗兰·巴尔特说，"叙事作品是一个大句子""叙述作品具有句子的性质"。他同样认为，唯有具有结构功能的语言单位，才是作品的构成因素，而社会生活、主观情感都不在作品的构成之内。他说："叙事作品中所'所发生的事'，从（真正的）所指事物的角度来说，是地地道道的子虚乌有，'所发

---

① 韦勒克、沃伦：《文学理论》，刘象愚等译，147页，北京，生活、读书、新知三联书店，1984。

生的'仅仅是语言,是语言的历险。"① "叙事的代码是我们的分析所能达到的最后层次……叙述不能从使用它的外界取得意义,超过了叙述层就是外界,也就是说其他体系(社会的,经济的,思想意识的体系)。这些体系的项不再只是叙事作品,而是另一种性质的成分(历史事实,决心,行为,等等)。"② 这样一来,作品的美和魅力只能依存于他称之为作为叙述层的形式,也就合乎罗兰·巴尔特的逻辑了。

上述这些论点可以统称为形式主义论。

形式主义论的致命弱点是把不可分离的东西分离开来,并加以本末倒置。这就是说,他们把作品的内容与形式人为地分离开来,把形式看成独立自主的可以与特定的内容无关的东西,这样他们就自然地把艺术的美和魅力都归于形式。对此,他们是供认不讳的,例如什克洛夫斯基曾这样说:"文学作品是纯形式,它不是物,不是材料,而是材料的比。正如任何比一样,它也是零维比。因此作品的规模,作品的分子和分母的算术的意义无关紧要,重要的是它们的比。戏谑的、悲剧的、世界的、室内的作品,世界同世界或者猫同石头的对比——彼此都是相等的。"③ 这里所说的"作品的规模""作品的分子和分母的算术意义",实际上是指作品的内容,这里所说的"比",实际上是指形式。在什克洛夫斯基看来,内容"无关紧要",重要的是作为"材料之比"的形式,而且这种形式是可以脱离材料而独立自主存在的。这就等于说,从艺术角度看,描写一场伟

---

① 罗兰·巴尔特:《叙事作品结构分析导论》,载《美学文艺学方法论》下,561页,北京,文化艺术出版社,1985。
② 同上,555页。
③ 什克洛夫斯基:《罗扎诺夫》,参见维戈茨基:《艺术心理学》,周新译,63页,上海,上海文艺出版社,1985。

大的革命斗争与描写一群狗与狗的互咬是完全没有区别的，无关紧要的，重要的仅仅是其中的"材料的比"。这种"材料的比"凌驾于一切材料之上，可以独立发生美学作用。

形式主义论的观点是不符合艺术事实的。实际上在艺术作品中，内容与形式不可分离，形式是一定内容的形式，内容是一定形式的内容。没有无内容的纯形式，也没有无形式的纯内容。内容与形式就如同光线穿过水晶、盐溶解于水一般，你无法把它们分离开来。为了强调内容与形式这种不可分离的关系，别林斯基提出了"具体性"这一概念。他指出"具体性"这个词源自拉丁文动词——"结合"（Concresco），"我们在这里用它指思想和形式的有机的统一。这样的东西是'具体的'，如果它的思想贯穿在形式里，而形式也表现了思想；取消它的思想就取消了形式，取消它的形式也取消了思想。换句话说，'具体性'就是思想和形式的隐秘的、不可分的、必要的融合，这种融合成为一切的生命，没有它，任何东西都没有生命了。这在艺术作品中尤为显著。"① 别林斯基所提出的"具体性"的概念极为重要，是他在长期的文艺批评实践中把握到的真理性的东西。它说明了那种所谓"艺术中形式就是一切，而材料是没有任何意义"的形式主义说，是极其错误的。按别林斯基的理解，作品的美和魅力不在形式中，而在于内容与形式的这种隐秘的融合中。他强调说："具体性是真正诗的作品的主要条件，没有具体性的作品是技艺之作，是人造的蔷薇，固然它也有蔷薇的颜色和香气，但没有蔷薇的生命，没有那种说不出名目的、但却含蕴着生命的某种东西。"②

实际上，就艺术作品的内容与形式的关系而言，形式以内容为

---

① 《别林斯基论文学》，梁真译，2页，页下注③，上海，新文艺出版社，1958。
② 《别林斯基论文学》，梁真译，2—3页，上海，新文艺出版社，1958。

对象，无论如何，形式不是绝对自由的，形式是表现内容的手段，并归根到底是根据内容的要求而形成的。任何一个艺术家都明白，当他寻找着新的艺术形式时，并不是仅仅为了显示他具有寻找新的艺术形式的本领，而是为了更加突出某项内容，使读者得到更为强烈、深刻的审美反应。从这个意义上，我们可以说，关于形式的工作，不是为形式而形式，而是把形式赋予内容，形式总是有目的、有内容的，总是受目的、内容所制约的。刘勰说："夫水性虚而沦漪结，木体实而花萼振，文附质也。"① 这就是说内容是根本，形式是在根本上长出来的枝叶花朵。刘勰还强调不能"为文而造情"，而要"为情而造文"。② 这是深得内容与形式两者关系的精辟结论。杜牧说："凡为文以意为主，以气为辅，以辞采章句为之兵卫，未有主强盛而辅不飘逸者，兵卫不华赫而庄整者。四者高下圆折步骤随主所指，如鸟随凤，鱼随龙，师众随汤、武，腾天潜泉，横裂天下，无不如意。"③ 王夫之也说："无论诗歌与长行文学，俱以意为主。意犹帅也。无帅之兵，谓之乌合。"④ 这些论述把形式受制于内容的思想讲得很透彻。这是一条艺术定律，不论你是否同意，只要你是一个真正的艺术家、理论家，总是自觉不自觉地要承认它。譬如，俄国形式主义者在这个定律面前就不能不陷入惊人的自我矛盾。一方面，他们反复强调在艺术中重要的不是物，不是材料，不是内容，而是"材料的比"，是纯粹的形式；可另一方面，一旦他们要为他们提出的某种手法（如"陌生化"）找理由时，又不能不强调采用某种新手法。是为了更鲜明地显示材料、表现内容，并使人更强烈、

---

① 刘勰《文心雕龙·情采》。
② 同上。
③ 杜牧：《答庄充书》。
④ 王夫之：《姜斋诗话》。

更尖锐地体验材料、内容本身。

第三种观点：美在于内容与形式的有机统一

持此观点的人就更多了。从亚里士多德到黑格尔再到别林斯基、托尔斯泰都力主"有机统一"论，认为艺术之美就存在于作品整体的有机统一中。不过，亚里士多德、别林斯基和托尔斯泰等的"有机统一"论，系指作品的结构而言，侧重于强调作品形式方面的完整性和有机性。黑格尔所论的才是真正意义上的内容与形式的有机统一论，因此我们在这里着重要谈谈他的观点。

作为运用辩证法的高手，黑格尔强调内容与形式的不可分割性，他说："没有无形式的内容，正如没有无形式的质料……内容所以成为内容是由于它包括有成熟的形式在内。"① 在这里黑格尔把事物的内容与形式看成同一事物的两个相互依存的侧面，无内容即无形式，无形式即无内容，内容与形式永远是同体的、密不可分的。对此，列宁予以肯定评价，说："黑格尔则要求这样的逻辑，其中形式是具有内容的形式，是活生生的实在的内容的形式，是和内容不可分离地联系着的形式。"② 黑格尔把他的这种辩证法运用到作品的内容与形式的关系的论述中去。他说："文艺中不但有一种古典的形式，更有一种古典的内容；而在一种艺术作品里，形式和内容的结合是如此密切，形式只能在内容是古典的限度内，才能成为古典的。假如拿一种荒诞的、不定的材料做内容，那么，形式也便成为无尺度、

---

① 黑格尔：《小逻辑》，贺麟译，279页，北京，商务印书馆，1980。
② 列宁：《哲学笔记》，89页，北京，人民出版社，1956。

无形式,或者成为卑劣的和渺小的。"① 他还说:"只有内容与形式都表明为彻底统一的,才是真正的艺术品。我们可以说荷马史诗《伊利亚特》的内容就是特洛伊战争,或确切点说,就是阿喀琉斯的愤怒;我们或许以为这就很足够了,但其实都很空疏,因为《伊利亚特》之所以成为有名的史诗,是由于它的诗的形式,而它的内容是遵照这形式塑造或陶铸出来的。同样,又如莎士比亚《罗密欧与朱丽叶》悲剧的内容,是由于两个家族的仇恨而导致一对爱人的毁灭;但单是这个故事的内容,还不足以造成莎士比亚不朽的悲剧。"②黑格尔的意思是,一定的内容本身已含有某种外在的、感性的形式,一定的内容与一定的形式应该相互匹配。一定的内容必然赋于一定的形式,反之,一定的形式也必然赋于一定的内容,内容与形式融为一体,不可分离。而艺术和美也就在这种内容与形式的有机统一中。曾经是黑格尔思想的信徒的别林斯基这样说:"作品里呈现了思想和形式的具体的融合,其中思想只通过形式而存在。以确切不移的必然性为基础的'创造的自由'这一规律派生了'具体性'规律。任何艺术作品之所以是艺术的,因为它是依据必然性规律而制作的,因为其中没有任何随意武断的东西;没有一个字、一种声音、一笔线条是可以被另外的字、声音,或线条去代替的。但不要以为我们因此就抹杀了创造的自由:不,我们这种说法正是肯定了它,因为自由是至高的必然性,凡是不见必然性的地方就没有自由,有的只是任意,其中既没有智慧,意义,也没有生命。艺术家不仅可以改动字、声音和线条,而且能改动任何形式,甚至他的作品的整个部分,但是随着这种改变也改变了思想和形式;它们将不是以前

---

① 黑格尔:《历史哲学》,王造时译,111 页,北京,商务印书馆,1963 年。
② 黑格尔:《小逻辑》,贺麟译,279—280 页,北京,商务印书馆,1980 年。

的思想，以前的形式，而是修改过的新思想和新形式了。因此，在真正艺术的作品中，既然一切都依据必然性规律而出现，就不会有任何偶然的、多余的或不足的东西；一切都是必然的。"① 别林斯基这段话可以说是对黑格尔关于内容与形式的辩证法的最深刻的理解和最透辟的论述。

黑格尔和别林斯基的"有机统一"论，是对作品内容与形式关系问题的哲学的解决，这种解决无疑是正确的，但又是不够的。因为黑格尔和别林斯基的论点运用到其他事物上面，也同样正确。说明黑格尔、别林斯基只是揭示了一般事物的内容与形式的关系的共同特征，并没有揭示艺术作品内容与形式关系的特有的审美特征。这也就是说，我们可以同意，艺术与美在于作品的内容与形式的有机统一上面，但这种"有机统一"与其他事物的"有机统一"又有何区别呢？或者说在艺术作品中内容与形式的"有机统一"是如何达到的呢？我们以为要回答这个问题，仅仅停留在哲学辩证法的范畴里是寻找不到答案的，答案在美学的心理学的分析中。

美在于内容与形式的交涉部

那么，作品的内容与形式的美学关系究竟是怎样的呢？

我认为，作品的内容与形式的美学关系，不是一般的决定与被决定的关系，而是彼此相互征服的关系。艺术美正是在这种独特的相互征服中显露出来。应该充分认识到，在艺术作品的构成因素中，内容因素和形式因素其本性是不同的，内容作为生活之流永远是变动不居的，每时每刻都在发展或萎缩，前进或后退，丰盈或贫

---

① 《别林斯基论文学》，梁真译，3—4 页，上海，新文艺出版社，1958。

乏……而形式作为一种建立秩序的力量则要求稳定、固守、确立、物化……另外,内容可能是一种主题、情调、氛围、定向,而形式则可能是另一种主题、情调、氛围、定向,例如死刑(内容)可能是令人恐惧、悲哀的,可形式上却可以"像写鲜花那样去写死刑"(列夫·托尔斯泰语),从而供人享受,这样一来,在艺术构思中,内容因素与形式因素就处于一种相互征服、相互消灭的相生相克的冲突中。内容力图控制形式,形式则力图反过来塑造、组织改造内容。因此,艺术作品中内容与形式的统一,并不是静态的统一,而是对立的统一,冲突、斗争中的动态的统一。

席勒曾提出过这样一个观点,他说:"艺术家通过艺术加工不仅要克服它的艺术门类的特性本身所带来的限制,还要克服他所加工的特殊素材所具有的限制。在真正美的艺术作品中不能依靠内容,而要靠形式完成一切。因为只有形式才能作用到人的整体,而相反的内容只能作用于个别的功能。内容不论怎样崇高和范围广阔,它只是有限地作用于心灵,而只有通过形式才能获得真正的审美自由。因此,艺术大师的独特的艺术秘密就是在于,他要通过形式来消除素材。素材本身越宏伟、越傲慢、越富诱惑力,素材越是专擅地显示自己本身的作用,或者观众越倾向于直接介入素材,那种主张支配素材的艺术就越成功……在艺术中对待最轻浮的对象也必须把它直接转变成极其严肃的东西。对待最严肃的素材我们也必须把它更换成最轻松的游戏,激情的艺术如悲剧也不例外。"① 我认为,席勒这番话真正地接触了艺术作品中内容与形式的美学关系,尽管他的论点是有严重缺陷的。席勒的观点中包括了这样几层意思:第一,

---

① 席勒:《美育书简》,徐恒醇译,114—115 页,北京,中国文联出版公司,1984。

内容作为一种素材只能有限地作用于人的心灵，而形式则作用于人的心灵的整体，在艺术品中要靠形式来建立艺术秩序，并完成一切；第二，艺术大师的本领就在于能以形式征服内容；第三，艺术的普遍规律是以形式对抗内容，消解内容。席勒立论偏颇在于完全否定内容的积极作用，这是片面的、错误的，但他指出了形式与内容的对抗关系，并进而提出形式征服内容的观点，则是极富见地的。它比之于那样简单地套用哲学概念的做法不知要深刻多少倍，因为它真正揭示了艺术作品中内容与形式的美学关系（尽管还不全面）。

我的基本看法是这样的，艺术作品中内容与形式之间存在着一种相互征服的关系。一定的内容吁请一定的形式。或者说，一定的形式只有在一定的内容的基础上才能产生。如果没有内容作为基础，形式就成为不可能存在的空中楼阁。这就是刘勰所说的"木体实而花萼振"的意思。没有内容这个根，哪来的形式这些枝、叶、花、果呢？所以形式总是一定内容的形式，形式在总体上必须归顺内容，受到内容的支配。但是一旦形式受内容的吁请而出现、而形成后，它就不是消极之物，而是一种"攻击性"的力量。它与内容相对抗，并组织、塑造、改变内容，最终是征服、消融内容。丑的内容可以被形式征服，而转化为美的形态。悲的内容可以被形式消解，而转化为喜的形态。然而，在艺术作品中，为何用此一形式，而不用彼一形式，为何进行这种征服，而不进行另一种征服？这又受到艺术家这个主体的思想情感意图的牵制与制约，即形式的运用是听从艺术家思想情感意图的调遣的，而不是绝对自由自主进行活动的。这就意味着在形式征服内容的同时，又存在着一种逆向的运动，即内容征服形式。实际上艺术作品中内容与形式之间存在着一种双向逆反的相互征服运动。艺术之美在于内容与形式的交涉部。

限于篇幅，这里我只能略约地提出我的观点，我将在另一篇文章里再展开我的论述。

（原载《文艺理论研究》1990年第6期，后引文及注释作了修改）

论文艺作品内容与形式的辩证矛盾

一、题材、内容、形式及其边界线

普列汉诺夫说:"在任何稍微精确的研究中,不管它的对象是什么,一定要依据严格地下个定义的术语。"① 关于文艺作品的内容与形式,历来界说纷纭,其说不一。如果作品的内容与形式之间的界限不清楚,其关系也就很难谈。西方许多学者苦于传统理论中关于作品内容与形式边界线不易划清,有过种种补救办法。德国学者帕特等人提出"内形式""外形式"之说,试图说明内容与形式的分野所在。俄国形式主义文论的代表什克洛夫斯基把"内容——形式"改为"材料——形式",从而扩大了"形式"的"地盘"。美国"新批评"派文论家则以"构架(structure)——肌质(texture)"取代"内容——形式",以肯定形式的"本体论"地位。"新批评"派的另一代表人物韦勒克,则认为以"材料(material)——结构(struc-

---

① 普列汉诺夫:《没有地址的信 艺术与社会生活》,曹葆华等译,3页,北京,人民文学出版社,1962。

ture)的说法，才能沟通内容与形式之间的边界线。企图给"内容——形式"重新命名的做法几乎成为一种理论时髦。但我认为"内容——形式"这个名称并没有什么不妥，重要的是要给它们一个明确而又比较合理的界说。

那么，文艺作品的内容和形式的分野在何处呢？

我想首先是要明确解决这一问题的前提，那就是文艺作品内容与形式的不可分离性。形而上学的看法就是把内容和形式这本是不可分割的统一体，生硬地切割开来。在这个问题上，我们要回到黑格尔。黑格尔认为"没有无形式的内容，正如没有无形式的质料一样""内容所以成为内容是由于它包括有成熟的形式在内"。[①] 换言之，内容是具有形式的内容，形式是具有内容的形式，在真正的作品那里，二者永远不可分离，一旦两者变得可以分离，就不能构成真正的作品，所以，黑格尔强调说："只有内容与形式都表明为彻底统一的，才是真正的艺术品。"[②] 在这样一个前提下来探讨艺术作品的内容与形式的分界处及其关系，才有可能得出正确的结论。

由于艺术作品内容与形式犹如盐溶解于水般的不可分离性，我们想孤立地、封闭地去分解艺术作品的内容和形式，就变得非常困难。把盐溶解于水是容易的，但要从盐水中重新把盐和水分解开，如不借助于一定的科学方法，就几乎不可能。所以我们认为要界说艺术作品的内容和形式，划清它们的边界线，必须借助于一个"中介"概念。这个中介概念就是题材。

我们的基本想法是：艺术作品的内容是经过深度艺术加工的题材，形式则是对题材进行深度艺术加工的独特方式。一定的题材经

[①] 黑格尔：《小逻辑》，贺麟译，279页，北京，商务印书馆，1980。
[②] 同上。

过某种独特方式（形式）的深度艺术加工就转化为艺术作品的内容。在上述定义中关键是题材。毫无疑问，题材是经过艺术家初步筛选的生活材料。它来自生活，但又不等于生活。一方面，题材是艺术家从生活中寻找到的、并初步选择过的材料，它不能不带有艺术家主观思想感情的印痕，因此它不完全是"第一自然"；另一方面，题材毕竟还是生活材料，未经深度的艺术加工，有很强的客观性，因此，它又不完全是"第二自然"。正是由于它带有较强的客观性，它具有明显的材料性质，所以一部艺术作品的题材一般是可以意释的，可以用说明式言语转述出来的。但一旦题材经过特定艺术形式的深度加工，转化为特定内容之后，一般说就不可以意释和转述了。如果你硬要意释和转述，那只能破坏既定的内容，或你意释和复述仍然是题材而已。例如荷马史诗《伊利亚特》的题材就是特洛伊战争，或确切地说，就是阿喀琉斯的愤怒，但这种意释和复述即使再详尽，也仅仅是指出了《伊利亚特》的题材，还不是《伊利亚特》的内容，"因为《伊利亚特》之所以成为有名的史诗，是由于它的诗的形式，而它的内容是遵照这形式塑造或陶铸出来的"①。同样，《红楼梦》的题材可以说是封建末世一个贵族之家由盛而衰以及一对青年男女追求自由婚姻的失败所造成的悲剧，这可以或详或略加以意释或转述，但其内容却是无法原封不动重述出来的，因为它已经过了独特形式的塑造，《红楼梦》作为内容与形式的有机的结合体，只有靠它本身的全部魅力显示出来，那氛围、那情调、那韵味即或在最高明的批评家笔下也无法完全地重现出来。即或是内容极为单纯的短诗，如李白的《静夜思》，你可以说它的题材是"月夜思乡"，但要用散文的语言原原本本地把它的真正内容重述出来，却是做不到

---

① 黑格尔：《小逻辑》，贺麟译，280页，北京，商务印书馆。

的。你可以背诵它，而意释它却不容易。这就说明了题材本身还不是内容，题材至多只能说是内容的材料，只有经过与它相切合的形式的深度的艺术加工之后，才转化为真正具有审美意义的内容。艺术作品的内容是从艺术形式深度加工过的题材那里转化出来的。从这个意义上说，"内容非他，即形式之转化为内容"（黑格尔语）。这样，我们也就不难看到艺术形式在形成艺术内容中所起的积极作用了。

艺术作品形式作为对一定题材的深度的艺术加工的方式，不应如通常所解的那样，只是指某种体裁样式和结构方式、叙述、描写、抒情的具体手法。艺术作品形式既然是在深度艺术加工中发生作用，那么它的起点是对题材的处理，它的终点是内容与形式相统一的整个作品的完成。就创作角度说，它是一个过程。就其内涵说，它本身是一种复杂的统一体。实际上，当我们说文学反映生活时，不仅仅指作品内容反映生活，而且作品形式也反映生活。当我们说文学表现艺术家的思想情感时，不仅仅指作品内容表现艺术家的思想情感，作品形式也表现艺术家的思想情感。同样的题材，以不同的形式去加以塑造，其所反映的生活，所抒发的感情可能是完全不同的。人们常说诗是不可翻译的，这就是因为诗是一种形式感特别强的文体，诗的形式中浸润着思想与感情。翻译尽管仅是作品形式的部分改换，也会部分地或全部地破坏、扭曲原诗固有的思想与感情，更不用说对艺术神韵的减损了。形式绝不是与思想情感无关的东西。

当代英国著名学者特·伊格尔顿如下一段话，可以帮助我们理解形式究竟是什么，他说："形式通常至少是三种因素的复杂统一体，它部分地由一种'相对独立的'文学形式的历史所形成；它是某种占统治地位的意识形态结构的结晶，如我们已经看到的小说方面的情形；还有……它体现了一系列作家和读者之间的特殊关系。

马克思主义批评所要分析的正是这些因素之间的辩证统一关系。因而，在选取一种形式时，作家发现他的选择已经在意识形态上受到限制。他可以融合和改变文学传统中于他有用的形式，但是这些形式本身以及他对它们的改造是具有意识形态方面意义的。一个作家发现手边的语言和技巧已经浸透一定的意识形态感知方式，即一些既定的解释现实的方式。"① 伊格尔顿这段话的旨趣无疑在说明艺术形式与意识形态的密切关系，但它关于艺术形式至少是三种因素的复杂统一体的思想，则告诉我们，不要把艺术作品的形式看成是单纯的技术性、技巧性的因素，它包括了极为丰富的内涵。

根据我们对形式的上述理解，我们认为，伊格尔顿讲的还不够全面，作品的形式实际上应包括以下四个因素：首先，形式是一种历史传统，它在艺术历史发展中形成，同时在历史发展中又成为一种惰力，要摆脱这种惰力，创造一种适合于新的内容的艺术形式，绝不是轻而易举的事。一种新的艺术形式的出现，甚至一种新的形式技巧的采用，都是对历史成规的突破，都需要有一种超越历史的精神。"五四"新文学革命中白话文的采用，就是向历史传统成功的挑战，它的确是文学形式因素的改变，却绝不是小事一桩。它体现了作家们感知社会现实的新方法。其次，形式又是"意识形态结构的结晶"，形式本身已经"浸透了一定意识形态感知方式"，或者说形式中有意识形态的投影。普列汉诺夫在《法国戏剧文学和法国十八世纪绘画》中有力地论证了法国古典主义悲剧向言情喜剧的转变反映了贵族向资产阶级价值的转移。因此艺术家们选择什么形式，如何运用某种形式，都不是与思想意识无关的小事。形式的选择与

---

① 特·伊格尔顿：《马克思主义与文学批评》，载《西方马克思主义美学文选》，陆梅林选编，685—686页，桂林，漓江出版社，1988。

运用往往反映了时代的、阶级的意识形态,也充分地体现了艺术家个人的感知现实生活的方式和对生活的认识的深度和广度。当然,艺术形式的变化与意识形态的变化并不是完全对应的,形式有其相对独立性,它不会完全屈从意识形态的每一次风向的改变。其三,形式是赋于作品以审美效应的重要手段,毛泽东同志所说的文艺作品反映出来的生活,"可以而且应该比普通实际生活更高、更强烈、更有集中性,更典型、更理想,因此就更带普遍性",这六个"更",不完全是在选择题材过程中的艺术加工,更重要的是在赋于题材以形式过程中的深度的艺术加工。离开形式化这一深度艺术加工,六个"更"也就不可能达到,艺术作品的审美效应也就无从发生。从这个意义上说艺术作品的形式是艺术家对生活的回赠,它充分体现了艺术家的创作个性和审美理想,是艺术家主体潜能的充分发挥。其四,形式标示艺术家与读者的特殊关系。艺术家创作时,心目中都有一个隐含的读者群,对于这个读者群的愿望、要求、欣赏水平和审美趣味,不但要在题材的选择中起作用,而且也必然要在形式的选择与运用中起作用。因此,形式在一定意义上说,又是艺术家与读者关系的表征。有人会认为,我们把形式的"地盘"拓展得太大了,其实这不是我们主观任意的拓展,我们不过是还"形式"以本来的"地盘"而已。也许正是在这个意义上,卢卡契才在他的早期论文《现代戏剧的发展》(1909年)中那么绝对地说"文学中真正的社会因素是形式",并针对庸俗社会学的理解,提出警告说:艺术中意识形态的真正承担者是作品本身的形式,而不是可以抽象出来的内容。①

---

① 参见特·伊格尔顿:《马克思主义与文学批评》,24页,28页,北京,人民文学出版社,1980。

通过以上论述，我们似乎可以这样说，题材作为形式与内容的中介环节，一方面受到形式的锻造，一方面则在锻造后转化为内容。形式对题材的锻造一旦获得成功，内容与形式的美学关系得以建立，一部内容与形式有机统一的有艺术生命的作品也就诞生了，而题材则"退出"，只作为"隐在"的方式而存在着。进一步说，在一部内容与形式高度统一的作品中，内容与形式就如同水乳交融不可分离。我们很难指出作品中哪是纯粹的内容，哪是纯粹的形式。我们无法划清它们之间的边界。一部作品如同一个铜板的两面，从这一面看是内容，从那一面看是形式。当我们感受它时，它是内容，当我们判断它时，它是形式。唯有形式才具有内容，并拥有它。反之，唯有内容才具有形式，并拥有它。从美学的角度看，我们无法把一部作品的内容与形式硬拆开来，并进一步谈论它们之间的决定与被决定的关系。能够而且应该谈论的是形式与作为内容坯料的题材的美学关系。

二、题材吁求形式

如果我们上述的理解可以成立的话，那么题材作为艺术家选定的介于"第一自然"与"第二自然"之间的材料，只能看成是未来作品的"准内容"。"准内容"还不是"内容"，但它往往急迫地"想"成为真正的内容。但它在未被赋予一定的形式之前是不可能成为内容的。题材在未被深度艺术加工之前，其"缺陷"是显而易见的。它即或再完整再具体，也还缺少应有的艺术秩序，它就如同纺织工人手边那些纱料一样，从那里可以见出数量和质量，但它还没有布的"秩序"，还不是布。这样，还不具有"艺术秩序"的题材，就还不能构成活生生的艺术世界。进一步说，题材是一种停留于艺术家心中的未定型的东西,还是"眼中之竹",至多是"胸中之竹",它还不是审美对象,还不能与读者构成对话关系,因而也不具美学效果。甚至可以说,题材能不能转化为真正的作品内容也还难说,它可能在痛苦中出进,也可能因各种主客观原因而在母体内窒息而死。在这种情况下,如果一个艺术家选择了一个题材,那么,他和它就会急切地吁求形式,吁求某种理想的形式,以促使题材向真正的内容的转化。对艺术家来说,这是一个喜悦和焦虑交织的时刻,他为获得一个题材而喜悦,同时又为寻找具有表现力的形式而焦虑,而且常常是焦虑超过喜悦,如同一个临产的孕妇,喜悦中充满恐惧。这就是说,题材与其相匹配的形式的关系,绝不是简单的决定与被决定的关系。题材吁求形式,是作为题材拥有者的艺术家苦心追求的过程,并非有了什么样的题材,就一定会有什么样的形式自然而然地出现。"吁求"与"决定"的含义是不同的。"吁求"强调艺术家寻找形式的主动性,"决定"则强调艺术形式呈现的被动性,似乎艺术家不必苦心孤诣地创造,形式在冥冥之中已被内容决定了。这种看法不符合艺术创作的规律。

从形式这一面说,一定的形式只有在题材的吁求下才出现。题材的吁求是形式出现的前提条件。作品的形式无论如何是一定内容的形式。一定的形式以一定的题材为对象。可以这样说,形式的工作就是把形式赋予题材进而转化为内容的工作。形式一旦脱离开它的工作对象,就变得毫无意义了。这一点正如马克思所说:"如果形式不是内容的形式,那么它就没有任何价值了。"[1] 如同社会的生产方式决定上层建筑一样,作品形式归根到底是根据题材的要求而形

---

[1] 马克思:《第六届莱茵省议会的辩论(第三篇论文)》,载《马克思恩格斯全集》第1卷,179页,北京,人民出版社,1956。

成的。题材是形式形成的根本动因。作品的形式能否出现，能否形成，决定于题材是否有吁求。从这个意义上说，题材吁求决定形式的呈现，题材征服形式。中国古代诗论深得此中规律，在"意"（题材）与"语""象""文""笔"（形式）关系上，指出"无论诗歌与长行文，俱以意为主。意犹帅也。无帅之兵，谓之乌合"（王夫之），因此要"后于语，先于意"（皎然），要"意在象前，象生意后"（徐寅），要"意在笔先，然后着墨"（沈德潜）。强调忽视内容的孤立的形式不能产生美，叶燮在《原诗》外篇中谈到波澜之美，他认为只有在明净的水质中，由微风吹动的波澜才是美的，如果是一条臭水沟，在风的作用下也会出现波澜，可它只能散发出臭味。所以他说："波澜非能自美也，有江湖池沼之水以为之地，而后波澜为美也。"又如苍老也可以是一种美，然而"苟无松柏之劲质，而百卉凡材，彼苍老何所凭借以见乎？必不然矣。"就诗而言，诗的质（题材）就是"诗之性情，诗之才调，诗之胸怀，诗之见解"，而诗的形式则是诗的"体格、声调、苍老、波澜"，后者依赖于前者，或者说后者的出现与活跃有待前者的吁求与呼唤。

　　再进一步说，题材对形式的吁求中，已包含了深一层的要求，从而对形式作了深一层的规定。这就是任何一个艺术家所选定的题材中，都已含有内在的逻辑，其中又可分为来自生活的生活固有逻辑和来自艺术家主体的情感逻辑，这种内在的逻辑吁求形式对它作出与之匹配的呼应。这也就是说，艺术家对一定题材赋予什么形式，尽管有其发挥创造性的宽广天地，但题材固有的内在逻辑，使艺术家在考虑采用何种形式时，不能不受到一定的制约。遵从这种制约，才能使形式与题材的"性格"相匹配。因为一定的形式只有深刻地切入到题材的内在逻辑，才能充分地艺术地表现这种题材，才能转化成真正的富于艺术魅力的内容，进而获得理想的审美效果。这里可能产生两种形式与题材不相匹配的倾向：第一是形式完全违拗了题材固有的内在逻辑的规定，结果题材是一种色调，形式则是另一种色调，两种色调又无法达成妥协而产生和谐感，这样形式与题材就对立而不统一，古人常讲的"以文无质""有墨痕无血痕"的弊病就是这样产生的。第二是形式力量不足，题材溢出形式，这样艺术家的感情就不能彻底地转换为艺术情感。马克思烧掉了他早期的抒情诗，其原因是诗的形式力量稍差，诗中狂热的感情束缚不住，成了致命伤。

三、形式征服题材

然而，形式如何才能切合题材的内在逻辑呢？形式只要消极地适应题材的需要，并将题材呈现出来，就可达到目的了吗？情况并非这样简单。如果我们只是强调形式对题材的适应，许多问题我们就解决不了。例如：艺术家为什么总是热衷于写人生的苦难、不幸、失恋、挫折、伤痛、死亡、愁思、苦闷？丑以什么理由进入艺术创作中，难道它仅仅是因为可以作为美的对照，或可以供美的理想的批判，才得以进入艺术创作的吗？为什么现代艺术家往往喜欢写生活的荒诞、异化、变形、失落、沉重、邪恶？可以想到，要是形式总是消极地适应这些题材，那么艺术作品还能产生美感吗？

一直存在着这样一种观点：内容是主人，形式是仆人，形式仅仅是消极地配合、补充内容，服服帖帖地为内容服务。如古代诗论中就有这种说法："作诗必先命意，意正则思生，然后择韵而用，如驱奴隶。"[①] 作诗要"先命意"，这是不错的。这一点我们已在上文

---

① 魏庆之：《诗人玉屑》卷6。

论证过。但形式是否就是"奴隶",只能恭恭敬敬地听任"意"(题材)的驱遣呢?我们的看法不是这样。的确,题材吁请形式,题材是主人,形式是客人,然而一旦把"客人"请到了家,"客人"是否时时处处都听从"主人"的安排,就很难说。实际上艺术创作的实践证明,"客人"一旦到了"主人"的"家",往往就"造起反来",最终往往是客人征服主人,重新组合,建立起一个新的家。形式征服题材,两者在对立、冲突中建立起新的艺术秩序和有生命的艺术世界。我们的基本观点是:艺术创作最终达到的内容与形式的和谐统一,不是形式消极适应题材的结果,恰好相反,是形式与题材对立、冲突,最终形式征服(也可以说克服)题材的结果。形式与题材二者相反相成。

苏联早期心理学家、艺术理论家列·谢·维戈茨基提出"要在一切艺术作品中区分开由材料引起的情绪和由形式引起的情绪",他认为,"这两种情绪处于经常的对抗之中,它们指向相反的方向",而艺术作品"应包含着向两个相反的方向发展的激情,这种激情消失在一个终点上,好像消失在'短路'中一样"。维戈茨基的意思是,在许多作品中,形式与题材的情调不但不相吻合,而且处于对抗之中,如题材指向沉重、苦闷等,而形式则指向超脱、轻松等,形式与题材所指的方向完全相反,但却又相反相成,达到和谐统一的境界。维戈茨基所举的最有名的一个例子,是他对布宁的短篇《轻轻的呼吸》的分析。这篇小说就题材看,所描写的是"一个放荡的女中学生的生活故事""一个外省女中学生的毫不稀奇、微不足道和毫无意义的生活",她刚十五岁就轻佻地与一个哥萨克军官谈恋爱,然而又与一个五六十岁的地主乱搞。这个漂亮的女中学生在生活刚刚开始之际,就突然被那个军官在火车月台上枪杀了。维戈茨基说"故事的实质就是生活的混沌,生活的浑水""生活的溃疡"。

我们若是在真实的生活里说这么一件事的话,那么我除了感到恶心和可怕之外,恐怕不会有其他的感觉。但这样一个恶心、可怕的题材,经作家布宁赋予诗意的形式,作过深度的艺术加工之后,"整个小说给人的印象就不同了",或者说"小说同本事所产生的印象截然相反,作者所要表达的正好是相反的效果,他的小说的真正主题当然是轻轻的呼吸,而不是一个外省女中学生的一段乱七八糟的生活。这不是写奥丽雅·梅歇尔斯卡娅的小说,而是一篇写轻轻的呼吸的小说。它的主线是解脱、轻松、超然和生活的透明性的感觉,而这种感觉从作为小说基础的事件本身是无论如何得不出来的。"① 维戈茨基以细致入微的分析,令人信服地说明了布宁的小说《轻轻的呼吸》,其形式与题材不但是对立的,而且"形式消灭了内容",题材的"可怕"完全被诗意形式征服,"通篇都浸透着一股乍暖犹寒的春的气息"②。

就小说而言,题材与形式之间对立是经常的事。小说的题材就是本事,本事作为生活原型性的事件,必然具有它的意义指向和潜在的审美效应。然而当小说家以其独特形式——叙述方式——去加工这个本事时,完全可以发挥它的巨大功能,对本事进行重新的塑造,从而引出与本事相反的另一种意义指向和审美效应。因为作为叙事方式的形式负责把本事交给读者,它通过叙述视角和叙述语调的刻意安排,把这个故事而不是那样一个故事交给读者,它可能引导读者不去看本事中本来很突出的事件,而去注意本事中并不重要的细节,引导读者先看什么事件然后再看什么事件等,这样读者从

---

① 具体分析见列·谢·维戈茨基:《艺术心理学》,周新译,193—214页,上海,上海文艺出版社,1985。
② 同上。

小说中所获得的思想认识和审美感受与从本事中所得到的可能会完全不一样。形式与题材对抗，并进而征服了题材。例如，布宁的小说《轻轻的呼吸》中，女中学生奥丽雅被哥萨克军官开枪打死，无疑是本事中最为重大的事件，但作家仅仅用"开枪打死"四个字带过，被安排在一个长句中间，而且"开枪打死"作为这篇小说一个最可怕、最令人难受的短语，又"完全被掩盖于对哥萨克军官的一长串平静的、匀称的描写和对月台，对刚刚下火车的广大人群的描写中了"①。相反，在本事中并不重要的奥丽雅与她的女友一次关于女性美的谈话，通过女主任老师———一个处女——的回忆，被大肆渲染。奥丽雅家的藏书中有一本《古代笑林》把"轻轻的呼吸"视为整个女性美的最重要一点。奥丽雅说："轻轻的呼吸！我就是这样的——你听我怎么喘气——真是这样吧？"维戈茨基对此分析说：这个细节"是整个小说的 Pointe，是揭示小说的真正涵义的一个逆转。"的确是这样，在这一个细节里凝聚的思想意义和审美效应比整个作品加在一起还要多。拿古代诗论的话说，这是"诗眼""文眼"，是画龙点睛的一笔。作家正是通过强调这一点和忽视那一点等艺术形式的深度加工，使形式征服题材，让题材归顺形式。维戈茨基的结论是："形式是在同内容作战，同它斗争，形式克服内容，形式和内容的这一辩证矛盾似乎正是我们审美反应的真正心理学涵义。"② 如果把这段话中的"内容"改为"题材"的话，那么我们就完全赞同维戈茨基的观点。

我们认为维戈茨基上述观点，是对内容与形式关系的一大发

---

① 列·谢·维戈茨基：《艺术心理学》，周新译，207 页，上海，上海文艺出版社，1985。

② 同上，213 页。

现。它带有普遍性。凡成功或比较成功的作品都是形式征服题材的范例。

上面我们主要是以事实为依据，来说明通过形式征服题材达到内容与形式的统一，是一条普遍的艺术规律。但是作为一种科学的理论仅靠举例说明是远远不够的。只有进一步从理论上进行有力的论证，才能确立它的真理性质。

我们认为，艺术创作中形式与题材对立、冲突，进而出现形式征服题材的"逆转"，反映了人类活动的特征。人类从事着各种各样的活动，其基本特征是辩证矛盾，或者说是对立的统一。

著名的生物学家达尔文在《关于人和动物的感觉表情》和《人类和动物的表情》两种著作中，提出了一条人和动物表情运动的"对立的原理"。达尔文认为：人和动物都是这样，"如果有一种直接相反的思想情绪，就会有一种强烈的、不由自主的意向要作出那些直接相反性质的动作""而在实现直接相反的动作时，我们就使一组肌肉发生作用，例如，向右转和向左转，把一件东西推开或拉近，把重物举起或放下……因为在相反的冲动下作出相反的动作已经成为我们和低等动物习惯性动作，所以，当某一类动作在某些感觉或情感活动的联想起来的时候，自然就可以假设，在直接相反的感觉或情感活动影响下，由于习惯性联想的作用，完全相反性质的动作便会不由自主的发生"[①]。达尔文的意思是说，人和动物的表情动作，都遵循着"对立的原理"，某种表情动作是以与之相反的表情动作为条件的。细细一想，达尔文的"对立原理"的确是人类活动的一大特征。就以我们人类的动作而言，若向前先要向后，若向左先要向

---

① 转引自列·谢·维戈茨基：《艺术心理学》，周新译，280页，上海，上海文艺出版社，1985。

右，若向上先要向下，若要吸先要呼，如运动场上的赛跑，每个运动员都拼命向前跑，可他能不能向前跑，取决于他的腿和脚向后蹬得是否有力跳高运动员要跳得高，很大程度上取决他在起跳前的向下一踏是否有力。至于掷铅球、铁饼、标枪，目标也是向前掷，但在向前掷的前一瞬间则是向后运动，据行家讲，举重是向上运动，可其诀窍则是在运动员向下蹬的姿势中。在人的表情活动中，"对立的原理"也处处体现出来。人愤怒到极点反而狂笑，开心到极点时反而流泪，悲哀到极度反而流不出泪，绝望到极度反而显得平静。俗话说"打是疼，骂是爱"，更是对"对立的原理"的通俗说明。总而言之，人们表现感情经常是与日常生活中认为是自然的、优美的、有益和快适的行动恰好相反的行动。

那么在人类的审美和艺术活动中，是否也遵循"对立的原理"呢？普列汉诺夫以大量的事实证明，达尔文提的"对立的原理"不但可以转移到社会学，而且也可以转移到审美学、艺术学。他尤其深刻地说明了人的审美兴趣的发展，部分地也是在对立原理影响下进行的。他举例说，在塞内冈比亚，富有的黑人妇女穿着很小的鞋子，小到不能把脚完全放进去，穿着这种小鞋走路其步态是很别扭的，但富人们都以这种步态为美。当时普通的妇女穿着正常的合脚的鞋，他们的步态是自然的正常的，却不认为是美的。富人妇女的步态"仅仅由于与劳累的（因而也是贫穷的）妇女的步态恰恰相反，所以才获得意义"①。换句话说，富人妇女的别扭步态被视为是美的，仅仅是因为她们的步态与穷苦妇女的步态相对立，她们从观念上认为凡与穷苦人相对立的言谈举动是美的。又如，山在今天的人们的

---

① 普列汉诺夫：《没有地址的信》，载《普列汉诺夫美学论文集》第1卷，曹葆华译，327页，北京，人民文学出版社，1983。

眼中，都认为是美的，可"对于17世纪（欧洲）的人们，再没有什么比真正的山更不美了。它在他们心里唤起了许多不愉快的观念。刚刚经历了内战和半野蛮状态的时代的人们，只要一看见这种风景，就想起挨饿，想起雨中或雪地上骑着马作长途的跋涉，想起在满是寄生虫的肮脏的客店里给他们吃的那些掺着一半糠皮的非常不好的黑面皮。"① 这是法国学者伊·泰纳在《比利牛斯游记》中告诉我们的。他说明，即使在欣赏风景的问题上，对立的原理也在起作用。普列汉诺夫还指出由阶级斗争所引起的对立原理的心理作用，使英国贵族在"复辟以后，法国风味开始支配英国舞台和英国文学。人们蔑视莎士比亚……把他当作'烂醉的野蛮人'"②。其仅仅是因为莎士比亚属于平民，属于民主主义，所以贵族必须跟他对立，才能显出自己的"高雅"。

达尔文提出的"对立的原理"可不可以运用到艺术作品的内容与形式的关系上面呢？维戈茨基认为是可以的。他说："达尔文发现这一奇妙规律，毫无疑义地运用于艺术，看来，下面的情况对我们来说再也不是个谜了：同时引起我们对相反性质的激情的悲剧，大概就是按照对立定律发生作用的，它把相反的冲动送到相反的各组肌肉上去。悲剧仿佛迫使我们同时向右、向左转，同时把重物举起和放下，它同时刺激肌肉及其对抗体。""任何艺术作品——寓言、短篇小说、悲剧——都包含有激情矛盾，引起互相对立的情感系列，并使这些对立的情感系列发生'短路'而归于消灭。这也可以叫作

---

① 转引自普列汉诺夫：《没有地址的信》，载《普列汉诺夫美学论文集》第1卷，331页，北京，人民文学出版社，1983。
② 同上，328页。

艺术作品的真正效果。"① 维戈茨基的意思是：任何艺术作品的内容与形式这两个因素，其情感指向是不同的，内容"向右"转，而形式则"向左"转，形式与内容对抗，并战而胜之，从而转出一个属于艺术的新的情感世界，这是"对立的原理"在艺术内部构成中的体现。正因为"对立的原理"的这种作用，艺术才可以去描写苦难、不幸、失恋、挫折、伤痛、死亡、愁思、苦闷、丑恶、变态、异化等等。很清楚，种种消极的压抑的题材及其情感指向，只有在形式与之对立，并进而塑造它、克服它、征服它的情况下，才能由不快感转化为快感，痛感转化为愉悦感。列夫·托尔斯泰说过一句话，他要求作家"像写鲜花那样去写死刑"。死刑作为题材仍然是死刑，不是鲜花，但在艺术中通过艺术形式的作用，其压抑的性质可以得到缓解。譬如，我们可以把烈士的死写得非常崇高壮美，读者看到这种描写才会在悲愤、惋惜的同时，获得审美的快感。

实际上，艺术形式对题材的控制、改造、转化、征服，早就被一些伟大的思想看到了。狄德罗在谈到演员必须以自己的声音、节奏（形式）控制表演时这样说："什么？有人会问：这位母亲发自肺腑的如此哀怨、痛苦的叫声，猛烈地震撼着我的心灵，难道她此时此际并没动真情，并非处于绝望的境地？绝对没有。证据是这些叫声都是经过衡量的；它们是一种朗诵体系的组成部分；只消比一个四分高声高上或低下二十分之一，它们就变得不可信；它们都受一个统一的法则的支配；如同演奏和声，它们都是准备好的，到适当时机才出现的。"② 狄德罗的话可能有点太绝对，但很深刻地说明了

---

① 列·谢·维戈茨基：《艺术心理学》，280—281页，上海，上海文艺出版社，1985。

② 狄德罗：《演员奇谈》，载《狄德罗美学论文选》，张冠尧等译，285—286页，北京，人民文学出版社，1984。

在戏剧表演中,演员的声音、动作作为一种形式,必须非常的准确,连每一个"叫声"都必须"经过衡量",成为"一种朗诵体系的组成部分",只有这样,才能控制住所要表现的感情,才能使某些让人恐惧、悲哀的压抑性质的情感,变得可以供观众"享受",而不是让观众一味地恐惧、悲哀。这里特别值得注意的是席勒的论述,他说:"艺术家通过艺术加工不仅要克服它的艺术门类的特性本身带来的限制,还要克服他所加工的特殊素材所具有的限制。在真正美的艺术作品中不能依靠内容,而要靠形式完成一切。因为只有形式才能作用到人的整体,而相反的内容只能作用于个别的功能。内容不论怎样崇高和范围广阔,它只是有限地作用于心灵,而只有通过形式才能获得真正的审美自由。因此,艺术大师的独特的艺术秘密就在于,他要通过形式来消除素材。素材本身越宏伟、越傲慢、越富诱惑力,素材越是专擅地显示自己本身的作用,或者观众越倾向于直接介入素材,那种主张支配素材的艺术就越成功……在艺术中对待最轻浮的对象也必须把它直接转变成极其严肃的东西。对待最严肃的素材我们也必须把它更换成最轻松的游戏,激情的艺术如悲剧也不例外。"① 席勒的"要靠形式完成一切"的看法无疑是片面的,但他的总体思想却对我们有启发。艺术创作的确是这样,在题材确定之后,主要矛盾就转到"怎么写"的问题上面,即如何安排艺术形式上面。形式并不是起消极呈现题材的作用,而是一种"攻击"力量,塑造力量,它与题材对抗,"严肃"的题材往往用轻松的形式去征服,而"轻浮"的题材则往往又用"严肃"的形式去克服,这样就可获得深度艺术加工的内容与形式有机和谐统一的艺术作品,这种艺术作

---

① 席勒:《美育书简》,徐恒醇译,114—115页,北京,中国文联出版公司,1984。

品就可以整体地作用于读者的心灵，使读者步入审美自由的境界。

我们认为形式征服题材，并不是我们不重视作品的内容。恰恰相反，我们强调形式对题材的巨大的塑造作用，正是为了突出作品的内容，突出作品内容形式的辩证规律。说到底，艺术形式如同一幅画的背景，这个背景的颜色与其要衬托的事物内容的颜色反差愈大，那么，被背景衬托的事物也就愈突出。契诃夫在写给丽·阿·阿维洛娃的一封信中说："我以读者的身份给您提一个意见：您描写苦命人和可怜虫，而又希望引起读者怜悯的时候，自己要极力冷心肠才行，这会给别人的痛苦一种近似背景的东西，那种痛苦在这背景上就会更明显地露出来。可是如今在您的小说里，您的主人公哭，您自己也在叹气。是的，应当冷心肠才对。"① 契诃夫以一个艺术家的卓识道出了一条重要的艺术规律。实际上写什么（题材、内容）与怎么写（形式）是不能相混淆的。这两者愈是相抗衡，从抗衡中获得统一的可能性就愈大。这就是相反相成。形式在内容的关系中诚然处于次要的被吁求的地位，内容是"主"，形式是"客"，这一点不容怀疑，但为了突出"主人"的地位，非得有脾气、性格不同的"客人"才行。形式与题材相对抗，并不是单纯为了显示形式自身，而是为了在对抗中产生"逆转"，并从这"逆转"中获得真正的艺术内容。

（原载《文艺理论研究》1991 年第 2 期）

---

① 契诃夫：《契诃夫论文学》，汝龙译，205 页，北京，人民文学出版社，1959。

第四辑

比较诗学

《文心雕龙》"道心神理"说新探

全球化已经不仅仅是在经济方面迅速发展,也蔓延到文化、思想和学术各个领域。全球化把世界变成一个地球村,各个民族国家之间的关系,变成了中国乡村中的邻里的关系。由于彼此之间离得很近,相互吸引又相互排斥,于是就不能不产生了两个相反的效应:第一是各民族国家之间彼此联系更为紧密,你中有我,我中有你,完全无法截然分开,甚至成为"中美"之类的关系,一荣俱荣,一损俱损,连文化和思想也是这样,彼此渗透,彼此学习。对此,我想用"照亮"这个词。各民族产生于不同历史和文化背景的文化和思想"照亮"了对方曾经是阴暗不明的角落,使原先连自己也不能详细考察的思想也因为有邻里思想烛光的"照亮",而获得了理解。第二是由于全球化把距离拉近了,各民族国家相互碰撞的事件不时发生,从而形成了对峙的格局。最典型的事例是2012年美国好莱坞的一部抹黑伊斯兰教先知穆罕默德的电影,引起了中东、南亚、北非等几十个伊斯兰国家人民的抗议,形成了世界性的反美浪潮。美国以"言论自由"来辩解,伊斯兰国家的人民则以伊斯兰教派的教义不可亵渎为由继续反美。

全球化的这两种效应,即各民族国家经济、思想、文化的相互

"照亮"和相互对立,为东西方学术思想的比较提供了可能。因为就在这种相互"照亮"和相互对立中,彼此更为了解,更为熟悉,在了解和熟悉的基础上,学术思想的比较、对话也就有了更多的可能。

此文拟以刘勰《文心雕龙》"原道"思想的阐释为例,说明旧的哲学认识论视角不能很好作出解释,倒是以西释中的做法具有彼此"照亮"的效应。

一、刘勰的"原道"说是唯心主义的吗?

2002年,我在《长江学术》上发表了《〈文心雕龙〉"道心神理"说》一文。十多年后,我又一次给学生讲《文心雕龙》,发现老一辈的有些学者对刘勰的《文心雕龙·原道》没有完全理解。我自己十年前的理解也缺乏深度。此文我想尝试用西方现代的心理学观念来阐释刘勰的"原道"思想,看看西方的思想是如何"照亮"刘勰的思想的,以补前文之不足。也想就鲁迅先生对"原道"的看法,当代前辈古文论学者、"龙学专家"祖保泉先生等人的看法,提出来讨论,就正于方家。

鲁迅是认真读过刘勰《文心雕龙》的,他的著作中有许多思想来自《文心雕龙》。这里不拟一一论列。鲁迅的著作中直接明确提到刘勰的有五处。他早年的《摩罗诗力说》一文,在议论屈原时,曾引用刘勰《辨骚》篇的话,说:"刘彦和所谓'才高者菀其鸿裁,中巧者猎其艳辞,吟讽者衔其山川,童蒙者拾其香草'。皆着意外形,不涉内质,孤伟自死,社会依然。四语之中,函深哀焉。"这是借刘勰的话说明屈原的《离骚》影响有限。鲁迅的《吃教》一文,也谈到刘勰,说:"达一先生在《文统之梦》里,因刘勰自谓梦随孔子,乃始论文,而后来做了和尚,遂讥其'贻羞往圣'。其实是中国自南北朝以来，凡有文人学士，道士和尚，大抵以'无特操'为特色的。晋以来的名流，每一个人总有三种小玩意，一是《论语》和《孝经》，二是《老子》，三是《维摩诘经》，不但采作谈资，并且常常做一点注解。"这段话的意思说，刘勰作为晋以来的名流，也是都要在儒家、道家和佛家之间吸收思想营养。鲁迅这个论断，对于我们理解刘勰文论思想的综合性很有帮助。此文接着"吃"的主旨，还谈到刘勰由"不撤姜食"一变为"吃斋"，于肠胃里的分量原无区别。鲁迅谈论刘勰最重要的地方，还有以下两处：一处是在《"诗论"题记》中提到刘勰《文心雕龙》的地位，说："篇章既富，评骘遂生，东则有刘彦和之《文心》，西则有亚里士多德之《诗学》，解析神质，苞举洪纤，开源发流，为世楷式。"① 这是把刘勰的《文心雕龙》与亚里士多德的《诗学》相提并论，作出了肯定性的高度评价。另一处是在《汉文学史纲要》，鲁迅写道："梁之刘勰，至谓'人文之元，肇自太极'（《文心雕龙·原道》），三才所显，并由道妙，'形立而章成矣，声发而文生矣'，故凡虎斑霞绮，林籁泉韵，俱为文章。其说汗漫，不可审理。"这一段显然是对文章与天地自然相等同提出质疑。所谓"汗漫"，即空泛，不着边际；"不可审理"，即不可详细考察。鲁迅对于刘勰文章源于自然之道的评论，很自然就引发人们的研究。

早在1981年就有学者发表文章说："从今天看来，刘勰的这些说法，的确有许多糊涂观念在里面。首先，包括文学在内的'人文'，并不是'自然之道'的直接表现。文学确实反映了自然的道理或规律，但这种反映必须经由人类的头脑，必须通过艺术的形象，

---

① 《鲁迅佚文集》，299页，成都，四川人民出版社，1979。手迹原文无题，编者加《"诗论"题记》，首载西北大学《鲁迅研究年刊》1974年创刊号。

也就是说，它是客观存在的自然界和社会现实在人类头脑中一种特殊形式的反映的产物，是意识形态，属于社会的精神现象。因此，像刘勰那样，把作为社会意识形态的文学和自然现象混同起来论述，就难免流于荒诞不经。……充满神秘色彩的唯心主义的说教。"① 前辈老学者祖保泉先生对《文心雕龙》的研究和教学，贡献甚多。仅就他1993年出版的宏著《文心雕龙解说》而言，其注释，其解说，全面细致，功力深厚，多有创见，给后辈学人很大的启发。但对我们的前辈学者来说，他们经历过20世纪50年代的唯心主义批判，"唯物"就是"进步"，"唯心"就是"反动"，这种思想深入骨髓。这样，就把唯物认识论（其实对唯物认识论有许多偏颇的理解）看成是唯一正确的理论，对于研究的对象，处处都要把它们放到"唯心""唯物"那个天平上去衡量，从而把复杂的学术问题公式化和简单化，丧失掉学术研究应有的品格。难道不是这样吗？祖保泉研究《文心雕龙》，有时（我仅说"有时"）不免也陷入那种"唯物"和"唯心""进步"与"反动"的旧套子中去。我自己何尝不是这样，有时就用旧套子套新事物。这些似乎是多余的话，但我认为不多余，所以不得不先说，并把这段有关历史语境的话摆在这里，意在说明我与前辈学者商讨问题时，也同时在检查和省视自己。我这里要商兑的，就是鲁迅关于刘勰的"道""汗漫"而"不可审理"的批评和祖保泉对刘勰"原道"的理解。祖保泉在《文心雕龙解说》一书中，在引用了鲁迅的上述质疑后，也作出了诸多质疑和批评。

概括起来，祖保泉站在辩证唯物主义的立场给刘勰扣了两顶帽子："历史唯心主义"和"客观唯心主义"。刘勰在《原道》篇中是

---

① 蒋祖怡、韩泉欣：《略说鲁迅对刘勰〈文心雕龙〉的批判继承》，载《杭州大学学报》，1981年第4期。

怎样犯了"历史唯心主义"错误的呢？祖保泉引了刘勰的《原道》头一句"文之为德也大矣，与天地并生者何哉？"然后质疑道："《原道》篇开头就这么引人注目地提出问题，照刘勰看，有天地时便有人类，也便有文章。天、地、人、文四者都是同时出现在宇宙间的。这就是说，作为观念形态的'文'（文章、文字）与物质的天地（包孕万物）两者之间，没有什么存在决定意识或意识决定存在的关系。显然，刘勰是丢掉了人的社会性、脱离了人的社会历史发展来谈'文'的起源的，这是历史唯心主义的论调。"① 祖保泉是用马克思主义哲学的"存在决定意识"的观点来批判刘勰，认为刘勰没有认识到物质存在是第一性的，观念形态是第二性的；更进一步，又用人的历史社会性来评论刘勰写于公元4—5世纪的文章，这是否"责怪"② 过分了呢？当然，祖保泉似乎也不是要求刘勰的"原道"思想达到马克思主义的历史唯物主义的水平，他书中对古代学者常常满口称赞朴素的唯物思想。其实，如果我们仔细体会《原道》篇全文和《文心雕龙》全书，刘勰朴素的唯物思想不是贯穿《原道》全篇和《文心雕龙》全书吗？仅就《原道》篇而言，黄侃先生在北大的讲稿就指出，《文心雕龙》《原道》篇"……以为文章本由自然生，故篇章数言自然，一则曰：'心生而言立，言立而文明，自然之道也。'再则曰：'夫岂外饰，盖自然耳。'三则曰：'谁其尸之，亦神理而已。'寻绎其旨，甚为平易"。显然，黄侃先生的

---

① 祖保泉：《文心雕龙解说》，12页，合肥，安徽教育出版社，2009。
② 祖保泉在谈到普列汉诺夫的"文学起源于劳动"后，曾说"这种说明当然不是马克思主义出现以前的理论家所能完全肯定的，我们更不能责怪包括刘勰在内的古代文学理论家们不知道这一科学观点"。可他刚刚说完不要"责怪"，立刻就用马克思主义观点"责怪"刘勰不晓得"社会存在决定社会意识"了。载《文心雕龙解说》12页。

理解是有道理的，刘勰《原道》篇强调的就是"自然"的演绎功能，自然→人心→语言→文章（包括文学），文章是以自然为源头的，这难道不是朴素唯物主义吗？又，刘勰在《文心雕龙·时序》也曾说过："时运交移，质文代变，古今情理，如可言乎！"又说："故知歌谣文理，与世推移，风动于上，而波震于下者。"刘勰在叙述了文章发展脉络之后，还说："故知文变染乎世情，兴废系乎时序，原始以要终，虽百世可知也。"这些话语论述到了文章与人的关系，文章与世情的关系，文章与时代的关系，就不仅仅是朴素唯物主义了，就是拿到今天来立论，也是很精彩的，怎么能说刘勰"丢掉了人的社会性、脱离了人的社会历史发展来谈'文'的起源"呢？

看来，祖保泉硬要给刘勰戴上"历史唯心主义"的帽子，关键就在于他认为刘勰把"天、地、人、文四者"并举，"同时出现在宇宙间"，没有说明物在先心在后，没有说明物决定心的问题，这就把物与心哪个是第一性哪个是第二性，是物决定心还是心决定物的马克思主义辩证唯物主义的命题来要求刘勰回答。生活于公元4至5世纪的刘勰的确没有也不可能回答马克思19世纪才提出的问题。

况且，我们既然是谈论刘勰的思想，最好要放到中国传统思想的历史文化语境中来考察，而不宜以西方现代的问题来为难、"责怪"他。在心与物问题上，西方文化讲"唯心"与"唯物"，那么第一个大问题，就是心与物谁先谁后、谁决定谁的问题。根据回答的不同，这就形成了"唯物主义"与"唯心主义"的一正一反的对立。东方的中国则不同，中国文化很早就形成了"中道"观念。《中庸》上说："执其两端，用其中于民。"这种"中道"思维，把天下一切事物都分为"两端"，如乾与坤、心与物、明与阳、动与静、高与下、内与外、方与圆、真与伪、美与丑、善与恶等等。对于"执其两端"而取其"中"，也不能简单地理解为不走极端，不绝对化，不惊世骇俗，不标新立异，其真正的意义是说：两端之间在一条线上，有一个中间过程，是相互联系、相互包容的。比如心与物是相通的，著名国学家钱穆这样说："中国人观念，主张心与物相通，动与静相通，内与外相通。相通可以合一，合一仍可两分。既不能有了心没有物，也不能有了物没有心。心与物看来相反，实际是相成的。"① 刘勰在《文心雕龙·诠赋》和《文心雕龙·物色》直接讲心与物的相互关系，就是按照中国思想文化语境中的观念来理解的。《诠赋》篇说："原夫登高之旨，盖睹物兴情。情以物兴，故义必明雅；物以情观，故词必巧丽。"一方面是"睹物兴情"，另一方面是"情以物观"，二者相反相成，相互促进，不存在对立关系。《物色》篇则说："是以诗人感物，联类不穷。流连万象之际，沉吟视听之区；写气图貌，既随物以宛转；属采附声，亦与心而徘徊。"一方面是心随物以宛转，另一方面是物与心而徘徊，也是心物相反相成，相互促进。祖保泉所引的"文之为德也大矣，与天地并生者何哉"这句话，所关注的也是心物关系问题，即文章与作为自然的天地是相互生成的，讲的是自然与文章并生的关系，而不是讲自然与文章谁先谁后的问题，谁决定谁的问题，刘勰所关注的是自然与文章"两端"一线之间的相互关系问题。就后文看，刘勰讲了自然中"龙凤""虎豹""云霞""草木"等的美丽，又讲"惟人参之，性灵所钟，是谓三才"。这里，"性灵所钟"强调了人的感性和理性的凝聚、集中和汇合的功能，凸显了人的性灵的作用，并没有"脱离人的社会发展来谈文的起源"的弊病。这段话最后的结语是："无识之物，郁然有彩；有心之器，其无文欤？"这里的"有心之器"指具有心智的人，有了人就有人的发展历史，这是当然之理。这一结语把物与

---

① 钱穆：《中华文化十二讲》，109 页，台北，东大图书股份公司，1985。

人分开，但更强调的是有心智的人在文章产生中的能动作用，说明人是多么可贵，这是重视历史传统的中国古人一贯的人文主义的体现。所以，我认为祖保泉给刘勰扣"历史唯心主义"的帽子是不妥的。这种不妥，既表现在不可用马克思的理论来要求中国古人，又表现在脱离中国历史文化语境而产生误解。

祖保泉给刘勰扣的第二顶帽子是"客观唯心主义"，这实在是太"高抬"了刘勰，因为一般人都认为黑格尔提出"理念"为万物的精神本源，这才是"客观唯心主义"的，他的理论是"先验"说的；刘勰的理论性质是经验性的，怎么能独出心裁或标新立异而提出"精神本源"问题呢？祖保泉在其书中三次说到刘勰是"客观唯心主义"，归结起来是对"神理""太极""圣文"等词语的训诂问题。对这些词语的训诂同样要进入中国古代的思想文化语境，才能寻找到对它们的恰切解释，它们实际上与西方文化语境中的"客观唯心主义"并没有对应的关系。

例如，刘勰说："若乃《河图》孕乎八卦，《洛书》韫乎九畴，玉版金镂之实，丹文绿牒之华，谁其尸之，亦神理而已。""龙献图""龟献书"在刘勰看来是真实的自然。对于刘勰《文心雕龙·原道》中的"神理"一词，我在十多年前写的《〈文心雕龙〉"道心神理"说》一文中谈道："这里有人可能要问，篇中所提的'河图''洛书'是怎么回事，这也是自然吗？回答说：是。在我们的先人看来，这也是自然。古代的人们对自然并没有今天人们科学的认识，常常把一些传说的东西，想象成真实的，当成自然存在。因为先人在神秘的大自然的面前对自身的能力是缺少信心的，所以把语言文字的最早创造归功于龙献图、龟献书，是不足怪的，这是先人的古老天道自然崇拜论在起作用。自然崇拜论的实质，就是把世界上一切神秘的无法解释的现象都归结为自然的本然存在。把平淡的还给自然……把神奇的也还给自然,把一切荒诞的都还给自然,这是一种朴素的唯物论。王充《论衡·自然》中说:'河出图,洛出书……此皆自然也。夫天安得以笔墨为图书乎?天道自然,故图书自成。'我认为用王充讲的'天道自然'。最为合理。由此我们可以这样来解释:刘勰并不是从认识论的视野来看待天道自然的,而是从古代的朴素的存在论来看天道自然的,人进入自然,与自然融合为一个整体。自然不是认识的对象,而是体验的感悟的和想象的对象。"[1] 我至今仍觉得我的理解是合理的,对于远古人类而言,他们对周围的一切都充满神秘感、不可知感,于是用后人所用的"互渗律"来认识、想象周围的事物。远古人类与周围现实所形成的关系本身就是客观存在,我们不能用我们今天的科学认识来替代古人实际存在的状况,并指责他们是"唯心主义"。

又如,对"太极"一词的解释也关系到对"原道"篇的理解。刘勰《原道》篇说:"人文之元,肇自太极。"祖保泉认为,在刘勰之前,对"太极"有唯物主义的理解,也有唯心主义的理解。也许祖保泉的说法是对的,但我不明白的是,为什么他偏偏要采用唯心主义的理解,并以之为批评刘勰"客观唯心主义"的根据。就刘勰《原道》篇的语境看,"太极"来源于《易·系辞上》:"是故(易)有太极,是生两仪。两仪生四象,四象生八卦。"郑玄注《易·乾凿度》称"太极"为:"气象未分之时,天地之所始也。"这个解释可能最为准确。当代著名学者高亨说:"太极者,宇宙之本体也。宇宙之本体,《老子》名之曰'一',《吕氏春秋·大乐》篇名之曰:'太一',《系辞》名之曰'太极'。"[2] 据此,我们可以把"太极"理解

---

[1] 童庆炳:《〈文心雕龙〉"道心神理"说》,载《长江学术》2002年第3辑。
[2] 高亨:《周易大传今注》,538页,济南,齐鲁出版社,1979。

为宇宙原始混沌之本体。刘勰的"人文之元，肇自太极"，即可理解为人类的文化、文章和文学最早来源于古老的自然。我们为什么要把"太极"理解为万物的"精神本源"呢？

以上所论，意在表明把刘勰《原道》篇的"道心神理"批评为"历史唯心主义"和"客观唯心主义"是没有道理的。应该把属于刘勰的东西还给刘勰，把历史还给历史。

二、"原道"说与"异质同构"说比较

鲁迅说刘勰的"原道""其说汗漫，不可审理"，蒋祖怡、韩泉欣的文章批评刘勰"原道"理论把"作为社会意识形态的文学和自然现象混同起来论述"，祖保泉著作中三次批评刘勰把"天文"与"人文""混为一谈"，都表达了同样一个意思：自然是自然，文学是文学，二者不容混淆，因为自然是客观存在而属于物，而文章、文学则是主观意识而属于心，两者是不同质的，这中间又不讲主观对客观的"反映"，而刘勰似乎就直接地把客观存在与主观意识等同起来，这不是"汗漫"、不是"混同"、不是"混为一谈"吗？下文拟在厘清刘勰的"原道"说并不是唯心主义的基础上，尝试着解释刘勰所理解的物与心之间的沟通或冥合问题。

无论中外，古人对于外在的物与内在的心的关系朴素理解，就是通过人的五官的视、听、嗅、触、摸等所产生的感觉、知觉、表象、情感的反应等来了解外在的事物，在这些心理机制的基础上，进一步就有了模仿、复写、影印、认知等人对物的掌握；到了现代有了哲学"反映"论，以及心理学的"移情"论和"直觉"论，心与物的沟通才得到现代科学知识的解释。但是，解释心与物的沟通是不是就只有"反映"论、"移情"论和"直觉"论呢？特别是对

于刘勰"原道"说中"物"与"心"与"文"是如何"过渡"的，我们根据其特征能不能找到新的理论来解释呢？

刘勰"原道"说中的"道"，就是他心目中的"自然"。刘勰认为自然美丽无比，说"旁及万品，动植皆文：龙凤以藻绘呈瑞，虎豹以炳蔚凝姿；云霞雕色，有逾画工之妙；草木贲华，无待锦匠之奇。夫岂外饰，盖自然耳。至于林籁结响，调如竽瑟；泉石激韵，和若球锽。故形立则章成矣，声发则文生矣。"刘勰这段描写充分展现了自然之美。问题是这自然之美如何会转化为文章和文学之美呢？自然是客观的，文章、文学是主观的，鲁迅批评其"汗漫，不可审理"，祖保泉则质疑："怎么能把这不同质的东西混为一谈呢？"① 十多年前，拙作《〈文心雕龙〉"道心神理"说》用"衍化"一词来解释，意思是自然通过人的心与言衍化为人文。现在看来，这"衍化"一词似乎也还欠清晰，"衍化"什么，怎么"衍化"，没有把道理完全说清楚。所以，鲁迅质疑的"汗漫，不可审理"，祖保泉质疑的"怎么能把这不同质的东西混为一谈呢"是不能回避的，必须给出一个理论的解释。

在我有限的知识中，我初步觉得德裔美籍学者阿恩海姆（1904—2007）提出的"异质同构"说似乎可以用来解释刘勰的"原道"说。阿恩海姆长期任哈佛大学教授，是著名的艺术心理学家，曾任美国心理学学会会长。他在《艺术与视知觉》一书讨论"表现"问题时，提出和论证了"异质同构"理论。什么是"表现"？"表现"一词有广义与狭义的区别。广义的"表现"就是指"传递"，如"某某人表达了他的见解"，这种意义上的"表现"无边无际。阿恩海姆采用的是狭义的"表现"，主要指"透过某人的外

---

① 祖保泉：《文心雕龙解说》，12—13页，合肥，安徽教育出版社，2009。

貌和行为中的某些特征把握到这个人的内在情感、思想和动机"①，或者是透过某物的特征把握到人的情感、思想与动机。总的来说，"表现"就是通过外在的东西去把握人的内在的情感和思想。那么，如何通过外在的事物的特征去把握人的内在情感和思想呢？作为格式塔心理学派的代表，阿恩海姆提出了"异质同构"理论。

根据阿恩海姆的评述，最初发现"异质同构"理论幼芽的是美国著名心理学家詹姆斯，他在著名的《心理学原理》一书中，提出了身与心是否同一的问题。他说："必须指出，为这些作者们所极力强调的活动与情感之间的不等同，并不像乍一看上去那样绝对。在一般的情况下，我们不仅能从时间的连续中看到心理事实与物理现实之间的同一性，就是在它们的某些属性当中，比如它们的强度和响度、简单性和复杂性、流畅性和阻塞性、安静性和骚乱性中，同样也能看到它们之间的同一性。"② 按照詹姆斯的理解，人的身体和人的心理是不同质的，前者是物质性的，后者是非物质性的，但它们之间的结构性质是可以等同的。这就是最早的"异质同构"理论。这种理论经过诸多格式塔心理学家如韦太默、柯勒、卡夫卡等人的发展和验证，最终阿恩海姆正式提出了"异质同构"理论，它与詹姆斯不同之点在于：阿恩海姆认为，一切事物（包括自然事物）总会有一种特征，这种特征透露出一种"力的结构"，这种"力的结构"常常表现为："上升和下降、统治和服从、软弱和坚强、和谐与混乱、前进和退让等等基调，实际上乃是一切存在物的基本存在形式。不论是在我们自己的心灵中，还是在人与人之间的关系中；不

---

① 阿恩海姆：《艺术与视知觉》，滕守尧、朱疆源译，609—610页，北京，中国社会科学出版社，1984。
② 转引自阿恩海姆：《艺术与视知觉》，滕守尧、朱疆源译，614页，北京，中国社会科学出版社，1984。

论是在人类社会中,还是在自然现象中;都存在着这样一些基调。……我们必须认识到,那推动我们自己的情感活动起来的力,与那些作用于整个宇宙的普遍性的力,实际上是同一种力。只有这样去看问题,我们才能意识到自身在整个宇宙中所处的地位,以及这个整体的内在统一。"阿恩海姆的"异质同构"理论的主要贡献在于,它指出了人的心理事实与物理事实实际上具有某种同样的表现性,这就给文学艺术的创作和评论提供了一条新的解释思路。例如,我们常常会用垂柳表达一种悲哀的情感,用屋柱顶压来表达人所承受的巨大压力,这应作何解释呢?阿恩海姆回答了这个问题:"一棵垂柳之所以看上去是悲哀的,并不是因为它看上去像是一个悲哀的人,而是因为垂柳枝条的形状、方向和柔软性本身传递了一种被动下垂的表现性;那种将垂柳的结构与一个悲哀的人或悲哀的心理结构所进行的比较,却是在知觉到垂柳的表现性之后才进行的事情。一根神庙中的立柱,之所以看上去挺拔向上,似乎是承担着屋顶的压力,并不在于观看者设身处地站在了立柱的位置上,而是因为那精心设计出来立柱的位置、比例和形状中就已经包含了这种表现性。"[①] 这意思是说,作为植物的垂柳与人的情感的悲哀是不同质的,屋下的立柱与人承受压力也是不同质的,但垂柳的力的结构和人的悲哀心理的力的结构是同一的,屋顶下经艺术家精心设计的立柱所透露的力的结构与人承受压力时的力的结构是同一的,因此观看者会引起共鸣。更进一步的意思是,自然与人在宇宙中处在一个整体的内在统一中,宇宙具有普遍的力,人的表现也是一种"力",某物及形状与人的某种情感的表现倾向,在"力"的结构上可以是一致

[①] 阿恩海姆:《艺术与视知觉》,滕守尧、朱疆源译,624页,北京,中国社会科学出版社,1984。

的,虽然这种"力"的结构已经是一种非心非物、亦心亦物的东西。

这种理论看起来有点神秘,实际上并不难理解。阿恩海姆指出:"表现性在人的知觉活动中所占的优先地位,在成年人当中已有所下降,这也许是过多的科学教育的结果,但在儿童和原始人当中,却一直稳固地保留着。按照维尔纳和柯勒收集的资料,儿童和原始人在描述一座山岭时,往往把它说成是温和可亲的或狰狞可怕的;即使在描述一条搭在椅背上的毛巾时,也把它说成是苦恼的、悲哀的或劳累不堪的等等。"[①] 这种说法是可信的,因为我们童年时期就会对周围的事物作出类似的解释。我们周围的玩具,是客观物体,并不具有思想,但因为幼小的心灵分不清意识与物体的关系,幼小心灵的思想还没有达到意识产生于物体的反映论阶段,而把自己的心与客观的物"混为一谈"了,他(她)拿着一个娃娃没完没了地说话,他(她)画了一竖并不笔直的黑色的线条,以为这是他(她)竖立起来的真的柱子……这本身是一个事实,我们不能批评儿童"唯心主义"。

阿恩海姆进一步把这种"异质同构"理论运用于解释艺术的表现性的分析中,他说:"一个艺术品的实体就是它的视觉外观形式。按照这样一个标准去衡量,不仅我们心目中那些有意识的有机体具有表现性,就是那些不具意识的事物——一块陡峭的岩石、一棵垂柳、落日的余晖、墙上的裂缝、飘零的落叶、一汪清泉,甚至一条抽象的线条、一片孤立的色彩或是在银幕上起舞的抽象形状——都和人体具有同样的表现性,在艺术家眼睛里也都具有和人体一样的

[①] 阿恩海姆:《艺术与视知觉》,滕守尧、朱疆源译,619页,北京,中国社会科学出版社,1984。

表现价值，有时候甚至比人体还更加有用。"① 这样，阿恩海姆就把他的"异质同构"理论运用于对艺术品表现性的考察中。他的这种考察可以引起我们的许多"共鸣"，在中国古典的诗词中，春风、野草、月亮、江河、山岭、花鸟等不具意识的事物，常常是诗人笔下表达情感不可缺少之景物。我想这一点大家都理解，是无须多言的。还有一种情况，那就是作者似乎只写"物"和物的变动，人们就能领会作者要表现什么情感与思想了。如《论语》中记载孔子的话："子在川上曰：逝者如斯夫，不舍昼夜！"又："天何言哉！四时行焉，百物生焉，天何言哉！"这里只写流水和上天，但我们感到的就不仅仅是流水和上天了，我们似乎在自然中领会到人的生命的脉动。台湾学者徐复观在谈到刘勰的《诠赋》中"情以物兴"和"物以情观"时说："主观的性情，与客观的自然，是不知其然而然地冥合无间的。《神思》篇把这种情形称为'故思理为妙，神与物游'，真是言简意赅了。"② 看来，"异质同构"理论同样也适合于中国古代文章、文学表现性的解释。

在大体评述了阿恩海姆的"异质同构"理论之后，让我们回到刘勰《原道》篇的论说，尝试进行一些比较。的确，刘勰清楚地区别了自然与人，他所说的"无识之物"与"有心之器"，就把自然与人区隔开来，这里不存在混淆；但是对于"天文""地文"如何"衍化"为"人文"，作者用"心生而言立，言立而文明"来解释，有人认为没有说清楚自然之物如何在人的知觉活动中变成情感之文，从而引起鲁迅的"汗漫"和祖保泉的"混为一谈"的质疑，但是如果我们用阿

---

① 阿恩海姆：《艺术与视知觉》，滕守尧、朱疆源译，623页，北京，中国社会科学出版社，1984。

② 徐复观：《中国文学论集》，57页，北京，九州出版社，2014。

恩海姆的"异质同构"说来解释，其疑团也就自然解开了。

刘勰《原道》开篇在说了天地、日月、山川的美丽之后，指出"此盖道之文"后，接着说："仰观吐曜，俯察含章，高卑定位，故两仪既生矣。惟人参之，性灵所钟，是为三才，为五行之秀，实天地之心。"这里的"观"是观看天地的光辉，这里的"察"是察看地面万物的文采，这都是人的知觉活动，所以刘勰接着说"惟人参之"，把天、地、人并举，并指称其为"三才"。天、地是指物质性的宇宙，人则是具有心智的高等动物，这是不同"质"的，但刘勰把它们归为一类，即"三才"；它们都具有文采，这就是天、地与人"异质"而"同构"，即天、地的"力的结构"与人的"力的结构"是同一的。所以，这里的"道之文"不仅仅是指自然天地的"文"，也指人的"文"。看来，我们理解刘勰的"原道"的"道"时，不应把它看成是"不以人的意志为转移"的存在物，它已经在人的知觉活动中，被改造为非心非物、亦心亦物的事物了。如果用阿恩海姆的理论看，这就意识到人自身在整个宇宙中的地位，人与宇宙的不可分离，以及人与这个整体宇宙的内在统一性。更具体地说，自然景物属于自然界，人的情感与思想属于意识界，春天和花朵是自然物体，人的快乐和喜悦是情感意识，"异质同构"理论就不认为这种区分在谈论表现性时是合理的，恰好是不合理的，它主张在谈论表现性时应采用"林奈分类法"①。林奈是瑞典博物学家，他对植物的分类作出了很大的贡献。他在按照科学分类植物时，认为人类的眼睛能够自动地创造出一种适合于所有存在物进行分类的新的分类法。这种分类法打破了按照科学分类法建立起来的顺序和秩序，从

---

① 阿恩海姆：《艺术与视知觉》，滕守尧、朱疆源译，625页，北京，中国社会科学出版社，1984。

而把"极不相同的事物"归并为同一类①。宋人叶绍翁"满园春色关不住,一枝红杏出墙来"这两句诗表现了春天的勃勃生机,从表现性看,把本来属于植物一类的春天的园林、花草与人(那位访客)的喜悦和欢欣的情感归并为一类了。这样的例子不胜枚举。如果我们顺着刘勰的《原道》篇往下读,就是上面我们已经引过的那段"旁及万品,动植皆文"的文字,作者写"龙凤"(动物),"呈瑞"(情感),"虎豹"(动物),"凝姿"(情感),"云霞"(自然物),"雕色"(人的加工),"草木"(植物),"贲华"(人加工后的情感),在这里,前者都是客观自然,后者都是人主观的情感,可前后二者合一,这就是阿恩海姆所说的"异质"而"同构"。接着刘勰自己反问:"夫以无识之物,郁然有彩;有心之器,其无文欤?"其实这个问题的答案已经在前面的描述中了。刘勰当年自然不可能提出什么"异质同构"的话语,但其思想今天被阿恩海姆的理论"照亮"了。所以,我们今天理解刘勰的《原道》,自然也可以用阿恩海姆的理论来加以解释,它充分说明了作为自然的"道",不是孤立的,它是外在的东西,但人的心理活动,通过"异质同构"的道理,可以把外在的自然衍化为内在的人的情感,不同质却可以同构,天文、地文就这样变成了人文。这就回应了鲁迅"汗漫"和祖保泉"混为一谈"的质疑。

三、"原道"说总结了中华古代的创作和理论

刘勰《原道》篇提出文原自然的思想,把古老的自然作为文章

---

① 阿恩海姆:《艺术与视知觉》,滕守尧、朱疆源译,625页,北京,中国社会科学出版社,1984。

和文学的本体的来源，这绝不是偶然的。刘勰的"原道"说充分总结了此前产生的创作和理论。我首先想到的就是先秦时期提出的"兴"论。产生于《诗经》中的"兴"，历朝历代有不同的解释，这些解释都有道理，这里不一一重复，只想提出对"兴"的两点看法：

第一，"兴"作为心与物交融的产物，产生于中华民族文化的早期，这不是偶然的。"林奈分类法"的做法把看起来极不相同的东西归并为一类，这往往是属于儿童和原始人类的行为。"兴"起源于公元前3000年的西周早期，是属于中华文明早期的产物。那时我们的古人常常用儿童眼光或原始人的眼光去观看周围的事物，于是《诗经·关雎》里写道："关关雎鸠，在河之洲。窈窕淑女，君子好逑。"意思是，关关叫着大水鹰，河里小洲来停留，苗条善良的小姑娘，是人家的好配偶。在这里，关关叫着的大水鹰，与一个小伙子向一个姑娘求爱，有什么关系呢？《诗经·汉广》："南有乔木，不可休思，汉有游女，不可求思。"意思是，南方有棵高树，底下不好停留，汉水有位仙女，真不容易追求。树下不好停留与仙女不好追求有什么关系呢？《诗经·谷风》："习习谷风，以阴以雨，黾勉同心，不宜有怒。"温和的东风，带来了好雨。和睦过日子，不该发脾气。东风带来的好雨与家庭和睦有何关系呢？《诗经·风雨》："风雨凄凄，鸡鸣喈喈，既见君子，胡云不夷。"意思是，风凄凄，雨凄凄，耳朵里只有打鸣不止的鸡，盼着的人儿来到了，我心上的烦躁才平下去。① 风雨凄凄、打鸣的鸡与盼望的人回来了有什么关系呢？那个时候，科学的认识比较少，科学分类也还没有开始，于是人们常常会把属于物与属于心的不同质的事物"混淆""混同"在一起，以

---

① 以上各篇译文均引自李长之《诗经试译》，上海，上海古典文学出版社，1956。

表达心中对事物的表现性理解。又如，《诗经·桃夭》："桃之夭夭，灼灼其华；之子于归，宜其室家。"春天的桃花开得很红火与女子出嫁的欣喜吉庆的场面本来没有联系，这不是一类的，是不同质的，但早期的人类并不懂什么科学分类的道理，而把它们归并为一类，以表现他们快乐温暖的心情，后人把这种写法叫作"兴"。朱熹《诗集传》解释说："兴者，先言他物，以引起所咏之词。"朱熹没有说明"他物"与"所咏之词"是什么关系，从上面所举的例子看，实际上两者是"异质"的，但又是"同构"的。"桃之夭夭，灼灼其华"是上升的结构，而"之子于归，宜其室家"也是上升的结构。《风雨》"风凄凄，雨凄凄"是下降的结构，但"盼着的人儿来到了"是上升的结构，所以这首诗的结构是下降而后上升。

第二，"兴"一般都是自然事物的描写，古人把自然看成是一个整体，自然整体中可以寻找到共同的特征，如上升与下降，沉落与浮起，延伸与收缩，前进与后退，向阴与向阳，躁动与宁静等等。自然事物的这些特征，实际上是一种力的结构，自然中这种力的结构，与人的情感活动的力的结构，常常是一致的，物的变化可以与人的情感变化相对应。人有喜怒哀乐，婚丧嫁娶，景有春夏秋冬，风霜雨雪，于是诗人就借描写自然事物的特征及其变化以表现与人的情感中相对应的情感及其变化，描写自然景物成为中国古人诗歌、特别是唐诗宋词里最重要的现象。刘勰专门研究过"兴"，他从"兴"的这种意义中体会到，写文章，写文学作品，都要以自然为本，又要有相应的情感的表现性，二者缺一不可。刘勰一定理解，人在观看物的那一刹那间，物已经不是原物，已经带有人的心理印痕。刘勰的确是有这种体会的，他在《诠赋》篇批评了汉代初年许多赋家，说他们只是"品物毕图"，只知道细致地全面地铺排地描写"物"，而没有通过"物"的描写表现出"情"来。所以在《诠赋》

篇刘勰要求赋家既要"情以物兴",又要"物以情观",在物与情之间互生互动,并找到均衡点或结构点。刘勰似乎是深入地思考了总结了这些问题,他觉得有心智的人看见了"物",不会仅仅把自己的观感停留于物理性和生物性的"物"上面,一定会把观感延伸到非物质的"情"上面,这就是《物色》篇所说的"随物以宛转","与心而徘徊""文原于道"就从这些体会中提炼出来的。我不同意某些学者把刘勰的《原道》篇孤立起来看,更不同意把《原道》某几个句子孤立起来看,而要把《文心雕龙》全书打通起来看。这样,他的《原道》篇的说法与《诠赋》《神思》《时序》《物色》等各篇的说法是一致的,一方面要以"自然"为本,重视"天文""地文",另一方面又要升华到"人文",这就是文原于"道"。

"异质同构"的思想在中国古人那里,似乎也有初步的思考。譬如《易·系辞下》提出"观""取""通""类"说:"古者包牺氏之王天下也,仰则观象于天,俯则观法于地,观鸟兽之文与地之宜,近取诸身,远取诸物,于是始作八卦,以通神明之德,以类万物之情。""观象""观法"和"观鸟兽"都是对着天地和鸟兽来观看,是人的知觉活动。那么,这种以客观的周围世界为对象的知觉活动要达到什么目的呢?这就是要观看到"天象""地法""鸟兽文"。"天象""地法""鸟兽文"这三者显然是不同的,但又有相近、相似之处,那就是无论"天象""地法",还是"鸟兽文"。都有复杂的"纹路",构成错落有致的图文。这种图文看起来像用笔画出来的美丽的图画,或者像我们最早的甲骨文的构形。进一步,这种"近取诸身,远取诸物"的图画或构形,用来制造"八卦"的意象,可以起到通神明的作用,可以类似万物之情状。这段话有三个层面:首先是客观存在的物,天、地、鸟兽等;其次是人的知觉活动,即"观天""观法"和"观鸟兽";第三个层面是通过"八卦"意象来类似"万物之情"。第一层面是物质的，第二个层面是非物质的，它们是异质的；但物质的层面不会停留在此，一定会通过人的知觉活动，延伸到第三层面的人的主观的情，这样延伸出来的"万物之情"就可能是与物同构了。

更为明显的是"君子比德"说。"比德"理论是中国古代儒、释、道三家共同的思想，但各有思路和特点。这里无法展开来论述，仅就儒家的"君子比德"说与格式塔心理学的"异质同构"论作一个简要的比较。中国古代的所谓"比德"说，主要是说自然物对象常常可以作为人的道德、精神的象征，于是文学创作可以通过描写自然物对象的特征来表现人的道德美与精神美。儒家代表人物孔子最早提出"君子比德"说。"比德"一词最早出现于《荀子·法行》："子贡问于孔子曰：'君子之所以贵玉而贱珉者，何也？为夫玉之少而珉之多邪？'孔子曰："恶！赐，是何言也？夫君子岂多而贱之，少而贵之哉？夫玉者，君子比德焉。温润而泽，仁也；栗而理，知也；坚刚而不屈，义也；廉而不刿，行也；折而不挠，勇也；瑕适并见，情也；扣之，其声清扬而远闻，其止辍然，辞也。故虽有珉之雕雕，不若玉之章章。"这里的"夫玉者，君子比德焉"，意思就是，玉，可以用来比喻君子的道德。为什么玉可以用来比喻君子之德呢？难道是因为玉少而珉（一种似玉的石头）多，即"物以稀为贵"吗？孔子说不是。孔子认为玉虽然是一种物质，但它身上非物质的道德意识，所谓"仁""理""义""行""勇""情""辞"这些都是道德意识。孔子认为这些道德意识与物质性的玉可以归并在一起来理解，换言之，这就是"异质"（一个是物质，一个是意识）而"同构"（都具有广义的道德意识）。看来，在孔子生活的那个年代，人们似乎对物体的物质属性虽然加以肯定，但更看重的是物体所象征的精神意识。

在《论语》中,孔子对"水"特别有感情。《论语·子罕》:"子在川上曰:'逝者如斯夫,不舍昼夜。'"按照孔子的本意,是讲时间就像流水,不会再流回来,劝告人们要珍惜时间;但进一步也可以让人理解为:催人上进,修养美好的道德,发扬自强不息的精神。水是物质,但在这里转化为精神的象征。

《论语·雍也》:"子曰:知者乐水,仁者乐山。知者动,仁者静;知者乐,仁者寿。"孟子解释说:"源泉混混,不舍昼夜;盈科而后进,放乎四海:有本者如是。是之取尔。"孔子的三句话要联系起来理解。但孔子突出的是"知者乐水,仁者乐山"。知者为何乐水呢?因为水流动多变,无所不至,这和知者的见识广博、心思灵活有相似之处,这就使知者欣赏水。仁者为何乐山呢?因为山稳重崇高,巍峨而立,这与仁者的崇尚道德、坚定不移有相似之处,所以仁者乐山。水和山都是物质,但在这里成为智与仁的象征。

《论语·子罕》:"子曰:'岁寒然后知松柏之后凋也'。"据《庄子·让王》等多种资料,孔子这句话是他困厄在陈蔡时对子路说的,意在以松柏有耐寒之品格来比喻他自己临危难而不失仁义之心。

玉、水、山、松柏等都是无意识的事物,但孔子通过自己的知觉活动(主要是视觉活动),就能延伸出非物质的意识、精神来,这是什么原因?按照格式塔心理学的理解,不要过分区分物理世界与心理世界,实际上,"感性世界中处处有宇宙中各种力的相互作用的侵入。这种宇宙之力既支配着星球和季节的变化,也支配着尘世间各种细小的事物和事件。与之相悖的行为固然会导致混乱和冲突,但人的感官并不是生来与之相悖的,例如,刚生下来的婴儿就最接近于'道'"[1]。阿恩海姆这样说是否有些夸大其词呢?实际上并不

---

[1] 阿恩海姆:《视觉思维》,滕守尧译,45页,北京,光明日报出版社,1987。

夸大其词。正如阿恩海姆发现的那样，物理世界与心理世界不是绝然分开的，它们都受宇宙的"力"所支配，换言之，整个宇宙存在一种潜在的统一性。过分的逻辑与理智反而会违背这种"力"的结构，从而也就违背了规律，违背了"道"。古希腊著名哲学家德谟克利特曾面对一种困境：一方面，要把感官的模糊的认识与理智的明晰区分开来，但另一方面他又让感官对理智说出了轻蔑的话："可怜的理智，你从我们这儿得到证据，而后就想抛弃我们，要知道，我们被抛弃之时就是你垮台之日。"①

将话题拉回到刘勰《文心雕龙·原道》。当刘勰说"人文之元，肇自太极"的时候，文"与天地并生"的时候，他似乎已经感觉到他所说的"原道"是天文、地文和人文的内在的统一。是的，太极是天地，是自然，是物理世界，但在人的知觉活动中（"惟人参之"），它已经被提升为人文。人文是意识、文化和精神，是心理世界，但它和"太极"异质而同构，这就是"神与物游"，这就是"登山则情满于山，观海则意溢于海"啊！这可能就是鲁迅所说的"汗漫"和祖保泉所质疑的"混为一谈"吧！看来，我们只有在中华文化的语境中，同时又在西方理论的"照亮"下，才能理解刘勰的"原道"说。

（原载《文学评论》2014年第4期）

---

① 阿恩海姆：《视觉思维》，滕守尧译，47页，北京，光明日报出版社，1987。

"童心"说与"第二次天真"说的比较研究

李贽(公元1527—1602)是中国16世纪伟大的启蒙主义的思想家。他的思想学说是中国传统文化的重要组成部分。历史已证明并将继续证明,李贽的思想学说有着属于未来的东西,它无疑可以成为建设现代新文化的一个重要资源。

在文学理论上,李贽提出了"童心"说,前人对此已有不少研究,但多偏重于阐述它对孔子和宋明理学的批判,以及它的解放思想的性质,对其丰富的美学内涵和现实意义研究得不够。本文拟把李贽的"童心"说作为一种创作美学来把握,并将它与现代西方的人本主义心理学有关思想相比较,力图通过这种比较,说明我们应如何正确理解文学的本性,同时也阐述其对当代文学创作的启迪意义。

一、"童心"说的理论假设和美学内涵

"童心"说产生在晚明时期,嘉靖中叶以降,资本主义因素的萌芽发展起来了,商品经济迅速膨胀,城市和集镇也随之繁荣,其结果是市民阶层的壮大。市民阶层要求有自己的文化形态,这就是自

我意识的觉醒，对个性解放的憧憬，对世俗生活的肯定等等，一个新的世界展现在人们的眼前，这也可以说是社会的转型期，在这样一个转型期，作为当时封建统治阶级的精神支柱的理学，再也维系不住人心，王阳明心学，特别是王艮、李贽的激进思想不胫而走。李贽的"童心"说就在这股思想潮流中作为程朱理学的对立面应运而生，这是历史的必然，也是当时文学发展的必然。

"童心"说的理论基础是人的自然本性论。它的第一个基本理论假设是，人的自然本性倾向于真，所以李贽在《童心说》一文中，肯定"童心"，认为"童心"作为"心之初"，是"最初一念之本心"。这是未被外在的环境所污染的，它"绝假纯真"，作家若是能保持着"童心"，就保持了倾向于真的自然人性，因此，他认为："苟童心常存，则道理不行，闻见不立，无时不文，无人不文，无一样创制体格文字而非文者。"[①] 这就意味着，只要自然的童心常在，就有真纯之心常在，那么在任何一个时间里采用任何文体都没有什么人不能进行文学创作，以达到实现自我的目的。这就把"童心"看成是作家进行文学创作的最佳审美图式，看成是创作的最佳准备。反之，"童心"一旦被蒙蔽，人性中倾向于真的态势也就改变，人就成为假人，人既然是假的，那么无论干什么都假，创作也必然是虚假的。"童心"说的第二个理论假设是，作为创作的最佳准备的"童心"的丧失，是由于理学及其传播所造成的，李贽说："然童心胡然而遽失也？盖方其始也，有闻见从耳目而入，而以为主于其内而童心失。其长也，有道理闻见而入，而以为主于其内而童心失……"[②]

---

① 李贽：《童心说》，载《明代文论选》，蔡景康编选，230页，北京，人民文学出版社，1993。

② 同上。

这里所说的"道理"是指宋明理学,这从他的著作中对宋明理学的厌恶中可以推见,所谓"闻见"则是指在理学思想统治下的人们关于"三纲五常"的文化适应,也可以说是宋明理学系统的社会性普及。这就不难看出,李贽认为,作为儒学的精致化的理学一旦进入人的心中,并成为占主导地位的思想时,"童心"也就被蒙蔽或完全丧失了。所以为了保持"童心",就必须谨防僵死的理学思想对心灵的侵蚀,使"最初一念的本心"永久鲜活,永远保持倾向于真的自然的状态。

这两个理论假设可以归结为一点,就是人的自然本性的复归。返回自然这一核心思想使"童心"说的丰富的美学内涵显露出来。

第一,贵真反假。文学艺术要求真善美,但在中国的文论传统中,不同的学派在真与善问题上各有偏重,儒家以善为美,孔子论《诗》特别标举"诗无邪",强调"兴观群怨"和"事君""事父",对文学的"真实"的要求被放到很不重要的地位,把"善"作为衡量文学的首要标准。道家以真为美,老庄崇尚自然,因此对人对事,都讲一个"真"字,庄子说:"无以人灭天,无以故灭命,无以得殉名。谨守而勿失,是谓反其真。"① 不以人杀灭天性,就能返璞归真,"真"在道家是人生的最高境界。在真与善之中更强调"真"的意义。他说:"夫童心者,真心也。若以童心为不可,是以真心为不可也。夫童心者,绝假纯真,最初一念之本心也。若失却童心,便失却真心;失却真心,便失却真人。人而非真,全不复有初矣。"② 作家应是"真人",他们创作出来的文学当然也以"绝假纯真"为标准。这里值得指出的是,从学术的背景上看,李贽把"童心"解释

---

① 《庄子·秋水》,载《庄子集释》,郭庆藩辑,590—591页,北京,中华书局,1961。

② 李贽:《童心说》,载《明代文论选》,蔡景康编选,229页,北京,人民文学出版社,1993。

为"真心",除了融汇了道家的思想外,还受李贽深爱的佛禅思想的影响。禅学讲,人的佛性与生俱来,这就是所谓的"本来心",但人落入尘世后,为外物所诱惑,喜功名利禄,"本来心"就被障蔽了,所以必须以涤除外尘,恢复"本来心"以达真实境界,作为居士的李贽,他的"童心"说及其贵真的要求,肯定受到佛禅的启发。但考虑到李贽是一位充分肯定世俗生活的人,他的真实不是那种排斥各种人生欲望的空明境界,所以与佛禅又不完全相同,他的真实观还受王阳明泰州学派的"百姓日用即道"等理论的影响。尤其需要指出的是,他认为"童心"就是真心,是有感而发,有鲜明的现实针对性。李贽生活的时代,封建主义的统治已摇摇欲坠,只能靠自欺欺人过日子,到处都是假,所谓"满场皆假"。文坛上也是"假人言假言文假文"的局面,特别是那些理学家"剿袭语录"为荣,"窃盗掏摸汉子"很多。李贽提出"童心"说,贵真实,反虚假,也是为当时的社会和文坛"打假"开出一帖药方。

第二,重情轻理。情感是文学的生命,这一点,是中国古代文论的一个传统,刘勰说"情者文之经",可以说是总结了一条创作的规律。创作要有感而发,不能无病呻吟,这也是古人反复谈到的,司马迁的"发愤著书"说,韩愈的"不平则鸣"说,都强调情郁结于心而生诗文的问题。李贽继承这一传统,他说:"且夫世之真能文者,比其初皆非有意于为文也。其胸中有如许无状可怪之事,其喉间有如许欲吐而不敢吐之物,其口头又时时有许多欲语而莫可所以告语之处,蓄极积久,势不能遏。一旦见景生情,触目兴叹,夺他人之酒杯,浇自己之垒块,诉心中之不平,感数奇于千载。既已喷玉唾珠,昭回云汉,为章于天矣,遂亦自负,发狂大叫,流涕恸哭,不能自止。宁使见者闻者切齿咬牙,欲杀欲割,而终不忍藏于名山，投之水火。"① 这是一段很有名的话，作家必须是在现实生活中有各种遭遇，心中有种种郁结，喉中有要吐之物，甚至已达到不能不吐不能不语的地步，这时一旦见景生情，有外部媒介的引发，就必然像大水之决堤，火山之爆发，感情之流不可遏制，必然形诸笔墨，发为诗文。创作要有感而发，是前人早指出过的，李贽的贡献不在这里，而在从"童心"说出发所提出的，与传统观点不同的自然感情美的问题上："盖声色之来，发乎情性，由乎自然，是可以牵合矫强而致乎？故自然发乎情性，则自然止乎礼义，非情性之外复有礼义可止也。惟矫强乃失之，故以自然之为美耳，又非于情性之外复有所谓自然而然也。"② 在感情的表现上，中国传统美学观是"发乎情止乎礼义"，也就是说感情的表现要受"礼义"的制约。李贽所说强调的是，文学作品中的感情是童心所产生的自然的感情，自然的感情本身就是美的，它来不得任何的"牵合矫强"，更无须"礼义"从外部来加以约束。"非情性之外复有礼义可止"，也就是说理在情中，自然的情性必然会合乎"礼义"，如果这"礼义"是合乎人性的话。李贽公然对几千年以来的"发乎情止乎礼义"的传统提出了挑战。

第三，尊今卑古。在明代中叶的文学发展中，先后出现了两次复古主义倾向，先有李梦阳、何景明为首的"前七子"，后有王世贞、李攀龙为首的"后七子"，他们的理论和实践是"文必秦汉，诗必盛唐"，尊古卑今成为时尚，如果说在"前七子"时期，他们的复古倾向还对明代的流行一时的多为粉饰太平的文风孱弱的"台阁体"起到一些起衰救弊作用的话，那么，其后的复古主义浪潮，对古典

---

① 李贽：《杂说》，载《明代文论选》，蔡景康编选，232页，北京，人民文学出版社，1993。
② 同上，234页。

的文学模式亦步亦趋,流弊严重,就只能对文学的发展起阻碍作用了。李贽提倡"童心"说,其重要的美学内涵之一,就是尊今,反复古,因为"童心"是面对现实之心,是能感受现实之变化之心,接受变化,以今为美,是童心一大特点,所以李贽说:"天下之至文,未有不出于童心焉者也。……诗何必古选,文何必先秦。降而为六朝,变而为近体,又变而为近体,又变而为传奇,变而为院本,为杂剧,为《西厢曲》,为《水浒传》,为今之举子业,大贤言古人之道皆古今至文,不可得而时势先后论也。故吾因是而有感于童心者之自文也,更说什么《六经》,更说什么《语》《孟》乎?"①只要有了童心,随手写出的文章,就可能写人所未写,发人所未发,因为这里所写的只是你自身感悟到的东西,最能体现你自己的个性,所以以我手写我心的就自然是至文。童心的"自我"性,使它与一切依傍相对立。真正的创作不必依傍什么古人古文,更不必依傍《论语》《孟子》。它只需面对现实。

第四,崇"化工"贬"画工"。这个问题可以追溯到庄子提出的"天籁""人籁"和"地籁"的说法,庄子认为"天籁"是"依乎天理""因其固然",是一种完全从事物的本身、不依靠外力的作用而发出的自然的音响,这里没有人为的努力在其中;"人籁"是人为而致的音响;"地籁"则完全是物理性的,是风所吹出来的音响。庄子说:"汝闻人籁而未闻地籁,汝闻地籁而闻天籁夫。"② 在庄子看来,"地籁"不如"人籁","人籁"又不如"天籁","天籁"作为任何约束的、发自事物内在本性的音响,是众籁中最高层次。李贽从他

---

① 李贽:《童心说》,载《明代文论选》,蔡景康选编,230—231页,北京,人民文学出版社,1993。
② 《庄子·齐物论》,载《庄子集释》,郭庆藩辑,45页,北京,中华书局,1961。

的"童心"说出发,强调"本色",提倡艺术表现中的与"天籁"相似的"化工",他说:"《拜月》《西厢》,化工也;《琵琶》,画工也。夫所谓画工者,以其能夺天地之化工,而其孰知天地之无工乎?今夫天之所生,地之所长,百卉具在,人见而爱之矣,至觅其工,了不可得,岂其智固不能得之与!要知造化无工,虽有神圣,亦不能识化工之所在,而其谁能得之?由此观之,画工虽巧,已落二义矣。文章之事,寸心千古,可悲也夫!"① 所谓"化工",是自然造化之工,意思是说在艺术表现中"不作意,不经心,信手拈来"②,不刻意雕琢,虽出自作家手笔,却不露斧凿痕迹,保持造化本色。这种艺术表现正是童心之所见所感所描,与童心的赤诚品质相对应。而画工,由于它刻意雕琢,由于它不出自童心,所以尽管可以精巧异常,也不可能达到"造化无工"的地步,所以已落入二流。《拜月》《西厢》以自然的艺术手段,表现人的本性,所谓"意者宇宙之内,本自有如此可喜之人,如化工之于物,其工巧自不可思议尔"。《琵琶》则人为的手段,表现所谓的"全忠全孝"的封建的伦理道德,虽百般精巧也失去本色。

如果我们联系李贽的全部文艺思想来理解他的"童心"说,那么我们就不难发现他的"童心"说的确有以上丰富的美学内涵。无论是"贵真反假""重情轻理",还是"尊今卑古""崇化工贬画工",都是作为创作美学的"童心"说那里衍化出来的。"童心"说的核心思想是肯定人的自然本性,这种人的自然本性具有趋真、趋情、趋今、趋自然造化的特性,所以李贽的"童心"说内在地包含了上述内涵就完全可以理解了。这样,肯定人的自然本性就是贯穿

---

① 李贽:《杂说》,载《明代文论选》,蔡景康编选,231—232页,北京,人民文学出版社,1993。
② 同上。

"童心"说全部美学内涵的一根红线。

二、李贽的"童心"说与马斯洛的"第二次天真"说

李贽的"童心"说及其理论基础,与西方的人本主义心理说,完全是不同历史时期、不同国度、不同文化语境的产物,李贽的"童心"说产生于中国16世纪,西方的人本主义心理学则产生于20世纪中叶资本主义高度发展的美国,李贽的"童心"说是在吸收中国道家的传统和佛教禅学以及反对儒学教条的文化运动中产生的,人本主义心理学则在西方的心理学派的斗争中产生的,两者在各个方面都十分不同,但它们从基本理论假设到具体的论点都有相通和相似之处,这不能不说人类的确存在某些相似的思想追求,这种现象应该进入我们的学术视野。

李贽生活于16世纪,其时西方的文艺复兴运动正方兴未艾,虽然那时中国与西方还基本上处在隔绝状态,但东西方先进的人们,在强调人的价值与尊严这一点上,还是声气相通的。李贽的"童心"说的基本的理论假设,可归结为一句话,就是对人和人性的觉醒和肯定。李贽从不把那些儒家的教条神化,把它摆到人和人性的美丽之上;相反他总是肯定人和人性的重要,他有一段很著名的话:

> 夫天生一人,自有一人之用,不待取给于孔子而后足也。若必待取足于孔子,则千古以前无孔子,终不得为人乎?故为愿学孔子之说者,乃孟子之所以止于孟子,仆方痛憾其非夫,而公谓我愿之欤?[①]

[①] 李贽:《答耿中丞》,载《焚书续焚书》,16页,北京,中华书局,1975。

李贽在这里提出的"夫天生一人,自有一人之用"的观点,也就把人当人来看。人不必等在孔子那里学到一套才成为完美的人,孟子一辈子学孔子,也算不上是大丈夫。人就其本性而言是自主的有为的。李贽反对按官阶的高低、性别的分别、道德的高下,把人分成三六九等,说:"尧舜与途人一,圣人与凡人一。"又说:"谓人有男女则可,谓见有男女岂可乎?……谓男子之见尽长,女人之见尽短,又岂可乎?"① 在李贽看来,人之初始都是一样,人的本性都是趋于真与善的,后来人在成长过程中,在社会化过程中,道德的高下,见识的长短等区别,是后天的社会环境、教育、经历等因素作用的结果;而且就人的自然需要也是一样的,都有其合理性,如饮食男女是人的天然的欲望,上至圣贤豪杰,下至庶民百姓,概莫能外。他的"童心"说更是肯定"人之初"和"心之初",充分肯定自然的人性的。这在前面已有说明。总之,李贽反对理学的"存天理、灭人欲",肯定人性的合理性,这种反对用外在的思想神性来束缚人的论点,这种对人的觉醒的呼唤,与西方文艺复兴时期的人道主义思潮遥相呼应,也与兴起于 20 世纪中期的西方人本主义心理学的理论假设相似相通。

20 世纪,随着西方资本主义的高度发展,随着唯科学主义的甚嚣尘上,随着拜金主义和拜物主义的到处流行,社会弊端丛生,环境污染、生态失衡、战争频仍、人性失落、人的价值失落,成为严重的问题。西方的人本主义心理学作为一种对人的价值和人的尊严关怀的学说,应运而生。他们继承了文艺复兴时期的哲学人道主义思潮和启蒙时代的人文主义思潮的积极因素,为批判社会的弊病,提出了人性的

---

① 李贽:《答以女人学道为见短书》,载《焚书续焚书》,59 页,北京,中华书局,1975。

复归的思想，充分肯定人的潜能是可以而且应该实现的。在现代心理学不同流派的斗争中，他们自称是"第三种势力"。人本主义心理学，既不同意弗洛伊德的精神分析心理学专注于人的"病态""黑暗"和"弱点"方面的研究，又反对华生的行为主义心理学的机械的"刺激－反应"的公式，把人降为"一只较大的白鼠或一架较慢的计算机"。人本主义心理学力图与上述两种心理学划清界限，并以新的理论假设来取代那种忽视人和人性的研究倾向。马斯洛（Abraham H. Maslow）在他的一部重要著作中提出了人本主义心理学的九点理论假设，几乎每一点都肯定人的自然本性，其中第四点说：

> 这种内部本性，就我们迄今对它的了解来说，看来并不是内在、原初、必然邪恶的。基本的需要（对于生存、安全和有保障、有归属和感情、尊重和自尊，以及自我实现的需要），基本的人类情绪，基本的人类智能，从它们表面看，或者是中性的、前道德的，或者纯粹是"好的"。破坏性、虐待狂、残酷、恶毒等等，迄今看来并非是内在的，……人的本性远远不是像它被设想的那样坏。实际上可以说，人性的可能性一般都被低估了。①

第五点说：

> 由于人的这种内部本性是好的，或者是中性的，而不是坏的，所以最好是让它表现出来，并且促进它，而不是压抑它。

---

① 马斯洛：《存在心理学探索》，李文湉译，1—2页，昆明，云南人民出版社，1987。

如果容许它指引我们的生活,那么我们就会成长为健康的、富有成果的和快乐的。①

这两点充分说明了人类的内在本性是趋向于好的和善的,因此我们不应压抑它,而是促进它,将"前道德"转化为现实的道德。这种理论假设与李贽的理论假设多么相似。他们都反对以人性天生是恶的观点,人的病态、弱点并非是内在人性所固有的,主张自然的内在的人性有一种"前道德"的倾向存在,因此"人之初"和"心之初"是值得珍贵的,人的自然需要也是合理的,我们的工作是让人的价值与潜能充分地得以实现。用李贽的话说是"天生一人,自有一人之用",用马斯洛的话说"人的这种内部本性是好的""最好是让它表现出来"。在李贽这里是反对用理性的教条扼杀"人之初"和"心之初",在马斯洛那里是反对以病态的、机械的研究把人等同于动物,还人性的本来面目。更让人感兴趣的是,李贽在上述理论假设的基础上提出了"童心"说,而马斯洛则也在上述理论假设的基础上,在讨论"自我实现"的问题时,提出了"第二次天真"说。李贽的"童心"说我们已作了讨论,但他的学说中存在一个关键问题,即作家已是成人,他已接触了许多"闻见"和"道理",又如何能重返"童心"呢?也就是说这里存在一个悖论:作家是成人,他已社会化,"童心"已寻找不回来;可作家的创作又需要童心的再现。这个问题李贽已意识到了,他说:"古之圣人,曷尝不读书哉!然纵不读书,童心固自在也。纵多读书,亦以护此童心而使之勿失焉耳。"这就是说对真正的人来说,例如古之圣人,即使是

---

① 马斯洛:《存在心理学探索》,李文湉译,2页,昆明,云南人民出版社,1987。

多读书（这是社会化的标志），也仍然能护住童心。进一步推想，只要作家是真正的人，虽然他们已经是成人，已经读书识理，已经社会化，他们也同样保护住自己的童心，不为"闻见""道理"蒙蔽。但是作家如何解决这个悖论呢？李贽没有对它作出解释。而在这个问题上，人本主义心理学的代表人物马斯洛和罗杰斯则作出了解释。马斯洛提出了"第二次天真"和"健康的儿童性"的概念，对已经社会化了的成人的"自我实现"者（当然包括作家）在创造性时刻的心理作了描述和讨论。马斯洛认为，在创造（包括文艺的创造）的那一刻，出现了二级过程和原初过程的综合，二级过程处理的是意识到的现实世界的问题，如逻辑、科学、常识、文化适应、原则、规则、责任心、理性等，原初过程则是处理无意识、前意识问题，如非逻辑、非理性、不合规则、反常识等，却又有意想不到的独特的创造，按心理学的研究，原初过程最初只是在精神病患者那里看到，随后是在儿童身上，只是到最近才在健康人身上发现。这就是说，创造的时刻，不是单纯的二级过程，也有原初过程参与，不仅有理性，也有非理性参与，不仅有成人的成熟，而且也有儿童的天真，这就是马斯洛所说的"第二次天真""健康的儿童性"，实际上也就是李贽所说的成人身上的"童心"，正是"第二次天真"或者"童心"，使作为成人的作家诗人，"既是非常成熟的，同时又是非常孩子气的"①，这看起来是对立的，但文学艺术的创造要的就是这种双重视角，一方面，他以十分成熟的、深刻的、理性的眼光看生活，能够把生活的底蕴揭示出来，但同时他又以儿童般天真的、陌生的、非理性的眼光看生活，充分地展现生活中充满情趣的方面。所以作

---

① 马斯洛：《存在心理学探索》，李文湉译，87页，昆明，云南人民出版社，1987。

家的真正的创作,总是有一种"健康的倒退(复归)",即从二级过程退回原初过程,从意识退回到无意识,从现实原则退回到快乐原则,或者说这是一种"融合",正是这种"倒退"或"融合"消除了上述的悖论,从而进入了创造的境界。罗杰斯(Carl Rogers)是人本主义心理学的另一位代表,他虽然没有直接提出"童心"这样的概念,但他在《成为一个人意味着什么?》这篇论文中,从心理治疗的实验中,得出了一些与"童心"说十分相似的观点,同样也是耐人寻味的。在罗杰斯看来,许多人常常找不到自己,因为真实的自己被一个又一个虚假的面具遮蔽住了,"他发现,他在许多时候是按照自认为应该的那样去生活,而不是根据他本身的要求。他常常感到自己只是应别人的需要而生存在世,他似乎根本没有什么自我,他只是试图按照别人认为他应该的那样去思维、感受和行动罢了。"①这也就是失去了"童心",他只能以面具的眼光去看世界,"如果感官的信息与自我的组织模式有矛盾,这些信息就往往在意识中遭到歪曲。换句话说,我们只能容纳那些符合预先存在我们心中的图像的东西,而不能如实地接受全部感官信息"②。所看到的只是人们也看到的同样的东西。罗杰斯认为,人要"真正变成我自己",就必须"从面具后面走出来",用李贽的话来说,就是抛开"闻见"与"道理",找回"童心",找回"最初一念之本心",这样他们就能"对经验开放""他们变得更易于了解源于自身机体内部的情感和态度,同时也变得更能认识周围的客观现实,而不是以先入之见去一味硬套。他们能够看到,并非一切树木都是绿的,并非一切男子都像刻

---

① 马斯洛等:《人的潜能和价值——人本主义心理学译文集》,林方主编,301页,北京,华夏出版社,1987。
② 同上,307页。

板无情的神父,并非一切女性都拒人于千里之外,并非一切失败都证明自己毫无是处,……他们可以从新的环境中如实地获得证据,而不是曲解存在,使之符合早已持有的模式。"① 这种"变成我自己的人",与李贽所说的"人之初""真人"是一致的,他们由于葆有一颗童心,不会被先入之见所左右,不会落如套板反应,而能如实地窥见世界的真面目,这也正是一个真正的作家所必须有的品质。李贽的"童心"说与西方的人本主义心理学之所以会有相同和相通之处,这不是偶然的,首先自然人性的复归是一个带有普遍性的问题,虽然东西方人所处的文化背景不同,思维方式不同,但一旦深入到问题的核心,就有可能获得相似的理解。况且世界毕竟不完全是隔绝的,李贽的学说融会了老庄哲学,而罗杰斯的学说也有老子哲学的背景,马斯洛则对禅宗感兴趣。可以说是老庄和禅宗把李贽的"童心"说和人本主义心理学的某些学说联系在一起。其次,李贽的学说和西方人本主义心理学虽然相隔三个世纪,但他们都面临着相似的社会问题,李贽所面临的是中国晚明时期市民经济兴起所产生的社会混乱,人本主义心理学所面对的是资本主义高度繁荣时期所产生的社会弊端,具体的历史语境是不同的,可从抽象的意义上说,却有相通之处。

三、李贽"童心"说的现代意义

迄今为止,李贽的"童心"说已经过了300年左右的时间,但是它并没有被历史尘封,相反,历史之流的淘洗更显出它的光亮。

---

① 马斯洛等:《人的潜能和价值——人本主义心理学译文集》,林方主编,307页,北京,华夏出版社,1987。

当我们已站在21世纪的门槛上的时候,我们觉得"童心"说向我们发出了信息,我们也向它投射出信息,在这两种信息的交换中,"童心"说的现代意义充分显示出来了。

首先,在目前正在进行的社会转型期中,由于不规范的市场经济的影响,文学的本性在很大程度上失落了,文学成为非文学,文学的负载太多太重,"文以载道""文以载钱",文学成为某些人赚钱的工具,成为某些人升官的工具,文学负载得越多,属于文学自身的就越少,文学的本性也就越残缺不全。文学的本性是什么?我认为文学的本性与自然的人性是一致的,文学应该是人的本性的自由的诗意的表现,是人的天然诗性智慧的实现,是"人的本质力量的对象化"。这说明,今天文学本性的失落,根本上说是人的本性的扭曲和失落,因此,回到文学的本性,就意味着要求作家从各种各样的面具后面走出来,重新回到"人之初",回到"心之初",重新获得"童心",或者得到"第二次天真",作一个既不成熟又成熟的人,一个既深刻又有诗意的人,既保持人类的诗性智慧又能批判社会的人,总之是做一个有"童心"的"真人"。今日之文坛,"真人"太少,"假人"太多,所以文学的本性才在各种各样的"假言""假文"中失落。

其次,"童心"说作为一种创作美学,对我们今天的创作仍具有指导和启迪意义。文学的生命在于不断地出新,千篇一律的重复是文学创作的死亡。本世纪西方的第一个文论流派——俄国形式主义文论流派,提出了"陌生化"原理,其核心思想就是要避免使文学创作落入"自动化"的套板反应,"不直呼事物的名称,而是描绘事物,仿佛他第一次见到这种事物一样,他对待每一件事都仿佛是第一次发生的事件"[①],这

[①] 什克洛夫斯基:《艺术作为手法》,载《俄国形式主义文论选》,蔡鸿滨译,66页,北京,中国社会科学出版社,1989。

样才能使文学创作永远保持新鲜与独创。"童心"说强调作家要有"最初一念之本心"，实际上是暗示作家们，要以那种对周围的事物永远是第一次看见的感觉去描写事物，也就是用一种陌生化的眼光看事物。儿童的眼光为什么总是充满诗意呢？为什么总能把周围的一切看成是生气勃勃的呢？重要的一点就是他们对周围的世界知之甚少，他们甚至叫不出周围事物的名字，所以他们眼前的世界是陌生的、新鲜的、活泼的，他们所看的、所听的、所触的、所感的都可能是第一次，他们不得不按第一次的新鲜的感觉去描绘、去形容、去比喻，这样他们的所作所为，很少文化适应，不会落入自动化，而总是充满创造，他们的想象力也不为世俗所染而超出常规。童心永远同别出心裁的创造联系在一起。伟大的艺术家总是成熟而又充满童心的。他成熟、深刻、睿智、老练，说明他的创作达到了某种高度，形成了某种风格；但如果仅有这一面，则又说明他的创作已定型，他的风格已僵死，他已走到他的创作的尽头，他再创作不出新的东西；只有在成熟的同时又葆有童心的作家，他看起来有不成熟的一面，但正是这童心所导致的不成熟的一面，使他获得"第二次天真"，他能摆脱社会化和文化适应给他带来的束缚，他能突破定型，以儿童般的率真无邪的眼光，看待早已看惯了的世界，发现出新的东西来。伟大的画家毕加索在参观了一次儿童画展后说："我和他们一样大时，就能够画得和拉斐尔一样，但是我要学会像他们这样画，却花去了我一生的时间。"[1] 毕加索这样说绝不是谦虚，而是他深知艺术创造若想有新的发现和突破，就必须重新获得童心，从成熟走到不成熟，再从不成熟走到新的成熟，伟大作家艺术家的不

---

[1] 潘罗斯：《毕加索生平与创作》，周国珍等译，339 页，北京，人民美术出版社，1986。

断的创造过程,就是这样一个循环往复的过程。在这过程中,成熟只是达到的一个目标,而与不成熟相连的"童心"则是一次又一次的新的创造的动力。由此可见300年前李贽的"童心"说作为一种创作美学,不但属于过去,而且也属于现在和未来。

(原载《东疆学刊》2003年第4期,后引文及注释作了修改)

中西文学观念差异论

新时期以来,全国各高校编写的《文学概论》一类的书,据统计有三百多种。通过反复的编写,积累了经验,也产生了问题。问题之一,就是许多教材按照文学理论专题,把西方文论和中国古代文论的资源融合在一起,建构成一种专题性的理论体系。但是,把西方文论和中国古代文论融合在一起不是没有"风险"的,原因是西方文论是西方历史文化的产物,中国古代文论则是中华古代历史文化的产物,它们所提的问题可能有相同之处,但其对问题的回答则有很大不同,换言之,它们是"异质"的理论形态,可以进行比较,而要完全融合到一起,则可能是勉为其难的。硬要把中西文学理论融合到一起,其牵强、拼凑的问题就暴露无遗。因此,我们目前的文学理论研究和教学,特别是对于中国古代文论的现代转化的研究,都不能离开中西文化和文学观念差异的比较,都不能否认中西文学观念的"异质"性,都不能离开中西文化所产生的不同历史语境的探讨。这样,对于文学理论中核心问题——中西文学观念——再反思,就不能不是有志于研究文学理论的学者重新面对的一个重要问题。

一、中国文学观念——以"抒情"为主——审美论

中西文学观念的比较研究,此前也有不少相关论著,但一般都认为西方重再现,中国重表现。现在看来,这种说法仍嫌简单,首先是没有进入历史语境,没有深刻说明中西文学观念差异产生的不同历史和文化根源;其次是对于中西思维模式缺乏深刻的认识,导致中西方文学观念差异比较停留于较浅的层次上。

中国古代文学观念与以欧洲为中心的西方文学观念有巨大的差异。总体而言,中国古代文学观念是情感论。中国文学的开篇《诗经》几乎都是抒情诗。与《诗经》几乎同时的《尚书》中的"尧典"说:"诗言志,歌永言,声依永,律和声。"[①] 这段话的前面是"帝曰",这个"帝"就是尧帝后面的"舜帝",是他告诉尧舜时期掌管音乐的人的"夔",意思是说:你听好了,诗要表达意志,歌要把诗的言辞咏唱出来,声调则随着咏唱而抑扬顿挫,韵律则使声调和谐统一。过去解释这段话的学者,常常只注意"诗言志"三个字,没有把这句话联系起来理解,是不够的。《尚书》这句话,意思是要把诗、歌、吟唱、韵律四个因素联系起来。或者说,诗在当时是应歌唱的,歌唱则要讲究"吟唱",怎样才能达到"吟唱"的效果呢?那就要讲究韵律和谐。这样联系起来理解,那么《尚书》这句话所说的就是:"诗"作为一种活动,一定要以韵律的语言用吟唱的方法充分表达情感意志。"诗言志"的"志"是什么?《春秋左传正义》在解释"好、恶、喜、怒、哀、乐"等六志时说:"在己为情,情动

---

① 参见《尚书·尧典》,载《先秦两汉文论选》,4页,北京,人民文学出版社,1996。

为志，情志一也。"① 这个解释很好，说明情志是相通的。不论是个体性的情感（如《诗经·关雎》），还是社会性情感（如《诗经·硕鼠》），都是抒发情志，这里没有严格的区别。"诗言志"不是舜帝一人的意见，几乎是后来众多不同流派学者对诗的共同理解。《庄子·天下》"诗以道志"；《荀子·效儒》"诗言是其志"；《左传·襄公二十七年》"诗以言志"。这样说来，朱自清说"诗言志"是古代诗学的"开山的纲领"②，就可以成立了。为什么中国文学观念一开始就与人的情感联系起来，根本原因是中国古代没有"上帝之城"，也就没有像柏拉图那样的无所不在的超越现实的"理式"。

汉代汉武帝年间，中国版图扩大，国家的雏形开始形成，皇权思想也日益强大，"独尊儒术"成为主导的倾向，开始把先秦儒学批判社会的理论，变为控制人的思想情感的统治者的意识形态。孔子删过的诗三百零五篇受到尊崇，被定为经典。汉代传诗是一种重要的意识形态活动，传诗的有鲁（申培）、齐（辕固）、韩（婴）、毛（亨）四家。鲁、齐、韩三家传"诗"用汉代流行的文字隶书，被称为今文经。唯有毛亨传"诗"用先秦文字隶书记录，被称为古文经。当然四家诗不仅所用的文字不同，这是由于当时存留的"诗"，通过口耳相传，记忆和理解有出入，各家所传的诗在内容、义疏和理解上也就各有不同。又因为当时"独尊儒术"，事关大局，谁家传的"诗"是正统的还是非正统的，这关系到各家地位高下的问题，不能不进行论辩，这就形成了古文学派与今文学派的斗争。后来鲁、

---

① 《春秋左传正义·昭公二十五年》，载杜预注、孔颖达等正义《春秋左传正义》。

② 朱自清：《诗言志辨》，4页，南京，凤凰出版社，2008。

齐、韩三家今文经亡佚，独有古文经毛诗流传下来。"毛诗"对各篇诗都有义疏和解释，称为"诗序"。第一篇《关雎》不但解释本篇意义，而且还对诗的性质、功能、分类等作了阐释，被称为"诗大序"。"诗大序"可以称为中国古代第一篇完整的诗论篇章。它继承了"诗言志"的思想，但被意识形态化了，所以被称为"诗教"。"诗大序"说："诗者，志之所之也，在心为志，发言为诗。情动于中而形于言，言之不足故嗟叹之，嗟叹之不足故永歌之，永歌之不足，不知手之舞之，足之蹈之也。"① 这段话把诗看成是将诗、歌、舞联系在一起的活动，实际上是对《尚书·尧典》中关于"诗言志"那段话的更具体的解释，其思想是一脉相承的，都认为诗是个人的抒情活动。但"诗大序"的后面就把诗和政治、伦理联系起来，说"治世之音安以乐，其政和；乱世之音怨以怒，其政乖；亡国之音哀以思，其民困。故正得失，动天地，感鬼神，莫近于诗。先王以是经夫妇，成孝敬，厚人伦，美教化，移风俗。"② 又指出"诗有六义"，这就是风、赋、比、兴、雅、颂。认为"上以风化下，下以风刺上，主文而谲谏，言之者无罪，闻之者足以戒，故曰风"。"刺"就是批评、批判，"主文而谲谏"，则是说批评的时候，要用隐约的文辞劝诫，不可直言过失。更重要的是诗的批评只能"发乎情，止乎礼义"③。总的说来"诗大序"虽然仍然强调"诗言志"的情感理论，但这里的情志已经偏重于社会性的情志，个体性的情志受到了压制。当然"诗大序"的作者不是不知道情志首先是个人的，如"诗大序"说："发乎情，民之性也；止乎礼义，先王之泽也。"

---

① 《毛诗大序》，载《先秦两汉文论选》，343 页，北京，人民文学出版社，1996。
② 同上。
③ 同上，344 页。

所谓情是"民之性"就是承认有个人性的情感，但这个人性的情感不可任意发挥，必须受先王的教化原则的制约。这样，汉代的"诗教"理论所透露出来的文学观念虽然仍抒发情志，但注重抒发社会性的情志，即具有儒家人伦政治的情志，而个人性情感的抒发受到限制。

到了魏晋六朝时期，随着社会的变化，人的意识逐渐觉醒，加之社会混乱，农民起义，董卓之乱，曹操专权，人们对圣人之言产生怀疑，儒家的意识形态开始走向衰微。人们意识到人首先是个人，于是文学的观念从"言志"说转向陆机的"缘情"说，转向刘勰的"物以情观"说、"情者文之经"说，就把中国诗学的情感论作出了重新的理论阐述，凸显出中国文学理论强调文学乃抒情之作品的性质。那么，这"情"是什么呢？《礼记·礼运》说："何谓人情？喜、怒、哀、惧、爱、恶、欲，七者弗学而能。"这就是说，情是指人的生命的情感。生命的情感怎样转变为文学的内质的呢？这就是中国古文论中反复强调的"物感"说和"情观"说所力图说明的。"物感"，指人的情感虽然是天生的，但只是潜在的能力，必须"感物"才能"起情"。"物感"说，最早由《礼记·乐记》提出，到了刘勰《文心雕龙·明诗》作出了这样的解释"人禀七情，应物斯感，感物吟志，莫非自然。"值得指出的是，在中国古代文论的研究中，有不少学者常把"物感"说与毛泽东《在文艺座谈会上的讲话》中的"生活源泉"说相比附，认为"闪烁着唯物主义的光辉"[1]，这是很不妥当的。中国古代的"物感"说，强调的是"应物斯感"的"感"，人必须先有天生的"七情"，然后触物才有"感"，"七情"在先，"物感"在后，换言之，是情感触物后对物的情感评价，强调

---

[1] 参见《中国文论大辞典》，2页，天津，百花文艺出版社，1990。

的是"感",而不是"物"。这是属于"审美"论;毛泽东的"生活源泉"说,是先有生活,然后才有人的意识的反映,才有文学形象的反映。这是属于近代哲学上的唯物主义的反映论。两者是不同的,不可随意比附。

刘勰《文心雕龙·诠赋》篇提出的"情以物兴"和"物以情观"则说明了魏晋六朝时期有见识的士人已注意到了诗人、作家的整个创作过程。所谓"情以物兴",是说明诗人、作家创作之初是触物起情,即人天生的情感由于外物的触动而引起情感的兴发,这个过程可称为情感的"移入",即由外而内;但对诗人、作家而言,情感的"移入"仍然不够,诗人作家还必须"物以情观",即用自己的情感去观看、评价外物,使外物也带有人的情感,这个过程可称为情感的"移出",即由内而外。在中国文学理论看来,文学创作就是情感的"移入"和情感"移出"的双向过程。诗人、作家不过是围绕着情感来做文章,实际上是围绕着人的生命来做文章。中国古代文学理论最重要的范畴之一就是"赋比兴"的"兴"。所谓"起兴""兴味""兴趣""兴象""兴寄""感兴""入兴""兴义""兴体""勃兴"等,都是指情感的兴发状态。

总的说来,魏晋六朝时期,人们看到了诗人既是社会性的存在,更是个体性的存在,因此与汉代一味主张抒发社会性感情不同,而主张诗人可以抒发个人性情感。晋代时期的大诗人陶渊明的大部分诗歌,如"结庐在人境,而无车马喧""今日天气佳,清吹与蝉鸣""采菊东篱下,悠然见南山""种豆南山下,草盛豆苗稀""暧暧远人村,依依墟里烟""狗吠深巷中,鸡鸣桑树巅"等,都是个人性情感的发抒。但我们又要看到,像陶渊明这样独特的诗人,也正如鲁迅所说的那样"并非浑身全是静穆",他也有"精卫衔微木,将以填沧海，刑天舞干戚，猛志固常在"之类的"金刚怒目"式的诗篇①。所以，我们说魏晋六朝诗人主张抒发个人性的情感，也不是绝对的，仍然有不少诗人写出"志思蓄愤"的"为情而造文"②的社会性很强的抒情作品。

到了唐代，特别是到了盛唐，诗歌作为当时主要的文学种类，个体性抒情与社会性抒情取得了多样的发展，既有单纯抒发个人情感的诗，也有完全抒发社会情感的诗，而更多的是，他们往往通过抒发个人性的情感去表达社会性的情感。个人性情感中有社会性情感，社会性情感中也有个人性情感。诗人们看似在抒发山水花鸟之情，实际上渗透了对于社会兴衰动乱的书写。另外，此时虽有唐传奇一类叙事性作品出现，但文学抒情的观念并未改变。不过唐代诗人的抒情无论是个体性的，还是社会性的，都主张"兴寄"。唐前期的陈子昂对齐梁间诗，"彩丽竞繁，而兴寄都绝"十分不满，主张诗人写诗抒情要有"兴寄"。稍后一些的白居易也主张"文章合为时而著，歌诗合为事而作"③且不用说杜甫的"三吏"与"三别"这些诗，也且不说白居易的新乐府诗，就是直接写自然景物或亲情、爱情的篇章，如李白的《宣城见杜鹃花》《早发白帝城》《秋浦歌》等，如李商隐的那些无题诗等，也都是在抒情中有寄托的诗篇。"兴寄"是唐诗抒情的一个重要特征。

宋代是中国封建社会的一个转折期。叙事性的话本兴起。但主要的文学种类还是诗词。不可否认的是，宋代儒学继先秦儒学、汉代儒学进入了儒学的第三期，这就是理学的儒学。理学的兴起与活

---

① 鲁迅：《题未定草七》，载《鲁迅论文学》，245页，北京，人民文学出版社，1959。
② 参见刘勰《文心雕龙·情采》。
③ 白居易：《与元九书》。

跃,儒学理学化,这不能不影响到文学的抒情,即抒情中有人生哲理的渗入,这就引发了宋人严羽的批评,认为宋诗"遂以文字为诗,以才学为诗,以议论为诗"①。不但宋代当朝人这样批评,其后代也有"资书以为诗"(钱锺书语)的批评,连明清之际的王夫之也批评苏轼与黄庭坚"除却书本子,则更无诗"②。这就可能引起不知中国宋诗的人的误解,以为中国文学从此抛弃情感的抒发,转变为与西方相仿的知识的形式。其实不然。这里且不说当时涌现的大量的词完全是抒情的,而且多是抒发个体性情感的,就以诗来说,严羽、王夫之等的说法显然是太夸张了。应该说,宋诗的确没有刻意模仿盛唐诗歌的作法,也的确多有议论入诗,更重视诗歌语言的字斟句酌和推敲,却表现出宋诗的独特面貌,那就是它崇尚"理趣",在"理趣"中来抒发情感。如苏轼的是《饮湖上初晴后雨》,在悖论式的"理趣"描写中,热情地歌唱了西湖的美好,情感就寓含在把西湖比西子中。苏轼的《题西林壁》更是在无尽的"理趣"中抒发了庐山的魅力是无穷的。黄庭坚的江西诗派许多人的诗都有这个特点。这些都可说明宋诗自成面貌,但在抒情这点上,与前代是一致的。

中国古代社会后期,社会世俗化大为加强,明清以来,戏曲、小说作品的大量出现,从表面看,似乎离开了抒情传统,转向了叙事方面。其实也不尽然。因为第一,明清两代抒情的诗仍属于正统,是高雅的标志;第二,就中国古代戏曲和小说作品而言,仍然贯穿着中国的独特的抒情传统。明代著名戏曲家汤显祖其创作思想的核心就是一个"情"字。他讲"情",一方面是不满宋明理学;另一方面是不满现实的"法"的限制,所以他在戏曲创作中追求"有情

---

① 严羽:《沧浪诗话》。
② 见王夫之《船山遗书》卷六十四《夕堂永日绪论》内编评苏轼、黄庭坚。

之天下"。他在《牡丹亭题辞》中解释他笔下的人物杜丽娘,说:"如杜丽娘者,乃可谓之有情人耳。情不知所起。一往而深,生者可以死,死者可以生。生者不可与死,死者不可复生,皆非情之至也。"① 他说杜丽娘生而死,死而复生,是她的情所致。实际上,《牡丹亭》之所以能写出这样一个死而复生的人物,乃是根源于作者有情感郁积于心中,不得不发。又,汤显祖在《董解元西厢记题辞》中说:"余于声律之道,瞠乎未入其室也。书曰:'诗言志,歌永言,声依永,律和声。'志也者,情也。……嗟乎,万物之情,各有其至。董以董之情而索崔、张之情于花月徘徊之间,余亦以余之情而索董之情于笔墨烟波之际。董之发乎情也,铿金戛石,可以如抗而如坠。余之发乎情也,宴酣啸傲,可以以翱以翔。"② 董解元、汤显祖创作戏曲,都是为了抒发自己的情感,董有董的情感,汤有汤的情感。这就说明了中国戏曲以讲故事为表,以抒发情感为里。清代小说评点家金圣叹在《西厢记·警艳》的总批里提出:戏曲创作作家,是巧借古人往事,以自传"道其胸中若干日月以来,七曲八曲之委折",这再次说明戏曲表面是讲故事,深层则仍然是要抒发自己的情感。小说的情况与戏曲相似。金圣叹在《水浒传序三》中谈到施耐庵"十年格物一朝物格"后,指出"夫然后物格,夫然后能尽人之性,而可以赞化育,参天地"③。也是说明中国小说的创作还是要"尽人之性",抒人之情。正如一部《红楼梦》,不过是作者感叹自己的身世,感叹生命的快乐与悲哀而已。后来的"红学"完全用

---

① 汤显祖:《牡丹亭题记》,载《明代文论选》,282页,北京,人民文学出版社,1999。
② 汤显祖:《董解元西厢记题辞》,载《明代文论选》,282—283页。
③ 金圣叹:《水浒传序三》,载《清代文论选》下册,776页,北京,人民文学出版社,1999。

认识论来解读，说什么《红楼梦》是中国封建社会的百科全书，是写封建社会由兴盛到衰败的过程，写封建社会必然要走向崩溃等等，这种种说法，是否正确，是可以商讨的。曹雪芹在第一回一开篇，就借空空道人之嘴说，此书"大旨不过谈情"，就点名《红楼梦》虽是叙事作品，要讲一个完整的故事，但却带有抒情的性质。后又借贾宝玉之口说"女子是水做的骨肉，男人是泥做的骨肉"，这里蕴含着作者的感叹。黛玉葬花及其哀伤的歌咏，是在抒发一种不得意的感伤之情。《红楼梦》中小说中诗词歌赋随处皆是，成为作品的有机组成部分，也是作者的生命情感的叹息。我们可以说，《红楼梦》是在歌唱故事，而不是一般的叙述故事。现在中国学者不少人模仿西方学者在研究中国叙事学，这诚然是很好的事情，但如果看不到中国古代叙事文学的抒情特点，就没有找到中国叙事文学的根本所在。

总而言之，我们通过对中国文学发展几个时期文学观念的梳理，可以见出中国的文学观念是抒情性的。中国古代文学所重视的是人的生命感情形态的言语表现。文学有历史知识的成分，但文学不仅仅是历史知识，文学从根本上说是人的生命感情形态的言语表现。当然，中国文学观念中，也有模仿观念，如汉赋中的铺陈描写，被刘勰《文心雕龙·诠赋》篇称为"写物图貌，蔚似雕画"。但刘勰不看好汉赋一类的作品，认为这是"图状山川，影写云物"的再现性作品"习小弃大"。特别是中国画论中的"度物象以写真"的思想，也对文学有影响。故此，我们不能绝对地说中国文学中没有模仿观念。但无论如何这种模仿的观念，在中国的文学观念中始终未占主导地位，则是可以肯定的。中国古代文论一般较少讲西方文学反复强调的"真实"问题，而是讲"真诚"的问题《庄子·渔父》"真者，精神之至也。不精不诚，不能动人。故强哭者虽悲不哀，强怒者虽严不威，强亲者虽笑不和。……"① 一般地说，中华古文论中讲到"真"的地方，多数情况下，都可作如是解。因为既然文学是抒情，那么不同的诗人又不同的情，只要各自抱着一颗诚心，做到"物以情观"，也就能在诗篇中尽自己之情，达自己之意。如果我们要寻找一个现代词语，来概括中国古代文学抒情观念的话，那么我觉得可以用"审美"论来表述，是相差不远的。因为所谓审美，简言之，就是"情感的评价"。

二、西方文学观念——以"模仿"为主——认识论

如果说中华古代文学肯定文学是人的生命感情的言语表现的话，那么西方文学就把文学看成是人的知识形态的书写。

西方文学的源头就是把文学看成是模仿。在公元前500年的古希腊思想家赫拉克利特就提出了"艺术模仿自然"的观点。② 但真正为模仿论奠定基础的柏拉图。文学"模仿"观念，用车尔尼雪夫斯基的话来说，统治西方文学理论两千多年，整个西方的文学和文学理论虽屡经变迁，从写实主义到古典主义，再到浪漫主义，再到19世纪的批判现实主义，始终或显或隐地贯穿着"模仿"这个概念。以至于德里达也认为"模仿"说处于西方文学理论和美学的中心地位。以欧洲为中心的西方文学既然如此看重"模仿"这个概念，那么，文学模仿什么呢？最初是模仿"自然"。柏拉图在《理想国》中有个著名的"床喻"，这是大家都熟悉的。他认为有三个世界，一

---

① 《庄子·渔父》，《庄子集释》，载郭庆藩辑，1023页，北京，中华书局，1961。
② 参见《欧美古典作家论现实主义和浪漫主义》（一），7页，北京，中国社会科学出版社，1980。

个是神所创造的"自然"世界，这是神凭着"理式"所创造的；二是工匠所创造的世界，三是艺术家笔下的世界。柏拉图说："假定有三种床，一种是自然的床，我认为那是神创造的。一种是木匠造的床，再一种是画家画的床。还画家、木匠和神分别是三种床的制造者。神制造了本质的床、真正的床。神从未造过两个以上这样的床，以后也不会再造新的了，因此是床的'自然制造者'。自然的床以及所有其他自然事物都是神的创造。木匠是某一特定的床的制造者。（画家则是神与木匠所造东西的模仿者。）我们把与自然隔着两层的作品的制作者称为模仿者。悲剧诗人既然是模仿者，那他就像所有他们模仿者一样，自然而然地与国王或真实相隔两层。"① 柏拉图决定要把诗人赶出他的"理想国"。原来文学模仿的自然，是神所创造的，神凭着什么创造？凭着"理式"。唯有"理式"才是真实的，是一切事物的原型，是一切知识的本原。人们唯有追寻到它，才获得真实的知识，才会有价值。柏拉图告诫人们，千万不要相信画家和作家的制作，因为他们是模仿者，就像一个人拿着一面镜子到处照的话，那么你会看到动物、植物和你自身的影像，只有小孩和愚笨的观众才会相信。如果你上了模仿者的当，那么你就"分不清什么是知识、无知和模仿这三件东西。"由此我们不难看出，柏拉图要求的是文学应该是真实的知识，可由于诗人、画家只会模仿，不能获得"理式"，因此就不能提供真知，所以不喜欢他们，要把他们从"理想国"撵走。

后来，他的学生亚里士多德在《诗学》中，试图取消"理式"，

---

① 转引自王柯平：《〈理想国〉的诗学研究》，213 页，北京，北京大学出版社，2005。又参见《柏拉图文艺对话集》，朱光潜译，63—68 页，北京，人民文学出版社，1959。

认为我们人所看到的自然就是真实的，就具有真知的价值，所以认为诗人的模仿是有价值的。亚里士多德为文学的模仿寻找理由，他说："写诗这种活动比写历史更富于哲学意味，更被严肃对待；因为诗所描述的事带有普遍性，历史则叙述个别的事。"① 所谓"更富于哲学意味""更被严肃对待""所描述的事更带有普遍性"，是从不同的角度告诉人们，诗虽然是模仿，但它不是模仿个别的无意义的事情，而是描写具有普遍真理的事情，诗人陈述的是我们需要的真知识。这样看来，虽然柏拉图和他的学生对待"模仿"的态度不同，一个是否定的，一个是肯定的，但有一点是完全一致的，即认为文学是知识。如果柏拉图认为是假知识的话，那么亚里士多德认为是真知识。这里要提一句的是，亚里士多德是有矛盾的，他在强调现实是真的的同时，又认为这现实背后还有"第一因"。这不可追寻的"第一因"实际上又回到他老师柏拉图的"理式"上面。

其后西方的文学由模仿自然转为模仿人生再转为模仿现实，但始终是模仿的观念。文艺复兴时期的巨匠达·芬奇把诗画几乎看成是一样的东西，他说"绘画是不说话的诗歌，诗歌是看不见的绘画"，他认为诗歌和绘画都是模仿："绘画是肉眼可见的创造物的唯一模仿者，如果你蔑视绘画，那么，你必然将蔑视微妙的虚构，这种虚构借助哲理的、敏锐的思辨来探讨各种形态的特征：大海、陆地、树林、动物、草木、花卉以及被光和影环绕的一切。事实上，绘画就是自然的科学，是自然的合法的女儿，因为绘画是由自然所诞生。"② 本来关于西方的文学模仿论我们可以引用的资料很多，为

---

① 亚里士多德：《诗学》，罗念生译，29页，北京，人民文学出版社，1962。
② 达·芬奇：《论绘画》，载《欧美古典作家论现实主义和浪漫主义》（一），104页，北京，中国社会科学出版社，1980。

什么要单单引达·芬奇这句画论呢？这是因为达·芬奇这段看似违背常识的话，恰好最能说明西方文学模仿观念的本质"虚构"就是作家的虚拟，可达·芬奇为何要把"虚构"看成是对于世界的哲学的思辨呢？按照我们现在的理解，绘画明明不是"自然的科学"而是人文的科学（如果可以说"科学"的话），可达·芬奇为什么要违背常理把绘画（连同诗歌）看成"自然的科学"呢？实际上，达·芬奇说出了西方模仿说的最根本之处。就是说，西方的文学模仿说，把文学艺术看成是真理和知识的形态，而不看成是主观的情感的表现。在模仿说看来，无论是诗人还是画家都是真理的追求者和知识的发现者，虚构则是一种科学的探讨，这与人的情感无关。达·芬奇的看法与柏拉图的看法是一脉相承的，虽然达·芬奇不再相信"理式"而相信"自然"。

18—19世纪，西方各国的资本主义已经达到了一个顶峰，资本主义有两个维度，一个维度是资本主义创造空前未有的财富，正如马克思、恩格斯所说："资产阶级在它的不到一百年的阶级统治中，比过去一切世代创造的全部生产力还要多，还要大。"[①] 但这巨大的财富造就了资产者和无产者的对立；另一个维度是人压迫人、人剥削人的罪恶充分暴露出来，人的异化也达到了空前的地步，不但无产者被异化了，资产者也被自己的贪欲所异化。

于是那个时代的作家、诗人分别走了两条不同的路，一条就是批判现实主义的路，他们还是主张文学模仿、再现和揭露罪恶的现实，狄更斯、巴尔扎克、列夫·托尔斯泰等作家就是其中最杰出的代表；另一条是浪漫主义的路，他们不再主张文学是模仿和再现，

---

① 马克思、恩格斯：《共产党宣言》，载《马克思恩格斯选集》第1卷，277页，北京，人民出版社，1995。

而主张文学是理想的照耀，是想象的表现，是人的情感的自然流露，借此或烛照现实或躲避、疏离现实。华兹华斯、柯尔律治、雪莱、雨果等就是其中最杰出的代表。

然而在西方文学的发展过程中，模仿说深入人心，它能统治西方文坛两千余年。任何伟大作家都要变着法，说自己的作品是模仿自然或模仿现实的产物，以表明自己是有"真才实学"的人。如法国伟大作家巴尔扎克就说："法国社会将写它的历史，我只是当它的书记。编制恶习和德行的清册，搜集情欲的主要事实、刻画性格、选择社会的主要事件，结合几个本质相同的人的特点，揉成典型人物，这样我也许能写出许多历史家没有想起的那种历史，即风俗史。"① 当法国社会历史的"书记"写出"风俗史"依靠的就是"模仿"，但巴尔扎克比别的作家深刻的地方，在于他看到"现实"本身有时不真实，因此需要"典型人物"需要"文学真实"。他曾这样说："生活不是过分充满戏剧性，或者就是缺少生动性。并不是现实生活中发生的一切都得描写成文学中的真实。"② 所以他认为"文学真实"高于"现实真实"，因为文学真实是不但经过作家的再现，而且有虚构，有综合，有加工，这就比真还真，比看到的现象更具有本质的真实。

可是主张走浪漫主义的诗人们因为偏离了文学"模仿"的路线，就要遭到别人的责难，于是诗人们就不得不站出来"为诗辩护"。历史上有两篇同名的《为诗辩护》的文章。一篇是16世纪文艺复兴时期英国菲利普·锡德尼爵士的《为诗辩护》，他是有感于英国一位清

---

① 巴尔扎克：《人间喜剧·前言》，载王秋荣编：《巴尔扎克论文学》，62页，北京，中国社会科学出版社，1986。
② 巴尔扎克：《<古物陈列馆><钢巴拉>初版序言》，载王秋荣编：《巴尔扎克论文学》，142页，北京，中国社会科学出版社，1986。

教徒斯蒂芬·高森写了一本题为《骗人学校》,大肆攻击诗歌、演员和剧作家而写的。高森认为诗不能为人提供真的知识,而且败坏人的德行。锡德尼不同意这种看法,写了《为诗辩护》一文,他认为诗歌和其他文学,作为"模仿和虚构"的作品,所提供的知识比自然更多。锡德尼说:"只有诗人,不屑为这种服从所束缚,为自己的创新气魄所鼓舞,在其造出比自然所产生更好的事物中,或者完全崭新的、自然中所从来没有的形象中,如那些英雄,半神,独眼巨人,怪兽,复仇神等等,实际上,升入了另一种自然,因为他与自然携手并进,不局限于她的赐予所许可的狭窄范围,而自由地在自己才智的黄道带中游行。自然从未以如此华丽的挂毡来装饰大地,如种种诗人所曾作过的;……她的世界是铜的,而只有诗人才给予我们金的。"① 锡德尼为诗辩护的理由,诗创造另一种自然,升入另一种自然,从而不为原本的自然所束缚,带来了新知,扩大了视野,因此他认为文学是更有价值的,原本的自然是"铜"的,而诗中的自然则是"金"的。另一篇同名文章《为诗辩护》是雪莱撰写的。雪莱(1792—1822),这是他去世前一年写下一篇文章,直接的原因是他的一个朋友皮可克(1785—1866)写了一篇短文《诗之四个阶段》即远古时期诗的铁的时代,古希腊时期的黄金时代,罗马帝国时期的白银时代,以及华兹华斯等人开创的浪漫主义时期的铜的时代。雪莱认为他的朋友对于近代的抒情诗评价太低,于是写了这篇为诗辩护的文章。实际上,根本的原因是18世纪末到19世纪初,以华兹华斯为代表的浪漫主义诗派,在诗的观念上有了一次革新,那就是把诗理解为情感的表现,华兹华斯在那篇著名的《"抒情歌谣

---

① 锡德尼:《为诗一辩》,载《为诗辩护·试论独创性作品》,北京,人民文学出版社,1998。

集"序言》中多次说过诗不是模仿:"一切好诗都是强烈情感的自然流露。"而且说"是情感给予动作和情节以重要性,而不是动作和情节给予情感以重要性"。① 这在西方诗学历史上,是一个石破天惊的改变,它把柏拉图、亚里士多德建立的模仿说给颠覆了。按照模仿说,诗是模仿,在诸要素中并没有情感,现在华兹华斯却说"诗是情感的自然流露",而且把模仿说诸要素中作为第一要素的"情节"放到次要的地位,说什么是情感给予情节以重要性。但是奇怪的是,华兹华斯虽然改变了模仿的观念,却仍然认为诗是知识的发现。他说"科学家追求真理",但"诗是一切知识的精华,它是科学面部上的强烈的表情。"甚至说,"诗是一切知识的起源和终结"。这就给人提出一个问题,诗所注重的既然是"情感的自然流露",怎么又说"诗是一切知识的起源与终结"呢?情感是主观的,知识是客观的,这是常识,华兹华斯的说法不是自相矛盾吗?雪莱也是浪漫主义诗人,与华兹华斯、柯尔律治在诗的观念上是一致的。所以他的《为诗辩护》一文,与华兹华斯的观点也是相似的。雪莱说,"一般说来,诗可以作想象的表现",又说,"诗是最快乐最良善的心灵的瞬间的记录"。这不就是说诗是人的主观情感与想象的表现吗?可雪莱在为诗辩护时,则把理由转向知识的发现,即转向客观的发现。如说"诗人们,抑即想象并且表现这万劫不毁的规则的人们……他们也是法律的制定者,文明社会的创立者……他们更是导师……"又说:"一切崇高的诗都是无限的;它好像一颗橡实,潜藏着所有的橡树。我们固然可以拉开一层一层的罩纱,可是潜藏在意义最深处的赤裸的美却永远不曾被揭露过。一首伟大的诗是一个源泉,永远泛

---

① 华兹华斯:《"抒情歌谣集"序言》,载《十九世纪英国诗人论诗》,6—7页,北京,人民文学出版社,1984。

溢着智慧与快感的流水……。"他甚至说:"诗人是世间未经公认的立法者。"① 为什么雪莱和华兹华斯一样一方面说诗是"情感的自然流露",可另一方面又说诗是知识的"源泉",这不是自相矛盾吗? 实际上,浪漫主义文学观念的转向,并不完全表明对西方文学本质认识的转向。有一点是一以贯之的,那就是从古到今,西方都认为文学无论是模仿,还是情感的流露,但都是知识的发现。

19世纪西方各国的批判现实主义与浪漫主义并行不悖,无论是主张模仿现实还是主张理想的表现,都认为文学与科学具有同等地位,它们都是知识。如俄国大批评家别林斯基,仍然认为文学是"复制"(即模仿),他在论述文学与科学区别的时候说:"诗也是要议论和思考的——这并不错,因为诗的内容同思维的内容同样都是真理;然而诗是通过形象和图画而不是依靠三段论法与双关论法来议论和思考的。"② 别林斯基的意思是,科学和文学都在揭示真理,都是知识,只是一个用逻辑,一个用形象。

20世纪,由于西方社会进入资本主义的晚期,各种社会矛盾丛生。文学也从现实主义进入现代主义,再进入后现代主义。象征主义的诗歌、意识流小说和荒诞派戏剧一时间流行起来。这似乎离"模仿"说越来越远,但如果我们透过现象看本质,那么20世纪西方文学追求的仍然是"真理"。这一点在有些作家那里就看得很清楚。英国诗人艾略特在他著名的论文《传统与个人才能》中,强调诗歌实际上是"感情的脱离""个性的脱离",诗人要"不断地使自己服从于比自己更有价值的东西"。那么这"更有价值的东西"是什

---

① 雪莱:《为诗辩护》,载《十九世纪英国诗人论诗》,119—169页,北京,人民文学出版社,1984。

② 《别林斯基选集》第5卷,辛未艾译,173页,上海,上海译文出版社,2005。

么呢？这就是"科学"，或者说"科学真理"。因为艾略特说："正是在个性消灭这一点上才可以说艺术接近了科学。"① 过去我们一直认为文学家是要个性，更要感情的，所以我们不能理解艾略特的"个性消灭""感情脱离"的观点，但如果我们把它放到整个"欧洲思想"的发展史中，我们也就能够理解了。美国海明威是20世纪具有代表性的作家，他的《老人与海》讲了一个老渔夫桑迪亚哥的故事。他84天没有捕到鱼了。但他坚持着，终于费尽周折捕到一条与他的小船一样大的鱼。他把这条大马林鱼设法捆绑在他的小船旁，开始返航，但大大小小的鲨鱼不断地来抢吃他捕获到的鱼肉，他费尽力气与它们搏斗，可当他的小船驶近岸边的时候，他发现他捕获的鱼只剩下一个鱼架子了，鱼肉都被鲸鱼抢吃光了。但老人会就此罢休吗？不会。他还会出海。这个不动声色的似乎远离感情和个性的现代主义小说，意在说明人面临着生存的困境，但人要鼓足勇气活下去，或者用中国的话来说：明知不可为而为之。这里所揭示的仍然是生活的真理。海明威的文学观念仍然是认识论的。《等待戈多》，一部典型的荒诞派戏剧，人们在等戈多？戈多是谁？为什么要等他或她或它？为什么始终没有等来？我们觉得不可理解。但是，生活在资本主义晚期的人们，就很容易理解这个故事的寓意，这寓意就是西方现代社会的"生活真理"。

作为"欧洲思想"模仿论的要点就是被德国那些哲学家或文学家们所揭示的那些哲学公式：个别与一般、现象与本质、偶然与必然、特殊与普遍、有限与无限和个性与共性等，即无论是文学与科学在内容上是相同的，都可以提供有价值的知识。其中把这个思想

---

① 艾略特：《传统与个人才能》，载《艾略特文学论文集》，李赋宁译注，11页，5页，南昌，百花洲文艺出版社，1994。

说得最明确的就是德国大文豪歌德。他说:"诗应该抓住特殊,如果其中有健康的因素,他就会从特殊中表现一般。"① 他又说:"真正的象征主义就在于特殊呈现出更广泛的一般。"② 文学通过个别反映一般,通过现象反映本质,通过偶然反映必然,通过特殊反映普遍,通过有限反映无限,通过个性反映共性等。不仅如此,他们还特别重视反映的真实性和典型性问题。所以西方的文学观念在历史的长河中虽有变化,但无论怎么变,都是典型的认识论,与中国古代的审美论是有很大差异的。

三、中西文学观念基本差异的历史文化根源

我们可以从中国的农耕文明与西方的海洋文明的区别,中国的人文精神与西方的人文主义的区别,中国的求实精神与西方的科学精神的区别,来揭示中西文化的区别如何导致文学观念的差别。我说的这几点,也不是新鲜的,但过去不少论者没有真正地把这种文化的差异与文学观念的差异完全联系起来谈。而我所注重的就是中西文化差异与中西文学观念差异的真正联系。

(一) 中国的农耕文明与西方的海洋文明的区别

中国古代文学观念为什么把文学看成感情形态的言语表现呢?如果从中华文化根基上来说明,那么我们就必须知道,中华古代文明是农耕文明。中国古人所理解的"四海之内",就是黄河流域和长江流域的大陆地区,他们很少谈到海。孔子只有一次谈到海,说:

---

① 《歌德谈话录》,147 页,北京,人民文学出版社,1980。
② 《歌德谈话录》,146—147 页,北京,人民文学出版社,1980。

"道不行，乘桴浮于海。"① 孟子著作中也只有一次提到海："观于海者难为水，游于圣人之门者难为言。"② 他们不像西方古代学者苏格拉底、柏拉图、亚里士多德整天出入于大海之间。中国一直有《上农》的思想，把社会列为士、农、工、商四个阶级。士是地主（其中一部分知识人），农是农民，他们列在前面，因为他们与土地与土地的耕作的关系最为密切。商是商人，被列在最后，因为他们不从事生产，只是不断地倒腾东西。农是本，商是末。《吕氏春秋》中有一篇"上农"，美化农民，贬低商人，其中说："民农则朴，朴则易用，易用则边境安，主位尊。民农则重，重则少私义，少私义则公法立，力专一。民农则其产复，其产复则重徙，重徙则其死处而无二虑。"对于商人就没有这样多的好话了，"民舍本而事末则不令，不令则不可以守，不可以战。民舍本而事末则其产约，其产约则轻迁徙，轻迁徙则国家有患，皆有远志，而无居心。民舍本而事末则好智，好智则多诈，多诈则巧法令，以是为非，以非为是"③。

农耕文明的特点就是以家庭为单位协同劳作，以便获得丰收，解决衣食住行的生活基本问题，更进一步则全家和睦相处，这就是幸福了。那么家庭怎样才能协同劳作、和睦相处呢？按照农耕文明所选择的儒家人文伦理，就要父慈子孝，夫唱妇随，兄友弟恭，相亲相爱。这种家庭内部的仁爱的感情延伸出去，那么就转为君臣有义、朋友有信。再延伸出去，就要爱国家、爱乡土、爱家园、爱乡亲、爱土地、爱山水、爱花鸟……反映到文学上面，那么首先就要以诗情画意抒写父子、夫妇、兄弟、姐妹之情，抒写君臣、友朋之

---

① 《论语·公冶长》。
② 《孟子·尽心上》。
③ 《吕氏春秋·上农》。

情,更扩大一步,就要抒发对国家、乡土、家园、乡亲、土地、山水、花鸟之情……这也使中国古代文学所抒写的这一切情感都是十分素朴的,是对身边之人之事之物的情感,鬼神之类的超验之世界在中国文学中较少出现。中国文学理论也讲"神思",但这是由此及彼的"形在江海之上,心存魏阙之下"的联想与想象,而不会跨入"上帝之城",中国文学中没有超感觉的"上帝之城"。中国文学的审美论就奠基于农耕文明上面。

为什么西方人在文学上主要持模仿论的认识论呢?这就是与西方人的海洋文明、商业文明和其后的工业文明相关。首先,以欧洲为代表的西方人生活于大海之间,南邻辽阔的地中海,北对北海、波罗的海和冰封万里的北冰洋,东面则有亚得里亚海、伊奥尼亚海、黑海等,西面则有爱尔兰海、英吉利海峡,更有那无边无际的大西洋,在这些海洋之间,岛屿很多,为了生存,为了商业的顺利开展,他们不得不面对茫茫的波涛汹涌的大海,面临孤立的岛屿,甚至冒着巨大的危险,出没于各个海岛和海岸之间。为了熟悉大海,熟悉所能遭遇到的各种状况,熟悉不同岛屿上人们的习俗,以及减少危险的袭击,他们必然具有更多的好奇心和求知欲。因为如果他们不去探索时时变化的外部自然的规律,他们就会遭遇危险,他们的求生的行动就会失败。所以他们的环境更有力地促使他们去获得知识。作为文学的悲剧、正剧和喜剧一类的文学叙述与描写最初也被当作知识的一种,就是很自然的了。其次,也许是更重要的是,在西方始终有"上帝之城",有此岸与彼岸之分。神依凭所制造的无定形的"理式",是真理的凭据,知识的凭据,但这个真理与知识属于上帝,人们如何能解开上帝所制作的完好的"理式"呢?用柏拉图的话说要依靠"回忆"。用后来科学的话来说,则需要"探究"。"回忆"和"探究"有多种形式,文学的想象和虚构就是其中的一种形式。

所以在西方文化那里，文学始终是知识的认识，与中华文化把文学当作生命情感的领悟是不同的。

但上面这些看法还是比较简单和笼统的，我们还必须进一步从人文主义、科学求实精神的角度，形成中西文化比较，才能进一步解读中西文学观念差异的文化原因。

(二) 中国的人文传统与西方的人文主义

我们必须从我们时代的精神出发，对中西文化的差异点作出更为客观的概括。

不同的文化，都首先要回答一个人从哪里来，人在宇宙中的地位，是以人为本还是以神为本，人具有什么价值，我们应该如何对待人等。在这个问题上，中西文化在发展过程，就显示出不同思想的回答。

中国古代人文传统与西方的以"神"或"上帝"为本是不同的。中国古代由于没有像西方基督教那样的宗教，"神"没有位置，于是高度肯定人在宇宙中的位置。"人者，天地之心也。"① "道大，天大，地大，人亦大，域中有四大。"② 这些古代典籍所肯定的是天道与人道的契合，即所谓的"天人合一"。《周易》说："夫大人者，与天地合其德，与日月合其明，与四时合其序，与鬼神合其吉凶，先天而天弗违，后天而奉天时。"③《庄子》也说："万物与我并生，而万物与我为一。"④ 这里所说的天地也就是自然，人是与自然并生，或者说人是从自然中来的，人与自然是不可分的。进一步说，人不

---

① 《礼记·礼运》。
② 《老子》第二十五章。
③ 《易·乾卦·文言传》。
④ 《庄子·齐物论》。

是神创造的，人无须以神为本。中国人的头脑中没有那种超越感觉的彼岸世界，避免了中国文化走向基督教式的宗教信仰。中国古代思想史研究著名专家钱穆说："西方人常把'天命'与'人生'划分为二……所以西方文化显然需要另有天命的宗教信仰，来作为他们讨论人生的前提。而中国文化，既认为'天命'与'人生'同归一贯，并不再有分别，所以中国古代文化起源，亦不再需要有像西方古代人的宗教信仰。"① 由此我们可以认识到，对于人从哪里来的问题，中国文化的回答是：人从自然中来，人与天地万物并生。当然，天地、万物也有神性，但这神性是人封的，认为它有，它就有，认为它无，它就无。人性与神性是合一的。

既然人是从自然中来的，那么人文的起点就是自然。中国古代思想认为，人的人文法则是从效仿天地自然中获得的《周易·系辞下》论述八卦的制作过程："古者包牺氏之王天下也，仰则观象于天，俯则观法于地，观鸟兽之文，与地之宜，近取诸身，远取诸物，于是始作八卦，以通神明之德，以类万物之情。"② 这里虽然是在说明八卦的制作过程，但我们可以从中体悟到人类的文明，不是凭空产生的，是对天地自然的效仿。其实《老子》也说明了这一点："人法地，地法天，天法道，道法自然。"这里说的"道"就是天文—人文法则，终是效法自然而来的。

既然人文的起点是自然，并且是效法自然而来，是极其庄重的事情，那么人和人文就有极大的价值。虽然，在中华古籍中，并不特别强调个人的价值，但对群体的人、社会的人则极为看重，认为人与天地并立，是三才之一。《礼记·礼运》："人者，天地之心

---

① 钱穆：《中国文化对人类未来可有的贡献》，载《中国文化》1991 年第 4 期。
② 《周易·系辞下》。

也。"董仲舒更强调说:"天地人,万物之本也。天生之,地养之,人成之。……人之超然万物之上而最为天下贵也。"① 作为与天地对应宝贵的人"贵"在何处呢? 或者说人与人文价值何在呢?《周易》的"贲卦"的《象传》中写道:"观乎天文以察时变,观乎人文以化成天下。""观乎天文以察时变"是讲观察自然以知道四季变化的规律,这指明了"天文"的价值;"观乎人文以化成天下"则是讲观察"人文"从而教化天下,促成天下按照人文的法则得到良好的治理。人道和人文的意义是巨大的宝贵的。

既然人文有如此大的意义和价值,那么我们应该如何对待人? 儒家思想的意义在这里就显示出它的意义。孔子提出了"仁",孔子用"爱人"来解释"仁",用"亲亲"来解释"仁",用"己所不欲,勿施于人"来解释"仁",用"克己复礼"来解释仁。② 这就回答了中国古代文化里的待人之道。在"爱人"这个前提下,进一步衍化出"父子""君臣""夫妇""兄弟""朋友"等人与人关系的人伦原则,这五种人伦关系被称为"五达道",是很重要的,这里包含人对人的亲爱、人对人的尊重。到了孟子那里,把"仁"的理论又发展了一步,提出了"民本"思想,说"民为贵,社稷次之,君为轻"③。所以按照中国古代文化无法接受西方的"人与人之间是豺狼"的理论,也就是很自然的了。应该说,中国古代的人文传统,从"四海之内皆兄弟"这种爱人、亲人、尊重人开始,后来打上了慈、孝、义、悌、友、恭、敬等伦理的烙印。中国古代诗歌的有所谓思乡、亲情、隐逸、咏史四大主题,都是从中国特有的人文传统延伸出来的。

---

① 《春秋繁露·立元神》。
② 参见《论语·颜渊》。
③ 《孟子·尽心下》。

没有充满人伦的乡村以及人与人的相互依靠,如何会有"举头望明月,低头思故乡"(李白)之感慨?没有内部家庭充满人伦亲密关系的组织,如何会有"谁言寸草心,报得三春晖"(孟郊)的咏叹?没有人伦感极强的故乡的诗意在,士人们又如何有"羁鸟恋旧林,池鱼思故渊"(陶渊明)隐逸的回归?没有故园土地和先人的牵挂所怀有的亲切之感,又如何死后也要落叶归根,而咏叹"葬骨九原江上月,思家百口陇头云"(吴伟业)?没有人伦关系的人文精神所形成的历史血脉,怎会有"西湖一勺水,阅尽古来人"(洪昇)的感叹?总的说这都是根植于农耕文明的人文精神存在家庭成员之间需要协作以获取物质生存的土壤中,与商业文明中那种只讲利润的原则是不同的,因此中国文学的主题与西方文学的主题也就不同。

中国历史是发展的,上述儒家的人文传统在不同时期也有升沉,有进退,有变化,有起伏,不是固定不变的,总是随着中国之治乱而发生变化。就是说,在治世,上述人伦道德得以实现,而在乱世则正常的人伦道德也会沉沦。对于文学来说,重视人伦的结果,就是重视对于相关对象的抒情,从而进行情感的评价,这就形成了审美论为核心的文学观念。

与中国人文传统不同,西方的人文思想传统经历了一个时代的变迁。

英国著名史学家、牛津大学副校长阿伦·布洛克说:"一般说来,西方思想分三种不同模式看待人和宇宙。第一种模式是超越自然的,即超越宇宙的模式,集焦点于上帝,把人看成是神的创造的一部分。第二种模式是自然的,即科学的模式,集焦点于自然,把人看成是自然的一部分,像其他的有机体一样。第三种模式是人文主义的模式,集焦点于人,以人的经验作为人对自己,对上帝,对自然了解的出发点。"①

布洛克所讲的三种模式,也可以理解为西方文化的变迁的历史。

中世纪是第一模式时期。第一种模式,所谓"超越自然"的模式,也就是神学的模式。神学模式的特点就是认为上帝创造了人,人的灵与肉是分离的,存在着一个属于"肉"的此岸世界,又存在着一个属于"灵"的彼岸世界。人在彼岸世界有了罪,被罚到尘世世界,人是带着"原罪"来到世上的。因此必须在教会里修炼,洗净原罪,以便人死后灵魂可以上天。这种思想在西方的中世纪时期占了支配的地位。按照西方人自己的看法,一般都把从公元5世纪西罗马帝国灭亡到公元15世纪东罗马帝国灭亡称为"中世纪"。多数西方史学家把中世纪看成是"黑暗时代"。西方的中世纪,在制度上实行农奴制,在生活上实行禁欲主义,特别是在思想上教会主宰一切,人的思想和感情都受到钳制。因为教会有许多清规戒律,人不能不遵守。这就是所谓的蒙昧主义统治人们的思想时期。特别是宗教裁判所,又称异端裁判所,是专门从事侦察和审判有关宗教案件的机构。这种法庭不允许任何基督精神的"异端邪说"存在与生长,不时残酷地镇压当时进步的思想家和提出新假设的科学家。13世纪英国的培根,因为有新的思想,就曾被教会逮捕入狱,关押长达14年之久。中世纪最伟大的科学家哥白尼,很早就发现了地球是围绕太阳运转的,但是这个观点违犯了教会的"上帝所创造的地球是宇宙的中心"的观点,哥白尼对教会十分恐惧,害怕遭受迫害,犹豫了很多年,直到临死前,才公开发表自己的学说。16世纪意大利著名的物理学家伽利略,坚持以科学精神探索宇宙,遭到教会的

---

① 阿伦·布洛克:《西方人文主义传统》,董乐山译,12页,北京,生活·读书·新知三联书店,1997

严刑拷打和长期监禁。最为悲惨的是16世纪意大利著名的哲学家布鲁诺。布鲁诺接受并坚持了哥白尼的观点，就被教会判为"异端"，开除了教籍，并被迫离开祖国，长期流浪在异国他乡。后来布鲁诺回到意大利，一踏上祖国的土地，就落入宗教裁判所的毒手，最后竟被活活烧死。宗教裁判所的所作所为，表现了中世纪的确是"黑暗时期"，是反人文主义的时期。

文艺复兴时期是第二模式即人文主义模式时期。文艺复兴是发生于欧洲14世纪到17世纪三百年的一次思想解放运动。这次思想解放运动出现了许多文化巨人，如诗人：但丁、彼特拉克；哲学家：伊拉斯谟、马基雅维利；作家：薄伽丘、塞万提斯，拉伯雷、莎士比亚，蒙田；画家：乔托、波提切利、列奥纳多·达·芬奇、拉斐尔、提香；雕刻家：米开朗基罗；建筑师：伯鲁涅列斯基；音乐家：帕莱斯特里那、拉索等。其中，莎士比亚、但丁、达·芬奇，被称为"文艺复兴三巨人"。这次长达三百年的思想解放运动有时又被称为启蒙主义运动，原因是这次思想解放运动是针对中世纪的"黑暗时代"的"蒙昧主义"的，这些文化巨人的思想很丰富，但有一点是一致的，就是要以"人本"取代"神本"。那么，这些文化巨人从哪里去获得思想资源呢？这就是从古希腊那里去寻找思想的启示。"古希腊思想最吸引人的地方之一是，它是以人为中心，而不是以上帝为中心的。苏格拉底之所以受到特别尊敬，正如西塞罗所说，是因为他把哲学从天上带到地上。"① 文艺复兴时期的核心思想就是人文主义思想。"人文主义的中心主题是人的潜在能力和创造能力。但是这种能力，包括塑造自己的能力，是潜伏的，需要唤醒，需要让它们

---

① 阿伦·布洛克：《西方人文主义传统》，董乐山译，14页，北京，生活·读书·新知三联书店，1997。

表现出来，加以发展，而要达到这个目的的手段就是教育。"① 就是说，通过教育唤醒人的潜在能力，这就是人文主义的基本思想。为什么会把"人的潜能"看成是人文主义的基本思想呢？这就与中世纪对人的看法相关。如在中世纪著名思想家奥古斯丁笔下，"人是堕落的生物，没有上帝的协助无法有所作为；而文艺复兴时期对人的看法却是，人靠自己的力量能够达到最高的优越境界，塑造自己的生活，以自己的成就赢得名声"②。这样看来，古希腊罗马时期和文艺复兴时期，人们倾向于用第三种模式即人文主义的模式来看待人。但这并不意味着文艺复兴时期的人们就不信上帝了。诚如布洛克所说："文艺复兴时期的人文主义者和艺术家发现，把古典思想和哲学同基督教信念、对人的信任和对上帝的信任结合起来，或者互相容纳起来。"③ 西欧17、18世纪以后，现代工业开始蓬勃发展起来。从这个时期开始，西方进入了近代，人在世界的地位又一次发生变化，这个时期可以称为用第三种模式即科学模式来看待人的时期。科学模式集焦点于自然，人也被看成自然的一部分，像一切有机体一样。卡莱尔认为："要是我们必须用一句话来说明我们这个时代的特点的话，我们就会首先叫它是机器的时代……同样的习惯不仅支配着我们的行为方式，而且支配着我们的思想和感情方式。人不仅在手上而且头脑里和心里机器化了。"④ 特别是达尔文于1859年《物种起源》的出版，更消除了人与自然科学研究和人的研究的区别，"达尔文的关于进化和进化所依据的自然选择过程的观点，结束了人的特殊地位，把人带到了与动物和其他有

---

① 阿伦·布洛克：《西方人文主义传统》，董乐山译，45页，北京，生活·读书·新知三联书店，1997。
② 同上，36页。
③ 同上，78页。
④ 同上，159页。

机生命相同的生物学范畴"①。与此状况同时发生的是，资本主义和资产阶级的发展，反封建斗争日益激烈。针对上述两种情况，以法国巴黎为中心，以法语为自然语言，出现了作为法国大革命舆论准备的启蒙主义运动，涌现了一大批启蒙主义思想家。如大卫·休谟、亚当·斯密、孟德斯鸠、赫尔德、莱辛、康德、边沁、伏尔泰、卢梭、杰菲特、狄德罗等等。他们的思想诉求各式各样，他们之间争论不休，甚至互相攻讦。但有一点是相同的，那就是要求个性、自由、平等、博爱和人权，并把这些思想运用于建立理性的社会方面。这是启蒙时代人文主义的特点。

通过以上所述，我们可以了解无论是中国古代还是西方世界，都具有人文传统。但具体的内容不同，走向也不同。中国古代的人文传统走向对人伦秩序的规范，生长出以诗情画意般的人伦关系为核心的人文精神；西方则走向对自然的征服和对社会的变革，生长出以人道主义为核心的批判力量。更重要的一点区别是，中国人文传统始终认为人只有一个世界，并没有此岸与彼岸之分，虽然也有"天"的观念，即"天道"，但常常存而不论，所谓"敬鬼神而远之"。中华文明不存在超越感知的世界；而西方的人文精神则面对教会的强大力量，始终承认世界有此岸与彼岸之分，此岸属于"肉"，彼岸属于"灵"。

上述情况，反映到文学上面，那就是：以欧洲为代表的西方的人文主义，无论在哪个时期，都是针对人的压迫和物的压迫，因此始终贯穿着一根人道主义的红线。欧洲文学的核心精神就是人道主义红线的感性的艺术的展开。从但丁的《神曲》开始，到莎士比亚

---

① 阿伦·布洛克：《西方人文主义传统》，董乐山译，137页，北京，生活·读书·新知三联书店，1997。

的戏剧,到19世纪的巴尔扎克和列夫·托尔斯泰的批判现实主义,都是在批判人的异化,而呼喊人性和人道主义的回归。人道主义成为西方文学的主题是在与蒙昧主义斗争中获得的。这与中国传统社会文学始终是在"五达道"中延续是不同的。

(三) 中国的务实精神与西方科学传统

中国古代的文明是农耕文明,我们的祖先世世代代在平原或丘陵地上耕作,没有海洋上那种波涛汹涌般的风险,一般而言玄想对他们是多余的,从农作的过程中切身体验到的是:一分耕耘一分收获,十分耕耘,十分收获。出力大,耕作细,其收获也必大;出力小,耕作粗,其收获也必小。说空话无补于事,做实事必有所得。这种思想也影响到士人,如王符在《潜夫论·叙录》中说"大人不华,君子务实"或者如章太炎所说"国民常性,所察在政事日用,所务在工商耕稼,志尽于有生,语绝于无验"①。这就是说,中华民族原初的文化是重实际而不重玄想,因为玄想对于他们没有实际的益处。但中华民族的文明中不欺人、不骗人的诚实的务实精神和踏实作风却世代相传,成为中华文明的一个特征。中国古人也知道虚实相生的道理,秋天的收获是由春天的种子发育而来的。春天看着田头的很小的幼苗,却也能想象到秋天所结出的累累实果。我们在讲中华文化的务实精神的时候,并不是说中国古代完全没有科学和科学精神,但我们必须承认这种科学精神在古代始终没有充分发展起来。由于中国古代发展了这种求实精神,反映到文学上面,就有

---

① 转引自章太炎:《驳建立孔教议》,载《章太炎政论选集》下册,689页,北京,中华书局,1997。

一种不唱高调、不称霸权，而自甘弱小卑微却有一种真气、真意和真趣的审美精神。如"宁与燕雀翔，不随鸿鹄飞"（阮籍），表达了宁与普通人为伍，屈居下位，而不依附权贵，求得显达的精神；"宁为宇宙闲吟客，怕作乾坤窃禄人"（杜荀鹤），所表达的是，宁愿做一个闲人，也不去白拿俸禄，而不为民办事的精神；"宁可枝头抱香死，何曾吹落北风中"（郑思肖），这里是写"寒菊"，写出卑微，又写出倔强。"野火烧不尽，春风吹又生"（白居易），这句歌咏卑微的野草的诗，在中国是路人皆知的，也许最能传达中国人的求实精神，也最能传达出中国求实精神延伸出来的审美追求。另外，隐逸诗在中国古代的发展，反映士人们"邦有道则士，邦无道则隐"的思想，也是中国求实精神的一种诗歌变体，这在欧洲是很少见的。

与中华文明的务实精神不同，西方文明那里却注重探求自然规律的科学精神。从古希腊时期的亚里士多德开始，即注重科学玄想，即具有不以实用目的探求自然奥秘的好奇心。所谓"中国人重仁，西方人重智"（康有为）。为什么西方从古代开始就重视对自然规律的探索呢？这还是他们的海洋文明在起作用。西方古代人由于要通过交换性的商业，不得不出没在惊涛骇浪的海洋上，大自然成为他们的对立物，他们自然就逐渐形成了要征服自然的愿望和思想。那么如何才能征服自然，使自然为我所用呢？这就需要探究自然的规律，并按照自然故有的规律去征服自然。这样，爱好科学就成为西方人的共同的价值取向。早在公元前4世纪，被称为西方科学之父的亚里士多德就著有《物理学》《天体学》《动物史》以及气象学、矿物学等著作，他的关于逻辑学、修辞学、形而上学的理论更为西方科学的发展打下了理性的思维的基础。西方的科学精神主要发展了理性、客观和质疑三种品格。理性是西方科学思维中核心，主要体现为：客观自然是可以认知的，概念、范畴和逻辑思维是有效的，真理是难能可贵的等。客观精神则表现为：尊重客观的事实和客观的世界，科学研究要注重实证，实证不但要注重逻辑、推理，也要注重实际经验的验证。质疑精神则认为对于自然事物的认识是一个无穷尽的过程，没有绝对真理，只有相对真理，只有在质疑中真理才能前进。西方人重科学，反映到文学上，就会有充满众神的史诗精神，有堂吉诃德式的幻想精神，有浮士德式的创造精神，有作家巴尔扎克等的批判精神。中国的务实精神和西方的科学精神有明显区别。中国人的务实精神是以非宗教的"入世"和"经世"的思想为主导的。《周易》就有"君子以经纶"① 的教导。"经"就是经纬，"纶"是指纲纶。中国人也有终极关怀，即它引导人们在世上做圣贤，达到所谓"三不朽"（立德、立功、立言），而不引导人们为彼岸的灵魂做救黩。西方人的科学精神重玄想，他们的科学精神与宗教伦理不是矛盾的。他们以为，上帝创造了世界的万事万物，这其中是有规律为依凭的。科学家研究自然事物，就是把这依凭的规律真实地揭示出来，这并不否认上帝的存在。相反，他们认为，科学研究提高了真正宗教的境界，并使宗教的意义更深远了。他们的终极关怀仍在彼岸世界。因此许多科学家仍然是宗教的信徒，如牛顿、海森堡等。

西方经历过的文艺复兴时期，宣扬人文主义。人文主义在西方是与人的教育和修养分不开的。"人文主义的中心主题是人的潜在能力和创造能力。但是这种能力，包括塑造自己的能力，是潜伏的，需要唤醒，需要让它们表现出来，加以发展，而要达到这个目的的手段就是教育。"② 那么像荷马、西塞罗、维吉尔等作家的作品就成

---

① 《易·屯》。
② 阿伦·布洛克：《西方人文主义传统》，董乐山译，45页，北京，生活·读书·新知三联书店，1997。

为必修的书，因为人们可以从这里学习到人文主义的知识，并加强修养。启蒙主义时期，文学作品更被看成让人了解世界的知识矿藏，解除蒙昧的伟大力量。

从上面所作的叙述中，我们可以了解中西文化和文学理论的差异是巨大的，其差异的历史文化原因也是复杂的，但我们必须从中西文化不同入手，才能寻找到中西文学观念不同的文化根源。

历史发展到了近现代，西方的文学理论被不断地引进中国，于是与中国原本的文学理论进行了对话。中西文论的"对话"，建设现代的文学理论，成为近现代以来的主题，这是社会发展的必然。中西文化有巨大差异，但我们不认为中西文化是水火不相容的，我们不同意"文明冲突"论，我们认为中西文化可以互相学习，互相补充，而这互相学习和互相补充的途径就是"对话"。但我们在进行现代文学理论建设的时候，不是照搬古典，也不是照搬西方，而是以现代性的眼光，结合新的文学活动的实践，去吸收和总结古典的和外国的文论的精华，真正实现古代文论的现代转化和创造，真正实现西方文论的中国转化，真正总结五四以来一切闪烁着现代光芒的文论成果，在这个基础上，现代的中国的文学理论必定会在实践中逐渐建设起来。这是可以肯定的。

（原载《文艺理论研究》2012年第1期，后引文及注释作了修改）

第五辑

文化诗学

文化诗学是可能的

文化诗学作为外部研究的意义

当20世纪80年代初中期,韦勒克和沃伦的具有新批评学术色彩的《文学理论》被刚刚打开门窗的中国文艺理论工作者奉为西方现代文论的圭臬的时候,当我们了解了什么是"外部研究"和"内部研究"的时候,我们才恍然明白我们过去所熟悉的认识论的文论,政治论的文论,都不过是"外部研究"的一个方面而已。我们急切地想了解"内部研究",追寻"文学本体",揭示文学语言的奥秘,研究小说修辞等等,一时成为学术时髦。差不多20年的时间过去了,西方文学批评的潮流又变成了解构主义文论、后殖民主义文论、新历史主义文论、女性主义文论。文化批评文论,西方的文论风向又转向"外部研究",似乎这些"外部研究"才是当下最时髦的、最先锋的、最前沿的、最值得追寻的东西。中国文论20年的风风雨雨,终于使我们头脑逐渐"成熟"起来,认识到文学理论总是在"内部研究"和"外部研究"之间游动。因此无论"内部研究"还是"外部研究"并没有"高低贵贱"之分。

文学的版图无限辽阔。对于文学的复杂性、丰富性和层次性，中西文论都有充分的认识。中国古代诗学提出了诗歌层次论：言－象－意－道。英伽登提出了文学四层次论：语音层，意义层，图式化外观层（作品所展现的人物、事件、背景等），意向性状态中的"世界"层（读者接受中的世界）。有时他还提出作品的形而上性质层。艾布拉姆斯提出了"文学四要素"所构成的活动理论。斯托洛维奇描画了主体、客体、心理、社会的复杂的审美结构图。伯克提出了主体、活动、背景、载体和目的五因素的文学"五重结构"。总之，文学作为人的精神活动具有无比辽阔的空间这一点，成为大家的共识。我们终于理解文学研究的视角和方法也是多种多样的，而且各种视角和方法各有特点，"内部研究"和"外部研究"各有妙处。它们不过是同一房子的不同窗户，打开任何一个窗户都可以看到不同的景色。

基于这样一个认识，我们觉得当前的文学理论可以双向拓展。一方面继续向微观的方面拓展，文学文体学、文学语言学、文学心理学、文学技巧学、文学修辞学、小说叙事学，等等，仍有广阔的学术空间；另一方面，又可以向宏观的方面展开，文学与哲学、文学与政治学、文学与伦理学、文学与心理学、文学与社会学，文学与教育学交叉研究等，也都是可以继续开拓的领域。今天我想着重提出来讨论的是文学与文化的交叉研究，但我想给它一个更美丽的词，这就是"文化诗学"。

"文化诗学"作为文学理论研究的一个视界是可能的，因为文学是人类的一种文化样式和文化活动。人类有多种文化样式和活动，文学活动是一种古老的世代相传的文化活动。文学的文化属性是非常明显的。文学从来不是孤立地存在着发展着的，它总是在与其他文化形态互动中存在着发展着。文学中处处渗透着文化的因子。文化中也活跃着文学的诗情画意。因此从文化的视角来考察和研究文学是文学自己的文化身份所给定的，不是我们硬加给它的。

从文化视角中来考察和研究文学，这是一个独特的视角。这个视角的意义在于，它不是从文学的微观视角来考察研究文学，而是从宏观的文化视角来考察研究文学。不是从单一的学科来考察文学，而是从跨学科的视角来考察文学。杜甫的《望岳》写道："会当凌绝顶，一览众山小。"文化诗学就是从文化这个"绝顶"上来望文学，文学的"众山"都会纳入它的视野中。对同一个对象的观察，从不同的视野所看到的是不一样的。文化诗学是企图把几个"窗口"所看到的景物实现一种融合，从而力图从总体上把握文学。所以我们所说的文化诗学，就不是固定在一个视角、一个学科之内的研究，它基本上是一种跨学科的研究，所以它的洞见也是多元的，它的批评话语当然也就具有包容性。

文化诗学并不是什么新鲜的东西。中国古代文、史、哲不分，那时的研究就是一种综合性的研究，而研究的成果就是文化诗学了。我认为像孔子的"兴观群怨"说、孟子的"以意逆志"说和荀子的"美善相乐"说等，都是最早的文化诗学。今天我们在对"内部研究""神往"了一阵之后，突然又对这种看似无边无际的文化诗学重新发生兴趣，我想是时代使然。我们生活于一个充满了矛盾的时代，一方面我们国家的经济快速发展了，可另一方面则是人文精神的失落。无私奉献与贪赃枉法并存。崇高牺牲与腐败堕落并存。极度贫穷与无比富有并存。劳动热情与下岗失业并存。希望与失望并存。……我们关注这些令人焦虑的现实。这样人们在接触文学之时，多数人并不十分关心那精细的技巧，而更多地关注文学是不是喊出了我们时代千万人的心声。一个明显的事实是，我们当下的文学无疑在语言技巧上比新时期开始时的所谓"伤痕文学""改革文学"

"反思文学""寻根文学"等等有了长足的进步,但是热爱当下文学阅读、当下文学的人们却少了很多。这里也许有很复杂的原因。但我认为原因之一就是我们的一部分作家的作品,过分热衷于玩弄语言技巧,而其作品缺乏激动人心或震撼人心的时代的人文的内容。所以文化诗学在这个时候被部分学者所关注,是顺应时代所呼唤的文学潮流的。

文化概念及文学的文化意义

我们说文学是一种文化样式,那么首先要追问的是文化是什么。文化这个词大家都是熟悉的,但要把它说清楚不是容易的事情。这要从人与人之间的差别说起。人与人之间的差别一般都认为有"体质"和"灵魂"两项。人与人之间体质的差别现在已经可以用人类体质学的科学检测,作出准确的说明。但是若要说明人与人之间"灵魂"上的差别,就关系到文化的差别了。假设有一对双胞胎兄弟,在其出生之初,一切都相似到极点,因为某种原因在出生后分养在中国和美国,那么长大后,这对同胞兄弟虽然在"体形"上还是十分相似,但"灵魂"一定有了很大的差别。因为他们学习不同的语言,养成不同的习惯,形成不同的思想性格,学会了不同的情感表达方式,喜欢不同的艺术趣味,崇奉不同的信仰等等,这种差别就属于文化的差别了。所以文化是与形成人的不同"灵魂"的社会承传密切相关的。

但是究竟怎样来界说文化,目前的意见就异常分歧,据说对文化的界说多达160多种。不过较重要的有广义、狭义和符号义三种:

广义的文化概念是很多人主张的。英国19世纪人类学家泰勒的文化定义是广义的。他在《原始文化》(1871年)一书中说:

> 文化或文明，就其广泛的民族学意义上来说，乃是包括知识、信仰、艺术、道德、法律、习俗和任何人作为一名社会成员而获得的能力和习惯在内的复合整体。①

这个意义上的文化概念最为流行。在西方，文化开始于拉丁文Cultuia，英文Culture，文化原是"耕作"的意思。通过"耕作"人由动物变成了人。通过不同的"耕作"人变成了具有不同"灵魂"的人。英国著名的文学人类学家马林诺夫斯基也是从广义的视点来界说文化，他说：

> 文化是指那一群传统的器物，货品，技术，思想，习惯及价值而言的，这概念实包容着及调节着一切社会科学。我们亦将见，社会组织除非视作文化的一部分，实是无法了解的；一切对于人类活动，人类团集，及人类思想和信仰的个别专门研究，必会和文化的比较研究相衔接，而且得到相互的助益。②

马林诺夫斯基对文化的界说与泰勒的界说是一致的。马林诺夫斯基在同一部书中，还详细说明了"文化的各方面"：甲，物资设备；乙，精神方面的文化；丙，语言；丁，社会组织。各国多数学者都是在这个意义上来理解文化的。中国学者对文化的界说也多偏于这种广义的界说。如中国社科院研究员庞朴先生认为：

---

① 爱德华·泰勒：《原始文化》，连树声译，1页，上海，上海文艺出版社，1992。
② 马林诺夫斯基：《文化论》，费孝通译，2页，北京，中国民间文艺出版社，1987。

文化，从最广泛的意义上说，可以包括人的一切生活方式和为满足这些方式所创造的事事物物，以及基于这些方式所形成的心理和行为。它包含着物的部分、心物结合的部分和心的部分。如果把文化的整体视为立体的系统，那时它的外层便是物质的部分——不是未经人力作用的自然物，而是"第二自然"（马克思语），或对象化了的劳动。文化的中层，则包含隐藏在外层物质里人的思想、感情和意志，如机器的原理、雕塑的意蕴之类；和不曾或不需体现为外层物质的人的精神产品，如科学猜想、数学构造、社会理论、宗教神话之类；以及，人类精神产品之物质形式的对象化，如教育制度、政治组织之类文化的里层或深层，主要是文化心理状态，包括价值观念、思维方式、审美趣味、道德情操、宗教情绪、民族性格等等。①

在这个意义上，文化与人的本质问题联系在一起，文化是人创造的，人又是文化创造的。文化从一定的意义上就是"人化"。在广义的文化概念中文化被分为三个层面，即物质文化，制度文化，精神文化。物质文化不是指原本的自然，是人创造的"第二自然"，或者说是对象化的劳动的结果。制度文化则是指渗透了人的观念的社会的各种制度。精神文化是最深层的东西，如文化心理、价值观念、思维方式、审美趣味、道德情操、宗教情绪、民族性格等。物质文化最为活跃，容易变化（如不论什么时代，对外来物质文化的吸收总是先行的。）精神文化则惰性最大，不容易改变。这个广义的文化

---

① 庞朴：《文化结构与近代中国》，载《稂莠集——中国文化与哲学论集》，上海，上海人民出版社，1988。

概念就是指整个社会生活,可以说无所不包。人所需要的一切,所制作的一切,所发明的一切都可以叫作文化。只要你能说出一种有特色的生活活动,就有一种文化。这个文化概念与文明概念是很难区分的,虽然马林诺夫斯基说过"'文明'一词不妨用来专指较进展的文化中的一特殊方面"。①

另一种是狭义的文化概念。文化是个人的素养及其程度。即包括人受教育的程度、知识的多少、涵养的高低等。如《现代汉语词典》中"文化"的第三义"指运用文字的能力及一般知识。"如我们说,某人在大街上吐痰乱扔东西,太没有文化素养了。阿Q的文化素养很低,连怎样求爱也不会。如填履历表时的"文化程度"的"文化"就专指教育程度而言。这个意义上的文化只是从修养方面来说的。

从符号学的角度看,文化是人类的符号思维和符号活动所创造的产品及其意义的总和。这个观点是由德国的现代哲学家卡西尔(Ernst Cassirer1874—1945)提出的。卡西尔认为,人是什么?人的本性是什么?那就是文化。过去有说人是政治的动物的说法(亚里士多德),有人是理性的动物(启蒙主义)的说法,都有一定的道理。卡西尔认为与其说人是政治的动物或理性的动物,不如说人是文化的动物。因为正是文化把人与非人区别开来。那么文化又怎样创造出来的呢?这就是人的劳作(work)。卡西尔说:

> 正是这种劳作,正是这种人类活动的体系,规定和规划了"人性"的圆周。语言、神话、宗教、艺术、科学、历史,都是

---

① 马林诺夫斯基:《文化论》,费孝通译,2页,北京,中国民间文艺出版社,1987。

这个圆的组成部分和各个扇面。①

卡西尔认为,动物只有信号,没有符号。

信号只是单纯的反应,不能描写和推论。他解释说,动物世界(如类人猿)最多只有情感语言,没有命题语言,而人则具有命题语言。情感语言只能表达情感,不能指示或描述任何事物。但命题语言就不仅能表达情感,而且能指示、描述、思维等。因此动物与人类对外界的反应是不同的,动物是直接的迅速的反应,人的应对常常是间接的迟缓的,是被思想的缓慢复杂过程所打断与推延。"应对"常常是"命题语言与情感语言之间的区别,就是人类世界与动物世界真正的分界线"②。人因为拥有符号因此创造了文化。他的公式是这样的:人——运用符号——创造文化(语言、神话、宗教、艺术、科学、历史等)。人与符号与文化是三位一体。符号思维、符号活动因为不是直接的单纯反应式的,因此符号所创造的文化品种,如语言、神话、宗教、艺术、科学、历史等,都是意义系统。

不难看出,广义的文化概念与符号义的文化概念有相同之处,那就是都认为文化是与人的本质相联系的,一方面是人创造了文化,另一方面文化又使人成为人。有无文化是人与动物的根本区别。但是符号义的文化概念又与广义的文化概念不同。首先符号义的文化概念突出了符号是人的最重要的标志,没有符号、符号活动和符号思维,人的本质就无法突现出来,文化是人运用符号及其意义创造的;其次,符号义的文化概念认为文化就是指蕴蓄在人的"灵魂"深处的精神文化、观念文化而言的,具体说文化是人性展开的语言、

---

① 恩斯特·卡西尔:《人论》,甘阳译,87 页,上海,上海译文出版社,1985。
② 同上,38 页。

神话、宗教、艺术、科学、历史等各个"扇面"。

综观以上三个文化概念，本文认为文学是文化的一种样式，从符号学的文化概念的意义上说，这首先是因为文学作为一种艺术，的确是人类里层和深层的文化，它是人运用语言符号系统，展现人生的意义和精神的追求，其中尤其包括人的审美理想的追求；其次我们从这个文化概念上来理解文学，是旨在强调文学作为一种文化，与语言、神话、宗教、科学、历史等观念形态的文化有更加密切互动关系，而且揭示这种互动关系正是跨越文学来考察文学自身的一个重要的途径。有人会问，文学不也要描写那些物质文化、行为文化吗？这岂不说明文学属于前面所说的广义文学？这种理解是不对的。文学虽然也描写物质文化、行为文化，甚至描写本真的自然，但文学在描写这些物质文化、行为文化或本真的自然的时候，是作家以自己的诗意的情感去把握、拥抱它们，当作家把这些事物写进作品中去的时候，已经属于观念形态或精神形态的东西，已经不是原本的物质文化、行为文化，它是一个符号的世界、意义的世界和艺术的世界。例如，杜甫的《春望》中的诗句："感时花溅泪，恨别鸟惊心。"这里的花与鸟，不是原本的人栽的花或自然的鸟。由于感伤时事，反而见到使人悦目的花开而流泪，由于战乱中和家人久别，反而听见悦耳的鸟声而惊心。可见这里的作为物质的花与鸟，是诗人用他的全部的生命的情感掌握过的一种具有意义的符号，如果说这是"文化"的话，那么是属于符号义的文化，即独特的精神文化，可以这样说，所有的物质文化、制度文化和行为文化，一旦进入文学作品中，就变成了具有符号意义的精神文化了。也正是在这个意义上，我们认为以符号义的文化概念来审视文学是最为可取的。

文化既然是人类的符号思维和符号活动所创造的产品及其意义的总和，既然人与符号与文化是三位一体的，那么文学的文化意义就必然与人的生存状态、人的生存的意义、人与人的对话和沟通境况和人的理想密切相关，一句话是与人的精神关怀密切相关的。从这个意义上，文学的文化意义至少应有以下几点：

首先是揭示人的生存境遇和状况。人的生存是偏于动物性还是人性，这与文化状况密切相关。在奴隶社会、封建社会和资本主义社会中，人的"异化"，即一部分人因其受压迫的地位而变成被宰割的羔羊，而另一部分人因其压迫人的地位，而被动物性的贪欲所控制而变成豺狼，就是与那个时代的文化形态相关联的。文学若能揭示人的生存状况，那么就有了文化意义因为它是在揭露这种文化的非人性和反人性的性质，那么这里就具有了对人的精神关怀的价值了。批判现实主义作品一般而言就在这方面具备了相应的品质。

其次是叩问人的生存的意义。人为什么活着？什么是幸福？什么是不幸？什么是爱情？什么是友情？等等，对这些问题的回答，是精神文化中一些基本的观念。文化使求偶要求变成爱情活动。文化使饮食变成一种生活的享受。文化使求生变成一种回归家园的精神过程。作家在其作品中也必然要艺术地探索这些问题，以其语言所塑造的形象表达什么样的生活是值得过的，什么样的生活是不值得过的。这样，文学的文化意义就在叩问人的生存的意义问题上突现出来。

第三是沟通人与人之间的思想和情感，沟通人与自然之间的联系，实现必不可少的对话。文化的群体性是十分突出的。文化在一定意义上就是一个群体、一个民族、一个国家、一个共同体在长期的历史中形成的共同遵守的思想和行为准则。文化使野蛮的抢夺变成和平的竞赛。文化使弱肉强食变成互相帮助。文化使陌生甚至敌对的自然变成亲和之物。文学中的对话关系，以诗情画意延伸了文化对人与人之间、人与自然之间的和谐，从而显示出文学的文化意义。

第四是憧憬人类的未来。人的愿望、理想如果没有文化的升华，那么人类就要倒退到原始状态中去。人类因为有了文化，人真正地成了人。同时文化使未来就有现实之根，未来因文化之助变得美好起来。文学诗意地表现人的愿望、理想，展现了一个充满人性的未来，而获得文化意义。

文化诗学的学术空间

文化诗学的学术空间十分辽阔。大体说可以从内外两个维度来思考：

（一）文学的文化意义载体的考察与研究

从文学的艺术文本的内部可以反观整个文化。这是一种深入到文学作品内部的研究，属于内在的维度。不同民族的文学负载着不同的民族文化。不同时代的文学，负载着不同的文化。不同历史阶段的文学也负载着不同的文化。同一时期不同流派、不同风格、不同追求的作家，也负载着不同的文化。因此我们可以通过对作品的分析，揭示出文化思想内容来。例如现代小说创作中，鲁迅和沈从文是两个可以比肩的文学巨匠。他们的小说的思想和文体是不同的。鲁迅的小说多批判传统文化，他研读《资治通鉴》悟出"中国人尚是食人民族"，在他看来"没有一件不与野蛮人文化恰合"。所以他的小说如《狂人日记》《孔乙己》《阿Q正传》等都是揭示中国国民性的落后。总之，鲁迅的文学创作总的倾向是对中国古代传统文化的"离异"。沈从文的小说创作则不同，他的创作的总的倾向是对传统文化的"认同"。如《边城》《萧萧》等，以诗一般的文字，赞美保持着传统文化的湘西地区人性的美、人情的美和风俗的美。所以有的研究者说，鲁迅的伟大在于表达了中国人民的"恨"，沈从文的伟大在于表达了中国人民的

"爱"。这种说法有一定的道理。但是道理在什么地方呢？这就要从他们的文化观念作出解释。实际上，他们两个人做着不同的梦。鲁迅做的反原始文化的梦。例如他批判的阿Q的"精神胜利法"，将主观的情感愿望投射于外在世界，认为它们具有客观的真实性，并把它们当作实在来感受。这实际上是鲁迅对主客观混淆不分的和神秘互渗的原始心态的再现与批判。原始人出发打猎时的巫术仪式，就是主客观不分的原始文化的典型表现。鲁迅认为这种文化是原始的愚昧的，是导致中国贫穷落后的原因。现代中国必须摒弃这种文化形态才有前途。沈从文则做原始主义的梦。在沈从文的小说中，湘西地区原始性的民情民风民俗，成为一种美的理想。对穴居山洞，猎兽充饥，对歌定情，对金钱的鄙视，原始野性的爱，无拘无束的生活，等等，都作了牧歌式的诗意描绘。作品中还对现代城市文明进行嘲讽。这实际上是沈从文对原始文化的神往。在他深层的意识里，原始文化所留下的古朴的民情民风民俗更适合于现代人的生存。这实际上是代表了两类不同的中国现代知识分子的在文化上的不同思考和选择。他们的作品则负载着不同的文化意义。

英国伯明翰当代文化研究中心的学者们，把文学——文化阅读分为"品质阅读"和"价值阅读"。所谓"品质阅读"是指"试图尽可能完全地把握作品的肌质……首先注意到语言中的各种要素：重音和非重音，重复和省略，意象和含混等，然后由此向人物、事件、情节和主题运动"；"价值阅读"则表示阅读者"试图尽可能敏锐和准确地描述出他在作品中所发现的价值。"[1] 我们所说文学的文化意义载体研究，相当于"价值阅读"所获得的东西。

---

[1] 参见理查德·霍加特：《当代文化研究：文学与社会研究的一种途径》，载《当代西方艺术文化学》，周宪等译，34—35页，北京，北京大学出版社，1988。

作为具有文化内涵的"价值阅读",可能会给予习见的作品以新的解读。例如朱自清的散文《背影》,大家都是熟悉的。一般的分析认为这篇作品写出了父子之间的深厚的感情。但季羡林先生的文化解读就别是一样。他说:"要想真正理解这一篇文章的涵义不能不从中华民族的文化,中华民族的历史谈起。"他认为中华民族的伦理道德是讲处理人际关系的"和"的精神。"《背影》所表现的就是三纲之一的父子这一纲的真精神。中国一向主张父慈子孝。在社会上孝是一种美德。……然而在西方呢?拿英文来说,根本就没有一个与汉文'孝'字相当的单词,要想翻译中国的'孝'字,必须绕一个弯子,译作Filial riety,直译就是'子女的虔诚'。你看啰唆不啰唆!"季先生从文化视角的分析,映现出作品的文化蕴涵,是很有意味的。

(二)作为文学的文化样式与别的文化样式相互影响的考察

按符号义的文化概念,文化的样式主要有语言、神话、宗教、艺术、科学、历史六类。我想还可以包括政治、哲学、伦理、道德、教育、民俗等。文化诗学可以研究文学与语言的关系,文学与神话的关系,文学与其他艺术的关系,文学与宗教的关系,文学与科学的关系,文学与历史的关系,文学与政治的关系,文学与哲学的关系,文学与伦理的关系,文学与道德的关系,文学与教育的关系,文学与民俗的关系等等。这是把文学作为一个整体与其他文化样式的比较研究,可以说属于外在的维度。实际上,文学不可能是完全封闭的自足的系统。鲁迅说:"文艺家的话其实还是社会的话,他不过感觉灵敏,早感到早说出来。"[1] 企图摆脱社会文化的文学研究,

---

[1] 鲁迅:《文艺与政治的歧途》,载《鲁迅全集》第7卷,118页,北京,人民文学出版社,2005。

即孤立的文学研究,总是有缺憾的。文学研究需要有文学之外的参照系。以前文学研究中存在的问题之一,就是缺少这种研究的参照系。我们研究地球,一定要把它放到整个太阳系中去,并研究太阳系各个星球的相互作用,这样的研究才是有效的。同样的道理,我们研究文学,也一定要把它放到文学艺术、宗教、哲学、政治、历史、教育等整个文化系统中,这样文学的本相才能充分显露出来。这种文学与其他文化样式的相关性跨学科的研究,将展现出辽阔的学术原野。在这种相关性的研究中,文学研究跨越自身的领域,进入到一个交叉地带,与别的学科进行对话,这种在交叉地带的对话必然会提供许多新的学术话语;同时由于有了别的参照系的比较、互动的研究,文学自身的特点也会鲜明地显露出来。

不仅如此,文化诗学也有助于文学史的深入。研究文化诗学既然要从文学与语言、文学与神话、文学与宗教、文学与其他艺术、文学与历史的交互关系中去解释文学,那么对文学发展变化的原因的研究也就会呼唤新的文化视野。中国历代的文学为什么会有不同的特点,同一时代的作家为什么面对同一社会生活会有不同的理解和不同的创作格调,这都与文化有着密切的关系。中国文学为什么到了屈原和楚辞那里出现了第一次巨大的变化?汉代为什么会出现赋与乐府这两种诗体?六朝时期何以会出现文学的自觉?对那时的形式追求应该怎样解释?唐代的诗歌为什么会出现一个鼎盛局面?宋诗为什么走上了"以文字为诗,以才学为诗,以议论为诗"这条路?等等,对文学史上这一系列的问题解答,若能真正进入文化视野,那么我们的文学史将会出现新的面貌。

还有,文化诗学还可以解释传统的理论不能解释的高科技时代出现的文学艺术新问题。20世纪文学的发展与变化,特别是高科技的发展,已经产生了许多新的文学艺术形态。60年代美国后现代学者苏珊·桑塔格写过一本题为《反对解释》的书。意思是后现代的文学作品是不需要解释的。她说：我们不需要那帮教授、批评家来告诉我们文学的意义究竟是什么，也不需要他们无休止地解释一部作品，我们不需要解释文学，刺激性是文学的唯一的目的，我们体验它，陶醉其中就够了，不需要解释。的确就个别作品，例如一张美女图，它是无深度的，不需要解释。但她的话显然也有片面性。后现代文化作为一个整体，需要文化诗学视野的解释。后现代的作品的无深度、逼真、复制和拼凑等特征，都可以作出文化诗学的丰富解释。

如果上面两个维度的研究达到一种极致，那么就有可能推出文论新说。实际上，中外许多文论学说，都是在"文学—文化"的交叉研究中推出来的。如中国古代的"兴观群怨"说、"发愤著书"说、"不平则鸣"说、"文以载道"说等，西方的"寓教于乐"说、"理念显现"说、"典型"说等，都是文化与文学相关研究的成果。这里特别值得注意的是，20世纪文学理论的许多新说，可以说都属于文化诗学。如俄国形式论的文学语言"陌生化"说，是文学与语言学以及心理学相关性研究的结果。目前正受到人们关注的巴赫金从民俗文化的视野，提出了文学理论中"狂欢化"这个学说。其主要的著作是《拉伯雷的创作与中世纪和文艺复兴时期的民间文化》。这个理论引起了世界各国学者的广泛兴趣。认为它也是一种解构主义。实际上这样的理解是不够的。"狂欢化"理论是一种典型的文化诗学，是由于巴赫金丰富的西方中世纪民俗知识积累所形成的理论创造。拉伯雷是可以与莎士比亚比肩的文艺复兴时期的伟大作家，他的小说《巨人传》具有极高的艺术魅力。但是过去拉伯雷总是不能充分被人所理解，这是怎么回事呢？这是由于人们总是用文艺复兴时期建立起来的理性、理想、典雅、规范、标准语言等观念去套拉伯雷的作品，也就是巴赫金所说的"现代文艺学的一个主要不足在于它企图把包括文艺复兴时期在内的整个文学纳入官方文化的框架内"。巴赫金认为要了解拉伯雷的创作，就必须了解中世纪和文艺复兴时期的民间笑文化。中世纪的狂欢节一般一年有三个月。在狂欢节的各种活动中，如游行、演出、祭祀，有扮演小丑傻瓜巨人、侏儒和畸形人的极为热闹场面，充满笑。狂欢节是人们的"第二生活"，在这第二生活中，人们摒弃官方的一套，而达到不受束缚的自由自在的境界，与平时的生活形成鲜明的对比。狂欢节的特征是：1. 人们摆脱中世纪时期平日生活中的等级关系。狂欢节是无拘无束的，全民性的，统治者和平民在节日中，不能不处于平等的甚至颠倒的地位。这样就使人摆脱一切等级关系、特权、禁令，并从非教会非官方的观点来看世界，置身于原有的制度之外。2. 人们产生"狂欢节的世界感受"和乌托邦式的思维。由于上面所说的情况，人们在狂欢节中的感受发生了变化。平时要讲究身份、角色、职业等，可在狂欢节时刻，人们不拘形迹，在摆脱上述束缚后，人回到自身，异化感消失，摆脱神学严肃性，休息一下，开开僧侣的玩笑。3. 人们动态的发展的观念的强化。狂欢节的节目和活动，都包含了生死相依，更新与衰落相伴，有盛筵的欢乐，但又没有不散的宴席。总是面向未来和发展。这与官方的节日不同。官方的节日无非是庆祝他们的统治的万世永恒、万古常青，总是面向过去。

拉伯雷的小说的诙谐和嘲笑完全是"狂欢化"。他写奇怪的身体，写饮食，写排泄，写性，写骂人的脏话，写广场的欢笑等，巴赫金称为"怪诞现实主义"。如拉伯雷小说中有浇尿和用尿淹军队的情节。如《巨人传》中高大康把尿浇到巴黎人身上的故事。高大康的马在一个浅滩上撒尿，淹没了毕克罗寿的部分军队。还有朝圣者陷入高大康的尿河中的故事。巴赫金分析说："尿和粪便的形象……

是正反同体的。它们既贬低、扼杀又复兴、更生，它们既美好又卑下，在它们身上死与生，分娩的阵痛与临死的挣扎牢不可破地联结在一起。"作品中有许多所谓"广场语言"。如有的章节是这样开始的："著名的酒友，还有你们，尊敬的花柳病患者……"巴赫金分析说："在这些称呼中辱骂和赞美混为一体。肯定的最高级与半是骂人的词语'酒友'和'花柳病患者'合而为一。"这是辱骂似的赞美，赞美似的辱骂，对于不拘形迹的广场语言是颇有代表性的。

巴赫金的"狂欢化"理论，从民俗文化的视野来分析作品。这在思想上是很有意义的。最重要之点是：颠覆等级制度，不分尊卑高下的平等的精神，强调包容性和未完成状态，对事物的变易性、复杂性的尊重等在方法论上，则启发我们，研究文学不能仅仅满足于流行的、规范的、教条式的观点，完全可以从民间笑文化的视野吸收营养，另开一扇窗户，来看文学世界。这个方法论具有普遍的意义。如中国的几部古典长篇小说，都可以从这个新的文化视野进行分析。由此可见，"狂欢化"学说作为文化诗学已经成为一种普遍的方法论，为人们提供了一个观察文学世界的新的"窗口"。

如果说巴赫金的"狂欢化"说是从上述第一个维度的工作所得出的成果的话，那么荣格的"原型"说，则是文学与神话、传说交叉研究所获得的成果，即上述第二个维度工作所形成的新说。

看来，文化诗学不但是可能的，而且具有十分广阔的学术前景。

（原载《江海学刊》1999年第5期，后引文及注释作了修改）

植根于现实土壤的"文化诗学"

有一种看法，认为目前在文学理论批评界兴起的"文化研究"，是一些年轻人从西方生硬搬过来的东西，似乎没有现实的基础，是兴之所至，是无根之谈，可以不予理睬。事实不是如此。无可否认，就目前中国的"文化研究"来说，的确从西方的一些理论家那里借鉴了一些观点与方法。例如从德国法兰克福学派的理论中，从英国伯明翰大学文化研究中心的学者的理论中吸取了一些理论资源和养料，但是，实事求是地说，20世纪90年代开始在中国出现的"文化研究"，到今天越来越热，成为一种社会文化思想潮流，不是远离现实的抽象的观念诉求，而是依照90年代以来的现实的思想矛盾运动延伸出来的。

事实上，在我看来，80年代改革开放以来，文学理论领域发生的事情，都不是理论家纯然的人为的虚构，而是基于现实的思想矛盾运动的产物。这里想将80年代到90年代思想运动的诸多变化加以概括是不可能的。但我想简要回顾一下80年代以来的文学理论领域的思想学术的变化，以便看到这种变化如何导致90年代的"文化研究"的逐渐兴起，也许是十分必要的。

根据我自己从80年代以来对文学理论研究的参与和观察，80年代以来从事文学理论的知识分子,不论持什么观点,都是在对刚刚过去或正在出现的现实进行反思。不同观点的人对建国以来的反思可能是很不同的,但文学理论思潮就是在这不同观点的反思的矛盾运动中呈现着、变化着。从1978年到20世纪末,我认为文学理论领域经历了四次大的变化和转折。这种变化或转折可以从历时的视野看,但这变化又不完全是历时的,它前后交错着,并不是一个反思结束之后再开始另一个反思。

一、80年代初开始的形象思维的讨论以及对于"文学为政治服务"的反思

讨论形象思维问题不是纯粹的理论探讨,乃是基于对刚结束的"文革"把文学思想推到"左"的极端的不满。建国的前十年,文学理论或捆绑在苏联四五十年代(前期)僵死的理论上面,或停留在40年代战时所规定的理论上面,没有随着时代的变化而变化。到了"文革"时期,"文艺是阶级斗争的工具"等口号更成为整人的工具。在改革开放刚刚起步的时候,人们对那种僵死的理论表现出厌恶是不难理解的。80年代初对于形象思维的讨论,其实就是这种对于此前的现实的不满和反思。"形象思维"理论是19世纪俄国别林斯基的思想,通常的提法是"寓于形象的思维",但是这样一个提法连别林斯基也未必相信,他就在《艺术的观念》一文中说过:"我们把艺术叫作思维,这样,就把两个完全对立、完全不相联结的范畴联结在一起。"所以后来他在后期的著作中也不再用"形象思维",而改用古老的"想象"。当时出版了影响很大的《外国理论家作家论形象思维》一书,也大部分是收录了艺术想象的论述。真正谈"形象思维"的只有高尔基、法捷耶夫等的只言片语。然而,当时中国

讨论"形象思维"的文章真是铺天盖地，全世界从未有这么多的文章来关心文学创作中的一个具体问题。显然，这么多文章都是在借毛泽东给陈毅谈诗的一点看法，与"文革"推到极端的"文学是阶级斗争的工具""文学为政治服务"的令人心悸的口号争论（在这个口号下有多少人遭遇到不幸），都是想让文学与政治保持距离，所以当时党的领导邓小平说，以后不再提文学为政治服务的时候，有多少人为此而欢呼。我们不能不说，"形象思维"的命题并不具有很强的学理性，讨论下去也没有意思，于是这个话题几乎是戛然而止。大家觉得真要从理论上弄清楚"文学是什么"，要从美学入手，文学是审美意识形态，文学是审美反映，就被当时一些学者响亮地提出来了。所吸取的资源主要是康德的古典美学、马克思早期的理论，以及苏联80年代的审美理论新成果等。像斯托洛维奇的"审美价值"论、卡冈的"审美系统"论都起过重要的影响。文学审美特性这个话题一直延续到现在，说明这是一个真的命题，值得为之继续探讨。然而，审美理论介入文学理论，企图厘清文学的性质和特征，其目的仍然是为了反思"文学为政治服务"那段可怕的现实。审美论的现实品格和批判精神是显然易见的。

二、文学主体性问题的讨论以及对于文学反映论的反思

长期以来，文学理论界慑于政治权威，把文学是社会生活的反映的论断，奉为不容争辩的绝对真理，尽管不少文学创作很难用这个理论来解释，但是如果谁偏离文学反映论，或提出与反映论不同的观点，谁就有可能被视为唯心主义，谁就违反了辩证唯物主义，谁就要遭到批判甚至斗争。实际上，文学反映论的确是偏于对客观世界的复制、模仿、摹写、纪实（只要我们看看黑格尔的《美学》

对"反映"的解释就很清楚了,而马克思则从未提过文学反映论),或多或少忽视了作家的心灵的创作的因素。不论怎么说文学的创作必须由客观现实转为作家的心理现实再转为作品的审美现实。现实事件必须经过作家主体心灵的充分的酿造才能转变为文学事件。就是说,文学反映论无论如何是可以提出来进行学理性讨论的问题。80年代初期,出现了震动文坛的三个"崛起",文学"自我表现"问题被提出来了,这可以视为对"文学反映"论的一次"反叛",但这次"反叛"被指为"精神污染"或"资产阶级自由化",而被习惯势力压制下去。但是,一旦思想冲破牢笼,想压制住是不可能的。1985年《文学评论》发表的《论文学的主体性》,又一次把这个问题提出来,这篇文章尽管不是没有缺点,但其基本精神在当时的情况下,就是肯定人这个主体的作用。用当时何西来先生在一次讨论会上的总结发言来说:"从总体来看,这种探讨符合时代的要求;从局部的文艺界实情来看,这种探讨是出于对具体的文艺发展历史的反思,并且基于这种反思对于文艺自身的某些重要方面提出自己的一些设想。这种设想,针对着理论上曾经被人们有意地忽视了的方面大胆地发表了自己的见解。比如,在文艺与社会生活的关系上,强调对人的尊重;在文艺与创作关系上,强调对于作家的尊重;在文艺与欣赏的关系上,强调对欣赏者的尊重,等等。"① 令人感到困惑的是,《论文学的主体性》一文的作者明明是针对长期以来的文学反映论而发的,但肯定此文的人们仍然好心地把他的论点纳入文学反映论中,以避开当时对"主体性"的严厉批评。如何西来仍然说这篇文章"不仅不脱离马克思主义的反映论,而且是站在它

---

① 文学研究所文艺理论研究室:《自由地讨论,深入地探索——关于刘再复〈论文学的主体性〉一文的讨论》,载《文学评论》1986年第3期。

的坚实的基础上。"① 这就是说,那篇《论文学的主体性》文章已经清楚表明对文学反映论的反思,但当时文学反映论的势力还是很大,"碰"它还是不行的。

看来,文学主体性问题的讨论深入不下去,于是更多的作者转入文艺心理学的研究,以便从更加学理化更间接化的途径来反思文学反映论尤其是机械的文学反映论的缺陷。文艺心理学的研究从西方的弗洛伊德的精神分析论、荣格的原型论、马斯洛的"高峰体验"论、皮亚杰的"发生认识"论、科林伍德的"表现"论、冈布里奇的"投射"论以及中国古典的感应论等去寻找学术资源,对文学"主体性"展开一系列的更多样更具体更深微的研究和理论表述,文学主体性问题在学术化中得到进一步深入说明与学术补充,对反映论的反思由此得到深入。学术研究的深入使不同意见的冲突反而趋于平和,而文学反映论终于成为一个可以讨论的问题。

三、从"语言论转向"开始反思文学的本体,表达对于现实纷争的回避

1987年到1992年,这是中国社会转型的前夜,社会主义初级阶段的理论虽然得到确立,但经济体制的改革面临许多看似不可解决的问题,政治体制的改革也困难重重。汹涌的商业潮、"下海"热和社会各个方面的某种无序导致社会负面现象纷纷涌现,改革开放初期的兴奋已经过去,在文化思想和意识形态领域的纷争和裂变达到空前激烈的程度。有的人甚至言过其实地说,"中心话语解体""价值系统崩溃"。如果说新时期开始的时候文学界一边为不提"文学为

---

① 文学研究所文艺理论研究室:《自由地讨论,深入地探索——关于刘再复〈论文学的主体性〉一文的讨论》,载《文学评论》1986年第3期。

政治服务"而庆幸,一边却创造出"伤痕文学""改革文学""反思文学"等实实在在地为当时的政治实现了带有很强目的性的服务的话,那么在1987到1992年期间,文学创作和理论有一点六神无主,"文学失去轰动效应",作家们理论家们真有点"不知所措"了。当时流行的文化衫上印的是"跟着感觉走""我不知道,我不知道""烦着哪,别理我""一无所有""天生我材没有用""没劲、没劲、没劲""不干白不干、干了也白干""有钱和没钱、就是不一样"。①这种情绪不但是一些年轻人的社会心理,也影响到作家和文学理论家。

搞文学理论的人觉得对社会发生的事情很无奈,能做的就是退回书斋。一部分人搞起了古典,试图从古籍中去发现意义,一部分人对发轫于西方的"语言论转向"产生兴趣,搞起了文学语言学、文学符号学、文学文体学,并进一步探求文学本体论。文学语言被看成文学的本体是从20世纪20年代的俄苏形式主义流派开始的,四五十年代英美新批评也是把文本语言的细读当成文学批评的全部,60年代勃兴的法国结构主义更是把一部长篇小说看成是一个"长句子"。为什么新时期开始的中国文坛,并没有看上西方的"语言论转向",俄苏形式主义、英美新批评和法国结构主义并没有或基本没有进入到当时中国文学理论家的视野,倒是在1987到1992年这一时段才进入他们的视野呢?原因就在于新时期开始之际,现实最亟需的是反思"文革"政治的人道主义之类的启蒙精神,但是在1987年到1992年的特殊时期,情况发生变化,连那些启蒙者也觉得失落而不知用什么来"启蒙"自己。在这种情况下,"语言论转向"及其所

---

① 转引自解思中:《盛世危言——民风求疵录》,176—178页,北京,中国档案出版社,1994。

带来的科学主义文论，得以"乘虚而入"，给中国文学理论带来另一条风景线。其实，如果实话实说，"语言论转向"在骨子里也有想抽离现实和对现实不恭之意。

四、"人文关怀"的呼喊，转变为中国"文化研究"的勃兴

1992年以后，中国经济步入快速增长的时期，市场经济也空前发展，人民的生活水平也有很大提高。但是社会的负面现象也随之进一步发展。环境污染前所未有，权钱交易盛行……一些深层的社会问题显露出来，如东西部经济的差异问题，贫富悬殊加大问题，国有企业的改造问题，下岗工人的安置问题，农民对市场经济的不适应问题，大众文化中的低级趣味问题……这种种问题可以在思想上集中概括为"拜金主义"和"拜物主义"的流行。本来"金"与"物"并不是坏东西，甚至是人们追求的东西，但一旦成为"主义"，那么人就被"金"与"物"所控制所扭曲，人的生物性的欲望就会泛滥起来，人就会丧失人应有的本性。在这种情况下，社会上一切有良知的知识分子，面对这些社会问题已经不能再无动于衷，参与社会现实的意识回归，为了应对和思考现实中种种问题，文学理论批评界集中提出了"人文关怀"的现实主题，这中间有讨论，但是最后尊重人爱护人的"人文关怀"的呼声占了上风。例如，"新理性精神"的提出，其基本精神就是要在新的历史条件下全面发展人的理性和感性，人要成为有良知的人。钱中文提出的"新理性精神"有许多规定，但其核心的内容是："新理性精神主张以新的人文精神来对抗人的精神堕落与平庸。……因此我认为，当今的文学艺术，要高扬人文精神。要使人所以成为人的羞耻感，同情心与怜悯，血性与良知，诚实与公正，不仅成为伦理学关注的课题，同时也应

成为文学艺术严重关注的方面。以审美的方式关心人的生存状态、人的发展，使人成为人，拯救人的灵魂，这也许是那些有着宽阔胸怀的作家艺术家忧虑的焦点与立足点。"① 这一观念和精神得到文学理论界多数学者的认同。

但是人文精神不能停留在一般的呼喊上面，它的进一步发展必然要沉落到更具体的学术研究层面。因此在人文精神讨论的前后（主要是"后"），我国的人文社会科学界，尤其是文学批评与文艺理论领域出现了方兴未艾的后现代主义研究、后殖民主义研究、大众文化/流行文化研究、大众传媒研究、女性主义批评等新兴的学术研究领域，它们就是现今人们看好的"文化研究"或"文化批评"。其巨大的理论创新能力、强烈的现实反思精神、跨学科的综合研究方法已经使它成为我国人文科学界最具活力的思想－学术活动领域之一。它不仅开拓了文学理论研究的新领域，同时以其新的研究方法与学术旨趣对于传统的文学理论提出了挑战。应该指出的是，这种"文化研究"或"文化批评"，在西方早在五六十年代甚至更早就产生了，如多数人都同意，理查斯·霍加特的《识字的用途》（1958），雷蒙德·威廉斯的《文化与社会》（1958）、《漫长的革命》（1961），以及 E. P. 汤普森的《英国工人阶级的形成》（1963），是文化研究的奠基之作。可为什么文化研究不是在中国新时期开始的时候受到注意，而是在改革开放十余年后才被作为一种学术资源而有意地借用呢？根源还是在中国社会现实的发展中。新时期开始之际，刚刚恢复了元气的文学理论界，对于"文革"的政治把作为学术的文学理论取消还心有余悸，当务之急是把文学理论从"政治"

---

① 钱中文：《文学艺术价值、精神的重建：新理性精神》，载《文学理论：走向交往对话的时代》，349 页，北京，北京大学出版社，1999。

文化中剥离出来。但是，中国社会发展到90年代，情景发生转换，我们面对的问题已经不是"文革"的政治，而是前述的市场经济所伴生的大众流行文化以及"拜金主义"和"拜物主义"对人们欲望的挑动，有良知的知识分子为此感到忧虑，现实转折激起了他们再一次参与社会的热情，"文化研究"就是从事文学理论研究的学者参与社会的主要形式之一。

五、为什么要走向文化诗学？文化诗学的旨趣是什么？

目前文化研究的对象已经从大众文化批评、女权主义批评、后殖民主义批评等进一步蔓延到去解读环境污染、去解读广告、去解读模特表演、去解读住宅小区热、去解读小轿车热、去解读网络热、去解读性爱等等。解读的文本似乎越来越离开文学文本，越来越成为一种无诗意或反诗意的社会学批评，像这样发展下去文化研究岂不是要与文学和文学理论"脱钩"？的确，文化研究对于文学理论来说，既是挑战，也是机遇。说它是挑战，就是文化批评对象的转移，解读文本的转移，文学文本可能会在文化批评的视野中消失。说它是机遇，主要是文化批评给文学理论研究重新迎回来文化的视角，文化的视角将看到一个极为辽阔的天地。因此，文化研究在伸向文化的广阔的领域后，将扩大文学理论的版图和疆界。

有人可能要问，文化研究不就是我们曾经十分熟悉的文艺社会学吗？传统的文艺社会学不就是要从社会文化历史的背景中来审视和考察文学现象和文学作品吗？这里我们应该看到，自审美"转向"、语言"转向"后，文艺社会学已经沉寂了相当一段时间，现在由于新的文化研究的勃兴，我们似乎又回到了传统的原点。然而，新兴的文化研究与原来的文艺社会学已经有很大的不同，文化批评不但面对新的情况，有了新的批评观念，诸如东方主义、后殖民主义、女权主义、新历史主义等，而且经过"审美"和"语言"的洗礼后，文化研究也找到了新的批评方法，那就是紧紧地从文本的语言出发来揭示文本的思想蕴涵，而不是像过去某些批评家那样，脱离开文本的语言，发一些议论。

但是，我们最大的担心还是由于文化研究对象的转移，而失去文学理论的起码的学科品格。正是基于这种担心我们才提出"文化诗学"的构想。"文化诗学"的基本根据是文学作为文化的一种，它本身不但不会消失，而且其相对的独立性也不会消失。目前，出现一种说法，由于全球化和高科技媒介的发展，人们将越来越依赖图像来娱乐自己，文学的声音越来越弱，最终文学和文学批评将消失。[1]但我认为这种担心是多余的。只要人类的情感还存在，那么作为人类情感的表现形式也必然还会生存下去。在与高科技的竞争中，文学可能要作出这样或那样的改变，但文学作为一种独立的形式还会生存下去。实际上高科技的影视图像作品与文学创作是相互依存的。许多高科技图像作品都是文学作品的改编，没有文学作品的生产，就不会有那么多优秀的影视图像作品的出现。反过来，经过高科技图像作品改编的文学作品一经放映之后，作为书籍的文学作品就又会更走红。这是屡试不爽的事情。北京每年举行的唐诗宋词诗歌朗诵会，受到人们的热烈欢迎，也足以说明文学永远可以与图像的世界竞争而保留一席之地。文学作为文化之一种的独立存在，就证明诠释它的理论也必然会继续存在下去。文学和文学理论在高科技时代没有悲观的理由。因此，在文化研究勃兴的同时，诗学不但

---

[1] J·希利斯·米勒：《全球化时代文学研究还会继续存在吗?》，载《文学评论》，2001年第1期。

不会衰亡,它还会因从文化研究中吸取其研究的文化的视角,从而形成"文化诗学"新格局。

文化诗学是吸收了"文化研究"特性的具有当代性的文学理论,其旨趣是:

文化诗学是对于文学艺术的现实的反思。它紧紧地扣住了中国文化市场化、产业化、全球化折射在文学艺术中出现的问题,并加以深刻揭示。立足于文学艺术的现实,又超越现实、反思现实。现实中的一些文本,随着市场经济漂流,为了赚钱,不惜寡廉鲜耻,一味热衷于"原生态"的性描写,迎合人的低级趣味,把人的感觉动物化;或宣扬暴力,把抢劫、打架、斗殴当成英雄的事业,引导青少年把犯罪当成好汉行侠;或大众文化、流行文化、文化产业以糖衣包裹着毒药、以肉麻当有趣。文化诗学对之当然要义不容辞地加以揭露,把它们的资本逻辑淋漓尽致地揭示出来。文化诗学关注现实文学艺术活动中的重大理论与现实问题。文化诗学的现实性品格是它的生命力所在。

文化诗学追求文学艺术的意义与价值。如果说文学的现代性更关注文学文本的意义和价值,更注重文学的深度模式,而文学的后现代性则只关心"玩儿"或不要深度而更喜欢活一天算一天的话,那么文化诗学将更支持文学的现代性,而不怎么支持文学的后现代性。后现代性对于还在为建立一个有序的社会、解决广大人民的温饱、获得无污染的环境的中国来说是一种奢侈,它不是雪中送炭,而是锦上添花,似乎可以暂缓。文化诗学的意义追求是它的基本特征。

文化诗学追求在方法论上的革新和开放。它不囿于文学的自律,而从语言、神话、宗教、艺术、科学、历史、政治、伦理、哲学等跨学科的文化大视野来考察一切古今中外的文学、艺术问题。不必拘于学科性的限制，而从"视界融合"中来诠释文本和问题。立足中国的社会文学艺术现实，也参照西方的文化研究成果，在中国与西方之间进行一种互动式、对话式的研究，既反对关起门来搞所谓的创新，也反对机械地套用西方的现成理论，以努力发展出一种既能够揭示中国文学艺术经验的特殊性，又能够与世界对话的"文化诗学"范式。文化诗学方法上的开放是它的活力所在。

（原载《文学评论》2001年第6期）

文化诗学结构：中心、基本点、呼吁

20世纪90年代，在邓小平南方谈话后，中国的社会主义市场经济逐渐形成。商业主义也逐渐发展，"拜物"与"拜金"的思想开始流行。80年代轰动一时的文学也沉寂下来。在这种历史语境中，20世纪80年代活跃的文学理论话语也逐渐萎缩。但文学理论学人不甘寂寞，于是从国外引进了两种思潮：第一种是所谓的"语言论转向"，宣扬俄国形式主义文论和英美的新批评，最终成果比较显著的是文学叙事学的研究，企图在文学文本细读和叙事技巧中寻找到新的政治避风港，并展示了中国独特的文学叙事研究成果；第二种是欧洲文化批评（又称文化研究）理论的引进，对纯文学本身不再感兴趣，而着意提倡所谓的"日常生活审美化"探讨，实际上这种或推崇时尚趣味，或批评商业主义带来的弊端的话语，已经溢出了文学理论，而进入了文化社会学的范围。幸亏这期间带有"文学性"的影视文化、摄影文化等大众视觉文化得到了大发展，所以一些具有批判精神的理论家在大众文化问题上取得了有效的研究成果。

那么，那些不愿左顾右盼的要在文学理论这块园地里耕耘的学人怎么办呢？他们受到美国新历史主义的启发，特别是受它的"历史的文本性，文本的历史性"这句话的启发，于20世纪90年代后期提出了根植于中国文学土壤上的研究方法,这就是"文化诗学"。其中,北师大文艺学研究中心和漳州师院文化诗学研究所,始终如一地坚持这一文学研究的理想。文化诗学的意义就是力图把所谓的"内部批评"和"外部批评"结合起来,把结构与历史结合起来,把文本与文化结合起来,加强文学理论和文学批评的历史深度和文化意味,走出一条文学理论的新路来。

我在1998年"扬州会议"上第一次提出中国的"文化诗学"。1999年连续发表了《中西比较文论视野中的文化诗学》《文化诗学的学术空间》和《文化诗学是可能的》三篇论文,之后还发表了多篇论文。我对"文化诗学"的解释和理解不断有所发展。至今为止,我的"文化诗学"构想,大体上可以用"一、二、一"来概括,即"一个中心,两个基本点,一种呼吁"。

一、一个中心

所谓"一个中心",是指文学审美特征而言的。文化诗学所研究的对象是文学,那么首先把文学特征大体确定下来,是顺乎情理的。新时期以来,我质疑别林斯基的文学形象特征,又用很大的力气论证文学审美特征。我最近出版的一个专题论文集《文学审美论的自觉》,就是对文学审美特征论的一次总结。我从20世纪80年代初开始反复讲过:如果一部文学作品经不起审美的检验,那么就不值得我们去评价它了,因为它还没有进"艺术文学"这个门槛。"审美"作为20世纪80年代的美学热的"遗产",我认为是可以发展的,却是不能丢弃的。不但不能丢弃,而且还要作为"中心"保留在"文化诗学"的审美结构中。为什么?历史经验不容忘记。在建国后的17年和十年"文革"中,我们的文学理论差不多就是照搬苏联文学理论，其中最核心的是"社会主义现实主义"理论，这个理论对于文学特征有一个规定，那就是继承了别林斯基关于文学与科学特征的理解"人们只看到，艺术和科学不是同一件东西，却不知道它们之间的差别根本不在内容，而在处理一定内容时所用的方法。哲学家用三段论法，诗人则用形象和图画说话，而他们所说的都是同一件事。"[①] 如季莫菲耶夫《文学概论》中说：文学的特征是"以形象的形式反映生活"。这种文学形象特征论是与西方古老的模仿论相搭配的。这种说法，在西方文化背景下也许不会使文学走向教条化、公式化、概念化，但在苏联的意识形态的文学宪法"社会主义现实主义"指导下的文学创作中，别林斯基的文学形象特征论，就不能不产生问题，公式化、概念化在斯大林时期屡见不鲜。在斯大林去世后，1956年开始出现了"解冻文学"思潮，就是拿"社会主义现实主义"前面的四个字来做文章。因为"社会主义现实主义"是把一个政治概念和一个文学概念捏合在一起，结果是政治压倒文学，这就产生了很严重的问题。西蒙诺夫提出了"社会主义时代的现实主义"，并建议把"社会主义现实主义"定义中"用社会主义精神从思想上改造和教育劳动人民的任务结合起来"半句话删去，结果引起了热烈的讨论，这种讨论也波及当时中国文坛。为什么"社会主义现实主义"这样的口号，就会引导出公式化、概念化的作品呢？原因之一就是要用所谓"历史具体性"的形象描写去图解政策和概念。所以1956年开始的苏联的"解冻文学"的讨论结果之一是，有的学者如阿·布罗夫在《美学应该是美学》一文中，就对诸如文学是"用形象的形式反映生活"等提法提出质疑，认为"这里没有充分解释出艺术的审美特性（哲学的定义不会提出这个任务），所以这

[①] 《别林斯基论文学》，梁真译，20页，上海，新文艺出版社，1958。

还不是美学定义"。

实际上,我们应该从20世纪80年代的美学热中体会到,审美是大问题。在"文革"时期,十亿人只有八个样板戏,我们处在审美饥饿中,那日子是很难过的。有的时候,为了满足一点点审美的需要,是要付出生命代价的。那期间朝鲜的一部俗气的电影《卖花姑娘》在中国放映。大家蜂拥去看,结果起码有几十人的生命就丧失在可怕的拥挤践踏中。这是有案可查的。那么,审美的重要性在哪里?审美是与人的自由密切相联系的。20世纪80年代初期兴起美学热,大谈审美,这在当时就是要摆脱刚刚过去的"文革"的极"左"政治和思想的严重束缚,使人的思想感情得到一次解放和自由。大家也许还记得当时的北京中央美术馆举办裸体绘画展,引起了轰动,队伍排得很长,美术馆周围等待的参观者真是人山人海,这是为什么?肯定裸体绘画是美的,不是邪恶的,这是思想感情的一次大解放。这也是有案可查的。今天我们的自由问题解决了吗?当然没有。不同的是,过去完全被政治束缚住,今天我们的文艺往往是被商业主义的意识形态、被一心只想赚钱的文化老板的思想束缚住了,我们手中没有权力,我们所能掌握的只是文学艺术话语,因此,我们搞文学研究也好,搞文学批评也好,审美的超越、审美的自由就成为我们的话语选择。我们选择审美的话语来抵制商业主义的意识形态。正是基于此,我把"审美"检验作为文化诗学结构的中心,道理就在这里。文学必须首先是文学。如果一篇文学作品被称为深刻的智慧的,却没有起码的艺术审美品质,那么文学不会在这里取得胜利。不要让那些没有意义或只具有负面意义的商业文化作品一再欺骗我们,我们需要的是真正具有审美价值和积极社会意义相融合的文学艺术精神食粮。

那么,什么是审美?什么是文学中的审美?这是一个很复杂的问题。这里只能极简要地谈谈我的理解。审美是人类的一种对象性活动，在这活动中，人们实现了情感的评价。对象物具有价值性，人以情感去观照它、评价它，形成所谓的"情以物兴"与"物以情观"（刘勰语）的双向交流活动。一方面是"物"触动了人的情感，使人的情感敏感起来，兴奋起来，甚至激动起来；另一方面，人以情感去观照物，使物罩上了情感的色彩，温暖的色彩，冷漠的色彩等。"情以物兴"是由外及内、由物及心，"物以情观"是由内及外、由心及物。就在这心与物的双向的交流和评价活动中，人的心理随所面对的对象物的不同，而产生了美感、厌恶感、崇高感、蔑视感、悲哀感、幽默感等等。唐代诗人柳宗元在《邕州马退山茅亭记》中说："夫美不自美，因人而彰。兰亭也，不遭右军，则清湍修竹，芜没于空山矣。"[①] 由于强调人对于物在观照中的彰显作用，我以为此言最能说明审美的实质。文学的美由于是社会美，因而它的美中必然溶化进政治的、道德的、伦理的、民族的、民俗的、地域的因素。但在审美评价活动的瞬间，人的心理则处于无障碍的自由状态。

二、两个基本点

所谓"两个基本点"，一点是分析文学作品要进入历史语境，另一点是要有过细的文本分析，并把这两点结合和关联起来。换句话说，我们在分析文学文本的时候，应把文本看成是历史的暂时的产物，它不是固定的、不变的，因此不能就文本论文本，像过去那样只是孤立地分析文本中的赋、比、兴，或孤立地分析文本隐喻、暗

[①] 柳宗元：《柳宗元集》，第3册，730页，北京：中华书局，1979。

喻、悖论与陌生化等，而要抓住文本的"症候"，放置于特定的历史语境中，以历史文化的视野去细细地分析、解读和评论。

首先来谈谈"两个基本点"的第一点——历史语境的问题。

语境本来是语言学的术语。语言学上有"本义"与"语境义"的区别。"本义"就是字典意义中的本义，一个词，在词典中，都会有它的"本义"。比如"闹"这个词的本义是"喧哗""不安静"的意思，查一下《现代汉语词典》就可弄清楚。但在"红杏枝头春意闹"这句诗中，这个"闹"字获得了独特语境，它的意思已不是"喧哗""不安静"的意思，是指春天生机勃勃之意。这"生机勃勃"在这句诗的语境中就是"闹"字的"语境义"。

这个道理，我们的古人很早就明白了。刘勰在《文心雕龙·章句》篇中，提出了"章明句局"的理论，他说："夫人之立言，因字而生句，积句而为章，积章而成篇。篇之彪炳，章无疵也；章之明靡，句无玷也；句之清英，字不妄也。振本而末从，知一而万毕也。"对这段话，我的理解是：人们进行写作，是由单个的文字组成句子。由句子组成章节，然后积累章节构成文章。但是，文章只有全篇焕发光彩，那么章节才不会有枝节和毛病；章节明白细致，那么句子才无差错；句子干净利落，那么用字才不会虚妄。所以抓住全篇命意这个根本，那么章节、句子这些枝节才会安置得当，抓住"本"或"一"这个整体，那么万千的句子、字词（即"从"或"末"）才会有着落。刘勰在这里所说的"振本而末从"的"本"和"知一而万毕"的"一"就是指整体的语境，"从"或"万"则是字、词、句而已，即我们阅读文章一定要看语境来解释或理解字词句的意义。反过来说也是一样，意义是从整体语境这个"本"或"一"中看出来的。

以上所述是"语境"的"本义"，后来各个人文社会学科都用"语境"这个词，那就是"语境"本义的引申义。当然，问题不是很简单的。在现代,要谈"语境"这个概念,我们会遭遇到许多麻烦。因为各个专业和学科,各种学术流派,都已经不完全把"语境"限于书写文本的字与字、词与词的上下的关联性上面。如英籍波兰人类学家马林诺夫斯基,很早就把语境的概念扩大,他提出了所谓的"情境语境"与"文化语境"。马林诺夫斯基的发现与他的学科背景有关,他是在非洲土著新几内亚东部的特洛布兰德群岛作调查时,开始研究语言与社会和文化的关系,先后提出"情景语境"和"文化语境"的概念。他发现对于那些土著人来说,如果不了解他们的活动情景,就很难理解他们的言语。如一个驾着独木舟的人把划船的桨,说成是"wood"(木头),这个叫法与其他地方的人的叫法不同,如果我们不了解这些人的话与当时语境的结合,就不能理解这些土著人说 wood 是什么意思。马林诺夫斯基根据大量的例子,得出结论说:"话语常常与周围的环境密切联系在一起,而且语言环境对于理解话语来说是必不可少的;人们无法仅仅依靠语言的内部因素来分辨话语的意义;口头话语的意义总是由语言环境决定的。"① 后来他又发现言语与文化的密切关系,提出了"文化语境"概念。马林诺夫斯基的说法成为后来伦敦语言学派的重要学术背景。

马林诺夫斯基的"情景语境"和"文化语境"一般已经离开了书写文本的语境。但我们又不能不说,最原始的语境概念就是从书写文本语境产生的。现在有的学者把语境分成语言内语境——即语言学中的狭义"语境义",以及语言外语境——即我们正在讨论的广义的"历史语境"。当然,这狭义的语境和广义的语境又是有联系的。书写文本语境就是语言环境,进一步说,文本意义产生于句子、句子群与句子、句子群的组成关系中。一个文本的结构展现为系统的特征,它

---

① 封宗信:《现代语言学流派概论》,40 页,北京,北京大学出版社,2006。

由若干句子或句子群组成，任何一个组成部分的变化，都必然引起其他成分的变化。因此，文本语境的核心观念在于句子与句子或句子群与句子群之间的关系，关系重于句子或句子群。刘勰《章句》篇所透露出来的意识，几乎包含了文本语境的基本要素。刘勰认为"句局"，即句子（包含停顿）是有局限的，孤立的句子或停顿，只是田间小路，不可能构成语境，从而不能显示完整意义；所以刘勰期待的是"章"，他强调"章明"，"章"作为句字构成的系统才可能"明"情达理，因为"章"才有"体"。这"体"就是"体式"，指语境而言。所以刘勰认为文本语境是由"前句""中篇"和"绝笔"（首尾文辞）三者的关系构成的；并认为"前句"预先包含了"中篇"的意义，而"绝笔"则追附了"前句"和"中篇"的意涵。换句话说，章节中，有前设句、中设句和后设句，前设句启示了中设句、后设句的意义，又需要中设句和后设句来确定它的意义。中设句的意义，也不可能孤立获得，它的意义取决于前设句与后设句，但它又给前设句和后设句以意义的制约。后设句意义取决于前设句和中设句，但它的存在又使前设句和中设句获得意义。三者形成有机的整体。刘勰认为狭义文本语境的核心是前中后各个句子的关联性，所以强调"辞失其朋，则羁旅而无友"，最后的"赞"再次提出"辞忌失朋"。

但是刘勰的《文心雕龙·章句》篇的局限就在于没有论述广义的历史语境问题，因为文本的意义不仅仅存在于文本本身的语境之中，还在于时代的变化中，或者说历史语境的变化中。例如《文心雕龙》谈到了历代许多诗人作家，独独没有提到陶渊明和他的诗篇。[①] 陶渊

---

① 现存刘勰的《文心雕龙·隐秀》篇有一处提到陶渊明，云："彭泽之豪逸，心密语澄，而俱适乎壮采。"清代纪晓岚说，明代《永乐大典》所收此篇已经残缺，缺的部分大概是明人所补。一般研究者都同意纪晓岚的判断。此句是在补文之内。

明在唐代虽然已经有影响了，但他在唐代的影响在"二谢"之下。星移斗转，一直到了宋代苏轼那里，因其自身独特的经历和隐逸的体验，对陶渊明的诗有情感的共鸣，以他在宋代文坛的崇高地位，给予陶渊明极高的评价："吾于诗人，无所甚好，独好渊明之诗。渊明作诗不多，然其诗质而实绮，癯而实腴，自曹、刘、鲍、谢、李、杜诸人，皆莫及也。"① 苏轼为什么这样评价陶渊明，使陶渊明声名鹊起，这就不但要进入陶渊明诗的历史语境，还要进入到苏轼所处的历史语境，包括文化语境和情境语境双重语境，并结合分析陶渊明的作品，才能作出合理的解释。杜甫的诗篇在中国抗战时期特别受到推崇，可以说是流行一时，妇孺皆知，作为诗人杜甫的地位也被大大提高。杜甫还是那个杜甫，为什么在中国抗战中，似乎就与我们站在同一个战壕里，这就与杜甫诗中的爱国主义情感特别浓烈有关。这不但与杜甫诗歌的情景语境、文化语境有关，更与抗日战争的历史语境密切相关，这也是双重语境使然。这种文学现象很多。

　　历史语境正是文化诗学构思中面临的一个基本点。对于"历史语境"的理解，要与马克思主义的历史主义联系起来考察。马克思在《哲学的贫困》中说："人们按照自己的物质生产的发展建立相应的社会关系，正是这些人又按照自己的社会关系创造了相应的原理、观念和范畴。所以，这些观念、范畴也同它们所表现的关系一样，不是永恒的。它们是历史的暂时的产物。"② 马克思说得多么好，人所揭示的原理、观念和范畴都是"历史的暂时的产物"。这也就是说，精神产品，其中也包括具有观念的文学作品，都是由于某种历史的机遇或遭遇，有了某种时代的需要才产生的；同时这些精神产

---

① 苏轼：《苏轼文集》第6册，2515页，北京：中华书局，1986。
② 《马克思主义经典作家论历史科学》，122页，北京：人民出版社，1961。

品也不是永恒不变的。某个时期流行的精神产品，在另一个历史时期，由于历史语境的改变而不流行了。正如恩格斯所说："当我们深思熟虑地考察自然、人类历史或我们自身的精神活动时，在我们面前首先呈现的是种种联系和交互作用的无限错综的图画，其中没有任何东西是不动和不变的，万物皆动、皆变、皆生、皆灭……"① 恩格斯在著名的《路德维希·费尔巴哈和德国古典哲学的终结》一书中进一步说："要是我们研究工作中经常抱着这种观点（指形而上学），那么凡要达到最终解决和永久真理的要求就永远失去意义了：我们永远不要忘记，我们所获得的一切知识，是必然受到我们在获得这些知识时所处的环境的局限和制约的。同时，那些在旧的、但还十分流行的形而上学看来不能克服的对立，如真理与谬误、善与恶、同一性和差别性、必然性与偶然性等等，再也不能使我们对之表示过度的尊敬了。我们知道，这些对立仅有相对的意义：凡是今天被承认是真理的东西，都有现时隐蔽着的而过些时候会显露出来的错误的方面；同样，凡现在被承认是谬误的东西，也都有真理的方面，因而，它从前才被认作真理；那些断定为必然的东西，是由种种纯粹的偶然所构成的，而被认为是偶然的东西，则是一种有必然性隐藏在里面的形式。"② 这些话已经把事物的历史发展与变化说得十分透彻，不需要再作任何解释了。正因为如此，列宁就把这个问题提到更高的高度来把握，他说："在分析任何一个社会问题时，马克思主义理论的绝对要求，就是要把问题提到一定的历史范围之内。"③ 很清楚，在历史的联系中去把握对象，不是一般要求，而是

---

① 《马克思主义经典作家论历史科学》，122—123页，北京：人民出版社，1961。
② 同上，126页。
③ 同上，202页。

"绝对要求"。

我们所提出的"历史语境",有一个思想灵魂,它就是马克思、恩格斯所阐明的历史发展观。离开马恩所讲的伟大"历史感""历史性"和历史发展观这一点来理解历史语境,我们就不可能真正理解历史语境。

有人要问,你这里讲的历史语境和以前常说的"历史背景"是不是一样的?我的回答是,它们是有联系的,但又是不同的。所谓两者有联系,是说无论"历史背景"和"历史语境"都力图要从历史的角度去理解文学的发展与变化。所谓两者又是不同的,是说"历史背景"只是关注到那些作家作品和文学的发生和发展,产生于哪个历史时期,哪个历史时期一般的政治、经济文化的状况是怎样的。这段历史与这段文学大体上有什么关系等。这完全是浅层的联系。"历史语境"则除了包含"历史背景"要说明的情况之外,要进一步深入到作家、作品产生的历史具体的机遇、遭际和情景之中,切入到产生某个作家或某部作品或某种情调的抒情或某个场景的艺术描写的历史肌理里面去,这就是深层的联系了。这样,对于历史语境来说,就需要历史地具体展现大到文学思潮的更替的原因、小到某部作品细节描写的文化语境和情景语境,并紧密结合该文学现象作出深刻而具体的解释。换句话说,"历史背景"只讲外在的形势,而"历史语境"则除了要讲外在的形势之外,还要把作家、作品产生的文化状态和情景语境都摆进去。一些评论家只是从外在的历史形势背景来评价作品,作出的解释和结论是一般的肤浅的,说不到要点上,而若作家自己来谈自己的作品,他必定会把自己写作品时候的文化和具体情境摆进去,把"我"摆进去,所得出的解释和结论就不一样。这里,我想举郭沫若的一个例子。郭沫若于1959年写历史剧《蔡文姬》,评论家异口同声评论说:这是"为曹操翻案"。对于这个解释和结论，只要了解三国时期历史背景和20世纪50年代的历史背景就可以得出来了。可郭沫若曾说"蔡文姬就是我"。对于郭沫若的这个自我评价，仅仅根据历史背景是得不出的。很多人对郭沫若的这句话都不能理解，一般都说：郭沫若无非对蔡文姬的遭遇比较同情，所以有此一说。这样的评论是不痛不痒的。我因为2004年主持教育部重大攻关课题"历史题材文学创作重大问题研究"，重读了郭沫若的全部历史剧。我特别研究了郭沫若在《〈蔡文姬〉序》中说的话"我也可以照样说一句：蔡文姬就是我！——是照着我写的""其中有不少关于我的感情的东西，也有不少关于我的生活的东西"，因为"在我的生活中，同蔡文姬有过类似的经历，相近的感情"。我就去翻郭沫若自己的书，研究一下《蔡文姬》怎么会有郭沫若"感情的东西"，跟蔡文姬有什么样的"类似的经历""相近的感情"，怎么会说蔡文姬是"照着我写的"？我终于发现了郭沫若"蔡文姬就是我"这个自我评价的用意。

原来，1937年抗日战争爆发，郭沫若冒着风险从日本回国，参加抗战。他回来后，写了一篇散文，发表于1937年8月上海的《宇宙风》月刊第47期上，题目是《我从日本回来了》。这篇散文是篇日记。大革命失败后，郭沫若于1928年逃亡日本，与安娜相识、相恋，终于结婚。他们在十年间生下了五个孩子，相依为命，度过了艰难的日子。卢沟桥事变后，他决定立刻回国参加抗日战争。他回国的情境的确与当年蔡文姬的选择相似。一边是故国的召唤，一边是妻子、儿女的爱恋，所以他感到无限的痛苦。蔡文姬到匈奴那里之后，与左贤王结婚，生下了两个儿女。左贤王当时对他说，你要是想回去故国，你可以回去，但两个儿女绝不许带走。所以蔡文姬感到十分痛苦，一边是故国的召唤，这是她日思夜想的事情，她无论如何要回去；一边是要与年幼的儿女分离，这也是她不舍得的，所以她的心情处在极度矛盾中。郭沫若离开日本，返回中国参加抗战，与蔡文姬的处境的确十分相似。郭沫若在那篇散文中写道："昨夜睡甚不安，今晨四时半起床，将寝衣换上一件和服，踱进了自己的书斋。为妻及四儿一女留白，决心趁他们尚在熟睡中离去。……我怕通知他们，使风声伸张起来，同时也不忍心他们知道后的悲哀。我是把心肠硬下了。……自己禁不住淌下眼泪。……走上了大道，一步一回首地，望着妻儿所睡的家。灯光仍从开着的窗户露出，安娜定然是仍旧在看书，眼泪总是忍耐不住地涌。走到看不见家的一步了。"① 从郭沫若的这个叙述中，我们就看得出，郭沫若写蔡文姬离开左贤王和儿女，不是凭空的。他是以他1937年离开日本回国作为情境语境来写的，因而写得十分真切。"语境"的重要性早就有不少作家和学者意识到了。例如法国的萨特在他的重要著作《什么是文学》举过这样的例子："假如有一张唱片不加评论反复播放普罗万或者昂古莱姆一对夫妻的日常谈话，我们根本听不懂他们在说什么；因为缺乏语境，即共同的回忆和共同的感知；这对夫妇的处境及他们的谋划，总之缺少对话的每一方知道的向对方显示的那个世界。"② 萨特所举的例子，说明作者的"历史性"和读者的"历史性"，以及"写作和阅读是同一历史事实的两个方面"。他的思想是深刻的。

由此，我们不难看出，所谓"历史背景"所指的一段历史的一般历史发展趋势和特点，最多是写某个历史时期的主要事件和人物，展示某段历史与某段文学发展的趋势和特点的大体对应。"历史语境"则不同，它除了要把握某个历史时期的一般的历史发展趋势和特点之外，还必须揭示作家或作品所产生的具体的文化语境和情景

---

① 郭沫若：《郭沫若集》，350—352页，广州：花城出版社，2006。
② 萨特：《萨特读本》，艾珉选编，565页，北京：人民文学出版社，2005。

语境。换言之，历史背景着力点在一般性，历史语境着力点是在具体性。文化诗学之所以强调历史语境，是因为只有揭示作家和作品所产生的具体的历史契机、文化变化、情境转换、遭遇突显、心理状态等，才能具体地深入地了解这个作家为何成为具有这种特色的作家，这部作品为何成为具有如此思想和艺术风貌的作品。这样的作家和作品分析才可以说是历史具体性和深刻性的。

其次，再来谈谈文化诗学第二个基本点——过细"文本分析"问题。

"文本细读"不能仅仅看成是俄国形式主义文论和英美新批评的遗产，中国古代的诗文小说评点，往往也是一种文本细读。我们谈到文本细读不但可以吸收俄国形式主义文论和英美新批评的传统，更应该重视中国古代诗文小说评点的传统。什么是文本细读众所周知，问题是如何进行文本细读，又如何把文本细读与历史语境结合起来。

我的大体看法是，无论是研究作家还是研究作品，都要抓住作家与作品的"征兆性"特点，然后把这"征兆"放置于历史语境中去分析，那么这种分析就必然会显示出深度来，甚至会分析出作家的思想和艺术追求来。人们可能会问，你说的作家或作品的"征兆"是什么？"征兆"是什么意思呢？法国学者阿尔都塞提出的"症候阅读"，最初属于哲学词语，后转为文学批评话语。此问题很艰涩，不是三言两语能说清楚的。我们这里只就文本话语的特征表现了作者思想变动或艺术追求的一种"症候"来理解的。

我这里想举一个文论研究为例子。清华大学罗钢教授，花了十年时间，重新研究了王国维的《人间词话》提出的"境界"说。他的研究就有抓"症候"的特点。由于王国维的《人间词话》有好几种不同文本，文本话语的增加、改动或删掉，都可能成为王国维的思想变化的"症候"。罗钢对此特别加以关注，并加以有效的利用。如他举例说，《人间词话》首定稿第三则原本中间有一个括号，写道"此即主观诗与客观诗所由分也"，但在《人间词话》正式发表时，这句话被删掉了。为什么被删掉？罗钢解释说："比较合乎情理的解释还是王国维在写作这则词话时思想发生了变化。"再一个例子也是罗钢论文中不断提到的，就是王国维的《人间词话》原稿中都有一则词话："昔人论诗词，有景语、情语之别，不知一切情语，皆景语也。"他发现，这则"最富于理论性"的词、话被删掉了，这又是怎么回事呢？罗钢告诉我们："王国维此处'一切景语皆情语'的说法，其实脱胎于海甫定，即他在《屈子文学之精神》中所说的'其写景物也亦必以自己之深邃之感情为之素地'。但这种观点和他在《人间词话》中据以立论的叔本华的直观说产生了直接的冲突，如果把'观'分为'观我'和'观物'两个环节，那么'观物'必须做到'胸中洞然无物'。只有在这种'洞然无物'的条件下，才能做到'观物也深，体物也切'。这种'洞然无物'是以取消一切情感为前提的，所以王国维才说'客观的知识与主观的情感成反比例'，这种'观物'与'观我'是相互联系的两个方面，它们统一于一种审美认识论，假如站在这一立场上，'一切景语皆情语'就是大谬不然的。这是王国维最后发生犹疑和动摇的原因，这也说明，王国维企图以叔本华的'观我'说来沟通西方认识论和表现论美学，最终是不能成功的。"① 罗钢对于"症候阅读"法的运用，使他的论文常常能窥视到王国维思想变动的最深之处和最细微之处，从而作为有力的证据来说明他想说明的问题。但我对罗钢的分析，也不完全同

---

① 罗钢：《眼睛的符号学取向——王国维"境界说"探源之一》，载《中国文化研究》2006年冬之卷，81—82页。

意。实际上，"一切景语皆情语"，属于中华文论的"情景交融"说，是中华文化中天人合一的产物。

王国维在发表他的《人间词话》之日，恰恰是他对德国美学入迷之时，他的整个《人间词话》的基因属于德国美学，他觉得"一切景语皆情语"不符合他信仰的德国美学，特别不符合德国叔本华的认识论美学，所以王国维发表时把这句话删除了。

文化诗学的两个基本点，即历史语境与文本分析，从我们上面的解释中，可以看得很清楚，它们不是独立的两点，而是密切结合的。我们之所以强调历史语境的重要性，是因为它可以帮助我们深入细致分析文本，我们强调文本分析，是置放于历史语境的文本分析，不是孤立的分析。所以，这两个基本点的关系应该是：我们面对分析的对象（作家、作品、文论），先要寻找出对象的征兆性，然后再把这征兆性放到历史语境中去分析，从而实现历史语境与文本细读的有效结合，使我们研究达到整体性、具体性、深刻性和具有现实针对性。

三、一种呼吁

我在《文学评论》发表过一篇论文，题目是《植根于现实土壤的"文化诗学"》，我提出的理由是"'文化诗学'的根由在现实的需要中。"我这样说过："一段时间以来，我们的文学批评囿于语言的向度和审美的向度，被看成是内部的批评，对于文化的向度则往往视而不见，这样的批评显然局限于文学自身，而对文本的丰富文化蕴含置之不理，不能回应现实文化的变化。文学这种自外于现实的情况应该改变。文学是诗情画意的。诗情画意的文学本身包含了神话、宗教、历史、科学、伦理、道德、政治、哲学等文化含蕴。在优秀的文学作品中，诗情画意与文化含蕴是融为一体的，不能分离的。'文化诗学'应该而且可以放开视野,从文学的诗情画意和文化含蕴的接合部来开拓文学理论和批评的园地。当一个批评家从作家的作品的诗情画意中发掘出某种文化精神来,而这种文化精神又能弥补现实文化精神的缺失,或批判现实文化中丑恶的、堕落的、消极的和缺乏诗意的倾向,那么这种文学理论与批评不就实现了内部批评与外部批评的统一,不是凸显了时代精神了吗?"我当时这样想,我今天仍然觉得是对的。这就是萨特在他的《什么是文学》所说的写作的"介入":"不管你是以什么方式来到文学界的,不管你曾经宣扬过什么观点,文学把你投入战斗:写作,这是某种要求自由的方式;一旦你开始写作,不管你愿意不愿意,你已经介入了。"①作家要"介入",为什么文学批评家不可以"介入"?文学理论应该摆脱自闭状态,去介入现实。

我一再说新时期以来的改革开放取得了巨大的成果,我们民族正在复兴,这是不容否认的事实。但同时,社会主义市场经济也给我们带来了许多严重的问题:环境污染,官员贪腐,房价高涨,贫富不均,坑蒙拐骗,金融动荡,物价通胀,矿难不断,城乡发展不平衡,东西部发展不平衡等等,任何一个对国家事务关心的人,都可以列出十大矛盾,情况难道不是这样吗?我们的部分作家意识到了这个问题,艺术地反映高房价给人民带来的苦难的作品有之,艺术地反映官员贪污腐败的作品有之,艺术地反映城市化侵犯农民的土地和利益的作品有之,艺术地反映工业化给祖国带来环境污染的作品有之……我们的理论家和文艺批评家为什么不可以通过对这些作品的评论而介入现实呢?文化诗学就是要从文本批评走向现实干预。因此关怀现实是文化诗学的一种精神。

---

① 萨特:《萨特读本》,艾珉选编,563页,北京,人民文学出版社,2005。

但现在我又有了一种更具超越性的想法。那就是文化诗学内部批评与外部批评的结合、结构与历史的结合、文本批评与介入现实的结合,以这些结合所暗含的走向平衡的精神,也是对现实进行一种呼吁——走向平衡。我甚至可以说,今天的中国也要"文化诗学"化。因为,我们前面所指出的十大社会问题,几乎都是社会失衡的表现。单纯追求 GDP,而不考虑环境的污染,这就如同一种单一的"内部批评";官员贪腐,而不思考制度性的约束,这也如同单一的"内部批评"……其他问题都可作如是观。

实际上,如果我们要是从意识形态的角度,来思考 20 个世纪所出现的一系列的文学理论批评形态,其背后都是暗示一种呼吁、一种文化、一种政治。俄国形式主义文论,在 20 世纪初,以语言分析的面貌出现,似乎与政治无关,实际上它的提出者和推崇者,是要在当时俄国上空飘扬什么样的颜色,与政治当局者吵架。英美新批评似乎是在文本的隐喻、悖论等词语上做文章,实际上其背后也是有深刻的社会原因的。有学者指出:"特别在美国,新批评的普及对文学研究的平民化起到了至关重要的作用。在 20 世纪四五十年代,二战结束后大批复员军人面临再学习再就业的压力,而他们又没有受到过足够的知识训练。他们无法分享学院派掌握的那些浩如烟海的档案资料。他们在文学的立身之本只能是文学作品本身。通过对文本的分析,他们获得了一种非传统的、非学究式的接近文学的方法。另一种对新批评意识形态性的分析,新批评对结构与形式等文本秩序的追求代表了当时人们对于社会秩序的渴望以及对工业社会人异化的批判……"[①]

---

① 周小仪:《从形式回到历史——20 世纪西方文论与学科体制探讨》,42 页,北京,北京大学出版社,2010。

中国的文化诗学在20世纪90年代末和新世纪初被提出来，是因为社会在发展中许多地方失去平衡，它的出现是对于社会发展平衡的一种呼吁。它是一个文学理论话语，但这个话语折射出社会的时代的要求。我们似乎也可以从这样一个角度来看待文化诗学提出的问题意识和现实意义。

我认为，只要我们认清了文化诗学这个学科研究路径，就不要过多地提它，总是去论证它。我们爱护文化诗学最好的途径是在我们研究文学理论问题和文学批评的实践中，按照这条路走去。最终用我们的研究成果来证明它的有效性和时代精神，不要总是在下定义作说明。不论人们怎么说，如果我们的研究和批评按照"文化诗学"这条路去实践，我们的文学研究与批评的学术前途将一片光明。

文化诗学：一、二、一，一、二、一，让我们操练起来吧！

（原载于《福州大学学报（哲学社会科学版）》2012年第2期）

附录

童庆炳著作年谱简编

1961 年
《试论革命的现实主义和革命的浪漫主义相结合的艺术方法》,《北京师范大学学报》1961 年第 1 期。

1963 年
《论高鹗续〈红楼梦〉的功过》,《北京师范大学学报》1963 年第 3 期。
《中国古代文学发展简史》(编著),(越南)河内师范大学油印。

1978 年
《略论形象思维的基本特征》,《北京师范大学学报》1978 年第 3 期。

1979 年
《再论形象思维的基本特征——兼答邹大炎同志》,《北京师范大学学报》1979 年第 1 期。

1980 年

《曹雪芹的艺术观》,《北京师范大学学报》1980 年第 1 期。

1981 年

《文学真实性三题》,《文艺报》1981 年第 10 期。

《生活之帆》(长篇小说,与曾恬合著),人民文学出版社。

《评当前文学批评中的"席勒化"倾向》,《文艺理论研究》1981 年第 4 期。

《关于文学特征问题的思考》,《北京师范大学学报》1981 年第 6 期。

1982 年

《评袁康、晓文〈一部违反真实的电影〉》,《电影研究》1982 年第 5 期。

受教育部委托与人合编《高等师范院校文学概论教学大纲》,北京师范大学出版社。

1983 年

《现实主义——文学的康庄大道——学习马克思恩格斯关于现实主义的论述》,《北京师范大学学报》1983 年第 2 期。

《文学理论学习参考资料》(上下册),春风文艺出版社。

撰写论文《文学与审美》,该文最早见于 1984 年红旗出版社出版的《文学概论》;作为单篇论文最早刊载于 1986 年北京师范大学出版社出版的黄药眠主编的《美学文学论文集》。

1984 年

《文学概论》(上下册),红旗出版社。

《特征原则与作家的发现》,《北京师范大学学报》1984 年第 4 期。

《文学概论》(上下册,与钟子翱合编),北京师范大学出版社。

1986 年

《人的复归与艺术欣赏》,《名作欣赏》1986 年第 4 期。

《艺术真实性问题再议》,《自修大学》1986 年第 12 期。

1987 年

《把审美学作为文学理论的家园》,《新华文摘》1987 年第 6 期。

《论文学的结构原理及其审美心理学的根据》,《北京师范大学学报》1987 年第 3 期。

《文学的"向内转"与艺术创作规律》,《中国现代、当代文学研究》1987 年第 7 期。

《心理距离与艺术欣赏》,《名作欣赏》1987 年第 3 期。

《"虚静说"与"距离说"——中西审美注意理论的比较研究》,《东西方文化研究》1987 年第 1 辑。

《论艺术想象的意向性和认识性》,《文艺理论研究》1987 年第 5 期。

1988 年

《文学的格式塔质和审美本质》,《批评家》1988 年第 1 期。

《文学研究的主视角》,《批评家》1988 年第 2 期。

《从古典的"移情"说到现代的"异质同构"说》,《美学》

1988 年第 6 期。

《论审美知觉及其形成过程》,《文艺理论研究》1988 年第 4 期。

《淡紫色的霞光》(长篇小说),上海文艺出版社。

1989 年

《拷问自我(关于知识分子题材作品的再思考)》,《中国现代、当代文学研究》1989 年第 4 期。

为《文史知识》杂志撰写"心理美学散步"专栏系列文章。

《文学活动的美学阐释》,陕西人民出版社。

《文学概论》(主编),武汉大学出版社。

1990 年

为《文史知识》杂志撰写"中国古代心理诗学"专栏系列文章。

《论美在于内容与形式的交涉部》,《文艺理论研究》1990 年第 6 期。

《艺术与人类心理》(主编),北京十月文艺出版社。

1991 年

《艺术创作与审美心理》,百花文艺出版社。

《中西比较诗学体系》(上下册,与黄药眠主编),人民文学出版社。

《论文艺作品内容与形式的辩证矛盾》,《文艺理论研究》1991 年第 2 期。

"心理美学丛书"(主编,15 部),百花文艺出版社。

1992 年

《中国古代心理诗学与美学》,中华书局。

《文学理论教程》(主编),高等教育出版社。

《中国古典诗学的民族特色》,《学术月刊》1992 年第 7 期。

撰写并发表数篇研究毛泽东文艺思想的文章。

《中国古代文体论述要》,《东方丛刊》1992 年第 4 期。

1993 年

《现代心理美学》(主编),中国社会科学出版社。

《中国古代诗学的心理透视》(合著),百花文艺出版社。

《文体功能诸层面》,《东方论坛》1993 年第 1 期。

《作家的童年经验及其对创作的影响》,《文学评论》1993 年第 4 期。

1994 年

《文体与文体的创造》,云南人民出版社。

《隐忧与人文关怀》,《文艺研究》1994 年第 1 期。

《苏联文论与中国当代文论建设》,《文艺理论研究》1994 年第 1 期。

《文艺社会学·传统与现代》(与程正民主编),武汉大学出版社。

"文体学丛书"(主编,5 部),云南人民出版社。

"文艺新视角丛书"(主编,5 部),云南人民出版社。

1995 年

《文学理论要略》(主编),人民文学出版社。

《文学创作与文学评论》(主编),中央广播电视大学出版社。
《论文艺社会学及其现代形态》,《文学评论》1995年第3期。

1996年
《文学史建构的主体性问题》,《文学评论》1996年第2期。
《李贽的"童心"说与马斯洛的"第二次天真"说》,《中外文化与文论》1996年第1期。
《艺术趣味与社会心理》,《人文杂志》1996年第5期。

1997年
《文学艺术与社会心理》(合著),高等教育出版社。
《内质美和外形美的统一——刘勰的〈文心雕龙·风骨〉》,韩国《中国学报》第37辑。
散文《上课的感觉》(后改名《我的"节日"》),《文化月刊》1997年第12期。

1998年
《文学理论教程》(主编教材,修订版),高等教育出版社。
《中国当代文论建设:对话与整合》,《文艺争鸣》1998年第1期。
《〈文心雕龙〉"感物吟志"说》,《文艺研究》1998年第5期。
《人文关怀与历史理性的缺失——"新现实主义小说"的再评价》(与陶东风合作),《文学评论》1998年第4期。

1999年
《〈文心雕龙〉"奇正华实"说》,《文艺理论研究》1999年第

1期。

《〈文心雕龙〉"道心神理"说》,《遵义师范学院学报》1999年第1期。

《〈文心雕龙〉"神与物游"说》,《龙岩师专学报》1999年第1期。

《〈文心雕龙〉"情经辞纬"说》,《江苏社会科学》1999年第6期。

《〈文心雕龙〉"风清骨峻"说》,《文艺研究》1999年第6期。
《文化诗学是可能的》,《江海学刊》1999年第5期。
《文化诗学的学术空间》,《东南学术》1999年第5期。
1999年共发表论文40篇。

2000年
《文学审美特征论》,华中师范大学出版社。
《经验、体验与文学》,《文艺理论》2000年第6期。
《审美意识形态论的再认识》,《文艺研究》2000年第2期。
《审美是人生的节日》,《南通师范学院学报》2000年第16卷第1期。

《苦日子 甜日子——童庆炳美学随笔》,上海人民出版社。

"新时期文艺学建设丛书"(与钱中文共同主编,2000年开始编,陆续编辑出版,共36部),华中师范大学出版社、暨南大学出版社等。

2001年
《维纳斯的腰带——创作美学》,上海文艺出版社。
《中国古代文论的现代意义》,北京师范大学出版社。

《童庆炳文学五说》，时代文艺出版社。
《文学活动的审美维度》，高等教育出版社。
《文艺心理学教程》（与程正民共同主编），高等教育出版社。
《马克思与现代美学》（合著），高等教育出版社。
《文化诗学刍议》（童庆炳、马新国），《北京师范大学学报》2001年第3期
《根植于现实土壤的"文化诗学"》，《文学评论》2001年第6期。
《〈文心雕龙〉"因内符外"说》，《福建论坛》2001年第5期。
《司空图"韵外之致"说新解》，《文艺理论研究》2001年第6期。

2002年
《现代学术视野中的中华古代文论》（与谢世涯、郭淑云合著），北京出版社。
《中华古代文论研究的现代视野》，《东方丛刊》2002年第1期。
《再论中华古代文论研究的现代视野——兼与胡明、郭英德二位先生商榷》，《中国文化研究》2002年第4期。
《略谈"典型"与"传神写照"》，《浙江社会科学》2002年第3期。
《"意境"说六种及其申说》，《东疆学刊》2002年第19卷第3期。
《中国当代文学的精神价值取向》，《学术月刊》2002年第2期。
《黄药眠20世纪50年代初、中期的文论与美论——为纪念黄药眠教授诞辰百年而作》，《文艺理论研究》2002年第6期。

2003 年

《当代中国文化和文学：在民族性和开放性之间》,《陕西师范大学学报》2003 年第 1 期。

《中国文学理论现代性转型的标志与维度》,《文艺理论》2003 年第 9 期。

《三论中华古代文论研究的现代视野——从"通变"和"诠释"角度的思考》,《东方论坛》2003 年第 1 期。

《文艺学创新：以 20 世纪中国现代传统为起点》,《北京师范大学学报》2003 年第 3 期。

《毛泽东的美学思想新论》,《河北学刊》2003 年第 6 期。

2004 年

《20 世纪中国文论经典》（主编），北京师范大学出版社。

《历史题材创作三向度》,《文学评论》2004 年第 3 期。

《文学理论教程》（主编，修订二版），高等教育出版社。

2005 年

《代价》（小说、散文集），群众出版社。

《现代诗学问题十讲》，中国海洋大学出版社。

《文学理论新编》（主编），北京师范大学出版社。

《童庆炳文集》（4 卷本），韩国新星出版社。

2006 年

《新时期高校文学理论教材编写调查报告》（主编），春风文艺出版社。

《中国叙事文学的起点与开篇——〈左传〉叙事艺术论略》，北京师范大学学报2006年第5期。

《试论中国古代文论的价值根据》,《文艺理论研究》2006年第5期。

2007年

《美学与当代文化讲演录》,广西师范大学出版社。

《在历史与人文之间徘徊:童庆炳文学专题论集》,北京师范大学出版社。

《文学经典的建构、解构和重构》(与陶东风主编),北京大学出版社。

2008年

《文学理论教程》(主编,第四版),高等教育出版社。

《童庆炳谈文心雕龙》,河南大学出版社。

《童庆炳谈文学观念》,河南大学出版社。

《童庆炳谈文体创造》,河南大学出版社。

《童庆炳谈审美心理》,河南大学出版社。

《童庆炳谈古典诗学》,河南大学出版社。

2009年

《获取真义与焕发新义:略论中华古文论研究的方法论问题》,《思想战线》2009年第1期。

《再谈历史文学中封建帝王的评价问题》,《北京师范大学学报》2009年第2期。

《反本质主义与当代文学理论的建设》,《文艺争鸣》2009年第7期。

《维纳斯的腰带——创作美学》,中国人民大学出版社。

《普通高中课程标准实验教科书·语文》（主编，包括必修、选修两大类），北京师范大学出版社。

2010 年

《文学理论》（任首席专家，马克思主义理论研究和建设工程重点教材），高等教育出版社。

《文学理论新编》，北京师范大学出版社。

《中华古代文论的现代阐释》，中国人民大学出版社。

2011 年

《文学审美论的自觉——文学特征问题新探索》，北京师范大学出版社。

《新编文学理论》（主编），中国人民大学出版社。

《历史题材文学创作重大问题研究》（合著），经济科学出版社。

2012 年

《20 世纪中国马克思主义文艺理论研究》（主编），北京大学出版社。

2013 年

《风雨相随：在文学山川间跋涉》（学术随笔），北京师范大学出版社。

《中国古代心理诗学与美学》，中华书局。

2014 年

《从审美诗学到文化诗学——童庆炳自选集》，首都师范大学出版社。

《历史题材文学前沿理论问题》,北京师范大学出版社。

2015 年

《文化诗学的理论与实践》,湖南人民出版社。

《文化诗学:理论与实践》,北京大学出版社。

《中国当代文学理论的经验、困局与出路》,北京师范大学出版社。

《文学理论教程》(主编,第五版),高等教育出版社。

《审美及其生成机制新探》(童庆炳著,张炯、吴子林主编),福建人民出版社。

《旧梦与远山》(散文集),北京大学出版社。

"文艺学与文化研究丛书"(主编,20 余部),北京大学出版社。

2016 年

《童庆炳文集》(10 卷),北京师范大学出版社。

《又见远山 又见远山——童庆炳散文集》,高等教育出版社。

《文学:精神之鼎与诗意家园》,复旦大学出版社。

《教育,整个生命投入的事业——童庆炳教育思想文萃》(吴子林组编),华东师范大学出版社。

中国现代文艺学大家文库

《中国文论的民族特色——徐中玉文艺学文选》
《论"文学是人学"——钱谷融文艺论文选》
《清园谈艺录——王元化文艺学文选》
《现代性与当代文学理论——钱中文文艺学文选》
《中国诗学的春天——李衍柱文艺学文选》
《文学的真谛——王元骧文艺学文选》
《在历史与当代交集点上——陈伯海文艺学文选》
《文艺学宏观阐释——陆贵山文艺学文选》
《与西方文论的平等对话和争鸣——孙绍振文艺学文选》
《走向文化诗学——童庆炳文艺学文选》